Black Cherry Blues

Du même auteur
chez le même éditeur

Prisonniers du ciel
Une saison pour la peur
Le Bagnard
Une tache sur l'éternité
Dans la brume électrique avec les morts confédérés
Dixie City
La Pluie de néon
Le Brasier de l'ange
Cadillac juke-box
La Rose du Cimarron
Sunset Limited
Heartwood
Vers une aube radieuse
Le Boogie des rêves perdus
Purple Cane Road
Jolie Blon's Bounce
Dernier tramway pour les Champs-Élysées
L'Emblème du croisé

James Lee Burke

Black Cherry Blues

Traduit de l'anglais (États-Unis)
par Freddy Michalski

Collection dirigée par
François Guérif

Rivages/noir

Retrouvez l'ensemble des parutions
des Éditions Payot & Rivages sur
www.payot-rivages.fr

Tire original : *Black Cherry Blues*
(Little Brown & Co)

106, bd Saint-Germain - 75006 Paris

ISBN : 978-2-86930-672-1

à John et Flavia McBride

J'aimerais remercier la John Simon Guggenheim Foundation pour son aide généreuse, et j'aimerais aussi remercier le National Endowment for the Arts pour le soutien qu'il m'a apporté par le passé.

1

Sa chevelure s'étale en boucles sur l'oreiller, sa peau est blanche aux lueurs des éclairs de chaleur qui tremblent au-delà des pacaniers par la fenêtre de la chambre. La nuit est chaude, sans un souffle de vent, et les nuages se dessinent sur le ciel comme des queues de cheval peintes ; une rafale de tonnerre gronde dans le lointain sur le Golfe comme une pomme qui roulerait au fond d'une barrique en bois, et les premières gouttes de pluie résonnent sur l'aérateur de la fenêtre. Elle dort sur le flanc, et les draps viennent mouler une cuisse, la courbe d'une hanche, un sein. Aux lueurs vacillantes des éclairs de chaleur, les taches de son sur son épaule nue ressemblent aux veinules brunes d'un marbre sculpté.

C'est alors qu'un pied-de-biche fait éclater le chambranle en bois de la porte d'entrée, et deux hommes se précipitent à l'intérieur de la maison, brodequins aux pieds, les mains serrées sur un fusil à pompe qui leur barre la poitrine. Le premier est un Haïtien de haute taille, l'autre un Latin dont la coiffure descend sur le visage en bouclettes huileuses. Ils sont debout au pied du lit, ce lit où elle dort seule. Ils ne disent pas un mot. Elle se réveille, bouche ouverte, yeux écarquillés, vides, elle ne comprend plus rien. Le visage est tout chaud encore d'un rêve interrompu, elle est incapable de faire la part du sommeil devant le spectacle de ces hommes qui la dévisagent sans parler. Puis elle les voit échanger un regard et pointer leurs fusils de chasse à bout portant sur sa poitrine. Ses yeux se voilent, elle crie mon nom comme une bulle humide qui lui éclaterait dans la gorge. Le drap est tout entortillé entre ses mains ; elle le tient serré contre ses seins comme s'il pouvait la protéger des balles à gros gibier calibre douze et de la chevrotine double-zéro.

Ils se mettent à tirer et la chambre donne l'impression d'exploser sous la fumée et les flammes au sortir des canons, les parcelles de douilles des cartouches, les morceaux de capitonnage du matelas, les esquilles de bois déchiquetées qui giclent de la tête de lit, les abat-jour déchirés, et le verre qui vole. Les deux tueurs sont méthodiques. Ils ont supprimé le verrouillage de chambre de leur fusil, ils peuvent ainsi y glisser cinq cartouches, et ils continuent à tirer, à éjecter les douilles fumantes sur le sol jusqu'à ce que les percuteurs claquent à vide. Puis ils rechargent, avec le calme de chasseurs qui viendraient de se dresser dans leur gabion pour faire feu sur une formation de canards sauvages dans le ciel.

Le drap est déchiré, trempé de sang, enchâssé au creux de ses plaies. Les hommes sont maintenant partis, et je m'effondre à genoux aux côtés de ma femme, je lui embrasse les yeux, des yeux qui ne voient plus rien, mes mains caressent ses cheveux et son visage exsangue, je prends ses doigts, je les mets dans ma bouche. Une goutte solitaire de son sang glisse de la tête de lit fracassée et s'étale en flaque sur ma peau. Un éclair explose dans un champ vide derrière la maison. J'ai la tête remplie d'une odeur de soufre humide, et une fois encore, j'entends l'appel de mon nom qui se lève comme un souffle prisonnier qui viendrait se libérer des fonds sablonneux d'une mare.

***

Il était quatre heures du matin, un samedi, et la pluie tombait dru lorsque je m'éveillai de mon rêve dans un motel de Baton Rouge Ouest. Je m'assis au bord du lit en slip et essayai de chasser les restes du rêve en me frottant le visage avant d'aller aux toilettes et de revenir m'asseoir à la même place, sur le bord du lit, dans l'obscurité.

Les premières lueurs du jour ne se lèveraient pas avant deux heures, mais je savais que je ne dormirais plus. J'enfilai mon imper, mis un chapeau et me rendis au volant de ma camionnette pick-up jusqu'à un café ouvert la nuit qui occupait une aile d'un relais routier aux murs en bardeaux. La pluie martelait la cabine du camion et le vent soufflait avec force, en provenance du sud-ouest, au travers des marais d'Atchafalaya, à fouetter les palmiers et les chênes de la route. Baton Rouge Ouest, qui commence au fleuve Mississippi, a toujours été une zone populeuse où l'on trouvait relais routiers, boîtes de jeu de petite importance, bars nègres et ouvriers. Vers l'est, on apercevait les suspentes éclairées du Pont Earl K. Long[1], des panaches de fumées en provenance des raffineries de pétrole, le capitole de l'État dont la silhouette se détachait sous la pluie. Baton Rouge est une ville de verdure pleine de chênes, de jardins et de lacs, et les milliers de lumières des raffineries et usines chimiques témoignent souvent plus d'un gage de sécurité financière qu'elles n'offrent un spectacle de délices industrielles. Mais une fois traversé le pont à la chaussée d'acier ajouré, lorsque la voiture commence à rebondir sur les ornières de la vieille route à quatre voies toute délabrée, vous entrez dans un monde réservé aux gens du bassin d'Atchafalaya – Cajuns, métis de Blancs, de Noirs et de Peaux-Rouges, débardeurs, poseurs de pipelines, petits Blancs dont la petite parcelle de territoire allait chaque jour se rétrécissant un peu plus pour ne garder aujourd'hui, pour seuls signes distinctifs, qu'une camionnette délabrée, une platine à cassettes en train de diffuser Waylon[2] et un pack de douze canettes de Jax.

La pluie tournoyait à la lumière jaune des lampes à

1. Du nom d'un gouverneur de Louisiane, frère du sénateur Huey Long assassiné en 1935. (N.d.T.)

2. Waylon Jennings : musicien country and western. (N.d.T.)

arc qui éclairaient le parc de stationnement du café. L'intérieur était vide de clients, à l'exception d'une grosse Négresse que j'aperçus à travers la fenêtre de service de la cuisine et d'une jolie serveuse à la chevelure rousse, d'une vingtaine d'années, vêtue d'un uniforme rose, les cheveux noués sur un cou semé de taches de son. Il était visible qu'elle était fatiguée, mais elle se montra polie et me sourit en prenant ma commande, et je me sentis coupable, presque honteux, de mes facilités à m'émouvoir si vite, attendri par un sourire de jeune femme. Parce que vous avez quarante-neuf ans, que vous êtes veuf ou célibataire ou que vous avez choisi simplement de vivre seul, vous vous laissez facilement flatter par le semblant d'attention qu'une femme vous porte, en oubliant qu'il ne s'agit souvent que d'une marque de déférence à l'égard de votre âge.

Je commandai une tranche de poulet frit et une tasse de café en écoutant un enregistrement de Jimmy Clanton, *Just a Dream* – “ Ce n'est qu'un rêve ” – qui venait du juke-box dans la salle voisine. Au-delà des portes ouvertes qui donnaient sur la piste de danse vide, je voyais une demi-douzaine de gens au bar contre le mur du fond. J'observai un homme de mon âge, aux cheveux blonds ondulés, sécher son verre de whisky pour n'y laisser que la glace et indiquer le verre d'un geste au barman pour qu'il le remplît avant de descendre de son tabouret et traverser la piste de danse pour entrer dans le café.

Il était vêtu d'un pantalon gris, chemise de sport verte aux motifs de fleurs bleues, mocassins cirés, chaussettes blanches, montre en or, stylos à bille en or agrafés à la pochette de la chemise. Chemise qu'il portait par-dessus la ceinture du pantalon pour cacher sa bedaine et ses poignées d'amour.

– Hé, mignonne, tu me prépares un cheeseburger et tu me l'apportes au bar, tu veux bien ? dit-il.

Puis ses yeux s'accoutumèrent à la lumière et il me regarda avec plus d'attention.

– Seigneur Tout-Puissant ! dit-il. Dave Robicheaux. Que je sois pendu !

Voix et visage surgis du passé, un passé qui n'était pas seulement le mien, mais celui de toute une époque. Dixie Lee Pugh, le bizuth qui avait été mon compagnon de chambrée à l'Institut de Louisiane du Sud-Ouest en 1956 : un môme de la cambrousse, d'une ville sur la rivière au nord de Baton Rouge, à l'accent plus Mississippi que Louisiane, qui avait foiré son premier semestre et s'était fait virer avant de partir pour Memphis et y enregistrer deux disques, dans ce même studio où Carl Perkins, Johnny Cash et Elvis avaient débuté leur carrière. Grâce à son second disque, il avait eu droit à la télévision de New York, et nous l'avions suivi sur l'écran, fortement impressionnés, en train de jouer du rhythm'n'blues sur sa guitare aux couleurs en dégradé ou de marteler de ses doigts un clavier de piano pendant que les milliers de spectateurs de son show se laissaient prendre par la folie ambiante avant de se mettre à danser dans les allées.

Il avait été l'une des plus grosses vedettes aux tout débuts du rock'n'roll. Mais il avait pour lui ce petit quelque chose en plus que les autres n'avaient pas. C'était un vrai de vrai, un chanteur de blues blanc, sincère et franc du collier. Il avait appris la musique à l'église baptiste, mais dans sa petite bourgade, vergers de pacaniers et champs de coton, il avait aussi connu plus que sa part de douleurs et de souffrances car elles étaient là, toujours présentes, dans tout ce qu'il chantait, sans avoir été fabriquées pour l'artifice de l'instant.

Puis nous avions lu et entendu d'autres histoires à son sujet : ses quatre ou cinq mariages ratés, la mort de l'un de ses enfants dans un incendie, un accident de voiture avec délit de fuite et conduite en état d'ivresse au Texas qui l'avait expédié au pénitencier de Huntsville.

– Dave, je n'arrive pas à le croire, dit-il avec un

large sourire. Je t'ai vu il y a dix ou douze ans à La Nouvelle-Orléans. Tu étais flic.

Je m'en souvins. La scène s'était passée dans un bar du côté de Canal, un rade de second ordre, le genre à mettre à l'affiche des célébrités d'hier, là où la clientèle était bruyante pendant le spectacle et insultait les artistes sur scène.

Il s'assit tout à côté de moi et me serra la main, comme si l'idée lui en était soudain venue après coup.

– Faut qu'on arrose ça en taillant le bout de gras, dit-il en demandant à la serveuse de m'apporter une bière ou un whisky à l'eau.

– Non, merci, Dixie, dis-je.

– Tu veux dire que c'est un peu tôt ou un peu tard dans la journée, ou bien t'as largué la bouteille ? dit-il.

– Je vais aux réunions aujourd'hui. Tu vois ce que je veux dire ?

– Sûr que je vois. Faut des tripes pour ça, mec. Et ça, j'admire.

Les yeux étaient verts et luisaient d'un voile d'alcool. Il me regarda bien en face pendant un moment, puis il cligna des paupières et parut un instant gêné.

– J'ai lu dans le journal, à propos de ta femme, mon gars. Je suis désolé.

– Merci.

– Y z'ont attrapé les mecs qui ont fait ça ?

– Plus ou moins.

– Huh, dit-il avant de m'observer pendant un moment.

Je voyais bien qu'il se sentait de plus en plus mal à l'aise. Une rencontre de hasard avec un ami n'est jamais la garantie d'un moment de plaisir où seuls viendront à resurgir les souvenirs agréables du passé. Puis il sourit à nouveau.

– Tu es toujours flic ? demanda-t-il.

– Je suis propriétaire d'une entreprise de location de bateaux et d'appâts pour la pêche au sud de New Iberia. Je suis arrivé ici hier soir pour récupérer un équipement de réfrigération et j'ai été coincé par l'orage.

Il hocha la tête. Nous restâmes silencieux l'un et l'autre.

– Est-ce que tu joues ici, Dixie ? dis-je.

Erreur.

– Non, je ne fais plus ça, c'est fini. Je n'ai jamais vraiment réussi à remonter la pente après les ennuis que j'ai eus au Texas.

Il s'éclaircit la gorge et sortit ses cigarettes de sa poche de chemise.

– Dis, mignonne, tu ne voudrais pas aller me chercher mon verre au bar ?

La serveuse sourit, posa le chiffon qu'elle utilisait pour nettoyer le comptoir, et se dirigea vers la boîte de nuit contiguë.

– Tu es au courant de ce qui m'est arrivé au Texas ? demanda-t-il.

– Oui, je crois.

– J'étais bien en état d'ivresse, aucun doute là-dessus, et j'ai pris la fuite après l'accident. Mais le mec a bien grillé le stop. Je n'aurais pas pu l'éviter, c'était impossible. Mais son gamin en est mort, mon gars. Et c'est dur de vivre avec une saloperie comme ça. Je suis sorti au bout de dix-huit mois pour bonne conduite.

Il traça quelques lignes sur sa serviette de l'ongle du pouce.

– Mais je crois malgré tout qu'il y a des tas de gens qui ne veulent pas oublier, tout simplement.

Je ne savais pas quoi dire. Je me sentis désolé pour lui. Il paraissait si peu différent du gamin que j'avais connu, sauf qu'aujourd'hui, il devait probablement baigner dans le quarante-cinq degrés la majeure partie du temps. Je me rappelai une phrase de Dixie Lee dans un article que *Newsweek* lui avait consacré, une phrase qui à mes yeux le définissait mieux que tout ce que j'ai jamais vu écrit à son sujet. Le journaliste lui avait demandé si des membres de son groupe étaient capables de lire la musique. Il avait répondu, « Ouais, y'en a qui savent, mais ça les gêne pas le moins du monde quand y jouent ».

Je lui demandai donc ce qu'il faisait aujourd'hui, parce qu'il fallait bien que je dise quelque chose.

– Contractant de baux, dit-il. Comme le disait Hank Snow[1], « Du bon vieux Montana jusqu'en Alabama ». Je couvre tout le pays. Là où il y a du pétrole et du charbon. Et ça paie bien, en plus, podna[2].

La serveuse posa son bourbon à l'eau devant lui. Il prit une gorgée et lui adressa un clin d'œil, le verre aux lèvres.

– Je suis content que tu t'en tires bien, Dixie, dis-je.

– Ouais, c'est la belle vie. Une Cadillac décapotable, je change d'adresse toutes les semaines, ça vaut mieux que les frisures de chou au gruau de maïs. Vingt dieux, tout ça, c'est comme le rock'n'roll, mon gars, ça change pas, ç'a pas vraiment d'importance.

Je hochai la tête pour nc pas le contredire et regardai par la fenêtre de service la Négresse en train de racler mon gâteau de pommes de terre et d'oignons et ma tranche de poulet frit dans mon assiette. J'étais sur le point de dire à la serveuse que je voulais annuler ma commande.

– Bon, j'ai du monde qui m'attend, dit Dixie Lee. Du genre, y'a encore des petites jeunettes bien câlines qui passent me voir, si tu vois ce que je veux dire. Prends la vie du bon côté, mon pote. T'as l'air super.

Je lui serrai la main, mangeai mon poulet, m'offris une seconde tasse de café pour la route, et je sortis sous la pluie.

La camionnette ballotta sous le vent sur toute la longueur du bassin d'Atchafalaya. Lorsque le soleil se leva, sa lumière était grise et mouillée, les canards et

1. Musicien de country and western. (N.d.T.)

2. Podna comme podjo sont des variations dialectales de " partner " en Louisiane – partenaire, collègue. De même, " mon " est une prononciation déformée de " man ", homme. (N.d.T.)

les hérons volaient bas au-dessus des cyprès morts des marais. L'eau des anses du bassin était couleur de plomb et moutonnait sous le vent. Une torchère brûlait sur une plate-forme de forage installée en retrait au milieu d'un massif de saules noyés. Chaque matin, j'entamais la journée par une prière : je remerciais mon Tout-Puissant pour ma sobriété de la veille en Lui demandant de m'aider à faire de même aujourd'hui. Aujourd'hui, j'inclus Dixie Lee dans ma prière.

***

Je retournai à New Iberia par St Martinville. Le soleil était maintenant au-dessus des chênes de Bayou Teche, mais dans les ombres encore profondes du petit matin, la brume flottait toujours comme des nuages de fumée parmi les typhas et les troncs humides des arbres. Nous n'étions qu'au mois de mars, mais le printemps rugissait déjà dans le sud de la Louisiane, ainsi qu'il le fait toujours après les longues pluies grises de février. A New Iberia, le long d'East Main, les jardins étaient pleins des floraisons d'azalées, de roses, d'hibiscus jaunes et rouges, les treillages et belvédères couverts de bignonias et de bouquets de glycine mauve. Je traversai en grondant le pont-mobile métallique et suivis le chemin de terre qui longeait le bayou au sud de la ville, là où je tenais un ponton de pêche et vivais en compagnie d'une fillette de six ans, réfugiée originaire du Salvador, du nom d'Alafair, dans la vieille maison que mon père avait bâtie de bois de cyprès et de chêne pendant la Dépression.

Le bois n'avait jamais été peint, il était sombre et dur comme le fer, les poutres étaient montées à tenons et mortaises tenus par des chevilles en bois. Les pacaniers de mon avant-cour étaient lourds de feuilles et dégouttaient encore d'eau de pluie qui venait tomber en tintant sur le toit de zinc de la galerie. Le jardin, toujours à l'ombre, avait le sol couvert de lits de feuilles noircies. La mulâtresse âgée que j'avais engagée pour veiller sur Alafair se trouvait dans la cour latérale, en train de découvrir mes clapiers des bâches de vinyle qui les protégeaient. Elle avait la peau cuivrée comme une pièce d'un penny et des yeux couleur turquoise, comme nombre de Nègres de Louisiane du Sud avec du sang français dans les veines. On aurait dit de son corps qu'on l'avait assemblé à partir de brindilles séchées et sa peau était couverte d'un réseau de lignes serpentines. Elle chiquait et avait toujours une roulée à la bouche ; elle me menait à la baguette dans ma propre maison, mais elle savait travailler plus dur que quiconque à ma connaissance, et elle était fidèle à ma famille, d'une loyauté féroce et jalouse, depuis que j'étais tout enfant.

Mon ponton à bateaux était maintenant en plein soleil et je pouvais voir Batist, la seconde personne de race noire qui travaillait pour moi, en train de charger une glacière pour deux Blancs dans leur hors-bord. Il était chauve et torse nu, et le poids de la glacière lui faisait les épaules encore plus larges en les nouant de crêtes de muscles. Il cassa des brindilles en petit bois de ses mains nues pour le barbecue et je l'avais vu un jour sortir un alligator en l'arrachant de l'eau par la queue avant de le balancer sur un banc de sable.

J'évitai les flaques d'eau de la cour en me dirigeant vers la galerie.

– Te va fair' quoi pour le coon ? dit Clarisse, la mulâtresse.

Elle avait mis sa chaîne à Tripod, mon raton-laveur à trois pattes, chaîne qui était attachée à un câble à linge métallique pour lui permettre d'aller et venir dans la cour latérale. Elle le tira en l'air en le tenant par la chaîne. Tripod se mit à danser et se rouler sur lui-même comme si on était en train de le garrotter.

– Clarisse, ne fais pas ça.

– D'mand'z'y don c'qu'y a fait, li, dit-elle. Va t'in ver min panier à linge. Va ver tes ch'misses. Hier z'étotent bleues. Jourd'hui, al' sont marron. Vas- y r'nifler, vas-y.

– Je l'emmènerai au ponton.

– Dis Batist plus l'ramener li, nan.

Elle laissa tomber Tripod, à moitié étranglé, au sol.

– Y vient 'cor din m'mason, et te l'verras cuir' avec les patates douces.

Je détachai la chaîne du fil à linge et emmenai l'animal jusqu'à la boutique-café sur le ponton. J'ai toujours été sidéré par l'illusion de suprématie qu'entretenaient les Blancs de la société sudiste, alors qu'il était plus que fréquent de voir nos maisons tenues et dominées par des gens de couleur.

J'écopai en compagnie de Batist mes barques de location de toute l'eau tombée au cours de l'orage de la nuit précédente, remplis les machines à cigarettes et à sucreries, triai la blanchaille morte des réservoirs à vifs, vidai les glacières de leur eau et replaçai de la glace fraîche par-dessus les bouteilles de bière et de soda avant d'allumer le barbecue pour des déjeuners destinés aux pêcheurs de la mi-journée. Puis j'ouvris les parasols fichés dans le moyeu des énormes dévidoirs en bois de câble téléphonique qui me servaient de tables, et je retournai à la maison.

Le jour s'était ouvert sur une matinée splendide. Le ciel était bleu, l'herbe des champs d'un vert plus profond à cause de la pluie ; le vent était frais sous la galerie et l'arrière-cour encore plongée dans l'ombre épaisse sous le mimosa ; mes jardinières de séquoia, chargées de pétunias et de calcéolaires, portaient encore les coulures de l'eau de pluie. Alafair était assise à la table de la cuisine en pantalon de pyjama, en train de colorier l'album de Mickey Mouse que je lui avais offert la veille. Elle avait les cheveux coupés en frange carrée ; les yeux étaient grands et marron, le visage rond comme une tourtière, et sa peau avait déjà commencé à foncer avec le soleil. S'il existait une petite imperfection physique chez elle, c'étaient ses dents de devant largement écartées, qui faisaient simplement son sourire plus large qu'il ne l'était en réalité. Il était difficile de croire que, moins d'une année auparavant, je l'avais sortie de l'avion qui s'était écrasé sur les hauts-fonds à Southwest Pass au bord du Golfe : elle était en train de se noyer, petite fille dont les os m'avaient paru aussi creux que ceux d'un oiseau et dont la bouche haletante avait ressemblé à une petite gueule de guppy[1] sur les genoux de ma femme.

Je caressai ses fins cheveux noirs de la paume de la main.

– Comment ça va, petit gars ? lui dis-je.

– T'es allé où, Dave ?

– Je me suis fait surprendre par l'orage et j'ai dû rester à Baton Rouge.

– Oh !

Sa main reprit son coloriage. Puis Alafair s'arrêta et me lança un large sourire plein d'allégresse.

– Tripod, il a fait caca[2] dans le panier à Clarisse, dit-elle.

– J'en ai entendu parler. Ecoute, ne dis pas " caca ". Dis « il a fait ses besoins ».

– Pas de " caca " ?

– Non. « Il a fait ses besoins. »

Elle répéta après moi, nos deux têtes ponctuant la phrase de hochements.

Elle était au C.P. à l'école catholique de New Iberia, mais elle donnait l'impression d'apprendre plus d'anglais par Clarisse, Batist et son épouse que par moi ou les bonnes sœurs. (Quelques répliques qu'on pouvait entendre quotidiennement dans la bouche de ces trois-là : « L'est quelle heure ? » « Comment qu'ça s'fait que les feuilles, té les brûles sous m'fenêtre, ti ? » « Pendant qu'mi, je conduisau tin camion, y'a que'qu'un qui m'a collé un clou sous l'roue, pour y donner un gros plat. »)

1. Petit poisson d'aquarium. (N.d.T.)
2. En français dans le texte.

Je serrai Alafair contre moi, l'embrassai sur les cheveux, et allai me déshabiller dans la chambre avant de prendre une douche. La brise par la fenêtre sentait la terre et les arbres humides, délicatement parfumée par les belles-de-nuit encore ouvertes sous les ombrages. J'aurais dû éclater d'énergie en ce matin de printemps, mais je me sentais à plat, vidé, une vraie chiffe molle qui se promènerait aux confins de sa propre enveloppe. La raison n'en était pas simplement une nuit d'insomnie et de mauvais rêves. Ces périodes-là descendaient sur moi aux moments les plus bizarres, comme si mon cœur me chassait au travers du corps un sang avarié pour que, soudainement, mon esprit vînt s'illuminer d'images et résonner de bruits que je n'étais pas bien prêt à accepter.

La chose pouvait m'arriver n'importe où. En cet instant précis, c'était dans ma chambre à coucher. J'avais remplacé plusieurs planches du mur, j'avais calfaté les trous de chevrotine double-zéro et de balles à gros gibier au bois synthétique avant de les poncer au papier de verre. La tête de lit au bois creusé et déchiqueté, où le sang de ma femme avait laissé ses taches marron comme un mouchetis de brosse à peinture qu'on aurait secouée là, gisait dans un recoin de la vieille grange effondrée à une extrémité de ma propriété. Mais lorsque je fermai les yeux, je vis les traînées de flammes des fusils de chasse dans l'obscurité, j'entendis les explosions des cartouches, aussi violentes que les éclairs au-dehors, j'entendis les hurlements de ma femme qui cherchait refuge sous un drap en essayant de se protéger de ses deux mains tandis que je me ruais dans une course frénétique vers la maison sous la pluie, mes propres hurlements noyés sous le tonnerre qui roulait au travers des terres.

Comme toujours à ces moments de sombre rêverie, lorsqu'ils apparaissaient au seuil de ma journée, il m'était impossible de m'en évader par la seule force de ma pensée. J'enfilai alors short de gym et chaussures de course et pompai la fonte dans l'arrière-cour. J'exécutai des levers, debout, assis, couché, à la barre chargée à quarante kilos, par séries de dix, en répétant les séries six fois de suite. Puis je courus sept kilomètres sur le chemin de terre qui longeait le bayou au milieu des tourbillons de lumière qui perçaient comme panaches de fumée la marquise de chênes et de cyprès en surplomb. Les brêmes étaient encore en chasse au milieu des typhas et des feuilles de nénuphars et il m'arrivait de temps à autre de surprendre, dans la percée ombragée entre deux cyprès, roulant à fleur d'eau, le dos d'une perche à large bouche.

Je fis demi-tour au pont mobile, saluai de la main le gardien et retournai à grandes foulées rapides jusqu'à la maison. Le souffle était bon, le sang chantait dans ma poitrine, je me sentais le ventre plat et dur et je me demandai pourtant combien de temps encore je réussirais à tenir à distance respectueuse souvenirs et conscience d'être mortel.

Encore et toujours, en turfiste convaincu, j'essayai par intuition de deviner et de maîtriser l'avenir en n'ayant pour seules données de départ que les limites du matin.

***

Trois jours plus tard, armé d'un balai, j'essayais de repousser les poches d'eau de pluie qui s'étaient formées dans les plis de l'auvent de toile qui abritait mon ponton. Le téléphone sonna à l'intérieur de la boutique à appâts. C'était Dixie Lee Pugh.

– Je t'invite à déjeuner, dit-il.

– Désolé, mais je travaille.

– Je veux te parler.

– Vas-y.

– Je veux te parler seul à seul.

– Où es-tu ?

– Lafayette.

– Prends ta voiture et viens jusqu'ici. Tu sors par East Main et tu empruntes la route du bayou au sud de la ville. Tu tomberas directement chez moi.

– Accorde-moi une heure.

– T'as l'air un peu déprimé à t'entendre, podna.

– Ouais, il faudrait probablement que je me remarie ou quelque chose dans ce goût-là. Te fais pas de mouron.

Tous les matins, Batist m'aidait à faire griller poulets et côtes de porc sur le barbecue que j'avais fabriqué en sectionnant au chalumeau, dans le sens de la longueur, un baril de pétrole, avant d'y souder charnières et pieds métalliques. Pour le déjeuner, je vendais l'assiette – viande de barbecue et gros riz brun – pour trois dollars cinquante, et je ramassais habituellement une trentaine de dollars des pêcheurs qui arrivaient pour l'après-midi ou terminaient leur matinée. Ensuite, une fois les tables-dévidoirs nettoyées, Batist et moi déjeunions de notre côté, en accompagnant le repas de quelques bouteilles de Dr Pepper, installés sous un des parasols plantés au bord de l'eau.

L'après-midi était chaude et baignée de soleil et le vent faisait voler la barbe espagnole des cyprès morts du marais. Le ciel était immaculé, aussi bleu et limpide que l'intérieur d'une tasse à thé.

– Le gars y conduit comme s'y savait point qu'y a des trous din l'rout', dit Batist.

Sa chemise de toile bleue délavée par le soleil était ouverte sur la poitrine. Il portait une pièce de dix cents accrochée à une ficelle autour du cou pour éloigner les *gris-gris*, les mauvais sorts, et son poitrail noir donnait l'impression d'avoir été fabriqué à partir d'une plaque d'acier.

La Cadillac décapotable de couleur rose, capote baissée, portait des traces de boue, et les ailes froissées, des traces de choc. J'observai l'avant qui plongea soudain dans une ornière en éclaboussant tout le pare-brise d'une eau jaunâtre.

– Dixie Lee n'a jamais fait les choses avec modération, dis-je.
– Tu lui loues pas not' bateau ?
– Il vient juste discuter le coup. Ç'a été une vedette célèbre, il était chanteur de country et de rock'n'roll.
Batist n'arrêta pas ses mâchonnements en me regardant sans manifester d'intérêt : de toute évidence, il était peu impressionné.
– Je suis sérieux. C'était un grand dans le temps, à Nashville, dis-je.
Ses yeux se rétrécirent en fentes, ainsi qu'il faisait toujours lorsqu'il entendait des mots qu'il ne connaissait pas.
– C'est dans le Tennessee. C'est là qu'on fait beaucoup de disques country.
Inutile.
– Je vais nous chercher une autre Dr Pepper. As-tu donné à manger à Tripod ? dis-je.
– Te cros qu'le coon, y sait pas où c'qu'y a à manger ?
Je ne comprenais pas.
– Il a pas perdu l'nez, ça, non.
– Qu'est-ce que tu racontes, Batist ?
– Y t'a mangé tous les pâtés. Va ch'ter un œil à tes pâtés.
Dixie Lee coupa le moteur, reclaqua la portière derrière lui, et descendit d'un pas lourd jusqu'au ponton avant d'entrer dans la boutique, en nous saluant d'une main, signe qu'il nous avait reconnus. Le visage était exsangue, la peau tendue comme peau de tambour sur les pommettes, perlée de transpiration comme une citrouille couverte de gouttelettes d'eau. La chemise anthracite, couverte d'un motif de roses, était humide autour des boutons et sous les aisselles.
Je le suivis à l'intérieur de la boutique. Il laissa tomber un billet de cinq dollars sur le comptoir, ouvrit une Jax à long col au décapsuleur fixé au côté de la caisse à bière, et la fit basculer contre sa bouche. Il avala le

liquide jusqu'à ce que la bouteille fût presque vide avant de reprendre sa respiration et de cligner des paupières.

– Dis donc, qu'est-ce que je tiens ! dit-il. Et une mauvaise, fils, comme si on m'avait cerclé la tête d'un arceau qui viendrait me percer les tempes.

Il bascula une nouvelle fois la bouteille, une main à la hanche, et la vida.

– Je commence doucement, mais c'est pas ça qui va garder les serpents au panier bien longtemps, pas vrai ?

– Non.

– Ce qu'on est en train de discuter, c'est la nécessité de liquides plus conséquents. T'as du Jack Daniels ou du Beam dans le coin ?

– Je crains que non, Dixie.

J'enregistrai sa bière à la caisse et posai sa monnaie sur le comptoir.

– Y va falloir se contenter de ces petites-là, dans ce cas.

Il ouvrit une nouvelle Jax, prit une longue gorgée et souffla.

– Un prêcheur m'a un jour demandé, « Fils, es-tu capable de te contenter de deux verres et d'arrêter là pour rentrer chez toi ? ». Je lui ai dit « Je ne peux pas vous répondre, m'sieur, pasque j'ai jamais essayé. » Ça devrait être drôle, mais je crois plutôt que c'est tout bonnement pathétique, c'est-y pas vrai ?

– Qu'est-ce qu'il y a, collègue ?

Il regarda autour de lui, la boutique à appâts vide de clients.

– Que dirais-tu de m'emmener faire une balade en bateau ? dit-il.

– Pour l'instant, je suis comme qui dirait pris par mon boulot.

– Je te paierai pour le temps passé. C'est important, mec.

Ses yeux verts se verrouillèrent aux miens. J'allai jusqu'à la porte de la boutique.

– Je serai de retour dans une demi-heure, criai-je à Batist, toujours occupé à déjeuner sous le parasol.

– J'apprécie, Dave. Vous êtes des mecs bien.

Dixie Lee ouvrit un sac en papier et y déposa quatre bouteilles de Jax.

Je l'emmenai en hors-bord vers le bayou, au-delà des quatre-coins, là où un vieux bazar dressait ses murs aux peintures écaillées et sa large galerie à l'ombre d'un chêne énorme. Quelques vieux et plusieurs Nègres d'une équipe d'entretien de la voirie étaient installés sur la galerie à déguster leur limonade.

Le sillage du hors-bord roula à travers les feuilles de nénuphars et les typhas avant de venir clapoter contre les genoux de cyprès du rivage. Dixie Lee était allongé, appuyé contre la proue, avec à la main une bouteille de bière pleine de soleil ambré, le regard nostalgique entre les paupières rétrécies devant les reflets du soleil sur l'eau brune. Je coupai le moteur et nous laissai dériver sur notre erre jusque sous la voûte des branches d'un bouquet de saules pleureurs. Dans le silence soudain, nous entendîmes une radio de voiture qui jouait un vieil air de Hank Williams[1] au milieu du parc de stationnement du bazar, au sol de coquillages concassés.

– Par le Seigneur Tout-Puissant, est-ce que c'est dans ma tête que j'entends ça ou dehors ? demanda-t-il.

– Ça vient des quatre-coins, dis-je en lui souriant.

Je sortis mon couteau Puma et ôtai l'écorce d'une baguette de saule humide.

– Fils, ça me ramène loin en arrière. Quand j'ai débuté, ils m'ont dit, si tu joues pas comme Hank ou Lefty[2], ça vaudra pas tripette. Et ils avaient raison. Hé, tu sais quel a été le plus beau moment de toute ma carrière ? C'était pas mes deux disques d'or, et c'était pas non plus, y'a pas de danger, mon mariage avec cette actrice de cinéma qui avait la cervelle en eau de bidet.

1. Musicien et chanteur country. (N.d.T.)
2. Lefty Frizzell : musicien country. (N.d.T.)

C'est quand j'ai dû faire un album live avec le Fat Man [1] à La Nouvelle-Orléans. J'ai été le seul musicien blanc avec lequel il a jamais enregistré. Mec, c'était beau. Il ressemblait à un petit porcelet bien dodu installé sur son tabouret devant le piano, chemise argentée et veste en strass sur le dos, les doigts couverts de bagues. Le visage barré d'un large sourire, il se balançait sur son siège à cogner les touches des petites saucisses qui lui servaient de doigts ; la sueur volait de son visage et le public de tout l'auditorium était comme fou, une vraie bande de singes givrés. Je veux dire avec des nanas, des Blanches qui essayaient de grimper sur la scène et les gens qui se trémoussaient de manière obscène au son du boogie au nez des flics. Je veux dire que c'était son spectacle à lui, mec, ils lui mangeaient dans la main, mais à chaque fois qu'il terminait un morceau, il me désignait du doigt pour que le projecteur vienne accrocher ma guitare et que j'aie droit à la moitié de tous les hurlements de la salle. Ce gros matou avait le cœur généreux, mec.

Dixie secoua la tête et ouvrit une nouvelle Jax à l'aide de son canif. Je consultai ma montre.

– Ouais, je suis désolé, dit-il. C'est ça, mon problème, à me replonger sans cesse dans l'album aux souvenirs. Ecoute, j'ai un truc qui me trotte dans la tête. Un truc déplaisant. En fait, c'est complètement cinglé. Je ne sais même pas comment l'expliquer. Peut-être que c'est rien du tout. Nom de Dieu, je sais pas.

– Et si tu me racontais, tout bêtement ?

– La Star Drilling Company, la Compagnie de Forage Star, m'a envoyé avec deux autres démarcheurs jusqu'au Montana. Sur le versant est des Rocheuses, ce qu'ils appellent là-bas le Front Est. De grosses réserves de gaz en sous-sol, fils. Un pays vierge. Et y s'agit de centaines de millions de dollars. Excepté qu'y a un petit problème avec un certain nombre de zones sauvages et la Réserve Indienne Pied Noir.

1. Surnom de Fats Domino. (N.d.T.)

» Mais ça, ça ne me concerne pas. Je ne suis qu'un démarcheur qui loue des terrains pour une société, t'es d'accord ? Faire joujou avec le Service des Eaux et Forêts et ces salopards de givrés qui cloutent les arbres...

– Ils font quoi ?

– Y'a un groupe de fanatiques ou je ne sais pas quoi qui ne veulent pas qu'on coupe les arbres, alors ils enfoncent au marteau, bien profond dans l'épaisseur des troncs, des pointes ou des clous de rail de chemin de fer. Alors y'a un bûcheron qui s'amène avec sa Mc Cullough et c'est tout juste s'y ne s'arrache pas la figure avec. Mais je n'ai pas de compte à régler avec ces gens-là. A chacun son truc, pas vrai ? C'est à la Star Drilling de s'occuper du côté politique et relations publiques ; pour Dixie Lee, à chaque jour suffit sa peine, avec un petit coup de Jack Daniels et la grâce de Dieu.

» Mais on est revenu pour six semaines de discussions, de marchés et de contrats au Centre des Pétroles à Lafayette. Alors je m'installe au motel avec deux autres mecs, deux démarcheurs eux aussi. C'est la compagnie qui règle la note, le bar est toujours ouvert, et y'a un Noir qui nous sert tous les matins près de la piscine nos Bloody Mary et nos crevettes rafraîchies. Ç'aurait dû être de belles vacances avant que je reparte à faire mes kilomètres pour aller discuter mes contrats au milieu des Indiens et des givrés.

» Sauf qu'il y a deux soirs de ça, y'a un des démarcheurs qui a organisé une soirée dans sa chambre. C'était plus une fiesta de timbrés en train de s'éclater. Les nanas qui s'arrachaient les sous-tifs, les gens qui se crachaient dessus leur tonic et leurs glaçons. Puis après, je crois que je suis devenu romantique et je suis allé dans la chambre avec une nana, une grande blonde balèze, on aurait dit qu'elle était capable de te balancer un verrat par-dessus la clôture.

Son regard s'écarta de moi, il rougit légèrement. Il

but une nouvelle gorgée de sa Jax sans plus me regarder.

– Mais ce soir-là, j'avais bien tété du carafon, et vraiment, je n'étais plus à la hauteur pour faire des galipettes à deux dos, dit-il. J'ai dû tomber dans les vaps et rouler du pieu pour me retrouver coincé entre le lit et le mur, parce que c'est là que je me suis réveillé à cinq heures du matin. Les serpents commençaient à jouer des castagnettes dans leur panier, et puis j'ai entendu les deux autres mecs, les démarcheurs en question, en train de discuter dans l'autre pièce.

» Un des mecs – je te dis pas son nom – a dit, « Ne t'en fais donc pas. On a fait ce qu'on avait à faire. » Alors, l'autre mec lui dit, « Ouais, mais on aurait dû prendre notre temps. On aurait dû leur mettre dessus des cailloux ou quelque chose. Les animaux, ça passe leur temps à déterrer les trucs dans les bois, alors y'a un chasseur qui s'amène... »

» Alors le premier mec dit, « Personne ne va les retrouver. Il n'y a personne qui se soucie d'eux. C'étaient des faiseurs d'embrouilles, tous les deux. Vrai ou faux ? »

» Alors le second dit, « Je crois que t'as raison. »

» Et le premier ajoute, « C'est comme à la guerre. Les règles, tu les fais quand tout est terminé. »

» Je suis resté sans bouger, silencieux, dans la chambre, jusqu'à ce que je les entende qui appellent le service de l'hôtel pour commander le petit déjeuner et deux bouteilles de champale[1]. Alors je suis entré dans le salon en caleçon et maillot de corps, comme si je venais tout juste de gicler du ventre de ma mère. J'ai cru un moment qu'y z'allaient tous les deux en faire dans le froc, là, sur place.

– Tu crois qu'ils ont tué quelqu'un ?

Il se frotta le front des doigts d'un geste nerveux.

– Seigneur Dieu, mec, je ne sais pas, dit-il. A quoi ça ressemble, à ton avis ?

1. Mélange de bière et de champagne. (N.d.T.)

– Ça a l'air méchant.

– Qu'est-ce que tu crois que je devrais faire ?

Je me frottai la paume de la main sur le genou de mon pantalon de travail en toile kaki, avant de pianoter du bout des ongles sur le carter métallique du moteur hors-bord. Le visage de Dixie, rouge d'émotion, était moucheté par la lumière du soleil qui tombait au travers des branchages de saule.

– Je peux te présenter au shérif d'Iberia ou à un bon agent du SRS[1] de Lafayette, dis-je.

– Tu plaisantes, mec ? J'ai autant besoin d'un agent des stups en ce moment qu'un poulailler d'un chien gobeur d'œufs.

– Eh bien, il reste toujours le shérif.

Il avala la mousse de la bouteille de Jax et me regarda, un œil fermé devant la lumière du soleil.

– J'ai comme qui dirait l'impression que tu crois que je devrais me contenter de faire joujou avec mes cocktails et mon petit fouet mélangeur, et c'est tout.

Je haussai les sourcils et ne répondis pas.

– Allez, Dave, un bon mouvement. J'ai besoin d'aide. Les soucis, je ne supporte pas. Ça me gâche le déjeuner.

– Où penses-tu que ça se soit déroulé ?

– Là-bas dans le Montana, je pense. C'est là qu'on a passé les trois derniers mois.

– Nous pouvons aller voir le FBI, mais je ne crois pas que ça puisse nous mener bien loin. Tes renseignements sont tout simplement insuffisants, Dixie.

Je restai silencieux un moment.

– Sans compter qu'il reste un os dans l'histoire.

Il me regarda comme pourrait le faire un enfant qu'on voudrait mettre à l'épreuve.

– Quand je têtais de la bouteille, j'avais bien du mal à convaincre les gens de certaines des choses que j'avais vues et entendues, dis-je. C'est injuste, mais ça va avec le reste.

1. SRS : Service de Répression des Stupéfiants. (N.d.T.)

Il plongea son regard dans l'eau et se pinça les yeux des doigts.

– Je te conseille de rester à l'écart de ces mecs-là, dis-je.

– C'est avec eux que je travaille.

– Il existe d'autres compagnies.

– Sois sérieux. J'étais à Huntsville. Le bureau des conditionnelles au Texas n'est pas le genre à te donner les meilleures lettres de recommandation.

– Alors, dans ce cas, je ne vois pas ce que je pourrais ajouter.

– C'est affligeant, comme sac de nœuds, hein ?

Je commençai à remonter le cordage d'ancre.

– Alors, comme ça, tu vas me fermer la porte au nez ? dit-il.

– J'aimerais pouvoir t'aider. Je ne crois pas que je puisse. C'est comme ça.

– Avant que tu ne démarres le moteur, laisse-moi te poser une question. Ton père a bien été tué sur une plate-forme de forage dans le Golfe, non ?

– C'est exact.

– C'était une plate-forme Star, exact ?

– Ouais.

– Ils n'avaient pas installé de sécurité sur la tête de puits. Il y a deux douzaines de gars qui ont été tués quand tout a sauté.

– Tu as une bonne mémoire, Dixie.

Je tournai la manette des gaz pour ouvrir l'arrivée d'essence et tirai sur le cordon de démarrage. Ça ne marcha pas.

– Ça n'a pas d'importance pour toi quand je te dis qu'il s'agit de la Star Drilling Company ? dit-il.

Je continuai à tirer sur le cordon de lancement, libérant huile et essence qui venaient se mélanger à l'eau. Puis je posai le genou sur la planche de siège, une main ferme posée sur le carter pour l'immobiliser, et arrachai la poignée du démarreur si fort qu'elle me frôla l'oreille. Le moteur rugit, l'hélice se mit à baratter un nuage de boue jaunâtre mêlée de tiges de jacinthes mortes arrachées au fond et je fis pivoter le bateau pour nous ramener en plein soleil, l'eau clapotant sous la proue, sous le vent parfumé de jasmin et de glycine. Pendant le trajet de retour, Dixie resta assis à la proue, avant-bras ballants entre les jambes, le visage apathique et vide, sa chemise au décor de roses gonflée par le vent chaud.

***

Tard dans l'après-midi, ce jour-là, le vent changea de direction et se mit à souffler du sud, et l'on sentit les odeurs de marais légèrement teintées d'un parfum de sel. Puis une colonie de nuages d'orage traversa le ciel en provenance du Golfe, se bousculant devant le soleil comme des fumées de canon, la lumière se rassembla dans les chênes, les saules, les cyprès, et se chargea d'étranges reflets verdâtres comme si l'on voyait soudain le monde au travers d'un mur d'eau. La pluie tomba, forte et drue, dansant sur le bayou et les feuilles de nénuphars des hauts-fonds, claquant sur le toit de ma galerie et mes clapiers à lapins, baignant les champs fraîchement labourés de reflets noirs et luisants.

Puis soudainement, elle cessa, le ciel s'éclaircit, et l'horizon à l'ouest se barra de rayures de feu. Habituellement, les soirs de printemps comme aujourd'hui, lorsque la brise était fraîche et mouchetée de pluie, Batist et moi prenions la route d'Evangeline Downs à Lafayette. Mais l'industrie du pétrole avait touché le fond en Louisiane, l'État qui possédait le plus haut taux de chômage du pays et le plafond de crédit le plus bas, et l'hippodrome avait fermé.

Je fis bouillir des écrevisses pour le souper. Je les décortiquai en compagnie d'Alafair avant de les manger à la table de jardin en séquoia sous le mimosa de l'arrière-cour. Cette nuit-là, je rêvai d'une bulle de feu qui brûlait sous la surface verte des eaux du Golfe. L'eau bouillonnait en sifflant, des geysers de vapeur et de fumées sales s'élevaient dans les airs, et une immense nappe de pétrole bleu-vert couvrait la mer à perte de vue jusqu'à l'horizon à l'ouest. Quelque part là-dessous, loin dans les profondeurs, parmi les poutrelles tordues, les tuyaux, les câbles de forage et l'épave noyée du bateau de quart, se trouvaient les corps de mon père et de dix-neuf autres hommes qui s'étaient enfoncés dans les eaux avec la plate-forme lorsque le trépan avait percé la couche du gisement et fait sauter la tête de puits.

Le chargé de relations publiques de la compagnie avait déclaré qu'on n'avait pas installé de sécurité sur la tête de puits parce que, jamais auparavant, on n'avait encore touché de gisement de sables pétrolifères à cette profondeur dans le Golfe. Je me demandai quelles avaient été les pensées de mon père aux derniers instants de sa vie. Je ne l'avais jamais vu manifester de peur. Peu importait la gravité des coups du sort et de la malchance, des blessures portées au cœur par les infidélités de ma mère, et partant, au corps, par les bagarres d'ivrognes dans les bars et les séjours à l'ombre dans la prison de la paroisse ; il savait toujours nous trouver la force d'un sourire et d'un clin d'œil, à mon frère et à moi, emportant la conviction de toujours prétendre que les malheurs et la malchance ne valaient pas la peine d'être mentionnés.

Mais qu'avait-il ressenti à ces derniers moments, là-bas, tout en haut, perché sur le planchage au niveau de la moufle mobile, dans l'obscurité, lorsque la plate-forme s'était mise à trembler et gémir, lorsqu'il avait vu les ouvriers au sol laisser tomber pinces et chaînes pour se mettre à fuir à toutes jambes l'éruption de sable, d'eau salée, de gaz et de pétrole, les cascades de tuyaux de forage qui allaient exploser dans les secondes qui devaient suivre en une gigantesque flamme orange et jaune sous laquelle les cornières métalliques se mettraient à fondre comme de la réglisse ? Avait-il pensé à moi et à mon frère, Jimmie ?

Je parierais que oui. Même lorsqu'il avait clipsé sa ceinture de sécurité sur le câble de main courante et sauté dans le noir, même lorsque la plate-forme avait cédé avec lui pour s'effondrer sur le bateau de quart, je parierais que ses pensées étaient pour nous.

On n'avait jamais retrouvé son corps, mais aujourd'hui encore, après vingt-deux années, il me visitait dans mon sommeil et il m'arrivait parfois de croire qu'il m'avait parlé pendant mes heures de veille. Dans mon rêve, je le vis sortir des flots, les vagues vertes et l'écume glissant aux genoux de sa salopette, son corps puissant entortillé d'algues couleur de rouille. Sa peau brûlée par le vent était sombre comme celle d'un mulâtre, ses dents, blanches, sa chevelure épaisse et bouclée aussi noire que celle d'un Indien. Il portait son casque incliné sur la tête et lorsqu'il frotta une allumette de cuisine sur l'ongle du pouce avant d'allumer le mégot de cigare collé au coin de ses lèvres et plisser les yeux dans ma direction, un rayon de soleil matinal vint frapper son casque et se mit à briller avec l'éclat d'un éclair d'héliographe. Je sentis les vagues d'eau salée me battre les jambes lorsque je m'avançai pour le rejoindre.

2

La première semaine d'avril, les jours se firent plus chauds, au point que je sortis plusieurs matins sur la grande salée dès l'aube pour pêcher la crevette au chalut dans les rougeurs du soleil levant. L'après-midi, j'aidais Batist à la boutique à appâts avant de m'occuper de mes parterres de fleurs et tailler les treillages de roses mauves et jaunes qui garnissaient le côté sud de ma maison. Je pompais de la fonte et courais mes cinq kilomètres sur le chemin de terre près du bayou. A quatre heures, j'entendais le bus de ramassage scolaire s'arrêter, et cinq minutes plus tard, résonnaient les bruits de la gamelle de déjeuner qu'Alafair jetait sur la table de cuisine et de la porte du frigo qui s'ouvrait ; puis Alafair faisait son apparition avant de partir à ma recherche dans l'arrière-cour.

Je me demandais parfois si elle n'était pas tout simplement fascinée par moi comme par un animal étrange et intéressant qui aurait atterri de manière inopinée dans son existence. Sa mère s'était noyée en la maintenant soulevée dans une bulle d'air instable à l'intérieur d'un avion qui avait sombré après s'être écrasé dans la mer. L'avion venait du Salvador avec, à ses commandes, un prêtre du mouvement pour le droit d'asile. Son père avait disparu, tué par l'armée dans les montagnes, ou alors, on l'avait fait disparaître dans l'enceinte d'une prison militaire. Aujourd'hui, par l'effet du hasard et des accidents du destin, elle vivait avec moi dans mon petit monde cajun et rural en bordure de marécages de Louisiane.

Un après-midi, j'avais déplacé la table de jardin pour la mettre au soleil et je m'étais endormi, la tête entre les bras, toujours vêtu de mon short de course. Je l'entendis qui reclaquait la porte-moustiquaire puis, comme je continuais à ne pas vouloir ouvrir les yeux, elle se trouva une plume de canard dans la mare et commença à toucher du bout de la plume des endroits bizarres de mon corps : la mèche blanche que j'avais dans les cheveux, ma moustache, la cicatrice en boucle que j'avais sur le ventre. Puis je la sentis qui me chatouillait sur la cuisse les épaisses marbrures en relief qu'on aurait pu prendre pour de petites pointes de flèches enchâssées sous la peau, là où je gardais encore des éclats de mine qui déclenchaient parfois les détecteurs à métaux des aéroports.

Comme je refusais toujours de réagir, je l'entendis qui traversait la pièce d'herbe jusqu'à la corde à linge, pour aller détacher Tripod de sa chaîne. Et soudain, je me retrouvai avec le raton-laveur installé sur ma poitrine, les moustaches et le museau humides, les yeux en amande derrière leur masque de fourrure pointés vers ma figure. Les gloussements de plaisir d'Alafair montèrent dans le mimosa.

***

Ce soir-là, alors que je fermais la boutique à appâts et repliais les parasols au-dessus des tables sur le ponton, un homme vint ranger sa Plymouth neuve – apparemment, voiture de location ou véhicule d'entreprise – près de la rampe à bateaux au sol de coquillages compactés et s'avança dans ma direction. Il se tenait très raide, presque arrogant, ce qui le faisait paraître plus grand qu'il n'était en réalité. Il ne devait guère mesurer plus d'un mètre soixante-cinq, mais le cou était épais et noué de veines comme des cordages, les épaules larges et voûtées comme celles d'un haltérophile et les sourcils, une barre sombre ininterrompue. Les muscles donnaient l'impression d'être noués si serrés les uns aux autres que le mouvement d'une masse musculaire semblait en entraîner une demi-douzaine d'autres à sa suite, comme un doigt qui tirerait le centre d'une toile d'araignée. Je l'aurais volontiers comparé à une pile de briques entassées.

Il portait un pantalon haut sur les hanches ; le col de la chemisette blanche était déboutonné et la cravate desserrée. Il ne sourit pas, bien au contraire. Il inspecta d'un regard rapide la boutique et les tables vides, avant de me montrer sa plaque.

– Agent Spécial Dan Nygurski, M. Robicheaux, dit-il. Service de Répression des Stupéfiants. Cela vous dérangerait-il de m'accorder un moment ? J'aimerais vous dire quelques mots.

L'accent ne collait ni avec le nom, ni avec l'homme. C'était un accent très nasalisé de paysan des montagnes, probablement des montagnes du sud, nasillard comme un son de guimbarde qui vous vibrerait à l'oreille.

– J'ai fini ma journée, je ferme, et nous sommes sur le point de partir à une soirée au jardin public, avec ragoût d'écrevisses.

– Ça ne prendra pas longtemps. J'ai parlé au shérif de New Iberia et il m'a déclaré que vous pourriez probablement résoudre mon problème. Vous avez bien été l'un de ses adjoints par le passé, n'est-ce pas ?

– Pendant un petit moment.

Le visage était rugueux et couturé de rides, le pourtour des yeux légèrement injecté de sang. Il plissait la bouche de manière étrange lorsqu'il parlait, ce qui faisait tressauter les muscles du cou qu'on aurait cru attachés à un fil, comme des pantins.

– Et avant cela, vous avez fait longtemps partie de la police de La Nouvelle-Orléans ? Lieutenant à la Criminelle ?

– C'est exact.

– Bien sûr que ça l'est, dit-il avant de regarder le soleil rouge au travers des cyprès et les bateaux vides amarrés au ponton.

Les manières de procéder des agents fédéraux, quels qu'ils soient, ne varient jamais. Je le savais par expérience. Il leur fallait toujours beaucoup de temps avant d'en arriver au fait.

– Pourrais-je vous louer un bateau ? Ou peut-être que vous pourriez alors m'accompagner pour me montrer quelques-uns des canaux qui débouchent dans Vermilion Bay ? demanda-t-il.

Les cheveux noirs clairsemés étaient coupés ras, comme chez les militaires ; il y passa les doigts en fourche, écarquilla les yeux et regarda une nouvelle fois autour de lui.

– Je vous louerai un bateau dans la matinée. Mais je

ne vous accompagnerai pas, vous serez obligé de sortir seul. En quoi exactement puis-je vous aider, M. Nygurski ?

– Je fouine un peu dans le coin, sans but précis – il plissa la bouche une nouvelle fois – j'ai entendu dire qu'il y avait des mecs qui larguaient de la marchandise du côté de Vermilion Bay. De temps en temps, j'aime bien me faire une idée précise de l'endroit où ça se passe.

– Vous venez de La Nouvelle-Orléans ?

– Non, non, c'est la première fois que je descends par ici. Le pays est joli. Il faudra que je profite de mon séjour ici pour goûter un peu de leurs écrevisses.

– Attendez une minute. Je ne vous suis plus. Vous vous intéressez à des trafiquants de came qui opéreraient du côté de Vermilion Bay, mais vous venez d'ailleurs ? D'un autre coin ?

– C'est rien que pour passer le temps. Je crois que ça pourrait bien être les mêmes mecs que j'ai essayé d'attraper il y a quelques années de ça en Floride. Une nuit, à l'extérieur de Fort Meyers, ils étaient en train de décharger une vedette rapide et il y a quelques badauds de passage dans les dunes qui sont tombés par accident au beau milieu de l'opération. Ces mecs en ont tué quatre. Les filles avaient toutes les deux dix-neuf ans. Mais je dois dire que ce n'est plus de mon ressort aujourd'hui.

Le ton nasillard, la voix aiguë de crécelle ne collaient pas, ni avec le sujet de discussion, ni avec l'homme, court sur pattes et trapu, dont je remarquai alors qu'il marchait de travers, un peu à la manière d'un crabe.

– Ainsi donc vous venez de Floride ? dis-je.

– Non, non, vous n'avez pas compris. Je viens de Great Falls, Montana, c'est là que je suis aujourd'hui, et je voulais vous parler de...

Je secouai la tête.

– Dixie Lee Pugh, dis-je.

***

Nous remontâmes le long de l'appontement avant de traverser le chemin de terre et nous engager sous l'ombre du pacanier dans mon avant-cour. Lorsque je lui demandai comment il avait fait le lien entre Dixie Lee et moi, il me répondit que l'un de ses hommes avait noté mon numéro de plaque le matin où j'avais rencontré Dixie Lee au café dans les faubourgs de Baton Rouge. Mais je devinai également que le SRS avait mis le téléphone de son motel sous écoute. Je pénétrai dans la maison, ramenai deux boîtes de Dr Pepper bien frais et nous nous installâmes sur les marches du perron. Au travers des troncs des pacaniers, je voyais les ombres s'allonger sur le bayou.

– Je ne veux pas me montrer irrespectueux pour l'enquête que vous menez, M. Nygurski, mais je ne pense pas qu'il soit un trafiquant de drogue bien important. Tout ça, ce ne sont que des coups d'épée dans l'eau.

– Pour quelle raison ?

– Je suis convaincu qu'il lui reste une conscience. Il consomme peut-être, mais ça ne signifie pas qu'il trafique.

– Vous voulez me dire pourquoi il est venu jusqu'ici pour vous voir ?

– Il a des ennuis. Mais ça n'a rien à voir avec la drogue, et c'est à lui de vous en parler, pas à moi.

– Vous a-t-il dit qu'il avait Sal le Canard comme compagnon de cellule à Huntsville ?

– Qui ça ?

– Sal le Canard. Également connu sous le nom de Sally Dio ou Sally Dee. Vous trouvez ça drôle ?

– Je suis désolé, dis-je en m'essuyant la bouche de la main. Mais suis-je censé être impressionné ?

– Il y a des tas de gens qui le seraient. Sa famille tenait tout Galveston. Machines à sous, putes, jusqu'à la moindre partie de craps en ville, la came, faites votre choix. Puis tout le monde a émigré vers Vegas et Tahœ et il y a deux ans de ça, ils ont pointé leur nez dans le Montana. Sal est revenu rendre visite à ses cousins de Galveston et il s'est fait épingler pour une histoire de cartes de crédit chauffées. Je me suis laissé dire qu'il n'avait pas du tout aimé Huntsville.

– A qui le dites-vous ! C'est pire qu'Angola !

– Mais il s'est quand même débrouillé pour se faire quelques dollars. C'était par lui que tout passait dans la taule, et je crois qu'il refourguait une part de ses trafics à Pugh.

– Eh bien, c'est votre opinion, et vous la partagez. Mais je crois quant à moi que Pugh est essentiellement un alcoolique et un malade.

Nygurski sortit une coupure de journal de sa poche de chemise et me la tendit.

– Lisez ceci, dit-il. Je crois que les journalistes ont trouvé ça très drôle.

Le titre disait : " C'EST LA CURIOSITÉ QUI A TUÉ L'OURS "[1]. L'article venait de Polson, Montana, et le paragraphe de tête décrivait les circonstances qui avaient conduit à la découverte d'un sac de paquetage contenant quarante paquets de cocaïne : le sac avait été parachuté dans une zone fortement boisée à l'est de Flathead Lake – le Lac des Têtes Plates – avant d'être découvert par un ours brun ; ce dernier avait déchiqueté les emballages et semé la poudre sur toute la colline avant de mourir d'une overdose.

– Le parachute est tombé sur une forêt domaniale. Mais devinez le nom de ceux qui possédaient des actions de chasse sur les terres voisines ?

– Je ne sais pas.

– Sally Dio et son vieux. Devinez qui leur servait de prête-nom pour le bail ?

– Dixie Lee.

– C'est peut-être vrai, peut-être que ce n'est qu'un malade.

1. Démarquage du proverbe : " La curiosité est un vilain défaut ", qui s'exprime en anglais par " La curiosité a tué le chat. " (N.d.T.)

Je détournai la tête en direction des lumières douces sur le bayou. Du coin de l'œil, je voyais les jointures de sa main qui serrait la boîte de limonade.

– Alors, dites-moi, qu'est-ce que vous en pensez ? dit-il.

– Je pense que vous allez un peu vite.

– Ça, c'est bien vrai. Je ne les aime pas, ces enculés.

– Personne ne les aime. Mais je me suis retiré des affaires. Vous ne vous êtes pas choisi le bon moulin à vent à combattre.

– Et en plus, je ne trouve pas drôle qu'on tue les ours. Je n'aime pas voir ces mecs qui débarquent avec leurs saloperies dans un beau pays, avides de se faire encore plus de fric. Votre ami Pugh est mal : il est debout dans le lac, avec de la merde ras-la-gueule et la vedette ne va pas tarder à passer pour faire des vagues.

– C'est à lui qu'il faut dire ça, dis-je en consultant ma montre. La brise faisait voleter les feuilles des pacaniers.

– Croyez-moi, c'est bien ce que je vais faire. Mais pour l'instant, je me retrouve rafclo dans le coin.

– Quoi ?

– Ça signifie " Rien A Foutre, C'est Les Ordres ". Dans trois jours, je repars à Great Falls.

Il sécha sa boîte de limonade avant de l'écraser dans la main et de la déposer délicatement sur la marche du perron. Il se leva et me tendit sa carte.

– Le numéro de mon motel à Lafayette est noté au dos. Ou alors plus tard, vous pourrez toujours m'appeler en PCV dans le Montana, si jamais vous avez envie de partager vos réflexions avec quelqu'un.

– Je n'ai rien qui vaille la peine d'être partagé.

– Très déprimant comme idée, à vous entendre.

A nouveau, sa bouche se remit à tressauter de manière si particulière.

– Dites-moi, trouvez-vous quelque chose de bizarre à ma figure ?

– Non, je ne dirais pas ça.

– Allez, je ne me vexe pas facilement.

– Je n'avais pas l'intention de vous offenser, dis-je.

– Bon sang, question prudence, vous vous posez là. Une femme m'a dit un jour que mon visage ressemblait à une terre ravinée par l'érosion. Je crois que c'était mon épouse. Ouvrez l'œil sur Dixie Pugh, Robicheaux. Il serait capable de vous vendre un bol de merdes de rat en vous les faisant passer pour des crottes en chocolat.

– J'ai changé d'avis. Je vais vous offrir une réflexion en partage, M. Nygurski. Vous n'avez pas fait tout ce chemin, vous n'êtes pas venu jusqu'ici pour simplement traîner aux basques d'un mec comme Dixie Lee. Quoi que vous puissiez en dire, c'est un batteur à la petite semaine, il n'est pas très bon : sa balle ne tombe jamais bien loin.

– P't'êt' ben que oui, p't'êt ben que non.

– Qu'est-ce qui se passe exactement là-bas, dans le nord ?

– Exactement tout ce qui se passe dans le reste du pays, mais en accéléré. C'est un vrai panier de crabes. Toutes les grosses têtes sont sur place, à renifler la fraîche, groin en avant. Continuez à frayer avec ce rock'n'roller, et c'est sur ces gus-là que vous allez tomber.

Il s'éloigna à travers les arbres, faisant craquer sous ses pas les feuilles mortes et les coques sèches des pacanes.

***

La lune était basse ce soir-là, le ciel noir, et les ramures des éclairs tremblaient au sud sur l'horizon. A quatre heures du matin, je fus réveillé par les roulements du tonnerre et les zébrures de lumière qui vacillaient sur le mur. J'avais l'impression qu'un diapason résonnait dans ma poitrine sans pouvoir en expliquer la raison ; ma peau était brûlante et sèche au toucher malgré la fraîcheur de la brise qui soufflait par la fenêtre. J'entendis des sons qui n'existaient pas : un bruit de moteur de voiture qu'on coupait dans le lointain, sur la route, les pas de deux hommes qui s'avançaient au milieu des arbres, le grincement d'une planche sur le porche d'entrée, le raclement d'un pied-de-biche qu'on insérait entre porte et chambranle. C'étaient les bruits de fantômes passés, car l'un des deux hommes avait été électrocuté dans sa baignoire, radio branchée sur les genoux, et l'autre était mort dans un grenier non loin de St Charles lorsque cinq balles à charge creuse sorties de mon 45 avaient explosé au travers du plancher au beau milieu de sa vie.

Mais la peur est une émotion irrationnelle qui flotte d'objet en objet comme un ballon gonflé à l'hélium qu'on repousse du bout du doigt. J'ouvris le tiroir de ma commode, sortis mon 45 rangé sous ma pile de chemises de travail et enfilai le lourd chargeur dans la poignée avant de me rallonger dans l'obscurité. Le plat du canon me brûlait la cuisse. Je posai l'avant-bras sur les paupières et essayai de me rendormir. Inutile.

Je mis mes sandales et enfilai mon pantalon de treillis avant de sortir ; j'avançai au milieu des troncs sombres des pacaniers de l'avant-cour, traversai la route et descendis jusqu'au ponton et la boutique. La lune se leva alors au sortir d'un nuage et chargea les saules d'argent en illuminant la forme noire d'un ragondin qui traversait le bayou à la nage en direction des typhas. Qu'est-ce que je faisais là ? Je me dis que j'allais m'avancer pour la journée. Oui, pas de doute, c'est bien ce que j'allais faire.

J'ouvris la glacière où je conservais les boîtes de soda et les bouteilles de bière au col élancé, Jax, Dixie et Pearl. La glace de la veille avait fondu et quelques-unes des étiquettes flottaient à la surface de l'eau. Je mis les deux mains en appui sur le rebord de la glacière et fermai les yeux. J'entendis au milieu des marécages le cri d'un ragondin qui appelait sa compagne, ce cri qui me résonne toujours aux oreilles comme un hurlement de femme hystérique. Je plongeai les mains dans l'eau et m'en éclaboussai le visage en inspirant profondément, brutalement saisi par le froid. Puis je m'essuyai à une serviette que je balançai par-dessus le comptoir sur les caillebotis.

Je retournai à la maison, m'assis à la table de la cuisine dans l'obscurité et posai la tête sur les avant-bras.

Annie, Annie.

J'entendis le bruit de pieds nus traînant sur le linoléum derrière moi. Je relevai la tête et levai les yeux sur Alafair, debout dans un carré de clair de lune, vêtue de son pyjama décoré de réveille-matin souriants. Elle avait le visage perplexe, encore plein de sommeil. Elle n'arrêtait pas de cligner des yeux comme si elle s'éveillait d'un rêve. Puis elle s'avança jusqu'à moi, mit les bras autour de mon cou, et appuya la tête contre ma poitrine. Je sentais l'odeur de shampooing de bébé dans ses cheveux. Elle me toucha les yeux de sa main.

– Pourquoi que t'as la figure mouillée, Dave ? dit-elle.

– Je viens de la laver, petit gars.

– Oh, puis, – C'est-y queq'chose qui va pas ?

– Pas " C'est-y ". Ne dis pas « C'est-y ».

Elle ne répondit pas. Elle me serra juste un peu plus fort. Je lui caressai les cheveux et l'embrassai, avant de la soulever dans mes bras et de l'emporter jusqu'à sa chambre. Je la déposai sur son lit et lui tirai les draps sur les pieds. Ses animaux en peluche étaient éparpillés au sol. La cour et les arbres viraient au gris, et j'entendis Tripod qui courait le long de sa corde à linge.

Elle leva les yeux, la tête enfouie dans l'oreiller. Elle avait le visage rond et je vis clairement ses dents largement écartées.

– Dave, c'est-y que les méchants, y vont revenir ?

– Non. Ils ne reviendront jamais. Je te le promets.

Et je me sentis obligé de détourner la tête de crainte qu'elle ne vît mes yeux.

Une semaine plus tard, j'emmenai Alafair prendre son petit déjeuner à New Iberia, et lorsque je dépliai un exemplaire du *Daily Iberian* qu'on avait laissé là, je vis en première page la photographie de Dixie Lee. C'était une photo d'archives, très ancienne, qui le montrait sur scène, en mocassins de daim bleu, pantalon à plis et à revers, veste de sport blanche à paillettes et une guitare aux couleurs en dégradé accrochée au cou.

Il avait été brûlé au cours de l'incendie d'un chalet de pêche dans les profondeurs du marais Hendeson. Une serveuse âgée de vingt-deux ans, sa " compagne " pour reprendre le terme que lui donnait l'article, avait péri dans les flammes. On avait sorti Dixie Lee de l'eau lorsque le cabanon bâti sur pilotis avait explosé pour se changer en boule de feu et s'abîmer dans le bayou. Son état était jugé grave, et il se trouvait à Notre-Dame de Lourdes à Lafayette.

Il se trouvait également en état d'arrestation. Les services du shérif de la Paroisse de St Martin avaient découvert un petit flacon de fil dentaire plein de cocaïne sous le siège avant de son cabriolet Cadillac.

Je ne veux pas être mêlé à ses ennuis, me dis-je. Quand on s'en sert, on perd. Leçon méchante et sans pitié, mais quand on se retrouve impliqué dans la vie d'un drogué ou d'un ivrogne, on se transforme tout simplement en acteur du scénario qu'ils ont déjà rédigé à votre intention tout autant que pour eux-mêmes.

Cet après-midi-là, je fabriquai avec Alafair deux mangeoires à oiseaux à partir de boîtes à café, avant d'aller les accrocher au mimosa de l'arrière-cour. Ensuite, nous sommes allés retendre la corde à linge de Tripod jusque dans les pacaniers pour qu'il ne puisse plus accéder au linge de Clarisse. Nous avons déplacé sa niche au pied d'un arbre en plaçant des briques sous le plancher pour lui épargner la boue et la garder au sec, et pour finir, installé sa gamelle et son eau juste devant la porte. Le visage d'Alafair rayonnait toujours tant elle était fascinée par Tripod, lorsque ce dernier lavait sa nourriture avant de la manger pour finir par se toiletter le museau et les pattes une fois le repas terminé.

Je nous préparai une *étouffée* pour le souper et nous venions de commencer à manger sur la table de pique-nique de l'arrière-cour lorsque le téléphone sonna dans la cuisine. C'était une nonne qui travaillait à l'étage de Dixie Lee à Lourdes. Elle me dit qu'il voulait me voir.

– Je ne peux pas venir, ma sœur. Je suis désolé, dis-je.

Elle ne dit rien.

– Est-ce là tout le message que vous voulez que je lui transmette ? demanda-t-elle.

– Il a besoin d'un avocat. Je peux vous donner quelques noms à Lafayette ou St Martinville.

Une fois encore, elle resta silencieuse. C'est une chose qu'on devait leur enseigner au couvent, songeai-je. Un de ces silences électriques, qui vous donne l'impression de dévaler en glissades les flancs de l'univers.

– Je ne pense pas qu'il ait beaucoup d'amis, M. Robicheaux, dit-elle. Personne n'est venu le voir. Et c'est vous qu'il a demandé, et pas un avocat.

– Je suis désolé.

– Pour être franche, moi aussi, dit-elle avant de raccrocher.

Tandis que nous faisions la vaisselle, Alafair et moi, et que s'obscurcissaient les champs de canne à sucre vides et labourés sous le crépuscule qui tombait au-dehors, le téléphone sonna à nouveau.

Il avait la voix épaisse, toute chargée de mucus, un murmure au bout du fil.

– Fils, j'ai vraiment besoin de te voir. Ils m'ont roulé dans la gaze comme une momie, ils m'ont camé jusqu'aux yeux, et j'en passe, y m'ont même collé un tube à lavement dans le trou de balle.

Il s'arrêta et souffla dans le téléphone.

– J'ai besoin que tu m'écoutes.

– Tu as besoin d'un homme de loi, Dixie. Ce n'est pas moi qui vais pouvoir t'aider.

– Un avocat, j'en ai un. Des mecs dans son genre, je peux en engager un paquet. Ça servira à rien. Y vont me réexpédier au trou, fils.

J'observai ma main qui s'ouvrait et se fermait, posée sur le comptoir.

– Ça ne me plaît pas beaucoup de te dire ça, mais tu étais chargé, dis-je. Et ce simple fait ne va pas disparaître tout seul. Il va falloir que tu l'acceptes et que tu vives avec.

– C'est un mensonge, Dave – J'entendis la salive cliqueter dans le fond de sa gorge – C'est fini, je donne plus dans la blanche. J'ai déjà assez bousillé ma vie comme ça dans le temps. Un petit joint de temps en temps, peut-être. Mais c'est bien tout.

Je me pinçai l'arête du nez.

– Dixie, c'est simplement que je ne vois pas ce que je peux faire pour toi.

– Viens jusqu'ici. Accorde-moi ton attention pendant cinq minutes. J'ai personne d'autre.

Par-delà la moustiquaire, je fixai les arbres sur la pelouse, et les vols d'oiseaux de nuit sur fond de ciel rouge.

***

Le vent soufflait le lendemain matin et le ciel était d'un bleu pâle, plein de cumulus de nuages blancs qui faisaient courir des flaques d'ombre à travers les champs de canne et les pâturages tandis que je roulais le long de la vieille route qui traversait Broussard et conduisait à Lafayette. Dixie Lee occupait une chambre du premier étage à Lourdes, et un adjoint du shérif en uniforme jouait aux dames avec lui sur le bord de son lit. Dixie Lee était allongé sur le flanc, la tête, la poitrine, l'épaule et la cuisse droites enveloppées de pansements. A voir son visage, on aurait dit qu'on lui avait serti la tête dans un casque blanc. Les yeux étaient pleins de mucosités, une pommade transparente suintait sous les bords des pansements. On lui avait piqué un goutte-à-goutte dans le bras.

Il me regarda et dit quelque chose à l'adjoint, lequel reposa le damier sur la table de nuit. Il passa à côté de moi tout en sortant son paquet de cigarettes de sa poche de chemise.

– Je serai dans le couloir. Et la porte reste ouverte, dit-il.

Je m'assis tout près du lit. Je vis par la fenêtre des chênes aux branches tendues de barbe. Dixie avait la tête pressée contre l'oreiller, ce qui l'obligeait à me regarder en coin d'un œil plissé.

– Je savais que tu viendrais. Il y a des mecs qui ne réussiront jamais à changer, dit-il.

– Tu as l'air d'aller mieux, à t'entendre.

– Je plane encore bien haut, mais j'arrive au bout de ma planante et je suis sur le point de redescendre la pente. Quand je serai arrivé en bas et que les mille-pattes se remettront à grouiller sous les pansements, on viendra me redonner de la morphine. Dave, il faut qu'on m'aide. Les flics ne me croient pas. Mon propre avocat ne me croit pas. Je vais me retrouver les fesses au fond du trou, à Angola. Mec, je peux plus me permettre de retourner en taule. J'ai plus la force. Ch'suis pas fait pour ça. Là-bas, au Texas, ils m'ont complètement bousillé. Quand t'arrives dans le coton maigre, et que tu ne ramasses pas ton quota, le chef te colle debout sur un baril de pétrole avec trois autres mecs. Y fait chaud, t'es sale, t'as faim, et tu restes là toute la nuit.

– Qu'est-ce qu'ils ne croient pas, les flics ?

– Ça – Il essaya de se toucher l'arrière de la tête du

bout des doigts – Passe la main là-derrière et touche-les, les pansements.

– Dixie, qu'est-ce que...

– Fais-le.

Je tendis le bras par-dessus lui et passai le bout des doigts sur le sparadrap.

– On a l'impression de toucher un rouleau de pièces de monnaie, pas vrai ? dit-il. Ça, c'est parce que je me suis réveillé juste avant qu'un mec armé d'un démonte-pneu ou d'une manivelle de cric ne me fracasse le crâne. Il allait me défoncer la tête, en plein sur les quinquets, mais je me suis dégagé de sa trajectoire d'une contorsion, juste avant qu'il ne me balance le paquet. La chose dont je me souviens ensuite, c'est que j'étais dans l'eau. Ça t'est déjà arrivé de te réveiller en train de te noyer et de brûler en même temps ? C'est à ça que ça ressemblait. Sous le chalet, il y avait un réservoir à essence pour les hors-bords, et il a dû exploser en virant toute la bâtisse dans le bayou. Il y avait des planches qui brûlaient, encore accrochées aux pilotis, l'eau était pleine de cendres chaudes, et la vapeur qui te soufflait à travers tout ce putain de cabanon. J'ai cru que j'étais arrivé en enfer, mec.

Il s'arrêta de parler, lèvres pincées, tendues comme un trait. Je vis ses yeux verts se mouiller.

– Et alors j'ai vu quelque chose d'affreux. C'était la fille, tu te souviens, la serveuse rousse du café de Baton Rouge Ouest. Elle était en feu, comme une grosse chandelle avec des flammes sur toute la longueur, accrochée à toutes ces planches qu'y avait là et qui brûlaient, qui brûlaient sur fond de ciel.

» Je n'arrive pas à me vider la tête de cette image, même pas quand y viennent me coller ma dose de jus à bonheur. Peut-être qu'ils lui avaient tapé sur la tête, comme y z'ont fait pour moi. Et peut-être qu'elle était déjà morte. Seigneur Dieu, je l'espère. Je ne supporte pas de penser à ça, mec. Elle avait rien fait, rien fait à personne.

Je m'essuyai les paumes des mains sur le pantalon et relâchai ma respiration. Je voulais ressortir, là-bas, au dehors, vers le soleil, vers le vent du matin, vers les chênes et leurs voiles de barbe espagnole.

– Qui était le mec au démonte-pneu ? dis-je.

– L'un des enfoirés avec qui je travaille.

– Tu as vu son visage ?

– Ce n'était pas la peine. Ils savaient que j'allais manger le morceau sur leur compte. Pour ce que ça allait servir, de toute façon, nom de Dieu.

– Et c'est ça que tu leur as dit ?

– Bien sûr. J'en ai eu marre de ces deux gus. Non, attends une minute. J'en ai eu marre d'avoir peur. J'étais un peu pompette quand je leur ai balancé leurs quatre vérités à la figure, mais j'l'ai fait quand même. Dalton Vidrine et Harry Mapes. Y'en a un, c'est un coonass [1], et l'autre, un bouseux de l'est du Texas qui travaillait dans le flottage des bois.

– Mais moi, j'ai un problème avec tout ce que tu me racontes. Il y a des gens qui disent que tu es mêlé à des histoires de came. Là-bas, dans le Montana.

Il ferma et rouvrit ses yeux verts, un peu comme un oiseau.

– Ils se trompent, dit-il.

– Que peut-être même tu fricotes avec un trafiquant du nom de Dio.

Une esquisse de sourire se dessina sur ses lèvres.

– Tu as discuté avec les mecs du SRS, dit-il. Mais la guibolle qu'ils reniflent, c'est pas celle du bon mec.

– Ce n'est pas pour lui que tu as pris des baux sur des terrains dans le Montana ?

– J'ai fait signer des baux, et j'ai même acheté un paquet d'hectares pour lui. Mais ça a rien à voir avec

1. Littéralement : " cul de raton-laveur ", plus une déformation du français " connasse " : surnom injurieux donné par les " Yankees " du Nord aux Cajuns, lesquels ont aujourd'hui récupéré ce surnom grossier en leur faveur en arborant avec orgueil des T-shirts où ils ont imprimé le slogan " I'm proud to be a coonass " ; je suis fier d'être un coonass. (N.d.T.)

la came. Sally Dee a été mon compagnon de cellule. Y'a des mecs qui voulaient me faire la peau à coups de surin sous la douche. Jusqu'à ce que Sally Dee leur dise de me traiter comme ils le traitaient, lui. Et ça, ça veut dire qu'y t'allument tes cigarettes, qu'y te prennent ton sac quand t'arrives dans le coton maigre. Ce gandin est peut-être à moitié givré, mec, mais y m'a sauvé les fesses.

– Qu'est-ce qu'il y a derrière toutes ces histoires de terrains, loués ou achetés, Dixie ?

– J'ai pas posé de questions. C'est pas le genre de mec à qui on pose des questions comme ça. Il est propriétaire de plein de trucs. Il engage des gens qui agissent en son nom. Il m'aime bien, pour une raison ou pour une autre. Il m'a payé un joli paquet de blé. Et alors ? Qu'est-ce qu'y a de mal à ça ?

– T'es un vieil ami, Dixie, alors je vais te demander de te garder ton petit numéro de Sans Famille pour le SRS, d'accord ?

– Crois ce que tu veux.

– A combien se monte ta caution ?

– Quinze plaques.

– C'est pas si méchant.

– Ils savent bien que je vais aller nulle part. Excepté à Angola, peut-être bien. Dave, je suis pas en train de te monter un bateau. Je ne tiendrai pas le coup si je retombe à nouveau, et je vois pas de moyen de m'en sortir.

Je regardai par la fenêtre le sommet des arbres, la manière dont les feuilles bruissaient sous le vent, la blancheur des nuages sur le dôme de ciel bleu.

– Je reviendrai un peu plus tard, dis-je. Mais je crois que tu places peut-être trop de ta confiance dans un seul mec.

– Je vais te raconter une histoire sur Hank, je l'ai entendue de la bouche de Minnie Pearl[1]. C'était juste après qu'il ait entraîné tout son public en chœur à

1. Chanteuse de country and western. (N.d.T.)

chanter *J'ai Vu La Lumière* à l'Opry[1]. En fond de scène, il s'est tourné vers elle et il a dit, « Mais, Minnie, y'a pas de lumière. C'est simple, y'a pas de lumière. » Et ça, c'est quand t'as l'âme accrochée à une toile d'araignée, juste au-dessus des flammes, fils. Et, tu sais, c'est là que je me trouve, en ce moment.

***

Cet après-midi-là, debout sur la digue, je contemplais les restes effondrés et calcinés du cabanon de pêche qui, selon les dires de Dixie Lee, avait appartenu à la Compagnie de Forage Star. Des ressorts à matelas, des planches brûlées et noircies, une table métallique, un siège de toilettes boursouflé par les flammes et la moitié du toit en bardeaux gisaient sur les hauts-fonds, au pied des pilotis de soutènement. Une couche pâteuse de cendres grisâtres flottait à la surface au milieu des typhas et des feuilles de nénuphars.

Je descendis jusqu'au bord de l'eau. Je découvris les restes d'un réchaud Coleman[2] et d'un fusil de chasse à pompe calibre douze dont les cartouches avaient explosé à l'intérieur du magasin. Le bidon d'essence qui servait à refaire le plein des moteurs de hors-bords était éventré, les lèvres de métal ouvertes sur l'extérieur, et tordu comme une boîte de bière.

L'incendie avait laissé un grand cercle noir depuis le bord de l'eau jusqu'à mi-pente de la levée de terre. Des traînées de cendres grises sortaient du cercle au milieu des boutons d'or et de l'herbe de printemps, pareilles à des pattes d'araignées. L'une d'elles remontait jusqu'à la route qui courait au sommet de la digue.

Je fouillai le sol meuble aux abords de la piste à l'aide de mon couteau de poche dont je reniflai la lame. Elle sentait l'herbe et la terre brûlée.

1. Grand Ole Opry : spectacle de country and western à Nashville, Tennessee. (N.d.T.)
2. Réchaud portatif. (N.d.T.)

Je connaissais quelques petites choses aux enquêtes sur les incendies criminels, mais je ne vis rien sur la levée qui aurait pu aider Dixie Lee.

Je retournai à St Martinville et me rangeai devant la vieille église où Evangéline et son amant sont enterrés sous les ramures d'un énorme chêne. Le vent faisait voler la barbe des arbres le long du Bayou Teche, et les belles-de-nuit commençaient à s'ouvrir à l'ombre des berges. Le standardiste à la réception des services du shérif m'avait dit que le shérif était absent pour quelques minutes mais qu'un inspecteur acceptait de me recevoir.

L'inspecteur en question remplissait au crayon un formulaire quelconque, une cigarette aux lèvres, lorsque je pénétrai dans son bureau. Il me manifesta une attitude prétendument polie, mais ses yeux ne cessaient de se porter sur l'horloge au mur tout le temps que je parlai. Une porte latérale s'ouvrit sur le bureau personnel du shérif et j'y vis son fauteuil et sa table vides. Je répétai à l'inspecteur le récit que m'avait fait Dixie. Je lui parlai des deux démarcheurs, Dalton Vidrine et Harry Mapes.

– On est au courant de tout ça, dit-il. C'est pour ça que le shérif, y leur parle. Mais j'te l'dis là, tout de suite, podna, il le croit pas, le mec, le shérif.

Il me sourit.

– Y sont dans son bureau en ce moment. Y'est allé aux toilettes, dit-il avant de se lever pour refermer la porte du bureau du shérif.

Je le regardai, sidéré.

– Ils sont assis dans son bureau, là, maintenant ? dis-je d'une voix incrédule.

– Il les a appelés et y leur a demandé de venir faire une déposition.

Je me levai, pris un bout de papier sur le bureau et y inscrivis mon nom et mon numéro de téléphone.

– Demande au shérif de m'appeler, dis-je. C'est quoi ton nom déjà ?

– Benoit.
– Change de métier.

Je sortis et retournai auprès de ma camionnette pick-up. Les ombres étaient mauves sur le bayou et la pelouse de l'église. Un Noir âgé descendait le drapeau du poteau qui se dressait devant le palais de justice ; un Blanc fermait et verrouillait les portes latérales. Puis deux hommes sortirent par l'entrée principale et traversèrent la pelouse d'un pas pressé dans ma direction, le premier un peu en avance sur le second.

L'homme de tête était de haute taille, le corps anguleux, vêtu d'un pantalon marron, mocassins cirés, chemisette de sport jaune avec, en écusson sur la pochette, une fleur de lis mauve, et ceinture western étroite avec boucle et ardillon en argent. J'entendais le tintement des pièces de monnaie dans sa poche à chaque pas. La lèvre inférieure portait une cicatrice triangulaire qui ressemblait à un fragment de plastique humide.

Celui qui était sur ses talons était plus petit, la peau sombre, la taille enveloppée ; le genre d'homme à porter le pantalon sous le nombril afin de paraître plus grand et plus fort, et déguiser ainsi le poids des ans. Les sourcils plongeaient sur l'arête du nez avant de se rejoindre. Bien qu'il fît chaud, il était vêtu d'une chemise blanche à manches longues dont la poche garnie de stylos-billes cachait un calepin.

Tous deux donnaient l'impression, à s'agiter comme pressés par le temps, d'avoir vu le bus leur filer sous le nez sans s'arrêter.

– Rien qu'une minute, mon pote, dit le plus grand des deux.

Je me retournai et le regardai, la main posée sur la poignée de la portière déjà ouverte.

– Tu as cité nos noms là-dedans. Pour qui te prends-tu, nom de Dieu, à faire des remarques de ce genre ? dit-il.

Les yeux se rétrécirent en fentes et il passa la langue sur la cicatrice triangulaire qu'il portait à la lèvre.

– Je me contentais simplement de fournir quelques renseignements. Et ils ne venaient pas de moi, collègue, je n'y suis pour rien.

– Je me fiche pas mal, nom de Dieu, d'où ils peuvent venir. Je ne vais pas accepter ça sans rien dire. En particulier de la part d'un mec que j'ai jamais vu auparavant.

– Alors n'écoute pas.

– Ça s'appelle de la diffamation.

– Ça s'appelle faire une déposition à la police, dis-je.

– Mais putain, t'es qui, toi ? demanda l'autre.

– Je m'appelle Dave Robicheaux.

– T'es un ex-flic ou alors un genre de chien de garde local ? dit-il.

– Je vais vous demander d'en rester là, les mecs, dis-je.

– C'est lui qui nous demande ! Mec, mais t'es pas croyable, dit le grand.

Je commençai à monter dans la camionnette. Il empoigna d'une main le cadre de la portière qu'il maintint ouverte.

– Tu ne vas pas t'en tirer comme ça, dit-il.

L'accent était bien de l'est du Texas, pas de doute là-dessus, pinèdes, collines rouges et scieries.

– Pugh est pathétique comme gars. Il y a bien longtemps qu'il s'est complètement fondu la cervelle. La compagnie lui a donné sa chance quand personne ne voulait de lui. Et, de toute évidence, ça n'a pas marché. Il se beurre la gueule au whisky, y se défonce à la came et il a des hallucinations.

Il lâcha le montant de la portière et pointa un doigt dans ma direction, à deux centimètres de ma poitrine.

– Maintenant, si tu veux passer ton temps à discuter avec un mec comme ça, nom de Dieu, c'est tes oignons et ça te regarde. Mais si tu te mets à répandre des faux bruits sur mon compte et que je l'apprends, je viendrai te rendre visite.

Je montai dans la camionnette et fermai la portière. Je soufflai par le nez, regardai au loin l'ombre de l'église, la statue de pierre d'Evangéline sous le chêne aux vastes ramures. Puis je fis tinter mon anneau de clés sur le volant. Les visages des deux hommes s'encadraient dans la portière de la camionnette.

Et je cédai à la tentation, par colère et par orgueil, ces deux têtes serpentines de l'Hydre, des défauts qui avaient fait de moi un alcoolique.

– C'était bien le pétrole du réchaud Coleman, pas vrai ? dis-je. Vous avez aspergé tout l'intérieur du chalet, puis vous avez tiré une rigole jusqu'aux marches du perron et vous êtes remontés sur la pente de la digue. Pour faire bonne mesure, vous avez peut-être été jusqu'à ouvrir le robinet du baril à essence, pourquoi pas. Mais vous ne vous attendiez pas à ce que Dixie Lee se retrouve dans l'eau, balayé par le souffle de l'explosion, hein, pas vrai ?

C'était un coup de dés au hasard, mais la bouche du plus petit se mit à béer comme s'il n'en croyait pas ses oreilles. Je démarrai le moteur, et m'engageai dans la circulation en direction des limites de la ville et de la route de contournement qui menait à New Iberia, longeant les vieilles devantures de magasin et les colonnades en bois des rues.

Il existe dans mes rêves un lieu aquatique habité par mon épouse et quelques-uns de mes amis. Je crois qu'il doit se situer sous le Mekong ou peut-être dans les profondeurs du Golfe. Les personnes qui vivent là ont le corps ondulant des lianes sous les courants des marées et elles baignent dans une lumière de vert et d'or. Je ne peux pas leur rendre visite là où elles se trouvent, mais il leur arrive de temps à autre de m'appeler. L'œil de ma mémoire les distingue clairement. Les hommes de ma section ont toujours le casque sur la tête, vêtus de leurs treillis déchirés croûtés de sel. La fumée monte de leurs blessures en colonnes de bulles.

Annie n'a pas beaucoup changé. Ses yeux sont toujours d'un bleu électrique, ses cheveux d'or toujours bouclés. Ses épaules sont toujours mouchetées de taches de son nées du soleil. Elle porte des fleurs rouges sur le devant de sa chemise de nuit, là où l'ont touchée les balles à gros gibier qu'ils ont tirées pour l'abattre. Au-dessus du sein gauche, elle a toujours sa tache de naissance, une fraise qui ne manquait jamais de virer au cramoisi lorsque nous faisions l'amour.

Alors, comment tu vas, baby love ? demanda-t-elle.

Salut, ma douce.

Ton père est ici.

Comment va-t-il ?

Il dit de te dire de ne pas te laisser embarquer dans une nouvelle galère. Qu'est-ce qu'il entend par là ? Tu n'as pas de nouveaux problèmes, quand même, hein, dis, baby love ? Nous avons déjà longuement parlé de ça par le passé.

Je crois que je suis comme ça, tout bêtement.

C'est toujours hourra pour le zizi, le pénis en avant, hein ? Il faut que j'y aille, Dave. Ils sont nombreux à attendre leur tour. Est-ce que tu vas venir me voir ?

Bien sûr.

Tu promets ?

Tu peux y compter. Je ne te laisserai pas tomber, petite.

***

– Vous voulez vraiment que je vous dise ce que ça signifie ? dit le psychologue à Lafayette.

– Les rêves, c'est votre domaine.

– Vous êtes quelqu'un d'intelligent. A vous de me le dire.

– Je ne sais pas.

– Mais si, vous le savez.

– Il arrive parfois aux alcooliques de souffrir d'ivresse sans alcool. Parfois, nous avons des rêves d'ivrognerie.

– C'est un désir de mort. Si j'étais vous, je mettrais le plus de distance possible entre moi et ce genre de rêves.

Je restai à fixer en silence les motifs en volute violets et rouges de la moquette.

***

Le lendemain de mon passage à la cour de justice de la paroisse St. Martin, j'eus le shérif de la ville au bout du fil. Je l'avais rencontré à plusieurs reprises lorsque j'étais inspecteur aux services du shérif de New Iberia et je m'étais toujours bien entendu avec lui. Il me dit qu'il n'y avait rien dans le rapport du légiste pour indiquer que la fille avait été frappée d'un coup de démonte-pneu ou de manivelle avant l'incendie du chalet.

– Ils ont donc bien procédé à une autopsie ? dis-je.

– Dave, c'est tout juste s'il restait quelque chose à autopsier du corps de la pauvre fille. De ce qu'a déclaré Pugh et avec ce que nous avons trouvé, elle se trouvait juste au-dessus du baril à essence.

– Qu'est-ce que tu as l'intention de faire au sujet des deux clowns que tu as reçus dans ton bureau hier ?

– Rien. Qu'est-ce que je peux faire ?

– Pugh dit qu'ils ont tué du monde dans le Montana.

– J'ai passé quelques coups de fil là-bas, dit le shérif. Personne n'a rien sur ces mecs-là. Pas même un PV pour infraction au code de la route. Leur bureau de Lafayette dit que ce sont de bons éléments. Écoute, c'est Pugh qui a déjà un casier chargé, c'est lui qui est dans la panade depuis qu'ils l'ont sorti de ce trou à merde d'où il venait.

– J'ai eu l'occasion de rencontrer ces deux mecs après avoir quitté ton service hier. Je crois que Pugh dit la vérité. Je crois que c'est eux les responsables.

– Dans ce cas, il faudrait que tu reprennes l'insigne,

Dave. Est-ce que ce n'est pas l'heure de déjeuner, dans ton coin ?

– Quoi ?

– Parce qu'ici, c'est l'heure. Passe te faire payer un café un de ces jours. A te revoir, podna.

J'allais à New Iberia acheter quelques poulets et quelques longueurs de saucisses chez mon grossiste. Il pleuvait lorsque j'arrivai à la maison. Je mis *La Jolie Blonde*, par Iry Lejeune sur le tourne-disque, enfilai mon short, et pompai la fonte dans la cuisine pendant une demi-heure. Le vent par la fenêtre était frais, chargé d'odeurs de pluie, de terre humide, d'arbres et de fleurs. J'avais la poitrine et les bras gonflés par l'afflux de sang et la fatigue des exercices. Lorsque la pluie s'apaisa et que le soleil se mit à poindre à travers le ciel de couleur mauve, je courus cinq kilomètres le long du bayou, à sauter par-dessus les flaques au sol et boxer contre l'eau de pluie qui dégouttait des branchages de chênes en surplomb.

De retour à la maison, je me douchai, me changeai, pantalon kaki et chemise propre de toile bleue, et appelai Dan Nygurski en PCV à Great Falls, Montana. Il ne put pas prendre le PCV mais il nota le numéro et me rappela sur sa ligne personnelle.

– Vous êtes au courant pour Dixie Lee ? dis-je.

– Ouais.

– Êtes-vous au courant pour la serveuse qui est morte dans l'incendie ?

– Oui.

– Est-ce que vous lui aviez collé une filoche au train ce soir-là ?

– Ouais, il en avait une mais il nous a filé entre les doigts. C'est pas de chance. Nos gars auraient pu sauver la vie de la fille.

– Il les a perdus volontairement ?

– Je ne pense pas qu'il ait fait ça délibérément. Il a emmené la fille dans un club pour gens de couleur à Breaux Bridge, je crois, une boîte à zydeco ou quelque chose comme ça. C'est quoi, à propos ?

– C'est un mélange de musique nègre et cajun. Ça signifie " légumes ", tout mélangés.

– En tout cas, nos agents ont eu des problèmes avec un jeune Noir balèze qui avait décidé de laisser entrer Pugh mais pas les autres Blancs. Entre-temps, Pugh, qui était complètement beurré, est sorti par la porte latérale avec la fille et ils ont mis les voiles.

– Êtes-vous au courant de ce que dit Pugh ?

– Ouais.

– Et vous croyez son histoire ?

– Quelle différence ça fait ? Maintenant, c'est entre lui et les gars du coin que ça se passe. Je ne vais pas y aller par quatre chemins avec vous, Robicheaux. Je me fous complètement de ce qui peut arriver à Pugh. Ce que je veux, c'est voir ce fou furieux de Sally Dio dans une cage. Et je me fiche aussi pas mal de ce qu'il faudra faire pour l'y conduire. Vous pouvez aller dire à Dixie Lee de ma part que je serai toujours prêt à l'écouter quand il voudra me parler de Sally Dio. Sinon, il peut toujours essayer de vendre ses salades, je ne suis pas preneur.

– Pourquoi achète-t-il des terrains ou fait-il signer des baux pour le Dio en question ? Est-ce que ça a quelque chose à voir avec le pétrole ?

– Hé, mais c'est bon, ça, Robicheaux. Les truands qui viennent se mettre à la colle avec les industriels du pétrole – Il riait maintenant à haute voix – C'est comme si Frankenstein s'envoyait en l'air avec la femme de Dracula. Je ne plaisante pas, c'est super comme idée. Les gars du bureau vont adorer. Vous avez d'autres théories encore ?

Et il se remit à rire.

Je reposai délicatement le combiné sur son berceau avant de descendre jusqu'au ponton, dans la lumière humide de l'après-midi, pour aider Batist à fermer la boutique.

***

Ce soir-là, j'allai avec Alafair jusqu'à Cypremort Point manger un ragoût de crabes au Pavillon. Nous nous sommes installés à l'une des tables avec nappes à carreaux près de la baie, sous la véranda protégée de moustiquaires. Alafair portait, noué autour du cou, un grand bavoir avec le dessin d'une écrevisse rouge. Nous avons contemplé le spectacle du soleil couchant sur les kilomètres de cyprès morts et de cladions, de criques sableuses et de marécages qui s'étiraient jusqu'au Texas. La marée était basse, les jetées se découpaient en formes noires tranchées sur fond de baie grise et plate barrée des filaments mauves et cramoisis des nuages aplatis à l'horizon à l'ouest. Les mouettes plongeaient et viraient à tire-d'aile au bord de l'eau, et un héron bleu se dressait solitaire au milieu des typhas dans la bâche d'eau d'une crique, corps effilé et pattes si graciles qu'on l'aurait dit peint sur fond d'air.

Alafair ne manquait jamais de s'attaquer aux crabes bleus en les décortiquant avec une maladresse dévastatrice. Elle leur écrabouillait la carapace avec le maillet de bois et arrachait les pinces qu'elle faisait craquer à l'articulation de ses petites mains glissantes, tout entière à sa tâche, avec une telle innocence qu'elle en faisait voler le jus et la chair à travers toute la table. Une fois le repas terminé, je dus l'emmener aux toilettes afin de lui essuyer les cheveux, le visage et les bras à l'aide de serviettes en papier humides.

Sur le chemin du retour, je m'arrêtai à New Iberia et louai un film de Walt Disney avant d'appeler Batist et sa femme pour qu'ils viennent le regarder en notre compagnie. Batist était toujours aussi fasciné par le magnétoscope, sans jamais être tout à fait capable de savoir comment l'appareil fonctionnait vraiment.

– Eux, les gens, là, qui font le film, ils le mettent dans la boîte, hein, Dave ? dit-il.

– C'est exact.

– C'est comme quand on va au ciné, hein ?

– C'est exact.

– Alors comment qu'ça fait pour monter à l'antenne et pis aller dans le poste ?

– Ça ne monte pas à...

– Et comment qu'ça se fait-y qu'ça va pas dans le poste chez les aut' ? dit-il.

– Ça sort pas de la maison, dit Alafair.

– Pas " Ça sort pas ". Dis « Ça ne sort pas », dis-je.

– Et pourquoi que tu lui dis ça ? Al parle anglais bien comme nous, dit Batist.

Je décidai d'aller réchauffer un peu de *boudin* et de nous préparer du Kool-Aid[1].

Il m'arrivait souvent de louer des films de Disney et d'autres pour enfants, parce que je n'aimais pas qu'Alafair regarde les programmes diffusés à la télévision le soir, tout au moins lorsque je n'étais pas là. C'est vrai que je me montrais peut-être trop protecteur et trop prudent. Mais les fac-similés de violence sur celluloïd et les images de guerre des journaux télévisés, du Moyen-Orient à l'Amérique Centrale, faisaient parfois disparaître toute trace de lumière sur le visage d'Alafair et elle restait là, bouche béante et yeux écarquillés, comme si on venait de la gifler.

Films de Disney, Kool-Aid, *boudin*, crabes à pointes bleues sous la véranda parfumée de brise au bord de la baie étaient probablement une compensation bien faible pour toutes les pertes qu'elle avait subies. Mais on ne peut offrir que ce que l'on a, parfois même en le bénissant d'une prière, et peut-être que, finalement, un jour, au bout du compte, l'affection grandit et devient foi pour remplacer le souvenir. Je ne sais pas. Je ne suis pas très doué pour les mystères, et je ne dispose guère de solutions, ne serait-ce que pour mes propres problèmes. Mais j'étais déterminé quant au fait qu'Alafair ne souffrirait plus jamais inconsidérément, tant qu'elle serait à ma charge, tant qu'elle resterait dans ce pays.

1. Boisson à base de sirop. (N.d.T.)

– C'est notre domaine, pas vrai, Batist ? dis-je en lui offrant une assiette en carton garnie de rondelles de boudin.

– Quoi ?

Son attention, comme celle d'Alafair, était tout entière concentrée sur l'image de Donald Duck sur l'écran de télévision. Au-dehors, les lucioles commençaient à briller dans les pacaniers.

– C'est notre terre cajun à nous, pas vrai, podna ? dis-je. C'est nous qui faisons nos lois, et nous avons notre propre drapeau.

Il m'adressa un regard perplexe avant de se retourner vers l'écran de télévision. Alafair qui était assise par terre se claqua les cuisses et couina de plaisir avant de partir d'un rire sonore devant le spectacle d'un Donald Duck en train d'exploser de rage contre ses neveux.

***

Le lendemain, je rendis à nouveau visite à Dixie Lee à Lourdes et lui apportai quelques revues. La chambre était inondée de soleil et quelqu'un avait posé devant la fenêtre un vase vert plein de roses. L'adjoint nous laissa seuls. Dixie resta allongé sur le flanc et me regarda depuis son oreiller. Les yeux étaient limpides, les joues rasées, la peau rose.

– Tu as l'air d'aller mieux, dis-je.

– Pour la première fois depuis des années, je ne suis pas imbibé de whisky. La sensation est bizarre, ça, je peux te le dire. En fait, la sensation est tellement agréable que j'aimerais bien aussi arrêter l'aiguille. Mais les mille-pattes commencent à se réveiller pour un petit morceau sur le pouce.

J'eus un signe de tête en direction des roses dans la fenêtre et je souris.

– Tu as une admiratrice, dis-je.

Il ne répondit pas. Il dessina une arabesque sur le lit

du bout de l'index, comme s'il s'amusait à pousser une pièce de monnaie à la surface des draps.

– Tu as grandi dans la foi catholique, non ? dit-il.

– Si.

– Tu vas toujours à l'église ?

– Bien sûr.

– Tu crois que Dieu nous punit ici-bas, sur place, et que c'est pas simplement dans l'autre monde ?

– Je crois que ce sont là de mauvaises idées.

– Mon petit garçon est mort dans un incendie. C'est un fil électrique dénudé sous un tapis qui a tout déclenché. Si j'avais fait plus attention, ça ne serait pas arrivé. Et après j'ai tué le petit garçon de cet homme à Fort Worth, et aujourd'hui, je viens de réchapper à un incendie et y'a une fille qui en est morte.

Je regardai son visage où la confusion se mêlait à la douleur.

– Par chez moi, y'a des prêcheurs qui m'ont dit où tout ça, ça allait me mener, toutes mes beuveries et toutes mes drogues. Je leur ai jamais prêté la moindre attention, dit-il.

– Allons, allons, n'essaie pas de voir la main de Dieu dans ce qui est mal. Regarde dehors. La journée est belle, tu es en vie, tu te sens mieux, et tu as peut-être des possibilités qui s'offrent à toi aujourd'hui qui n'existaient pas auparavant. Pense à ce qui est juste et bien dans ta vie, Dixie.

– Ils vont essayer de me dessouder.

– Qui ça ?

– Vidrine et Mapes. Ou un quelconque trouduc' que la compagnie va engager.

– C'est pas le genre de mec qui se trouve sous le sabot d'un cheval.

Il me regarda à nouveau en silence, comme si je me trouvais de l'autre côté d'une clôture grillagée.

– Il y a bien trop de monde qui les regarde en ce moment, dis-je.

– Tu n'as pas idée de tout l'argent qu'y a en jeu. Tu

ne pourrais même pas l'imaginer. Tu ne sais pas ce que ces salauds sont capables de faire pour de l'argent.

– Tu es en préventive, tu as un gardien.

– Épargne-moi tes conneries à la noix, Dave. La nuit dernière, Willie, celui qui est dehors, m'a dit comme ça qu'il allait s'en griller quelques-unes. Il était onze heures. Il m'a menotté le poignet à la barre de lit et il est revenu à une heure du matin, à mâchonner un cure-dents au milieu de relents de hamburgers et d'oignons.

– Je parlerai au shérif.

– Qui ça ? Le mec qui croit que j'ai de la purée de maïs frite à la place de la cervelle ? Tu réfléchis comme un flic, Dave. T'as probablement expédié des tas de mecs sous les verrous, mais tu ne sais pas ce que c'est de se retrouver bouclé avec ces grilles de fer qui se reclaquent derrière toi. Y'a deux queutards balèzes, des frétilleurs du gland, qui veulent qu'on leur amène un môme dans leur cellule, et c'est bien là qu'on te le leur délivre, le gamin. Un mec veut te faire la peau parce que t'es en dettes pour deux cartouches de cigarettes, tu te ramasses un coup de lame dans les reins entre le réfectoire et le bloc des cellules. Des mecs comme le Willie là-dehors, c'est de la douce plaisanterie.

– Que veux-tu que je fasse ?

– Rien. T'as essayé. Ne t'en fais pas là-dessus.

– Je ne vais pas t'abandonner là, tout seul. Aie un peu confiance en moi.

– Ch'suis pas tout seul. J'ai appelé Sally Dee.

Je regardai à nouveau les roses dans le vase vert.

– Interflora. C'est quelqu'un qui a de la ressource, mec, dit Dixie Lee.

– C'est tes fesses.

– Tombe jamais, ne fais jamais de taule. Tu feras pas de vieux os derrière les barreaux.

– Ce que tu es en train de faire, Dixie, non seulement c'est débile, mais tu commences à me débecter par-dessus le marché.

– Je suis désolé.

– Tu veux te retrouver en bout de laisse avec ces mecs-là pour le restant de tes jours ? Qu'est-ce qui t'arrive ?

– Tout. Toute ma putain de vie à la con. Tu veux te servir un peu de thé glacé ? Il faut que j'utilise le pistolet.

– Je crois qu'on m'a mené en bateau dans le coin, collègue.

– C'est peut-être toi-même que t'as mené en bateau.

– Quoi ?

– Pose-toi la question de savoir jusqu'où mon cas t'intéresse et jusqu'où tu t'intéresses à la compagnie de forage qui a tué ton vieux.

Je l'observai qui sortait le pistolet d'acier inoxydable du filet placé sous le matelas.

– J'ai l'impression qu'il y a chez toi des profondeurs que je n'ai pas tout à fait sondées jusqu'au bout, dis-je.

– J'ai tout lâché en milieu de première année, tu te souviens ? Ce que tu racontes, ça me passe bien au-dessus de la tête.

– Non, je ne le pense pas. On se reverra, Dixie.

– Je ne t'en veux pas de te tailler en faisant la gueule. Tu ne comprends pas. Tu ne peux pas comprendre, mec. A l'époque, c'était géant. Le Paramount à Brooklyn avec Allan Freed[1], sur scène avec des mecs comme Berry et Eddie Cochran. Et j'étais pas non plus un poivrot en ce temps-là. J'avais une femme et un gosse, les gens disaient que j'étais un mec bien, un mec honnête. Regarde-moi aujourd'hui. Je suis un putain d'ex-taulard, bordel, je pue comme un vrai tas de merde. J'ai tué un enfant, pour l'amour du ciel. Tu débarques ici à bavasser comme un givré des AA en me parlant du beau soleil qu'y fait dehors alors que je vais peut-être me ramasser cinq ans ferme à la prison d'Angola. Reviens sur terre, fils. C'est la valse des charognards là-bas, c'est ça la vérité, et tous les matons, y cognent en rythme, sur une mesure à trois temps.

1. Organisateur de concerts de rock'n'roll. (N.d.T.)

Je me levai de ma chaise.

– Je toucherai un mot au shérif au sujet de l'adjoint. Il ne te laissera plus tout seul dans ta chambre. A te revoir, Dixie.

Je le laissai et sortis sous le soleil. La brise était fraîche, chargée du parfum des fleurs ; de l'autre côté de la rue, dans un bouquet de chênes, un Nègre vendait des pastèques chargées à l'arrière d'un camion. L'une d'elles était ouverte et posée sur le hayon pour faire l'article et attirer le client ; la chair était rouge sombre sous les ombrages. Je relevai les yeux vers la chambre de Dixie Lee au coin du premier étage et vis une bonne sœur tirer les stores vénitiens devant la lumière du soleil.

3

Je n'avais jamais aimé le Centre des Pétroles de Lafayette. Mon attitude était probablement romanesque et irréfléchie. Ainsi qu'aiment à le répéter les chambres de commerce un peu partout, il créait des emplois et développait l'économie, il était synonyme de progrès. C'était aussi quelque chose de laid, étalage de bâtiments bas et trapus, sans arbres, utilitaires, briques vitrifiées et toits en terrasses, fenêtres aux vitres teintées comme des miroirs, ouvrant sur des aires de stationnement lesquelles irradiaient la chaleur d'été comme un poêle.

Sans compter que pour répondre à l'augmentation de la circulation ainsi créée par le Centre des Pétroles, la ville avait fait élargir Pinhook Road qui descendait jusqu'à la Vermilion River pour en faire la voie rapide d'accès à New Iberia. On avait coupé les chênes et les pacaniers qui bordaient la route, réparti en lots les terres agricoles qui s'étaient remplies de commerces et de restaurants fast-food ; les berges autour du Vermilion Bridge avaient vu leur sol se paver d'asphalte avec tous les parcs de stationnement qui s'y étaient installés autour d'un semis de commerces et d'entreprises toujours et encore liés au pétrole, dont l'architecture de parpaings offrait aux regards une esthétique, un sens de la forme et de la ligne dignes d'une usine de traitement des eaux d'égout.

Mais il restait toujours un café sur Pinhook qui remontait à nos années d'étudiant à Southwestern[1] dans les années cinquante. Le sol du parking était de coquilles d'huîtres concassées et damées, les haut-parleurs aujourd'hui défunts reliés au juke-box étaient toujours coincés dans les fourches des grands chênes parasols et les tubes de néon rose, bleu et vert autour des fenêtres ressemblaient toujours à un baiser mouillé sous la pluie.

Le propriétaire vous servait un poulet frit accompagné de gros riz brun à vous fendre le cœur. Je terminai mon déjeuner et sirotai mon café en contemplant la pluie que le vent soufflait dans les chênes en bourrasques, les reflets humides et brillants des bambous mouillés qui poussaient au bord du parking. Le propriétaire avait placé une planche en étai pour maintenir la porte d'entrée ouverte, et la brume, l'air frais et l'odeur des arbres pénétraient à l'intérieur du café. Puis une Honda vint s'arrêter au beau milieu d'une flaque devant la façade, les essuie-glaces claquant contre le pare-brise, et une jeune Indienne à la peau olivâtre, les cheveux noirs et fournis, bondit de la voiture pour courir se réfugier dans le café. Elle portait un jean de marque, qu'on ne portait plus aujourd'hui, une chemise jaune nouée en boléro et des chaussures de tennis jaunes. Elle essuya les gouttelettes de pluie qu'elle avait dans les yeux du bout des doigts et

1. University of Southwestern Louisiane : Université de Louisiane du Sud-Ouest. (N.d.T.)

regarda autour d'elle la salle de restaurant jusqu'à ce qu'elle aperçût l'emplacement des toilettes. Elle passa tout à côté de ma table, à me frôler presque l'épaule de son poignet humide, et je m'efforçai de ne pas regarder son derrière, ses cuisses, les plis que dessinaient ses hanches et la manière dont elle bougeait le postérieur à chaque pas ; mais c'était là le genre de résolution très digne qui me paraissait de plus en plus absente de mon existence.

Je réglai mon addition, mis mon chapeau de pluie et, la veste sur le bras, passai en courant près de la Honda qui tournait au ralenti jusqu'à ma camionnette. Au moment précis où je démarrai, la fille sortit au pas de course du restaurant et monta dans la Honda, un paquet de cigarettes à la main. Le conducteur partit en marche arrière de sorte qu'il se retrouva à moins de trois mètres de la cabine de mon pick-up. Il baissa sa vitre.

Je restai là, béat, bouche ouverte. Je restai là, stupéfait par ce visage couleur de couenne de porc bouillie, la cicatrice de points de suture qui courait depuis l'arête du nez et coupait un sourcil, les cheveux d'un blond sableux et les yeux verts intelligents, les grosses épaules qui tendaient la chemise au point qu'on l'aurait crue prête à se déchirer.

Cletus Purcel.

Il me sourit et me fit un clin d'œil.

– Alors, quoi de neuf, Belle-Mèche ? dit-il sous la pluie avant de remonter sa vitre et de repartir sur Pinhook Road dans une gerbe d'éclaboussures.

Mon vieux partenaire de la Criminelle, Premier District du Vieux Carré. Tu les cognes ou tu les crames, avait-il l'habitude de dire. Tu leur défonces l'estomac à coups de poing, tu les laisses sur le pavé, à dégueuler sur les genoux, tu leur coupes tous les circuits d'un bon coup de matraque s'ils veulent continuer à faire joujou.

Il avait haï tous les maquereaux, les fourgueurs de

came du Nicaragua ou de la Colombie, les motards hors-la-loi, les tenanciers de cinémas porno, les tueurs à gages que la pègre faisait venir de Miami, et lorsqu'on les lui laissait en tête à tête, très vite, de leur plein gré, ils se retrouvaient prêts à tous les compromis possibles avec le bureau du procureur.

Mais le temps passant, il était devenu tout ce qu'il avait méprisé. Il se faisait rincer à l'œil par les putes, empruntait l'argent aux usuriers, se battait contre ses serpents tous les matins à coups de cigarettes et de pilules, aspirines et amphets, et finalement, il avait accepté dix mille dollars pour dessouder un témoin potentiel pour le gouvernement et l'abandonner dans une porcherie.

Puis il avait nettoyé son compte bancaire et celui de sa femme jusqu'au dernier centime, enfilé, moteur vrombissant, un sens unique dans le mauvais sens qui l'avait conduit à l'aéroport de La Nouvelle-Orléans, franchi d'un bond un îlot de béton et abandonné sa voiture, les deux portières avant ouvertes, juste devant l'entrée principale de l'aéroport. Il avait réussi à s'envoler pour le Guatemala.

Un mois plus tard, j'avais reçu une carte de lui, dont le cachet postal marquait Honduras.

Mon cher Belle-Mèche,

Bien le bonjour du Pays des Bongo-Bongo. J'aimerais bien t'apprendre que j'ai laissé tomber la bouteille et que je bosse pour les Maryknollers[1]. Ce n'est pas le cas. Devine un peu ce qui est en forte demande dans le coin ? Un mec capable de lire de bout en bout le manuel des armes devient automatiquement capitaine. C'est rien que des gamins. Avec une valise de Clearasil, tu pourrais devenir le maître du pays.

Je te reverrai à la prochaine incarnation.

1. Membre d'une mission catholique fondée par T. F. Price et J. A. Walsh à Maryknoll, État de New York, en 1911. (N.d.T.)

C.

P.S : Si tu tombes sur Loïs, dis-lui que je suis désolé d'avoir vidé les caisses. J'ai laissé ma brosse à dents dans la salle de bains. Je veux qu'elle la garde en souvenir.

Je vis ses feux arrière luire sous la pluie avant de disparaître. Jusqu'à preuve du contraire, un mandat de recherche était toujours lancé à son nom. Qu'est-ce qui avait ramené Clete aux États-Unis ? Et à Lafayette ?

Mais c'était aujourd'hui le problème de quelqu'un d'autre, ce n'était plus le mien. Alors bonne chance, partenaire, me dis-je. Quoi que tu traficotes aujourd'hui, j'espère que tu es blanc comme neige et que tes courants porteurs te mènent bien haut, bien au-dessus de ces lieux où les oiseaux de proie claquent du bec autour des charognes.

Je traversai la rue pour me ranger devant le bureau régional de la Compagnie de Forage Star. Mon geste pouvait probablement paraître stupide : chercher la confrontation directe, qui plus est en qualité de simple citoyen plutôt que d'officier de police. Mais mon expérience passée de policier, lorsqu'il m'était arrivé d'enquêter sur des criminels en col blanc, m'avait toujours conduit aux mêmes conclusions sur ces gens-là : l'éventualité d'avoir un jour à affronter la loi peut bien leur venir à l'esprit, mais, au fond d'eux-mêmes, ils sont convaincus que ces problèmes-là se trouveront réglés par l'intermédiaire d'avocats, selon une procédure tout établie devant une cour de justice, au point qu'elle en devient une abstraction entre gens de bonne compagnie. Ils tremblent d'indignation et de crainte devant un flic en civil, dont le QI se situe peut-être à quatre-vingt-quinze ; mais le 357 est visible sous la veste, il a sa matraque de cuir tressé dans la poche lorsqu'il débarque au milieu de leur existence à l'improviste, aussi inattendu qu'une porte de fer qui se refermerait en claquant, pour leur apprendre incidemment qu'habeas corpus est à ses yeux un terme latin qui désigne une maladie.

J'enfilai ma veste et courus sous la pluie avant de pénétrer dans le bâtiment. Les bureaux qui donnaient sur l'extérieur, séparés par des cloisons de verre à mi-hauteur, étaient occupés par des dessinateurs industriels et des hommes qui ressemblaient à des géologues ou des démarcheurs de bail. L'éclairage indirect luisait sur le lambris en bois de pin, et l'air climatisé était tellement frais que je sentis ma peau se rétracter sous mes vêtements de coton humide. Les géologues, ou quoi qu'ils puissent être, allaient de bureau en bureau, en faisant claquer entre leurs bras tendus des cartes topographiques, le visage totalement absorbé par leur système personnel de références, avec, de temps à autre, un doigt qui se déplaçait sur le papier, sur un repère de zone urbaine ou de distance.

La seule personne à m'accorder un regard fut la réceptionniste. Je lui dis que je désirais voir le responsable au sujet d'un bail d'exploitation minière au Montana.

Le bureau était grand, en chêne massif, le fauteuil recouvert de cuir bordeaux, les murs de pin décorés de trophées de chasse, têtes de daim et marlin, et de deux carabines à silex. Sur une table basse, on avait posé un lynx empaillé, monté sur pied, la gueule ouverte, dents apparentes, les yeux de verre jaune chargés de colère.

L'homme s'appelait Hollister. Il était gros, le cheveu dru grisonnant coupé en brosse militaire, et ses yeux bleu pâle vous regardaient sans ciller. Pareil en cela à la plupart de ceux qui occupaient un poste de direction au Centre des Pétroles, il avait un accent du Texas ou de l'Oklahoma et un accoutrement des plus farfelus. Sa veste Oshman[1] était suspendue à un cintre, ses boutons de manchette avaient la taille de pièces d'un quart de dollar avec, en relief, un motif de derricks. Sa cravate ficelle était nouée d'une boucle marron et argent.

1. Marque de vêtements de style western recherchés et coûteux. (N.d.T.)

Il m'écouta pendant quelques instants, les mains carrées immobiles sur le bureau, avec sur le visage l'expression de quelqu'un qui essaierait de voir au milieu d'une tempête de neige.

– Attendez une minute. Vous êtes venu dans mon bureau pour me questionner sur mes employés ? Au sujet d'un meurtre ?

Je voyais de minuscules ridules blanches qui s'étiraient en pattes d'oie au coin des yeux.

– Il ne s'agit pas d'un seul meurtre, M. Hollister, mais de plusieurs. La fille dans l'incendie et peut-être aussi plusieurs personnes dans le Montana.

– Dites-moi, pour qui vous prenez-vous ?

– Je vous l'ai déjà dit.

– Non, vous n'avez rien dit du tout. Vous avez menti à la réceptionniste pour accéder jusqu'ici.

– Vous avez un problème avec vos démarcheurs. Et le problème ne va pas disparaître parce que j'aurai franchi la porte.

Ses yeux pâles me regardèrent bien en face. Il leva un doigt et le pointa dans ma direction.

– Vous n'êtes pas venu ici pour me parler de Dixie Pugh, dit-il. Vous avez autre chose derrière la tête, une chose qui vous tracasse. Je ne sais pas de quoi il s'agit, mais vous ne dites pas la vérité.

Je me passai le gras du pouce sur la commissure des lèvres, détournai les yeux un instant et tapotai des doigts l'accoudoir de cuir de mon fauteuil.

– De toute évidence, vous estimiez suffisamment Dixie Lee pour lui offrir un emploi, dis-je. Pensez-vous qu'il ait monté cette histoire de toutes pièces avant de s'immoler par le feu ?

– Je pense que vous n'allez pas tarder à sortir d'ici.

– Laissez-moi vous préciser un ou deux points sur le plan légal. Avoir connaissance de l'éventualité d'un crime peut vous valoir une inculpation pour complicité. Avoir connaissance des faits après leur exécution est connu sous le nom d'aide et de complicité criminelle. Ces mecs n'en valent pas la peine, M. Hollister.

– Cette discussion est terminée. Prenez la porte.

– On dirait que votre compagnie se fait une véritable spécialité d'opposer une fin de non recevoir à toute demande d'éclaircissement.

– Quoi ?

– Est-ce que le nom d'Aldous Robicheaux vous évoque quelque chose ?

– Non. Qui est-ce ?

– C'était mon père. Il a été tué sur l'un de vos puits.

– Quand cela ?

– Il y a vingt-deux ans. On n'avait pas installé de sécurité sur la tête de puits pour prévenir les risques d'explosion. Votre compagnie a essayé de nier les faits, puisque pratiquement tous ceux qui travaillaient sur la plate-forme ont été noyés, soufflés par l'explosion. Un bateau de pêche à la crevette a pu sortir un manœuvre au sol deux jours plus tard. Ça vous a coûté un joli paquet à vous et vos mecs.

– Ainsi vous nous gardez rancune après vingt-deux ans ? Je ne sais que vous dire, M. Robicheaux, si ce n'est que je ne travaillais pas pour la compagnie à l'époque et que je me sens probablement désolé pour vous.

Je pris le chapeau de pluie que j'avais posé sur les genoux et me levai.

– Dites à Mapes et Vidrine de ne pas s'approcher de Dixie Lee, dis-je.

– Si vous revenez encore ici, je vous ferai arrêter.

Je ressortis sous la pluie, montai dans la camionnette et quittai le labyrinthe de bâtiments uniformes à toits plats et murs de briques qui constituaient le Centre des Pétroles. Sur Pinhook Road, je repassai devant le restaurant où j'avais vu Cletus une heure auparavant. Les chênes parasols étaient d'un vert sombre, les néons pareils à des fumées roses et bleues balayées par les nuages de brume. Le vent soufflait avec force lorsque je traversai la Vermilion River, ébouriffant de vaguelettes les eaux jaunâtres de la rivière en faisant trembler les flancs de ma camionnette.

– Ce truc sur le désir de mort, je ne marche pas. Je crois qu'il y a eu des mecs à Vienne qui ont passé beaucoup trop de temps à se creuser les méninges, dis-je au thérapeute.

– Cela ne sert à rien de vous mettre sur la défensive lorsqu'il s'agit de vos sentiments. Dans une thérapie, il y a aussi la place pour des attitudes simples et faciles à appréhender. Pour vous donner un exemple, je pense qu'il n'y a rien de bien complexe dans une dépression. C'est souvent une question de colère qu'on retourne sur soi. Qu'avez-vous à dire à cela, Dave ?

– Je ne sais pas.

– Mais si, vous le savez. Qu'éprouviez-vous au Viêtnam lorsque l'homme qui se trouvait à vos côtés était touché par une balle ?

– Et que croyez-vous que j'éprouvais ?

– Dans une certaine mesure, vous étiez content que ce soit lui et pas vous. Et ensuite vous vous sentiez coupable. Et ça, c'était quelque chose de dangereux, pas vrai ?

– Tous les alcooliques éprouvent de la culpabilité. Allez donc assister à une réunion ouverte[1]. Vous y apprendrez quelque chose.

– Tirez un trait sur le passé, coupez les ponts. Elle n'aimerait pas vous voir porter un tel fardeau.

– Je ne peux pas. Je ne veux pas.

– Redites-moi ça.

– Je ne veux pas.

Il était chauve. Ses lunettes aux verres sans monture étaient éclairées de lumière. Il leva les mains, paumes vers moi, et resta silencieux.

1. Les réunions ouvertes des AA acceptent visiteurs, non-alcooliques, membres de la famille etc. (N.d.T.)

***

Je rendis visite à Dixie Lee une nouvelle fois. Je le trouvai distant, taciturne, voire même banalement indifférent à ma présence dans la pièce. Son attitude ne me faisait pas plaisir. J'étais incapable de dire si la raison en était le goutte-à-goutte coupé de morphine qu'on lui avait piqué dans le bras, ou peut-être sa lucidité morose soudain éveillée de voir le sens profond d'une existence qu'il avait maintenant confiée aux bons soins de son vieux compagnon de cellule.

– Tu veux que je t'apporte autre chose avant de partir ? demandai-je.

– J'ai tout ce qu'il me faut.

– Je ne reviendrai probablement plus, Dixie. J'ai beaucoup de boulot au ponton, ces temps-ci.

– Bien sûr, je comprends.

– Tu ne crois pas que tu t'es peut-être un peu servi de moi ?

Je lui souris en levant pouce et index très légèrement écartés.

– Peut-être rien qu'un petit peu ?

Sa voix était tout alanguie, comme s'il reposait confortablement dans les prémices du sommeil.

– Moi, m'servir d'quelqu'un ? Tu plaisantes ? dit-il. Ce que t'as devant les yeux, c'est le godemiché de la planète.

– On se reverra, Dixie.

– Bon sang, y'a intérêt. Ils ne vont pas tarder à me virer d'ici, de toute façon. C'est que du second degré. J'ai déjà eu pire comme gueule de bois. On est dans le coton facile, fils, tout baigne.

Ainsi donc, je l'abandonnai à sa propre ménagerie de chiens prêts à mordre et de serpents affamés.

***

Ce samedi-là, je réveillai Alafair de bon matin sans rien lui dire du but de notre voyage, et nous prîmes la voiture, sous l'aube fraîche marbrée de rose, jusqu'au versant texan de la Sabine Pass, à l'endroit où la Sabine River se jette dans le Golfe. Un de mes amis de l'armée était propriétaire d'une petite ferme, à la terre sableuse mouchetée de croûtes de sel, non loin du banc de sable compact et grisâtre qui essayait de ressembler à une plage. L'endroit était étrange et isolé, chargé de la flore désassortie de deux états : étangs stagnants ponctués de cyprès morts, chênes solitaires au milieu de pâturages sans relief, fouillis de chênes noirs rabougris en bordure des rigoles et des ruisseaux, dunes sableuses d'alluvions étalées en éventail, crénelées d'herbes de prés salants, d'où ressortaient de grands palmiers comme autant d'excroissances noires découpées en silhouettes sur fond de soleil. A travers les pins qui poussaient à l'arrière de la ferme de mon ami, on apercevait, qui scintillait dans la lumière, le long tangage et roulis du Golfe tel qu'en lui-même, avec ses cascades de vagues qui venaient se rompre contre la plage en un brouillard d'écume irisée.

C'était le lieu des herbages empoisonnés par le sel, un territoire d'alligators, d'insectes, de pies, de vautours, de vaches noyées dont l'odeur se répandait dans le ciel à un kilomètre à la ronde, de tempêtes tropicales capables de vous décaper la peinture d'un château d'eau comme au papier de verre, c'était aussi l'endroit où vivaient des gens comme mon ami, qui avaient décidé de se faufiler dans un trou de notre monde pour y vivre selon leurs propres lois. L'ami en question avait été démobilisé pour mauvaise conduite, enfermé dans un hôpital psychiatrique à Galveston, les AA avaient été pour lui un échec complet, et comme fermier, il aurait été incapable de faire pousser des ronces dans un carré de terre de bruyère.

Mais il élevait des chevaux Appaloosa parmi les plus beaux qu'il m'ait jamais été donné de voir. Nous buvions du café dans sa cuisine tandis qu'Alafair dégustait un Coca. Je pris alors quelques morceaux de sucre dans le creux de la main et nous sortîmes vers son arrière-cour.

– Quoi qu'on fait, Dave ? dit Alafair.

Elle leva les yeux vers moi dans la lumière du soleil qui brillait à travers les pins. Elle avait revêtu T-shirt jaune, blue-jean ample et chaussures de tennis roses. Le vent qui soufflait de la mer ébouriffait sa frange.

Mon copain me fit un clin d'œil et pénétra dans sa grange.

– Tu ne peux pas monter Tripod, pas vrai, petit gars ? dis-je.

– Quoi ? Monter Tripod ? dit-elle, le visage perplexe qui s'éclaira soudain pour se barrer d'un énorme sourire lorsqu'elle aperçut, derrière moi, mon ami qui faisait sortir un hongre de trois ans de la grange.

La robe de l'Appaloosa était gris acier, avec des balzanes et un semis de taches blanches et noires sur la croupe. Il renâclait, secouant la tête contre la tension de la bride, tandis que les yeux marron d'Alafair allaient et venaient sans cesse du cheval à moi au milieu d'un visage émerveillé.

– Tu crois que tu seras capable de t'occuper de lui, de Tripod et aussi de tes lapins ? dis-je.

– Moi ? Il est pour moi, Dave ?

– Je te parie tout ce que tu veux. Il m'a appelé hier et il m'a dit qu'il voulait venir vivre avec nous.

– Quoi ? Le cheval ? Y t'a appelé ?

Je la soulevai de terre et l'installai sur la barre supérieure de la clôture avant de laisser l'Appaloosa prendre les morceaux de sucre dans le creux de ma paume.

– Il est comme toi, il a un petit faible pour les sucreries, dis-je. Mais quand tu lui donnes quelque chose à manger, laisse-le venir le prendre au creux de ta main pour qu'il ne te morde pas les doigts par erreur.

Puis je franchis la clôture, montai le cheval à cru et soulevai Alafair pour l'installer devant moi. Mon ami avait taillé la crinière du cheval et Alafair y faisait glisser les doigts sur toute la longueur comme si elle caressait une brosse à chaussures géante. Je touchai le flanc du cheval de mon talon droit et nous nous mîmes à tourner en cercle lent autour du terrain.

– C'est comment qu'y s'appelle ? dit Alafair.

– Que dirais-tu de Tex ?

– Et comment qu'ça se fait ?

– Parce qu'il vient du Texas.

– Quoi ?

– Ici, c'est le Texas.

– Ici où ça ?

– Laisse, ce n'est pas grave.

Je fis signe de la tête à mon copain pour qu'il ouvre la grille et nous allâmes jusque sur la plage en traversant les étendues sableuses semées de pins. Les vagues étaient d'un vert ardoise et pleines de varech, elles claquaient bruyamment contre le sable avant de venir se glisser en nappe humide jusqu'à une zone surélevée de sable sec où commençaient les prés salants et les lits d'aiguilles de pin. Le vent soufflait, il faisait frais, il faisait chaud tout ensemble, et nous parcourûmes un bon kilomètre et demi à la lisière du rivage jusqu'à un endroit où un banc de sable et un embarcadère avaient formé un lagon peu profond, au milieu duquel l'épave d'un bateau à crevettes gisait sur le flanc, grise, lavée de toute peinture, avec au-dessus d'elle, une cacophonie de mouettes qui se pressaient, serrées dans les airs. Derrière nous, les marques solitaires des sabots du cheval festonnaient le sable humide de découpes profondes.

Je donnai quatre cents billets à mon ami pour l'Appaloosa, et pour trois cents de plus, il nous rajouta la sellerie et une remorque fabrication maison. Pendant pratiquement toute la durée du trajet de retour jusqu'à la maison, Alafair resta à genoux sur le siège avant, coudes sur le dossier, à regarder à travers la lunette arrière de la cabine ou par la fenêtre, à surveiller la remorque qui nous suivait, et ses cheveux fins se plaquaient sur le visage, dessinant des raies blanches sur la peau de son crâne.

***

Le lundi, je remontai jusqu'à la maison pour déjeuner, puis je m'arrêtai à la boîte aux lettres sur la route avant de redescendre au ponton. Le soleil était chaud, les chênes qui bordaient la route étaient pleins de moqueurs et de geais bleus, et la brume de gouttelettes de l'arroseur de mon voisin flottait dans les airs en faisant reluire de nuages humides ses parterres d'hortensias, ses rangs d'azalées et de buissons de myrte tout en fleurs. Au fond de la boîte aux lettres, on avait déposé un petit colis étroit, long d'une vingtaine de centimètres. Le cachet indiquait qu'on l'avait posté à La Nouvelle-Orléans. Je glissai le reste de mon courrier dans ma poche revolver et fis glisser la ficelle par les coins du colis, avant de faire sauter le papier d'emballage du pouce.

Je soulevai le couvercle cartonné. A l'intérieur, posée sur une bande de coton, était placée une seringue hypodermique accompagnée d'une photographie, autour de laquelle on avait enveloppé une feuille de papier à lettres à lignes. L'intérieur de la seringue était voilé de résidus sombres d'un brun rougeâtre. La photographie était craquelée en surface, jaunie sur les bords, mais l'obscénité des détails éclatait avec la violence et la clarté d'une écharde de verre qu'on m'aurait enfoncée dans l'œil. Une femme Viêt-cong vêtue de son pyjama gisait dans une clairière, près des marques de chenilles laissées par un tank : sa tête sectionnée était posée sur son ventre. Quelqu'un lui avait fourré une boîte de ration de l'armée dans la bouche.

Le papier à lignes ressemblait à ce que l'on trouvait dans les calepins Big Chief[1]. Le texte était rédigé à l'encre noire, en grandes lettres.

1. Marque de cahiers d'écolier. (N.d.T.)

Monsieur,

Le mec qui a pris cette photo est vraiment un putain de zigoto complètement fêlé. Ça lui plaisait bien là-bas, et il ne voulait pas revenir. Il dit qu'il s'est servi de cette seringue dans un kinos d'Auckland, pendant un film de massacres sadiques. Je ne sais pas si je dois le croire. Mais votre petite pépette prend le bus à 7 h 45. Elle arrive à l'école à 8 h 30. Elle est sur le terrain de jeux à 10 h et retourne en classe à midi. Elle attend au coin sud le bus qui la ramène chez elle à 3 h 05. Il lui arrive parfois de descendre avant son arrêt et elle fait le reste du chemin à pied en compagnie d'un môme de couleur. C'est pas des charres. Alors ne déconnez pas avec ça. Sinon, ça va vous gâcher la journée, il y en aura partout. Jetez donc un coup d'œil à la tronche de bridée sur la photo. Celle-là, on peut dire qu'elle a eu bien du mal à faire descendre sa ration.

– Pourquoi que ta figure elle est comme ça, Dave ? C'est quoi qu'y a, Dave ?

Batist se tenait derrière moi, vêtu d'un pantalon bleu marine pattes d'eph et d'une chemisette kaki sans manches déboutonnée. Son crâne chauve était emperlé de sueur et le dos des mains comme des poignets était taché de sang car il vidait et nettoyait des poissons.

Je remis photographie, lettre et emballage déchiré dans la boîte aux lettres et me dépêchai de retourner au ponton. J'appelai l'école et demandai à la directrice de s'assurer qu'Alafair se trouvait bien dans sa classe avant de lui dire de ne pas la laisser prendre le bus cette après-midi-là, parce que je viendrais la chercher personnellement. Lorsque je retournai vers la maison, Batist était toujours devant la boîte aux lettres. Il était illettré, le contenu de la lettre ne signifiait donc rien pour lui, mais il tenait la photographie dans la coupe de sa grosse paume, cigare éteint au coin des lèvres, une sale expression dans le regard vitreux.

– Que ça veut dire, Dave ? Que ça veut dire aussi l'aiguille ? dit-il.

– Y'a quelqu'un qui menace Alafair.

– Y disent qu'y vont faire du mal à c'te petite ?

– Oui.

Ce simple mot fit naître une sensation de vide au creux de ma poitrine.

– Qui y sont ? Où qu'y s'trouvent, les gens comme eux qui font des choses comme ça ?

– Je crois que c'est deux mecs de Lafayette. Ils travaillent pour le pétrole. Est-ce que tu as vu des mecs dans le coin qui donnaient l'impression de ne pas être d'ici ?

– J'a point t'y fait attention, Dave. J'avau point de raison pour, mi.

– Ce n'est pas grave.

– Quoi qu'on va faire ?

– Je vais aller chercher Alafair, puis j'irai parler au shérif.

Je récupérai la photographie au creux de sa main en la soulevant par les bords pour la reposer à l'intérieur de la boîte aux lettres.

– Je vais laisser tous ces trucs-là sur place, puis je viendrai les reprendre plus tard, pour les remettre à la police et voir si on peut y trouver des empreintes digitales. Il ne faut donc plus y toucher.

– Non, je veux dire, quoi qu'on va vraiment faire ? dit-il.

Il plongea son regard dans le mien, attentif à l'extrême. Il n'y avait pas à se tromper sur ce qu'il voulait dire.

– Je vais aller récupérer Alafair, là, tout de suite. Surveille la boutique. Je ne serai pas absent longtemps.

La bouche de Batist se referma sur le cigare éteint. Il détourna son regard du mien, les yeux plongés dans l'ombre des pacaniers, et hocha la tête d'avant en arrière pour accompagner une pensée très personnelle. Sa voix était paisible lorsqu'il parla :

– Dave, dans c'te photo, c'est ben là qu't'étais à la guerre, hein ?
– Oui.
– Y z'ont fait des choses comme ça ?
– Certains. Pas beaucoup.
– Dans c'te lettre, c'est ça qu'ça dit pour Alafair ?
Je déglutis sans pouvoir lui répondre. La sensation de vide ne voulait pas quitter ma poitrine. Elle ressemblait à la peur, mais une peur d'un genre particulier, dont je n'avais jamais encore fait l'expérience. C'était une sensation obscène, comme si une main d'homme était venue se glisser d'un geste lubrique sous ma chemise avant de se poser, toute moite de sueur, sur mon sternum. Les rayons du soleil miroitaient à la surface du bayou, et les arbres comme les jacinthes en fleur sur la berge opposée me donnaient l'impression de refuser de se stabiliser, nets une seconde, flous la suivante. J'aperçus une gueule-de-coton[1] lovée grassement sur un rondin écorcé blanchi de soleil, sa tête triangulaire couleur de cuivre terni sous la lumière jaune et dure. La sueur coulait de mes cheveux, et je sentais mon cœur battre la chamade contre mes côtes. Je reclaquai la porte de la boîte aux lettres, montai dans la camionnette et m'engageai sur le chemin de terre en direction de New Iberia. Tandis que la voiture rebondissait en traversant le pont mobile qui franchissait Bayou Teche, j'avais les jointures des mains toutes blanches, rondes comme des pièces de un franc sur le volant.

***

Sur le chemin de retour de l'école, nous roulions sous les mouchetis de lumière et d'ombre qui tombaient de la marquise des chênes en surplomb et venaient courir sur le visage hâlé d'Alafair, assise à mes côtés dans la camionnette. Elle avait les genoux, les socquettes blanches et le cuir des chaussures salis

1. Serpent venimeux. (N.d.T.)

de poussière d'avoir joué sur le terrain. Elle ne cessait de jeter des regards curieux vers mon visage en profil.

– Queq'chose qui va pas, Dave ? dit-elle.

– Non, rien du tout.

– Queq'chose ed'grave y'est arrivé, hein ?

– Ne dis pas " hein ".

– Pourquoi qu't'es furieux ?

– Écoute, petit mec, tu n'as pas à t'en faire. Mais je veux que tu restes à l'écart des gens que tu ne connais pas. Reste bien près de Batist, de Clarisse et de moi, okay ? Tu comprends, il y a deux mecs qui me cherchent des ennuis. S'ils viennent par ici, Batist et moi, on va les chasser. Mais je ne veux pas qu'ils t'embêtent, toi ou Clarisse ou Tripod ou bien tes amis, tu comprends ?

Je lui fis un clin d'œil.

– Et c'est des méchants, eux ?

Son visage se leva vers moi. Les yeux étaient ronds et ne cillaient pas.

– Oui, c'est des méchants.

– Et y z'ont fait quoi ?

Je pris une profonde inspiration avant de souffler.

– Je n'en suis pas sûr. Mais il faut seulement qu'on soit un petit peu prudent. C'est tout, petit mec. On n'est pas du genre à s'en faire pour des trucs comme ça. On est plutôt du genre Tripod comme qui dirait. Qu'est-ce qu'il fait quand le chien se met à le courser ?

Elle regarda dans le lointain, puis je vis ses yeux sourire.

– Il monte sur le clapier à lapins, dit-elle.

– Et qu'est-ce qu'il fait alors ?

– Il colle un grand coup de griffe dans le museau du chien.

– C'est vrai. Parce qu'il a de la jugeotte. Et parce qu'il a de la jugeotte et qu'il est prudent, il n'a pas à s'en faire pour le chien. On est comme lui, on se tracasse pas pour des riens, pas vrai ?

Elle leva les yeux vers moi et me sourit. Je la serrai

contre moi d'un bras et lui embrassai le sommet de la tête. Je sentis la chaleur du soleil dans ses cheveux.

Je rangeai la camionnette à l'ombre des pacaniers. Elle emporta sa gamelle de déjeuner dans la cuisine, rinça sa Thermos et se changea pour aller jouer. Nous descendîmes jusqu'au ponton et je lui confiai la responsabilité du comptoir de limonade et de la vente de vers. Dans le coin, derrière les caisses de bière, je vis la carabine de Batist, une vieille Winchester automatique calibre douze appuyé contre le mur.

– J'as mis queq' numéros six pour c'te gueule-de-coton qui me bouffe mes poissons sur ma corde, dit-il. Viens donc z'y voir c'soir. Va falloir qu't'ailles décoller les morceaux de serpent sur l'arb'.

– Je serai de retour avant la nuit. Emmène-la à la maison pour souper, dis-je. Je fermerai à mon retour.

– Ti, t'as pas à t'en faire, dit-il avant de frotter une allumette de ménage sur un poteau de bois et d'allumer son cigare en laissant la fumée filer entre ses dents serrées.

Alafair enregistra une vente sur la caisse et son visage se mit à rayonner lorsque le tiroir-caisse s'ouvrit en tintant.

***

Je sortis ce que j'avais laissé dans la boîte aux lettres et plaçai le tout à l'intérieur d'un grand sac en papier avant de prendre la route du bureau du shérif – Paroisse d'Iberia. J'avais travaillé un moment pour le shérif l'année précédente, comme inspecteur en civil, et je savais pour le connaître que c'était quelqu'un d'honnête en qui on pouvait avoir confiance. Mais lorsqu'il avait posé sa candidature pour le poste, il offrait pour seules compétences le fait d'avoir été président du Lions Club et propriétaire d'une entreprise florissante de nettoyage à sec. Il souffrait d'un léger embonpoint, les lignes du visage un peu molles ; dans son uniforme vert, il ressemblait au responsable d'un magasin d'articles de jardinage. Nous bavardâmes dans son bureau pendant que, dans une autre pièce, un adjoint passait à la poudre papier d'emballage, boîte, lettre et seringue hypodermique, à la recherche d'empreintes digitales.

Finalement, l'adjoint vint frapper d'un doigt plié à la vitre du bureau du shérif avant d'ouvrir la porte.

– Deux séries identifiables, dit-il. Une est à Dave, l'autre à cet homme de couleur, comment s'appelle-t-il ?

– Batist, dis-je.

– Ouais, on a ses empreintes classées dans nos dossiers depuis la dernière fois – Il détourna vivement le regard et le sang lui monta au visage – On avait pris ses empreintes quand on est passé chez Dave. Et puis il y a un barbouillis de traces de doigts à l'extérieur du papier d'emballage.

– Le facteur ? dit le shérif.

– C'est ce que je pense, dit l'adjoint. J'aimerais bien pouvoir t'en dire plus, Dave.

– Ce n'est pas grave.

L'adjoint hocha la tête et referma la porte.

– Tu veux emporter ça au FBI à Lafayette ? dit le shérif.

– Peut-être bien.

– Une menace par courrier relève de la loi fédérale. Pourquoi ne pas les utiliser ?

Je le regardai sans répondre.

– Comment se fait-il que tu me donnes toujours l'impression d'un homme qui n'a pas grande foi dans notre système ? dit-il.

– Probablement parce que j'y ai travaillé trop longtemps.

– Nous pouvons interroger ces deux mecs, c'est quoi leurs noms déjà ?

– Vidrine et Mapes.

– Vidrine et Mapes. On peut leur faire comprendre qu'on les a à l'œil.

– Ils sont bien trop mouillés dans l'affaire.

– Qu'est-ce que tu veux faire ?

– Je ne sais pas.

– Dave, cette fois-ci, ne te mêle pas de ça. Laisse ce soin à d'autres.

– Est-ce que tu vas m'envoyer un adjoint chez moi, pour surveiller la maison ? Est-ce qu'il y en aura un qui va veiller sur Alafair quand elle est au terrain de jeux ou qu'elle attend le bus ?

Il vida ses poumons avant de regarder par la fenêtre en direction d'un bouquet de chênes au milieu d'une prairie vide noyée de soleil.

– Il y a un autre point qui me chiffonne, dit-il. Est-ce que ton père n'a pas été tué sur une plate-forme Star ?

– Si.

– Tu ne crois pas qu'il est peut-être possible que ces mecs-là, tu veuilles te les faire, envers et contre tout ?

– Je ne sais pas ce que je crois. En tous cas, la boîte n'est pas arrivée toute seule à mon adresse, quand même ?

Je vis à son regard que je l'avais blessé, mais j'avais dépassé le stade où je me souciais de ménager ses susceptibilités. Vous avez peut-être déjà connu ça, vous aussi. Vous arrivez au poste de police du shérif ou au commissariat après qu'une bande de jeunes Noirs vous a obligé à arrêter votre voiture avant de démolir toutes vos vitres à coups de boîtes de conserve ; un drogué en état de manque vous a obligé du canon de son arme à vous agenouiller au sol dans une petite épicerie et sans même que vous en ayez eu conscience, des paroles de supplication et de pitié vous sont montées de la gorge, incontrôlables, incontrôlées ; des motards vous ont fait sortir du fond d'un bar et se sont assis sur vos bras pendant que l'un d'eux baissait la fermeture éclair de ses blue-jeans. Vous avez le corps qui vous brûle encore de honte, votre voix sonne comme une crécelle bizarre à vos propres oreilles, votre regard est chargé de culpabilité et de mépris pour vous-même pendant que des gens en uniforme se promènent autour de vous comme si de rien n'était, avec, à la main, leurs gobelets de café en polystyrène. Puis il y a quelqu'un qui tape vos paroles à la machine pour en faire un rapport et vous vous rendez compte alors que c'est là tout ce à quoi vous aurez droit. Aucun inspecteur ne viendra vous rendre visite à domicile, il est peu probable qu'on vous convoque pour identifier un suspect au cours d'une séance de tapisserie, il n'y aura pas d'adjointe du procureur bien sympathique pour venir s'intéresser en détail à votre existence.

Puis vous regardez autour de vous, les murs, les classeurs, les casiers du poste de police ou du commissariat, les ceinturons chargés d'armes que portent les agents aux gobelets en polystyrène, vous jetez peut-être même un coup d'œil à l'intérieur des voitures de la brigade rangées dans le parc de stationnement, et vous prenez conscience de la réalité de la situation avec ironie. Les râteliers de fusils M16, les Mauser à lunette, les fusils à pompe calibre douze chargés à la chevrotine double zéro, les 38 spécial et les Magnum 357, les fusils paralysants, les matraques, les bidules, les grenades lacrymogènes, les tiroirs pleins, triques à décharges électriques, gaz paralysant, chaînes et menottes, cartouches et balles par centaines, tout cela n'a rien à voir avec votre sécurité et les outrages que votre corps a dû subir. Vous ne représentez qu'une surcharge de travail pour quelqu'un qui est déjà surchargé.

– Tu as occupé cette place, de ce côté-ci du bureau, Dave. Nous faisons ce que nous pouvons, dit le shérif.

– Mais ça ne suffit pas la plupart du temps. N'est-ce pas ?

Il déplaça un trombone sur le buvard de son bureau, du bout du doigt.

– As-tu une autre solution ? dit-il.

– Merci pour le temps que tu m'as consacré, shérif. Je réfléchirai, pour ce qui est du FBI.

– J'aimerais bien que tu fasses ça.

Sur le trajet du retour le ciel avait viré au mauve et au rouge à l'ouest et les nuages de pluie se rassemblaient au sud, à l'horizon. Je passai en ville acheter de la crème glacée avant de m'arrêter à un étal de fruits sous un chêne au bord du bayou où j'achetai une barquette de fraises. Les cumulus en provenance du Golfe glissaient dans le ciel, masquant le soleil, et les cigales chantaient bruyamment dans les arbres tandis que s'éclairaient les premières lucioles dans les ombres en bord de route. Une goutte de pluie solitaire vint s'écraser sur mon pare-brise lorsque je virai pour m'engager dans la cour en terre.

La pluie tomba dru cette nuit-là. Elle claqua bruyamment sur les bardeaux et le toit de zinc de la galerie, débordant des gouttières avant de courir en rigoles jusqu'à la coulée. Les pacaniers du jardin battaient sous le vent et tremblaient de blancheur lorsque les éclairs venaient rebondir à travers le ciel noir. J'avais mis en marche le ventilateur du grenier, et la maison était fraîche, et je passai la nuit entière en rêves. Annie vint me rendre visite à 4 h du matin, ainsi qu'elle le faisait souvent, à ce moment où la nuit est sur le point de céder la place à la douceur d'une fausse aurore. Dans mon rêve, je regardais par la fenêtre de ma chambre à travers le rideau de pluie, au-delà des troncs luisants des pacaniers, jusque dans les profondeurs des marais, au milieu des nuages de vapeur qui finissaient par se dissoudre dans les typhas et le Golfe du Mexique, jusqu'à ce que je les voie, elle et ses compagnons, prisonniers d'une bulle verte instable gonflée d'air. Elle me sourit ;

Salut, beau marin, dit-elle.

Comment tu vas, ma douce ?

Tu sais que je n'aime pas la pluie. Ça me rappelle de mauvais souvenirs, tout ça. Aussi nous sommes-nous trouvé un endroit sec pour un moment. Les copains de ta section n'aiment pas la pluie, eux non plus. Ils disent qu'elle transformait leurs plaies en ulcères dans la jungle. Tu peux entendre ce que je dis avec tout ce tonnerre ? On dirait une canonnade.

Bien sûr.

C'est plein d'éclairs là-haut au-dessus de l'eau. Cette nuit-là, j'ai été incapable de distinguer les éclairs des flammes des fusils. J'aurais bien voulu que tu ne me laisses pas toute seule. J'ai essayé de me cacher derrière le drap du lit. C'était bête de ma part.

Ne parle pas de ça.

On aurait dit que l'électricité rebondissait des murs. Tu ne bois pas, dis ?

Non, pas vraiment.

Pas vraiment ?

Rien que dans mes rêves.

Mais je parierais que tu réussis à décoller bien haut au cours de tes beuveries à sec, pas vrai ? Tu sais, tous ces beaux rêves où tu bottes le cul des gens, face à face avec les raclures, tous ces trucs qu'aiment bien tous les queutards qui en veulent.

Il faut bien qu'un mec fasse quelque chose pour le plaisir de le faire. Annie ?

Qu'est-ce qu'il y a, baby love ?

Je veux –

Dis-moi.

Je veux –

Ce n'est pas ton heure. Sans oublier qu'il faut quelqu'un pour s'occuper d'Alafair.

Toi non plus, ce n'était pas ton heure.

Elle m'envoya un baiser dans les airs. Sa bouche était rouge.

A bientôt, beau marin. Ne dors pas sur le ventre. Tu sais qu'au matin tu te réveilleras bien dur. Tu me manques.

Annie

Elle m'adressa un clin d'œil à travers la pluie et,

dans mon rêve, j'étais sûr d'avoir senti ses doigts qui venaient me toucher les lèvres.

***

Il continua à pleuvoir la plus grande partie de la journée du lendemain. A trois heures, je récupérai Alafair à l'école et la gardai avec moi dans la boutique à appâts. Le ciel comme les marais étaient gris ; mes barques de location étaient à moitié remplies d'eau, le ponton luisait de pluie, vide sous la faible lumière du jour. Alafair ne restait pas en place ; il était difficile de l'occuper à l'intérieur de la boutique et je laissai Batist l'emmener en ville pour une course. A cinq heures trente, ils étaient de retour, la pluie avait baissé d'intensité, et le soleil s'était mis à percer au travers des nuages à l'ouest. C'était l'heure où les brêmes et les perches auraient dû commencer à partir en chasse autour des nénuphars. Mais le bayou était haut, et la surface des eaux restait bien lisse et brune, sans la moindre rupture le long des rives et dans les criques. Deux pêcheurs arrivèrent et restèrent là à déguster leur bière un moment ; je m'appuyai contre le montant de la fenêtre et contemplai le ciel au loin, barré de mauve et de rouge, les arbres dégouttant de pluie dans l'eau, la barbe humide essayant de se soulever sous la brise du soir.

– Ces hommes, là, y vont-y rien faire, ch'te dis. C'est rin qu'un avertissement, pour t'prévenir, dit Batist à côté de moi.

Alafair regardait un dessin animé sur la vieille télé noir et blanc que je conservais sur l'étagère où je gardais en-cas et coupe-faim. Elle tenait Tripod sur les genoux, les yeux rivés sur l'écran du poste, en extase.

– Peut-être bien. Mais ils nous forcent à nous demander où ils sont et quand ils vont venir, dis-je. C'est comme ça que ça marche.

– Tu les as appelés au FBI à Lafayette ?

– Non.
– Comment qu'ça s'fait ?
– C'est une perte de temps.
– Quequefois, y faut essayer, ouais.
– Il n'y avait pas d'empreintes identifiables sur l'emballage, excepté les tiennes et les miennes.
Je voyais à son visage qu'il ne comprenait pas.
– Il n'y a rien à dire au FBI, dis-je. Tout ce que je ferais, c'est les obliger à remplir encore des paperasses supplémentaires et les agacer. Ça n'aboutirait à rien du tout. Je ne peux rien faire.
– Alors tu veux piquer une rogne cont' mi ?
– Je ne suis pas en rogne contre toi. Écoute...
– Quoi ?
– Je veux qu'elle reste avec toi cette nuit. Je passerai la chercher au matin pour la conduire à l'école.
– Et ti, te vas faire quoi ?
– Je ne sais pas.
– Y'a bien longtemps que j'te connais, Dave. Viens pas me raconter.
– Je dirai à Clarisse de lui emballer sa tenue pour l'école, son pyjama et sa brosse à dents. Il reste une barque qui n'est pas encore rentrée. Tu peux fermer dès qu'elle sera là.
– Dave...
Mais je remontais déjà vers la maison sous la bruine mouchetée de soleil, au milieu des ombres violacées et de la brise parfumée des odeurs de barbe espagnole humide et de belles-de-nuit.

***

Il faisait encore jour et l'air était frais lorsque je m'arrêtai aux abords de Lafayette pour appeler Dixie Lee à l'hôpital depuis une cabine téléphonique. Je lui demandai où étaient installés Vidrine et Mapes.
– Pour quoi faire ? dit-il.
– Pour quoi faire, ça n'a pas d'importance. Où sont-ils ?

– Pour moi, ça a de l'importance.

– Écoute, Dixie, c'est grâce à toi que je suis mêlé à cette histoire. Depuis deux jours, c'est devenu du sérieux, du vrai. Alors ne commence pas à faire ton petit futé avec moi.

– D'accord, le Magnolia. C'est tout près de Pinhook, du côté de la rivière. Écoute, Dave, ne fricote pas avec eux. Je suis sur le point d'être libéré sur caution et de sortir d'ici. C'est le moment de laisser couler.

– On dirait à t'entendre que tu t'es retrouvé une confiance toute neuve.

– Et alors, j'ai des amis. Et les amis, ça te permet de choisir. Qu'ils aillent se faire foutre, Vidrine et Mapes.

Le soleil était rouge et gonflé sur l'horizon à l'ouest. Au sud, dans le lointain, je vis la pluie qui tombait.

– Jusqu'où ces mecs sont-ils prêts à aller ? dis-je.

Il resta silencieux un instant.

– Qu'est-ce que tu racontes ? dit-il.

– Tu m'as entendu.

– Ouais, j'ai entendu. Ils ont brûlé une fille jusqu'à ce que mort s'ensuive et tu me poses une question comme celle-là ? Ces mecs-là n'ont pas de limites, si c'est ce que tu veux dire. Des trous sans fond. Ils descendent si profond que les lézards n'ont même plus besoin d'yeux tellement il fait sombre.

Je descendis Pinhook Road en direction de la Vermilion River avant de me garer sous un chêne parasol près du motel, bâtiment de stuc blanc construit un peu n'importe comment, avec toit de tuiles bleues. La pluie dégouttait du chêne sur la cabine de ma camionnette, les bambous et palmiers plantés le long des allées pliaient sous le vent qui soufflait de la rivière et les dalles de pierre de la cour étaient humides, rouges sous les derniers rayons du soleil. Une enseigne de néon blanche et bleue en forme de fleur brillait sur fond de ciel au-dessus de l'entrée du motel, et un mauvais contact électrique la faisait bourdonner aussi fort que les cigales qui stridulaient dans les arbres. Je contemplai un moment la façade du motel, tapotant le volant de mon trousseau de clés, avant d'ouvrir la porte de la camionnette et de me diriger vers l'entrée.

A cet instant précis, la porte vitrée d'une chambre du motel s'ouvrit en coulissant ; deux hommes et deux femmes en costume de bain, le verre à la main, sortirent dans la cour dallée pour s'installer à une table près de la piscine. Vidrine et Mapes riaient des paroles prononcées par une des femmes. Je me reculai dans l'ombre et observai Mapes qui fit signe à un serveur nègre. Un moment plus tard, le serveur leur apporta de grandes coupes en argent garnies de cocktails de crevettes et un plat d'écrevisses frites. Mapes portait des sandales et un caleçon de bain : le corps était aussi sec et hâlé que celui d'un coureur de fond. Mais Vidrine n'affichait pas la même confiance dans son physique ; il avait revêtu une chemise hawaiienne, pans flottants au-dessus du caleçon de bain, premier bouton défait qui laissait voir son torse velu, mais il ne cessait de croiser et de décroiser les jambes dans le vain espoir de remettre en forme les contours bien arrondis de sa bedaine. Les deux femmes ressemblaient à des professionnelles. L'une d'elles hennissait plus qu'elle ne riait ; la seconde portait les cheveux tirés sur l'arrière comme un écheveau de fils de cuivre, et elle serrait la cuisse de Mapes sous la table chaque fois qu'elle se penchait en avant pour lui dire quelque chose.

Je remontai dans la camionnette, sortis de la boîte à gants ma paire de jumelles japonaises de la Seconde Guerre mondiale et les observai pendant une heure. Les projecteurs sous-marins qui éclairaient la piscine étaient couleur vert fumé et une mince nappe d'huile solaire flottait à la surface de l'eau. Le serveur emporta les plats et resservit une nouvelle tournée de boissons tropicales. Les réjouissances donnaient l'impression de ne pas vouloir s'arrêter. Ils quittaient la table de temps à autre et repassaient la porte coulissante vitrée vers la chambre du motel ; je crus tout d'abord qu'ils se rendaient aux toilettes, lorsque l'une des femmes revint en se tamponnant une narine d'un doigt replié, reniflant comme si un grain de sable pris dans les fosses nasales gênait sa respiration. A dix heures, le serveur se mit à récupérer les feuilles mortes de la piscine à l'aide d'une épuisette à long manche et je vis Mapes qui lui faisait signe pour une nouvelle tournée ; le serveur consulta sa montre et secoua la tête négativement. Ils restèrent encore à table une demi-heure, à fumer leurs cigarettes et suçoter les glaçons à moitié fondus au fond de leur verre. Les rires étaient maintenant plus discrets et le visage des deux femmes plein de séduction, agréablement voilé de lassitude nocturne.

Une soudaine averse vint alors marteler le toit de tuiles du motel, claquant sur les bambous et les palmes en dansant à la lumière des projecteurs sous-marins de la piscine. Vidrine, Mapes et les deux femmes se mirent à courir en riant aux éclats en direction de la porte vitrée de la chambre. J'attendis jusqu'à minuit. Ils n'étaient toujours pas ressortis.

Je mis mon chapeau de pluie et allai au bar du motel. Il était presque désert, la pluie dégoulinait sur les vitres. A l'extérieur, j'apercevais la fleur de néon blanche et bleue qui se découpait sur le ciel sombre. Le barman m'accueillit avec un sourire. Il était vêtu d'un pantalon noir, d'une chemise blanche qui brillait d'une couleur presque violine à la lumière du bar, avec une cravate noire étroite semée de paillettes. L'allure du bonhomme était étrange. Il avait les yeux très rapprochés, aussi petits que des pièces de cinq centimes et il fumait une Pall Mall, trois doigts collés contre la tige de la cigarette. Je m'étais installé au coin du comptoir d'où je pouvais surveiller la porte des chambres de Vidrine et Mapes, et je commandai un 7-Up.

– C'est bien vide ce soir, dis-je.

– C'est rien que de le dire. Z'êtes tout seul ce soir ? dit-il.

– Oui, pour l'instant. Je cherche comme qui dirait de la compagnie.

Je lui adressai un sourire.

Il hocha la tête d'un air entendu et se mit à rincer ses verres dans l'évier. Finalement, il dit :

– Vous résidez au motel ?

– Ouais, pour deux jours. Mon gars, je vous raconte pas ce que je tiens.

Je soufflai en me touchant le front du bout des doigts.

– J'ai rencontré cette dame la nuit dernière, une institutrice, on ne le croirait pas. Elle est montée dans ma chambre et on s'est attaqué à la bouteille de Jack Daniels quelque chose de bien. Mais je ne vous raconte pas de blagues, avant qu'on ait pu passer aux choses sérieuses, moi, je n'étais plus là, j'avais roulé sous la table et je me suis réveillé à midi, j'avais l'impression d'être une boule de feu.

J'éclatai de rire.

– Et avec un autre petit problème aussi. Vous voyez ce que je veux dire ?

Il baissa la tête, un large sourire sur le visage.

– Ouais, ça peut parfois être pénible comme problème. Vous voulez un autre 7-Up ?

– Oui, oui.

Il se remit au travail devant l'évier, ses petits yeux masqués, avant de s'essuyer les mains dans une serviette un moment plus tard d'un air absent et d'allumer une radio posée parmi les bouteilles d'alcool du comptoir. Il alla jusqu'à une arrière-salle où il décrocha un téléphone privé. Il parla dans le récepteur, le dos tourné vers moi, de sorte que je ne réussis pas à l'entendre par-dessus la musique de la radio. A l'extérieur, par la fenêtre, les arbres se détachaient noirs sur le ciel et les tuiles bleues du motel luisaient sous la pluie.

La fille entra par la porte latérale dix minutes plus tard et s'installa au comptoir en laissant un tabouret entre elle et moi. Elle portait des talons aiguilles, un chandail marron à dos nu et des anneaux dans les oreilles. Elle secoua sa chevelure mouillée, alluma une cigarette, commanda un verre, puis un second, et ne régla ni l'un ni l'autre. Elle bavardait comme si nous étions tous trois, elle, le barman et moi, de vieux amis en quelque sorte. Aux lueurs de néon, elle était jolie à sa manière un peu fruste. Je me demandai d'où elle pouvait venir, quel genre de marchandage pouvait bien justifier sa situation présente.

Je ne lui facilitais pas non plus les choses, d'ailleurs. Je ne m'étais pas proposé pour régler ses consommations, je n'avais pas fait la moindre ouverture dans sa direction. Je la vis qui consultait sa montre avant de regarder le barman droit dans les yeux. Il alluma une cigarette et sortit par la porte comme pour prendre un bol d'air frais.

– Je déteste les salons de bar, pas vous ? C'est tellement sinistre, dit-elle.

– C'est plutôt tranquille, y'a pas à dire.

– Je préfère boire un verre dans ma chambre avec un ami.

– Et si j'achète une bouteille ?

– Alors là, je crois que ce serait tout simplement merveilleux, dit-elle avec un sourire, qu'elle s'adressa à elle-même autant qu'à moi.

Puis elle se mordit la lèvre, se pencha vers moi et me toucha la cuisse.

– Mais j'ai un petit problème avec Don. Du genre ardoise, et elle se monte à soixante-quinze dollars. Pourriez-vous me les prêter, sinon ils vont refuser de me servir ou même me virer de cet endroit ?

– C'est l'heure de décoller, ma cocotte.

– Quoi ?

Je sortis mon insigne d'adjoint au shérif de ma poche revolver et l'ouvris devant elle. Ce n'était qu'un insigne honoraire pour me permettre de me garer gratis à Evangeline Downs et aux Fairgrounds de La Nouvelle-Orléans. Mais cela, elle ne le savait pas.

– Don est dans la merde jusqu'au cou. Rentrez chez vous et regardez la télévision, dis-je.

– Espèce de salaud.

– Je vous ai dit que vous n'étiez pas en état d'arrestation. Vous voulez continuer à traîner vos guêtres dans le coin et vous récupérer une partie de ses problèmes, à Don ?

Son regard passa de mon visage au barman qui rentrait par la porte latérale. Sa décision ne prit pas bien longtemps. Elle ouvrit son sac, sortit ses clés de voiture, y jeta ses cigarettes et reclaqua le fermoir avant de se diriger à petits pas rapides sur ses talons aiguilles vers la porte de face, et de sortir sous la pluie. Je levai l'étui d'insigne vers le visage du barman, à hauteur de ses petits yeux rapprochés.

– C'est la Paroisse d'Iberia, mais vous, vous vous en fichez, pas vrai ? dis-je. Vous allez me rendre un petit service, d'accord ? Parce que vous ne voulez pas voir les Mœurs de Lafayette débarquer ici, je me trompe ? Vous êtes quelqu'un de raisonnable, Don.

Il se mordit le coin de la lèvre et détourna les yeux.

– J'ai un numéro que je peux appeler, dit-il.

– Pas ce soir. Ce soir, vous n'appelez rien du tout.

Je voyais sa lèvre se décolorer à l'endroit où sa dent continuait à la mordiller. Il souffla par le nez comme s'il était enrhumé.

– Je ne veux pas d'ennuis.

– Vous ne devriez pas faire le mac.

– Que diriez-vous de laisser un peu tomber et d'y aller en douceur ?

Il regarda les deux derniers clients qui restaient dans le bar. Ils étaient jeunes, installés à une table dans le coin le plus éloigné. Derrière eux, à travers les persiennes encore ouvertes, les phares de passage illuminaient la chaussée mouillée.

– Deux de vos filles sont dans l'appartement six. Il faut les faire sortir, dis-je.

– Attendez une minute...

– Allez, exécution, Don. Fini de lambiner.

– Mais c'est M. Mapes. Je ne peux pas faire ça.

– Il ne te reste plus beaucoup de temps, collègue.

– Écoutez, vous avez un compte à régler ici ou quelque chose, ça, c'est vos oignons. Je ne peux pas me permettre d'être mêlé à tout ça. De toute façon, ces nanas-là, elles ne m'écoutent pas.

– Bon, je dirai que t'es un mec réglo. Ton patron, ça ne le gênera pas, lui, de se faire agrafer, si ? Ou alors d'avoir les flics à travers tout le bâtiment ? Tu ne crois pas qu'une de ces filles pourrait peut-être avoir un peu de coke dans le nez ? Ou alors, c'est tout bêtement des problèmes de sinus.

– Très bien, dit-il en levant les bras, paumes vers le ciel. Il faut que je dise à ces gens que je ferme. Ensuite, j'appelle la chambre. Et après je ne suis plus là, j'ai plus rien à voir avec ça, d'accord ?

Je ne répondis pas.

– Hé, j'ai plus rien à voir dans l'histoire, d'accord ? dit-il.

– Je commence déjà à avoir du mal à me rappeler ta figure.

Cinq minutes après le coup de fil du barman dans la chambre de Mapes, les deux prostituées quittaient le motel par la porte principale, accompagnées par la voix d'un homme en colère qui résonnait au sortir de la chambre qu'elles venaient de quitter. Elles montèrent dans une décapotable et s'éloignèrent. J'ouvris la boîte à outils en bois que je gardais sur le plateau de ma camionnette pick-up et en sortis une chaîne d'une longueur d'un mètre cinquante qu'il m'arrivait d'utiliser pour dégager les souches d'arbres. Je la pliai en deux et enroulai les deux brins libres autour de ma main. Les maillons étaient rouillés et barbouillaient ma paume de traces orange. Je marchai sur le gravier sous les arbres dégoulinant de pluie en direction de la porte de la chambre 6. La chaîne cliquetait contre ma cuisse ; les éclairs de chaleur bondissaient à travers le ciel noir en toiles d'araignées toutes blanches.

Vidrine devait croire que les deux femmes étaient revenues parce qu'il souriait lorsqu'il ouvrit la porte en caleçon modèle boxeur. Derrière lui, Mapes en peignoir mangeait un sandwich près du bar avec évier. Les draps et couvre-lit du lit de taille impériale étaient en désordre et le sol du couloir qui conduisait à une autre chambre était jonché de serviettes, de costumes de bain mouillés et de gobelets à bière.

Le sourire de Vidrine s'effondra en morceaux, son visage se changea soudain en masque rigide et vitreux. Mapes posa son sandwich dans son assiette, humecta la cicatrice de sa lèvre inférieure comme s'il contemplait une équation abstraite et se dirigea vers une valise ouverte posée sur son porte-bagages pliant.

J'entendis la chaîne cliqueter et chanter dans les airs, je la sentis qui revenait au-dessus de ma tête, encore et encore, je sentis leurs mains qui venaient me griffer le côté du visage ; mes oreilles rugissaient de bruits et de fureur – un grondement qui courait profond sous le Golfe, le plancher du derrick qui tremblait et raclait avec violence, le tuyau de forage qui explosait, jaillissant de la tête de puits en une boule de feu rouge et noire. J'avais la main mordue par l'acier et rayée par la rouille ; c'était la couleur du sang séché à l'intérieur de la seringue hypodermique qu'on avait utilisée pour menacer une enfant de six ans ; c'était la couleur des motifs dont je rayai les murs, les draps du lit, les portes de verre coulissantes qui ouvraient sur la cour, là où des pétales d'azalée flottaient à la surface d'une piscine éclairée couleur turquoise.

4

Alafair se réveilla le lendemain matin, l'estomac dérangé, et je la gardai à la maison au lieu de l'envoyer à l'école. Je lui préparai des œufs mollets et du thé léger avant de l'emmener avec moi servir à la boutique à appâts. Le soleil s'était levé sur un ciel dégagé au matin, et les arbres le long du chemin de terre luisaient d'un vert éclatant encore mouillé de pluie. Les buissons de myrte s'épanouissaient de fleurs mauves au soleil.

– Pourquoi tu regardes toujours la route, Dave ? demanda Alafair.

Elle était assise sur l'un des dévidoirs de câble téléphonique installés sur le ponton et elle m'observait tandis que je dévissais une bougie foireuse d'un moteur hors-bord. Le parasol de toile planté au milieu du dévidoir était replié, et la chevelure d'Alafair, noire comme celle d'une Indienne, luisait au soleil brillant.

– J'admire simplement cette belle journée, dis-je.

Je sentis son regard fixé sur le profil de mon visage.

– Tu ne te sens pas bien ? dit-elle.

– Je vais très bien, petit mec. Je vais te dire quoi : on va descendre jusqu'au magasin pour voir s'ils ont des cerfs-volants. Tu crois que tu seras capable de faire voler un cerf-volant aujourd'hui ?

– Y'a pas de vent.

– Ne dis pas " y'a pas ".

– Okay.

– Viens, on va chercher quelques pommes pour Tex. Tu veux lui offrir quelques pommes à manger ?

– Bien sûr, dit-elle en me regardant d'un air curieux.

Nous allâmes jusqu'à la camionnette garée sous les pacaniers et nous prîmes la route en direction du vieux bazar des quatre-coins. Alafair regarda le plancher du camion.

– Qu'est-ce que c'est que ça, Dave ?

– Ne touche pas à ça.

Elle cligna des paupières en entendant le ton de ma voix.

– Ce n'est qu'une chaîne. Repousse-la sous le siège avec ton pied, dis-je.

Elle se pencha vers le sol.

– N'y touche pas. C'est sale, dis-je.

– Qu'est-ce qu'y a, Dave ?

– Rien. Simplement, je ne veux pas que tu te salisses les mains.

Je pris une inspiration, arrêtai la camionnette et fis le tour pour me rendre auprès d'Alafair. J'ouvris sa portière et soulevai les anneaux de chaîne posés sur le plancher. A les toucher, on aurait pu croire qu'ils avaient reçu une couche de peinture qui n'avait pas complètement séché.

– Je reviens tout de suite, dis-je.

Je descendis la berge du bayou et fis voler la chaîne jusqu'au milieu du courant. Puis je m'accroupis près des typhas, au-dessus de l'eau peu profonde où je me raclai les paumes des mains au sable avant de les rincer. Les libellules voletaient au-dessus des typhas et j'aperçus une gueule-de-coton qui se laissait glisser d'un rondin avant de nager au milieu des feuilles de nénuphars. J'enfonçai les mains dans le sable et l'eau se voila autour de mes poignets. Je remontai sur la berge, les mains dégoulinant d'eau, ballantes à mes côtés, et je les essuyai sur l'herbe avant de sortir un chiffon de la boîte à outils et de les sécher à nouveau. Il faisait sombre et frais à l'intérieur du bazar tout délabré des quatre-coins, et les pales de bois du ventilateur brassaient l'air au-dessus du comptoir. J'achetai un sac de pommes pour le cheval d'Alafair, quelques tranches de jambon, du fromage et une miche de pain pour le déjeuner, avec deux bouteilles de soda à déguster sous la galerie. Le soleil brillait violemment sur le parc de stationnement au sol de coquillages blancs compactés et, au travers des arbres, de l'autre côté de la route, je vis un Nègre en train de pêcher au coup, rapprocher sa pirogue des genoux des cyprès.

Nous retournâmes à la maison et Alafair m'aida à désherber les parterres d'hortensias et de rosiers. Nous avions les genoux sales et humides, les bras couverts de minuscules grains de terre noire. Mes parterres étaient remplis de vers de terre qui remontaient en surface après la pluie. Lorsque nous arrachions les mauvaises herbes du sol, ils se mettaient à se tordre, gras et blafards, à la lumière crue. Je ne savais pratiquement rien de ce qu'avait été la vie d'Alafair avant que cette petite ne nous fût donnée, à Annie et à moi, mais le travail avait dû être partie intégrante et naturelle de son existence, car elle s'attaquait à presque toutes les tâches que je lui donnais à faire comme si c'était un jeu, et s'exécutait avec enthousiasme, à sa manière heureuse et pleine d'innocence. Elle avançait son petit bonhomme de chemin à quatre pattes au milieu des rosiers, et jetait bruyamment les mauvaises herbes et les tiges de sorgho dans le seau, le front barbouillé de terre au-dessus d'un sourcil. L'odeur d'hortensia et de terre humide était forte et riche, aussi entêtante qu'une drogue. Puis la brise se leva et se mit à souffler entre les pacaniers de l'avant-cour ; un peu plus loin, à la limite de l'ombre des arbres, l'arroseur de mon voisin tournoyait dans la lumière du soleil en faisant voler une brume de gouttelettes qui flottait en arc-en-ciel au-dessus de ma clôture.

Ils arrivèrent juste avant midi. Les deux inspecteurs en civil de Lafayette ouvraient la voie dans une voiture banalisée, suivis par le shérif de la Paroisse d'Iberia au volant d'un véhicule de patrouille. Ils se rangèrent à côté de ma camionnette avant de se diriger vers moi, foulant les feuilles mortes de pacaniers qui jonchaient le sol. Les inspecteurs étaient deux costauds ; ils avaient laissé leur veste dans la voiture et portaient l'insigne à la ceinture. Ils portaient tous les deux un revolver chromé dans un étui-agrafe. Je me mis debout en époussetant la terre de mes genoux. Alafair avait cessé son travail de désherbage et regardait les deux hommes de ses grands yeux, bouche ouverte.

– Vous avez un mandat ? dis-je.

L'un des inspecteurs avait une allumette aux lèvres. Il hocha la tête sans ouvrir la bouche.

– Okay, pas de problème. J'ai besoin de quelques minutes, d'accord ?

– Vous avez quelqu'un pour s'occuper de la petite ? demanda son partenaire.

Il portait, tatoué sur un avant-bras, l'emblème du Corps des Marines, et sur l'autre, une dague sur laquelle s'empalait un cœur qui saignait.

– Oui. C'est pour ça que j'ai besoin d'une petite minute, dis-je.

Je pris Alafair par la main et me tournai vers la maison.

– Tu veux entrer un moment avec moi ?

– Penchez-vous contre la rambarde du perron, dit l'homme à l'allumette.

– Vous ne pourriez pas être un peu plus discrets, les mecs ? dis-je.

Je regardai mon ami le shérif, qui restait en arrière-plan sans dire un mot.

– Qu'est-ce que vous racontez, bordel de merde ? dit l'homme aux tatouages.

– Surveillez vos paroles, dis-je.

Je sentis la main d'Alafair se refermer serrée dans la mienne. Le second inspecteur ôta l'allumette de sa bouche.

– Mettez les mains sur la rambarde, et écartez les jambes, dit-il en se saisissant de la main libre d'Alafair avant de commencer à la tirer vers lui.

Je pointai un doigt dans sa direction.

– Vous vous y prenez très mal. En arrière, dis-je.

Je sentis alors l'autre policier me pousser violemment dans le dos, et je basculai en déséquilibre à travers les hortensias pour atterrir sur les marches du perron. J'entendis son revolver qui sortait de son étui, sentis sa main venir s'abattre sur ma nuque, tandis qu'il m'enfonçait le canon de l'arme derrière l'oreille.

– Vous êtes en état d'arrestation pour meurtre. Vous croyez que, parce que vous êtes un ex-flic, ça vous donne le droit de réécrire le règlement ? dit-il.

Du coin de l'œil, je vis le regard d'Alafair rivé sur nous, avec, sur le visage, l'expression stupéfiée et vide de quelqu'un qu'on aurait arraché d'un cauchemar pendant son sommeil.

***

Ils m'incarcérèrent à la prison de la paroisse, au-dessus du vieux palais de justice de Lafayette, au beau milieu de la place carrée datant de ses origines. La prison était très ancienne, le fer des barreaux, des portes et des murs était peint d'un gris de navire de guerre. Les mots " Nègres-Hommes " étaient encore un peu visibles sur la porte d'un des quartiers de détention. Pendant tout le trajet de New Iberia, j'étais resté menotté, installé à l'arrière de la voiture, en demandant aux inspecteurs qui j'avais tué. Ils avaient réagi avec le silence et l'indifférence que manifestent pratiquement tous les flics à l'égard d'un suspect en état d'arrestation. Finalement, j'abandonnai et m'appuyai contre le dossier du siège, les menottes mordant la chair de mes poignets, pour contempler le spectacle des chênes qui défilaient derrière la vitre.

J'avais maintenant subi prise d'empreintes et séance de photographie, abandonné portefeuille, monnaie, clés, ceinture, même ma chaîne de cou, entre les mains d'un adjoint qui les avait placés à l'intérieur d'une grande enveloppe de papier kraft, et c'est alors que je pris conscience qu'il manquait quelque chose d'important, quelque chose qui aurait des conséquences terribles sur ma situation. Oui, il manquait mon couteau Puma ; et le geôlier accompagné de l'inspecteur mâchonneur d'allumettes était sur le point de me verrouiller à double tour dans un quartier de six cellules réservées aux violents et aux fous. Le geôlier tourna la clé de la grande porte plane en acier, munie d'un petit regard étroit de surveillance, tira vers lui et ouvrit la porte en grand en me poussant légèrement dans le dos du bout des doigts.

– Qui était-ce, nom d'un chien ? dis-je à l'inspecteur.

– Tu dois être le mec vraiment spécial, Robicheaux, dit-il. T'éventres un mec en deux du pubis au sternum et tu ne prends même pas la peine de savoir qui c'est. Dalton Vidrine.

Le geôlier reclaqua la porte derrière moi, tourna la clé, fit coulisser la barre de sécurité en place et je pénétrai dans mon nouvel univers.

Il était peu différent des prisons que j'avais vues ou même occupées en tant que client au cours de mes années de boisson. Les toilettes puaient, l'air nauséabond sentait la sueur rance, la fumée de cigarette, les matelas noircis de tous les corps graisseux qui s'y étaient allongés. Les murs portaient gravés des noms, des symboles de paix, des dessins d'organes génitaux masculins et féminins. Certains avaient poussé l'esprit d'entreprise plus loin en escaladant les couchettes pour graver leurs noms à la flamme du briquet sur le plafond. Sur le sol, dans la zone qui entourait la porte principale, existait un “ secteur limite ”, rectangle délimité à la peinture blanche où il était préférable de ne pas se tenir lorsque la porte venait à pivoter sur ses gonds ou tout le temps que les prisonniers de confiance distribuaient les repas à partir de leur chariot.

Mais les personnes qui occupaient ce quartier de six cellules n'étaient pas les résidents ordinaires d'une prison municipale ou paroissiale. L'un des prisonniers était un Nègre dément absolument énorme qui avait étouffé son enfant à la naissance. Il me raconta plus tard qu'un policier l'avait travaillé au corps à coups de bidule ; il était pourtant sous les verrous depuis deux semaines, mais ses lèvres boursouflées étaient encore marquées d'entailles violacées et le crâne en forme de bol portait des bosses grosses comme des œufs de pigeon. Le temps passant, j'apprendrais aussi à connaître les autres occupants : un motard de La Nouvelle-Orléans qui avait cloué les mains d'une fille à un arbre ; un violeur et sodomite en série recherché en Alabama ; un truand vietnamien, qui, avec l'aide d'un complice, avait garrotté son associé en affaires au moyen de câbles de démarrage ; et un mec qui était tombé quatre fois, gros, gras et hilare, au regard d'un vide absolu, et avait assassiné une famille entière après s'être échappé de Sugarland Farm[1] au Texas.

On m'autorisa à donner un coup de fil et je téléphonai au meilleur cabinet de Lafayette. Pareil en cela à tous ceux qui ont des démêlés sérieux avec la loi, je compris immédiatement le poids incroyable du fardeau financier qui venait de me tomber sur le dos. L'avance de l'avocat se montait à 2 000 $, ses honoraires à 125 $ de l'heure. J'eus l'impression d'avoir la tête pleine d'araignées lorsque j'envisageai la manière de me procurer des sommes de cet ordre, d'autant plus que ma caution n'avait pas été fixée et que je n'avais absolument aucune idée de l'importance de la somme qui serait exigée.

J'eus la réponse le lendemain matin au cours de l'audience préliminaire : 150 000 $. Je sentis mon visage se vider de son sang. L'avocat sollicita une réduction du montant de la caution, arguant du fait que j'étais commerçant dans la région, ancien officier de police, propriétaire, vétéran de la guerre, et le juge reposa le menton sur un doigt replié avant de le regarder en retour, aussi impassible que celui qui attendrait que se dévide jusqu'au bout la bobine d'un vieux film.

Nous nous levâmes, le juge quitta le tribunal, et je restai là, étourdi, la tête pleine de vertiges, dans un fauteuil tout à côté de l'avocat, pendant qu'un adjoint s'apprêtait à me remettre les menottes pour le trajet de retour à la prison. L'avocat fit signe à l'adjoint de deux doigts levés.

– Accordez-nous une minute, dit-il.

C'était un homme déjà âgé, trapu avec une tendance

1. Pénitencier du Texas, situé à proximité de Houston. (N.d.T.)

à l'embonpoint, coiffé en brosse de cheveux roux qui s'éclaircissaient, qui s'habillait de costumes en crépon de coton avec un nœud papillon à agrafe.

L'adjoint acquiesça d'un hochement de tête et recula jusqu'à la porte d'accès latérale du tribunal.

– Ce sont les photographies, dit-il. Les entrailles de Vidrine pendant sur le rebord de la baignoire. C'est quelque chose de vicieux quand on l'a devant les yeux, M. Robicheaux. Et ils ont votre couteau qui porte vos empreintes.

– Il a dû tomber de ma poche. Ces deux mecs me sont tombés dessus.

– Ce n'est pas ce que déclare Mapes. Le barman a également des choses pas très jolies à raconter. Que lui avez-vous fait ?

– Je lui ai dit qu'il allait être arrêté pour proxénétisme.

– Bien. Je peux le discréditer comme témoin lorsqu'il sera appelé à la barre. Mais Mapes – il fit claquer la langue contre le palais. C'est celui-là qu'il nous faut briser. Un homme qui porte des marques de coups de chaîne à travers tout le visage et le dos peut faire un sacré témoin. Dites-moi, au nom du Ciel, qu'aviez-vous donc en tête lorsque vous avez franchi cette porte ?

J'avais les paumes moites. Je déglutis et les essuyai sur mon pantalon.

– Mapes savait que Vidrine n'était qu'une femmelette, dis-je. Après mon départ, il a ramassé mon couteau et lui a fait son affaire. Voilà ce qui est arrivé, M. Gautreaux.

Il tambourina l'accoudoir de son fauteuil du bout des doigts, gonfla une joue, s'éclaircit la gorge pour parler, et finalement décida de rester silencieux. Au bout du compte, il se leva, me tapota l'épaule, et sortit par la porte latérale du tribunal sous le soleil, dans le vent qui faisait bruire les feuilles de chêne, dans le bruit des gamins noirs qui passaient en hurlant aux éclats, montés sur leurs planches à roulettes. L'adjoint me souleva le bras et referma une menotte autour de mon poignet.

***

Batist et sa femme avaient gardé Alafair avec eux le jour de mon arrestation, mais le lendemain, je pris mes dispositions pour qu'Alafair soit confiée à ma cousine, une institutrice à la retraite de New Iberia. Elle allait la prendre chez elle un moment, Batist s'occuperait du ponton et de la boutique, et mon souci premier était maintenant l'argent. Outre une somme conséquente au montant encore indéterminé à verser à l'avocat, il fallait que je réunisse 15 000 $ comme honoraires pour le prêteur de caution afin de pouvoir être remis en liberté. Je disposais de 8 000 $ d'économies.

Mon demi-frère, Jimmy, propriétaire ou associé de plusieurs restaurants de La Nouvelle-Orléans, aurait pu me rédiger un chèque pour la somme globale, mais il était en Europe depuis trois mois, et la dernière fois que ses associés avaient eu de ses nouvelles, il parcourait la France en compagnie d'un groupe de joueurs basques de Jai alai.[1] Je découvris alors que des banquiers que je connaissais depuis des années ne se montraient plus guère empressés de prêter de l'argent à un homme inculpé de meurtre au premier degré dont l'adresse se trouvait être maintenant la prison de la paroisse. Il y avait neuf jours que j'étais sous les verrous, et Batist continuait à faire la tournée des banques avant de venir me déposer les dossiers de prêts.

On déverrouillait nos cellules à sept heures du matin lorsqu'un prisonnier de confiance accompagné du maton de nuit amenait le chariot des repas, où s'empilaient tous les jours marmites en aluminium avec gruau de maïs, café et épaule de porc frite. Jusqu'au bouclage, à cinq heures de l'après-midi, nous étions

1. Variante de la pelote basque. (N.d.T.)

libres d'aller à notre guise dans les limites d'une zone connue sous le nom d'arène, prendre des douches, jouer aux cartes avec un jeu dont les pièces manquantes avaient été remplacées par des rectangles de carton repris au crayon, ou contempler d'un œil apathique, à travers la fenêtre, le sommet des arbres sur la pelouse du palais de justice. Mais la majeure partie du temps, je la passais dans ma cellule à remplir des demandes de prêts bancaires ou à lire un numéro du *Reader's Digest* aux pages raidies toutes tachées d'eau.

J'étais assis sur le bord de ma couchette métallique, accrochée au mur par deux chaînes, en train de remplir en capitales d'imprimerie l'en-tête d'une demande de prêt, lorsqu'une ombre vint se profiler sur ma feuille. Dans l'embrasure de la porte ouverte de ma cellule, se détachait la silhouette du motard qui avait cloué les mains d'une fille à un arbre. Il était torse nu, le corps lourd, les pectoraux couverts de tatouages d'oiseaux, et ses cheveux longs, sa barbe en broussaille donnaient l'impression que sa tête était enveloppée d'une crinière. Je sentais ses yeux qui exploraient le profil de mon visage, pour en écorcher la peau à la recherche d'un organe plus tendre, un point de faiblesse, l'extrémité à vif d'un nerf sectionné.

– Tu crois que tu tiendras le coup là-bas ? dit-il.

Je mouillai la pointe de mon crayon et continuai à écrire sans lever les yeux.

– Où ça, là-bas ? dis-je.

– Angola. Tu crois que tu pourras y faire ton trou ?

– Je n'envisage pas de faire un séjour là-bas.

– C'est c'que j'ai dit quand ch'suis tombé pour la première fois. Arrêt suivant, trois ans au block[1] en costard à grosses rayures. Y z'ont des salopards de première là-bas, mec.

Je tournai la page et essayai de me concentrer sur les mots imprimés sur la feuille.

1. Section centrale du Pénitencier d'Angola, où sont incarcérés les " grosses rayures ", les prisonniers dangereux et violents. (N.d.T.)

– Le maton de nuit dit que t'es un ex-flic, dit-il.

Je reposai mon crayon et regardai le mur qui me faisait face.

– Et est-ce que cela te pose un problème ? dis-je.

– Pas moi, mec. Mais y'a des enfoirés de salauds bien vicieux à la ferme. Y'a des mecs qui passent à côté de ta cellule au pas de course et qui te balancent dessus un cocktail molotov. Tu fonds, y reste plus que la graisse.

– Je ne voudrais pas te paraître grossier, mais tu me caches mon soleil.

Il eut un large sourire, le visage éclairé d'une lueur méchante. Puis il s'étira, bâilla, éclata de rire comme s'il se trouvait soudain témoin d'une absurdité quelconque et s'éloigna jusqu'à la fenêtre qui donnait sur la pelouse du palais de justice.

***

Je fis des séries de pompes, je fis des levers debout en soulevant la couchette du bout des doigts, je pris des douches et je dormis aussi souvent que je le pus. La nuit, j'entendais les autres qui lâchaient leurs pets, se parlaient à eux-mêmes, se masturbaient, ronflaient. L'énorme Nègre se mettait de temps en temps à chanter et sa chanson commençait par « J'ai l'âme dans un sac à papier, au fond d'ta poubelle à ordures ». Puis une nuit, il fut pris d'une crise de folie dans sa cellule : il agrippa les barreaux à deux mains et se mit à se cogner la tête contre le métal au point que le sang et la sueur giclèrent jusque dans l'arène. Nous entendîmes le maton faire coulisser en place la barre d'acier sur la porte.

Le treizième jour, je reçus deux visiteurs auxquels je n'étais pas préparé. Sous l'escorte d'un adjoint, je descendis l'escalier métallique en spirale jusqu'à une pièce sans fenêtre qu'on utilisait comme salle de visite pour ceux d'entre nous qui étaient inculpés de crimes avec violences. Assis à une table en bois meurtrie des cicatrices de brûlures de cigarettes, m'attendaient Dixie Lee Pugh, un bras en écharpe, ses cheveux blonds barrés de pansements entrecroisés, et mon vieux collègue de la Criminelle, Cletus Purcel. Comme à l'accoutumée, Cletus donnait l'impression d'être trop fort pour sa chemise, sa veste de sport, la cravate largement défaite qui pendouillait au col, le pantalon qui remontait au-dessus des chaussettes. Sa cigarette paraissait minuscule dans sa main, et la cicatrice de points de suture qui lui traversait le sourcil donnait l'impression d'un artifice dérangeant devant l'assurance physique qu'il manifestait et l'humour qu'affichait son visage.

Clete, mon vieil ami, pourquoi as-tu jeté l'éponge ?

Ils avaient l'un et l'autre le visage barré d'un si large sourire qu'on aurait pu les croire à une réception. Je sentis la bière dans l'haleine de Dixie. Je m'installai à la table, et l'adjoint verrouilla la porte à barreaux derrière moi avant de s'asseoir à l'extérieur sur une chaise.

– T'as réglé ta caution sans problème, hein, Dixie ? dis-je.

Il était vêtu d'une chemise bordeaux dont les pans flottaient au-dessus du pantalon gris ; un pied était enveloppé de pansements et recouvert de deux épaisseurs de chaussettes de sport. L'estomac faisait un gros bourrelet contre le bas de la chemise.

– Mieux que ça, Dave. Ils m'ont relâché.

– Ils ont fait quoi ?

– Je n'ai plus rien à voir dans l'affaire. Libre et lavé de tout soupçon. Ils ont abandonné l'accusation pour possession de drogue.

Il regardait l'expression de mon visage.

– Ça ne les intéressait plus, dit Clete.

– Oh ? Comment ça ?

– Allez, Dave. Ne fais pas semblant de ne pas comprendre. Tu sais comment ça fonctionne, dit Clete.

– Non, je crois que mon éducation reste à faire dans ce domaine.

– Nous avons déjà versé un acompte à un cabinet de La Nouvelle-Orléans pour nous réserver leurs services, et j'ai engagé le meilleur qu'il y ait à Lafayette. Tu sais que les mecs du coin ne vont pas se laisser bloquer devant un tribunal des mois durant pour une merdouille d'accusation pour possession de came.

– Qui est ce " nous " dont tu me parles ? Et qu'est-ce que tu fabriques en compagnie de Dixie Lee, nom d'un chien ? dis-je.

– Il a un ami. Je travaille pour cet ami. L'ami en question n'aime pas voir Dixie Lee en train de souffrir pour des tas de conneries qu'il ne mérite pas. Et toi non plus, tu ne les mérites pas, Dave.

– Tu travailles pour Dio ? C'est lui, l'ami en question ?

– Ce n'est pas le mec aussi mauvais qu'on dit. Écoute, il n'y a pas des boulots à la pelle dans le coin pour un flic qui a dû se tailler du pays, euh, en laissant traîner derrière lui un certain nombre d'histoires pas catholiques.

– Comment as-tu fait pour tirer ton épingle du jeu ? Je croyais qu'il y avait toujours un mandat à ton nom.

– Tu n'apprendras jamais, hein, partenaire ! Pour commencer, ils n'avaient pas la queue d'une crotte pour continuer leur enquête. Ensuite, et c'est ça que tu n'arrives pas à comprendre, tout le monde se fiche comme de l'an quarante d'un mec comme ça. Ce mec-là, ce qu'il avait de mieux, c'est le coup de queue qui l'avait fabriqué. Il a croisé un destin malheureux. Il aurait dû le croiser plus tôt. Le monde continue.

– Sais-tu de quoi il parle ? demandai-je à Dixie Lee.

– Ce sont ses oignons, dit-il tranquillement avant de sortir une cigarette de sa poche pour éviter de croiser mon regard.

– Oublie le passé, Dave. Ce ne sont que des souvenirs qui pourrissent petit à petit. C'est bien ce que tu me disais toujours, pas vrai ? Putain de belle maxime. Considérons le problème que nous avons sur les bras en ce moment, à savoir, te sortir les fesses d'ici. J'ai entendu dire qu'ils t'avaient collé dans un coin bien spécial, avec des mecs mignons tout plein.

Je ne répondis pas. Ils me regardèrent tous les deux, puis les yeux de Dixie allèrent s'égarer autour de la pièce.

– Allez, Belle-Mèche, conduis-toi comme un vrai pote pendant quelques minutes, dit Clete.

Lorsque les yeux de Dixie Lee vinrent se reposer sur moi, je dis :

– Pour te dire la vérité, Dixie, j'ai envie de te tuer.

– Et alors, il ne se sent pas à l'aise. Qu'est-ce qu'il est censé faire, putain de merde ? Aller en prison ? dit Clete. Écoute, j'avais décidé de venir ici de mon plein gré, de toute manière, mais dès que j'ai réussi à le faire libérer, il m'a dit qu'il fallait qu'on te tire les miches du trou. Ça aussi, c'est un fait.

– T'as le droit d'être furieux, me dit Dixie Lee. J'ai toujours eu la manière pour pisser dans la soupe en m'arrangeant pour que tout le monde soit obligé de boire à la marmite. C'est juste que je ne savais pas que tu allais...

– Quoi ? dis-je.

– Nom de Dieu, je ne sais pas. Faire ce que t'as fait dans cette chambre de motel, et je ne sais pas quoi au juste. Seigneur, Dave, j'ai entendu un flic dire qu'on a dû lui recoller les tripes dans le ventre à la truelle, au Vidrine.

– Ça, c'est le boulot de Mapes, pas le mien.

Je vis au visage de Clete que la chose l'amusait.

– Désolé, dit-il avant d'éclater de rire. Mais regardons les choses en face. Je me souviens d'une ou deux occasions par le passé où tu en avais vraiment laissé plein les murs.

– Ce n'était pas le cas cette fois-ci.

– Ce sera comme tu le dis. De toute façon, qui s'en

soucie ? Ce mec, c'était un tas de merde, dit Clete. Parlons plutôt de la manière de te sortir de cette cage à singes.

– Attends une minute. Tu connaissais Vidrine ?

– Le Montana, c'est une toute petite communauté, à bien des égards. Je suis sûr que ça te plairait. J'ai loué un petit truc à Sally Dee juste sur Flathead Lake.

– Jadis, tu les haïssais, ces mecs-là, Clete.

– Ouais... ben, dit-il en suçotant une dent. La CIA trafique dans la came, y'a des mecs à la Maison Blanche qui font le commerce des armes. C'est ce que tu disais toi-même dans le temps – on se garde les raclures à vue, comme ça, on a une belle cible pour jouer aux fléchettes.

– Où est-ce que tu t'es acoquiné avec ce mec ?

– Sal ?

Il gratta une écaille de peinture sur la table du bout de l'ongle.

– J'ai un beau-frère qui a des relations à Galveston. Il m'a trouvé un boulot à la table de vingt-et-un, dans un des établissements de Sal à Vegas. Au bout d'un mois, j'ai été promu au service de sécurité. La plupart des flics des boîtes de surveillance de Vegas ont du chewing-gum à la place de la cervelle. C'est comme si t'étais candidat à la présidence avec Harpo Marx comme adversaire. Six mois plus tard, j'étais responsable du service de sécurité de tout le casino. Maintenant, je travaille là où on a besoin de moi – Vegas, Tahœ, Flathead.

Il leva les yeux sur moi.

– C'est mieux que de nettoyer le dégueulis des chiottes, et c'était ce que je faisais dans un boui-boui de dernière zone à Algiers. Écoute, tu veux sortir d'ici ?

– Nom d'un chien, bien sûr que non, Clete. L'ambiance est telle ici que tu finis par l'aimer, à force.

– Je peux arranger ça en vingt minutes.

– Tu vas aligner quinze mille dollars ?

– Je n'ai même pas besoin de faire ça. Il y a un ou deux prêteurs sur caution qui adoreraient rendre service à Sally Dee. Pourquoi pas ? Ça ne leur coûte pas un centime. A moins que tu ne prennes la fille de l'air une fois libéré sur caution.

– Laisse-le faire ça pour toi, Dave, dit Dixie Lee.

– Je crois que je vais simplement m'armer de patience ce coup-ci.

– Pourquoi ? Tu te sens obligé de prouver que tu es quelqu'un d'honnête ? dit Clete.

– Merci quand même, Cletus.

– J'en ai ras-le-bol de toi et de tes conneries. Qu'est-ce que tu crois ? Que je vais te faire enrôler dans la Mafia ou un truc de ce genre ?

– Je ne sais pas ce que tu es en train d'essayer de faire. En fait, je ne comprends rien à tout ce que tu as fait.

– Ça, c'est peut-être parce que tu n'écoutes pas trop bien.

– C'est bien possible.

Il alluma une cigarette et balança d'une pichenette l'allumette consumée contre le mur. Il souffla sa fumée par le nez.

– Tu ne dois rien à personne, dit-il.

– A d'autres.

– Tu as ma parole.

– Ils vont te réduire en purée, te transformer en traîne-savates à leur botte, Clete. Fais le barman à Algiers, place des polices d'assurance. Mais reste loin de ces gens-là.

– J'ai pensé que peut-être je pourrais me racheter de quelques-uns des tours que je t'ai joués.

– Je ne t'en garde pas rancune.

– Tu n'oublies jamais rien, Dave. Tu te le gardes bien au chaud, tu l'entretiens et tu le tisonnes jusqu'à en faire un beau brasier.

– Je change.

– Ouais, et c'est pour ça qu'ils t'ont collé sous les verrous avec les sacs à merde.

– Qu'est-ce que je peux dire ?

– Rien, dit Clete. Tiens, voilà mes cigarettes. Échange-les auprès de tes timbrés contre de la nourriture.

– Dave, je t'avancerais ta caution si j'avais l'argent, dit Dixie Lee. Mais si je mettais le pied sur une pièce de dix cents, là, tout de suite, je serais capable de te dire si c'est pile ou face rien qu'à marcher dessus.

– Le bonhomme ne nous écoute pas, dit Clete. Pas vrai, Dave ? T'es sur les hauteurs, t'as choisi la grand-route tandis que nous autres, pauvres salopards tout suants, il faut qu'on marne dans la fange en se battant contre les mouches.

Il alla jusqu'à la porte et frappa du poing contre l'un des barreaux.

– Ouvrez, dit-il.

– Je suis désolé, dis-je.

– Ouais, ouais, ouais. Envoie-moi une carte postale. Polson, Montana. En fait, si tu te sors de ce trou à merde, viens me voir. La bière est fraîche, et il faut que tu te battes à coups de rame pour renvoyer les truites dans le lac. Quelqu'un de sensé pourrait peut-être aller jusqu'à dire que c'est mieux que de se doucher en compagnie de pédés et de tortionnaires d'enfants. Mais qu'est-ce que j'en sais, hein, après tout ?

Il écrasa sa cigarette sur le sol de béton pendant que l'adjoint déverrouillait la porte. L'adjoint raccompagna Clete et Dixie Lee à l'étage au-dessous jusqu'à l'ascenseur, et je restai seul dans la pièce, attendant le retour du policier, le dos rond, les avant-bras en appui sur les cuisses, fixant du regard les minuscules fissures en toile d'araignées du béton.

***

Le lendemain, deux adjoints ramenèrent Jerome du quartier des prisonniers de l'hôpital public. Les points de suture de son front ressemblaient à de petits papillons noirs dentelés sous la peau. Il resta là, à regarder par les fenêtres et se parler à lui-même, et urina sur le sol de sa cellule. Le motard et le violeur d'Alabama lui dirent que le geôlier avait laissé la clé de la porte du quartier dans les toilettes. Jerome s'agenouilla près de la cuvette, les yeux fixés sur l'eau, tandis que les deux autres l'encourageaient.

– Tu ne peux pas la voir. Elle est au fond de la conduite d'évacuation, dit le motard avant de se soulever le paquet et d'adresser un large sourire à l'autre.

Le bras de Jerome s'enfonça dans la cuvette, et il plongea la main dans les profondeurs de la conduite, s'éclaboussant d'eau la chemise et le visage.

Je posai les mains sur ses épaules. Il leva les yeux vers moi, bouche béante, la langue rose et épaisse contre les dents de la mâchoire inférieure.

– Ne fais pas ça, Jerome. Il n'y a pas de clé là-dedans, dis-je.

– Quoi ? dit-il, de la voix d'un homme drogué.

– Enlève ta chemise et va te laver sous la douche, dis-je. Allez, viens près de moi, je t'accompagne.

– On voulait juste lui donner un petit peu d'espoir, au loulou, dit le motard.

– Votre petite plaisanterie est terminée, dis-je.

Le motard portait des lunettes de soleil foncées. Il me regarda en silence en se passant la langue sur les gencives. Sa barbe et sa chevelure bouclées ressemblaient à des spires de ressort marron.

– C'est pas le bon endroit pour envoyer chier les gens, dit-il.

Je lâchai le bras de Jerome et me retournai vers le motard.

– Vas-y, dis-je.

– Quoi, vas-y ?

– Fais ton petit malin encore une fois.

– Qu'est-ce que tu racontes, mec ?

– J'ai envie de te voir me gonfler l'air encore une fois.

Je ne pouvais voir son regard masqué par les lunettes de soleil, mais la bouche resta immobile au milieu de son visage, au point qu'on aurait pu la croire peinte sur la peau.

Puis il dit, parce que les autres l'observaient :

– Ici, on est une grande famille, mec. C'est comme ça que tu tiens le coup quand t'es au trou. Tu sais pas ça, tu y arriveras jamais.

J'ouvris la douche pour Jerome, l'aidai à enlever sa chemise et lui donnai un pain de savon que j'avais dans ma cellule. Puis je ramassai mon assiette en fer blanc et la cognai violemment sur la porte du quartier. Il ne fallut pas longtemps pour que le geôlier vînt ouvrir. J'étais encore debout à l'intérieur du secteur limite lorsque la porte pivota.

Le visage du geôlier était électrisé par la furie.

– Nom de Dieu, tu te prends pour qui, Robicheaux, à faire ce que tu fais ? dit-il.

– Il y a là un débile mental qui se fait maltraiter par les autres détenus. Ou bien vous le mettez en cellule isolée ou vous l'envoyez à Mandeville[1].

– Bouge ton cul au-delà de cette ligne.

– Allez vous faire foutre.

– Ce coup-ci, tu es bon. Tu vas au frigo, dit-il avant de reclaquer la porte.

Je me retournai pour me retrouver face au visage hilare du mec qui était déjà tombé quatre fois et avait assassiné une famille entière après son évasion de Sugarland. Il était entièrement nu et les énormes bourrelets de lard de ses cuisses et de son ventre pendaient sur sa carcasse presque comme un drapé de rideaux. Les yeux étaient pâles, vides de toute émotion, mais la bouche était aussi rouge que celle d'un clown. Il tira une bouffée de sa cigarette et dit :

– On dirait que tu vas être fin prêt pour la casserole, mon pote.

Et il éclata de rire, d'un rire si violent, yeux fermés,

1. Lieu où se trouve l'hôpital psychiatrique. (N.d.T.)

plissés par l'allégresse, que les larmes se mirent à couler sur ses joues rondes.

Quinze minutes plus tard, on me déménageait dans une petite pièce contenant une cage métallique avec deux couchettes, dont les parois perforées en petits carrés étaient couvertes d'épaisses couches de peinture blanche, aujourd'hui écaillée et grattée, portant graffitis et noms de prisonniers. Des années auparavant, la cage avait servi de cellule aux prisonniers en instance d'exécution à l'époque de la chaise électrique itinérante, qui voyageait, accompagnée de deux énormes groupes électrogènes, de paroisse en paroisse, couverte de bâches, à l'arrière d'un semi-remorque. Aujourd'hui, la cage servait à abriter les fauteurs de trouble et les éléments incontrôlables. On me dit que j'allais y passer les cinq jours à venir, sans autre visite autorisée que celle de mon avocat, sans douche, avec pour pitance un seul repas par jour à l'heure de mon choix.

Cet après-midi-là, Batist essaya de me rendre visite. On lui refusa la permission de me voir, mais un Nègre prisonnier de confiance m'apporta une enveloppe qui contenait une demi-douzaine de pages de l'album à colorier d'Alafair, décorées de sa main, ainsi qu'un petit mot qu'elle avait rédigé en capitales d'imprimerie sur du papier à lignes. Les pages coloriées représentaient des palmiers au bord d'une eau bleue, un lac plein de poissons et un cheval marron près de la tête duquel elle avait écrit le mot “ Tex ”. Son petit texte disait : « Je sais écrire. Je sais écrire le chat de papa. Je sais écrire Béatrice a un chat. J'aime Dave. Je dis plus “ hein ”. Bisous. Alafair. »

Je suspendis les pages de l'album à colorier à l'intérieur de la cage en coinçant leur bord sous les cornières de jonction au sommet des murs. Il commença à pleuvoir, et la brume se mit à souffler par la fenêtre aux barreaux maintenant luisants d'humidité. Je déroulai le mince matelas à rayures sur la couchette inférieure et essayai de dormir. J'éprouvai une sensation de fatigue incroyable, mais j'étais incapable d'en déterminer la cause. Peut-être était-ce parce qu'on ne dort jamais vraiment en cellule. Les portes de fer claquent jour et nuit ; les ivrognes secouent les portes contre les huisseries, et les flics, en représailles, font claquer leurs bidules contre les barreaux ; on viole et on sodomise à la file sous les douches, et les cris des victimes se perdent dans les nuages de vapeur qui dansent sur les carreaux de céramique ; les cinglés hurlent leurs visions d'apocalypse depuis les fenêtres comme des chiens qui gémiraient sous une lune jaune.

Mais mon épuisement courait encore plus profond, descendant jusqu'à la moelle des os pour me laisser les muscles aussi flasques que s'ils avaient été rongés de part en part par les vers. Je connaissais bien ces humeurs-là qui me tombaient invariablement dessus juste avant que je n'entame une bringue de deux jours. J'éprouvais une sensation d'échec, de lassitude morale mêlée de défaite et de crainte qui n'aspirait qu'au seul et unique remède qui viendrait la libérer. Dans mon rêve troublé, j'essayai de m'obliger par le simple jeu de ma volonté à pénétrer à cœur une des pages de l'album à colorier d'Alafair – jusqu'à cette plage semée de palmiers, les épaules me brûlant sous le soleil tandis que des gouttes de pluie froide venaient s'écraser sur ma peau. L'eau était bleue et verte, et des nuages rouges de varech flottaient dans le ressac. Alafair chevauchait à cru le long de la grève à la limite des vagues, la bouche barrée d'un grand sourire, la chevelure noire brillant dans le soleil.

Mais la pureté de lignes du rêve refusa de tenir bon et lâcha prise, et je me retrouvai soudain à verser du rhum dans une noix de coco évidée avant de boire la coupe à deux mains. Pareil au soleil et à la pluie, il était frais et chaud tout à la fois, et il mit le feu à mes désirs, à la manière d'une allumette enflammée qui viendrait toucher de vieux journaux conservés au sec dans une caisse. Je visitai les bars des bas-fonds de La Nouvelle-Orléans et de Saïgon, je sentis une femme me souffler son haleine au creux du cou, sa bouche tout contre mon oreille, et sa main me frôlant le sexe. Des filles aux seins nus, seulement vêtues d'un cache-sexe, dansaient pieds nus sur une rampe éclairée de projecteurs mauves, au milieu de la fumée de cigarettes qui venait caresser de ses volutes leurs seins et leurs bras chargés de bracelets. Je descendis des doubles doses de Beam que je fis suivre de bière-pression en guise de pousse-gnôle, accroché au bord du comptoir comme un homme au milieu de la tempête, et je regardai leurs corps bruns, leurs ventres qui ondulaient comme l'eau des vagues, leurs yeux qui m'étaient autant d'invites, doux comme le parfum sucré de l'opium qui se consume.

Puis je me retrouvai sur la plage, seul, tremblant sous la gueule de bois. Le cheval d'Alafair était sans cavalier, et il secouait les rênes lâches qui lui pendaient au garrot, soufflant et renâclant, tête baissée, les naseaux à la limite des vagues.

Ne perds pas tout ce que tu as, entendis-je de la voix d'Annie.

Où est-elle ?

Elle reviendra. Mais il faut que t'arrêtes tes conneries, beau marin. Reprends-toi.

J'ai peur.

De quoi ?

Ils sont sérieux. Ils parlent de perpète à Angola. Ça fait dix et demi, avec bonne conduite. Et ils ont en plus les moyens d'arriver à leurs fins, avec le couteau et les témoins. Je ne crois pas que je vais réussir à m'en tirer cette fois-ci.

Mais si, tu y arriveras.

Je serais soûl à l'heure qu'il est si je n'étais pas en prison.

Peut-être bien, qui sait ? Mais tu ne peux pas le savoir. Vas-y en douceur, à chaque jour suffit sa peine. D'accord ? Mais finis les rêves de gnôle et de putes.

Annie, je ne l'ai pas fait, hein, dis ?

Ce n'est pas ton style, baby love. La pluie commence à tomber moins drue et il faut que j'y aille. Sois bon, chéri.

Je me réveillai en sueur au milieu d'un faisceau de lumière que le soleil brillant dardait par la fenêtre. Je m'assis sur le rebord de ma couchette, les paumes cramponnées aux cornières métalliques, un nœud de serpents dans la tête. Il faisait chaud, la pièce ruisselait d'humidité, mais je tremblais des pieds à la racine des cheveux comme si un vent glacé me soufflait sa froidure sur le corps. Le robinet du lavabo marqué de coulures de rouille gouttait, aussi sonore qu'un tic-tac d'horloge.

***

Deux jours plus tard, une banque de New Iberia accepta ma demande de prêt. Quinze minutes après avoir réglé les honoraires du prêteur sur caution, je fus remis en liberté. Il pleuvait à verse lorsque je courus depuis le palais de justice jusqu'à la camionnette, avec, sous le bras, un sac en papier de linge sale et d'articles de toilette. Alafair me serra fort contre elle dans l'espace confiné, chaleureux et sec du camion, et Batist alluma un cigare et souffla sa fumée entre ses dents serrées comme si l'avenir était entre nos mains.

J'aurais dû être heureux. Mais j'avais en mémoire une scène dont j'avais été le témoin des années auparavant, lorsque je débutai comme agent des patrouilles à La Nouvelle-Orléans. Un groupe de Black Panthers venaient d'être ramenés à leur cellule, enchaînés par les poignets les uns aux autres, après l'audience préliminaire du matin. Leur avocat commis d'office s'efforçait de les convaincre qu'ils seraient traités équitablement.

– Croyez-le ou non, notre système fonctionne, leur avait-il dit à travers les barreaux.

Un Noir mal rasé portant lunettes noires, béret et veste de cuir noir fit rouler une allumette entre ses lèvres et dit :

– Tu l'as dit, enfoiré. Ça marche bien, mais pour les autres.

5

Une fois sorti de prison, je me sentis comme le soldat qui retourne sur le front et découvre que les champs de bataille sont vides, que tous les autres, à l'exception de lui, se sont fatigués de la guerre pour rentrer dans leurs foyers.

La veille, Dixie Lee était passé à la maison et avait laissé une lettre :

Dave,

Ce que je t'ai fait, ça me cause du chagrin. C'est la vérité vraie devant Dieu, fils. J'ai pas d'excuses excepté que tout ce que je touche, ça se transforme en merde. J'laisse un paquet de Milky Way à la petite qui habite avec toi. Belle affaire. Moi et Clete et sa dame, on prend la direction du grand ciel[1] *aujourd'hui. Peut-être que par la suite, je pourrais me trouver un numéro dans l'un des casinos de Sal. Comme mon papa disait toujours, ça a pas d'importance qu'on soit de couleur ou pas, il faut tous qu'on aille ramasser le coton du Blanc. Alors autant que tu le ramasses à l'ombre, tout à côté du baril de flotte.*

1. Le pays du grand ciel, surnom du Montana. (N.d.T.)

Dave, va pas en taule.
Dixie Lee.

Et que faire d'Harry Mapes, alors, l'homme dont le témoignage pouvait m'expédier à Angola ? (J'avais encore dans les narines son odeur dans sa chambre de motel – un mélange de rut et de parfum de putes avec eau de Javel, bourbon, tabac et bonbons menthe pour l'haleine fraîche). J'appelai la Compagnie de Forage Star à Lafayette.

– M. Mapes se trouve au Montana, dit la fille de la réception.

– Où cela, dans le Montana ?

– Qui est à l'appareil, s'il vous plaît ?

– Une de ses relations. J'aimerais simplement lui dire un mot.

– Il faut vous adresser à M. Hollister. Ne quittez pas, s'il vous plaît.

Avant que j'aie pu l'arrêter, il était en ligne.

– J'ai besoin de savoir où se trouve M. Mapes. L'heure de sa déposition et tout cela, dis-je.

– Comment ?

– Vous m'avez entendu.

Il y eut un moment de silence.

– C'est Robicheaux à l'appareil ? demanda-t-il.

– Si nous n'obtenons pas ces renseignements auprès de vous, le bureau du procureur nous les fournira.

– La seule chose que je vous dirai, c'est que je pense que vous êtes quelqu'un de malade et de dangereux. Je ne sais comment on a pu vous laisser sortir de prison, mais restez à l'écart de mes employés.

– Vous avez l'étoffe pour postuler aux Oscars, Hollister, dis-je.

Mais il avait raccroché.

Je travaillai à la boutique, ferrai le cheval d'Alafair, désherbai le potager, nettoyai les gouttières et la goulotte d'évacuation de leurs feuilles, démolis le vieux moulin à vent et transportai les morceaux chez le ferrailleur. J'essayai de me concentrer sur les activités de ma journée de manière logique et ordonnée pour ne pas penser au malaise qui me collait au corps comme une vapeur nocive. Mais mon procès était prévu pour dans six semaines et les heures s'égrenaient à l'horloge.

Puis un beau matin de soleil alors que j'empilais des cartons de vers de pupes rouges sur une étagère de la boutique, j'en laissai filer un entre mes doigts qui alla s'éclater en tombant sur le dessus du comptoir. Les vers étaient minces et luisaient d'un rouge brillant au milieu du mélange sombre de terreau et de marc de café. Je les ramassai un à un, du bout des doigts, avant de les laisser retomber dans le carton, lorsque je sentis revenir le malaise qui me serrait le cœur et entendis résonner dans ma tête : ils vont le faire. Dans cinq semaines et demie.

Je n'avais aucune stratégie de défense à l'exception de ma parole, celle d'un ex-flic alcoolique avec un passé chargé de violence et qui suivait, qui plus est, une psychothérapie. Mon procès ne durerait pas plus de trois jours avant qu'on ne me menotte à la chaîne, à l'arrière d'un fourgon cellulaire, pour m'emmener à Angola.

– Qui y'a ta figure qui va pas, Dave ? dit Batist.

Je déglutis et regardai les paumes de mes mains. Elles luisaient d'une mince pellicule de sueur.

Je remontai à la maison, entassai mes affaires dans deux valises, sortis mon 45 automatique du tiroir de la commode, l'enveloppai d'une serviette et le glissai dans une des poches du bagage avec deux chargeurs pleins et une boîte de balles à tête creuse avant d'appeler le garant sur caution à Lafayette. Je le connaissais depuis vingt-cinq ans. Il s'appelait Butter Bean Verret ; il n'était pas beaucoup plus grand qu'une bouche à incendie, s'habillait de costumes tropicaux avec cravates peintes à la main décorées de palmiers, des bagues à chaque doigt, et mangeait son jarret de porc aux haricots[1] à la cuillère dans le même café tous les jours de sa vie.

– Comment va, Butter Bean ? J'ai besoin de quitter la laisse un moment, dis-je.

– Où tu vas ?

– Au Montana.

– Qu'est-ce qu'y z'ont là-haut qu'on a pas ici, nous ?

– Qu'en dis-tu, collègue ?

Il resta un instant silencieux.

– Tu ne vas pas me laisser tout seul à me morfondre par ici, hein, dis ? Tu vas me téléphoner, d'accord ? Tous les quatre, cinq jours que t'es parti, disons.

– Marché conclu.

– Dave ?

– Quoi ?

– Tu t'as bien fichu dans un sacré bazar ici en Louisiane. Alors, le bazar, t'en fais pus là-bas en haut, ça non, hein.

J'appris à Batist que je les abandonnais, lui et Clarisse, en leur laissant la charge du ponton, de ma maison et de mes animaux, et que je les appellerai une ou deux fois par semaine.

– Qu'est-ce te vas faire Alafair ? dit-il.

– Ma cousine va la garder à New Iberia.

Il prit comme prétexte d'essuyer le dessus du comptoir d'une lavette. Sa chemise de travail de coton bleu était déboutonnée, et les abdominaux faisaient un rouleau au-dessus de la boucle du ceinturon. Il se colla une boule de gomme sous la joue et regarda par la fenêtre en direction du bayou comme si je n'étais pas là.

– Très bien, qu'est-ce qui ne va pas ? dis-je.

– Faut qu'tu m'demandes ça ?

– Il faut que je le fasse, Batist. On va m'envoyer en prison. Et c'est dix ans et demi qui m'attendent. Si je suis libéré pour bonne conduite.

– C'est pas une raison quand même.

1. " Butter bean " en américain. (N.d.T.)

– Qu'est-ce que je dois faire, alors ?

– Toute sa vie, les gens y l'ont laissée, Dave. Sa maman, M'zelle Annie, toi dans la prison. Elle a pas besoin qu'y en ait encore plus, ça non.

Je chargeai la camionnette près du ponton et attendis sous la galerie l'arrivée du car scolaire. A quatre heures, il s'arrêta à l'ombre feuillue près de la boîte aux lettres, et Alafair s'avança au milieu des pacaniers dans ma direction, sa gamelle en fer blanc claquant contre sa cuisse. Sa peau hâlée était presque noire dans la pénombre. Comme toujours, elle réussit à lire sur mon visage mes pensées troublées malgré tous mes efforts pour les lui cacher.

Je lui expliquai qu'il fallait que je parte, que ce ne serait pas pour longtemps, que parfois il nous fallait tout simplement faire les choses que nous n'aimions pas faire.

– Cousine Tutta est toujours gentille avec toi, pas vrai ? dis-je.

– Si.

– Elle t'emmène à la fête et puis après dans le parc, tout comme moi, ce n'est pas vrai ?

– Si.

– Et puis Batist viendra te chercher pour que tu puisses monter Tex. Ça sera bien et tout se passera bien, n'est-ce pas ?

Cette fois, elle ne répondit pas. En guise de réponse, elle s'assit tranquillement à côté de moi sur la marche et le visage pétrifié, tourna son regard en direction des clapiers et de Tripod qui mangeait dans sa gamelle sous le pacanier. Puis des plaques de pâleur se formèrent sur ses joues, et un pli de peau se mit à trembloter sur le menton, sous la lèvre inférieure. Je lui passai le bras autour des épaules et détournai la tête pour ne pas voir son visage.

– Petit mec, nous devons nous montrer braves devant certaines choses, c'est tout, dis-je. J'ai de gros problèmes et il faut que je m'en occupe. C'est comme ça, je n'y peux rien.

Je me sentis alors incroyablement vain, présomptueux et parfaitement stupide à lui parler de la bravoure et de l'acceptation des choses de la vie. Elle avait fait l'expérience de la perte et de la violence, dans sa courte petite vie, à un point que la plupart des gens ne connaîtront jamais que dans leurs cauchemars.

Je fixai les yeux de l'autre côté de la route sur un héron bleu qui prenait son envol du bayou dans la lumière du soleil.

– As-tu jamais vu la neige ? dis-je.

– Non.

– Je te parie qu'il y a encore de la neige par terre dans le Montana. Dans les pins à bois lourd et les épicéas, tout là-haut dans la montagne. J'y suis allé un jour en compagnie d'un ami de l'armée. Je crois que toi et moi, on ferait bien d'aller vérifier si c'est vrai, petit mec.

– Voir la neige ?

– Tu peux me croire.

Ses dents étaient toutes blanches et ses yeux plissés presque fermés par l'intensité de son sourire.

Le soir venu, nous roulions pied au plancher à travers les forêts de pins aux terres d'argile rouge de l'est du Texas ; le vent chaud soufflait par les vitres baissées du camion, le moteur ronronnait sous le capot, l'intérieur de la cabine rougeoyait des lueurs mauves du crépuscule.

***

Nous roulâmes dans la nuit noire balayée de pluie jusqu'à ce que le ciel commence à s'éclaircir dans le Panhandle, sous la lune qui vint percer les nuages au-dessus des hautes plaines, pareille à une roue aux rayons d'argent. Le lendemain, dans les faubourgs de Raton, Nouveau Mexique, j'achetai un pot de poulet frit que nous mangeâmes sous un bosquet de peupliers cotonneux aux abords d'un ruisseau avant de dormir quatre heures sur une couverture dans l'herbe. Puis nous quittâmes le pays des mesa pour pénétrer dans Trinidad, Colorado, et les lignes de vallonnements bleu-vert des Montagnes Rocheuses, par Pueblo, Denver et finalement le sud du Wyoming, où l'air du soir se rafraîchit, chargé d'odeur d'armoises, et les terres et les buttes coupées par les arroyos vinrent se graver en lignes de feu sous le soleil couchant. Cette nuit-là, nous la passâmes dans un motel tenu par des Indiens ; au matin, il pleuvait et on pouvait sentir l'odeur des jambons qui séchaient dans le fumoir.

Nous passâmes au Montana par le sud de Billings, et le paysage commença à changer. Les terres étaient vertes et vallonnées, les rivières couraient doucement, bordées de peupliers cotonneux et de saules pleureurs, avec, dans le lointain, des montagnes aux dents acérées. Puis, en nous engageant vers le Continental Divide, la ligne de partage des Montagnes Rocheuses, les rivières se firent plus larges avec le dégel du printemps, roulant en tourbillons au milieu du courant et inondant les arbres des berges. Les montagnes au loin se dressaient de plus en plus hautes vers le ciel, leurs sommets encore chargés de neige, leurs pentes couvertes de pins à bois lourd, de sapins Douglas et d'épicéas bleus. Alafair dormait sur le siège à côté de moi, la tête posée sur un illustré, tandis que j'arrivais au sommet du Divide à l'extérieur de Butte pour aborder la longue descente du versant ouest qui menait à Missoula. Des daims à queue blanche broutaient aux abords de la route dans les ombres du soir, saluant mon passage d'un bref sursaut de la tête alors que je déboulais en vrombissant. Les maisons d'habitation des fermes d'élevage, bâties en rondins, étaient installées en retrait au pied des collines, fenêtres éclairées, des filets de fumée s'échappant de leurs cheminées en pierre.

Je suivis la Clark Fork River jusqu'à une percée à travers les montagnes qui portait le nom de Hellgate

Canyon – le Canyon des Portes de l'Enfer – et soudain, sous l'arrondi du ciel obscur, jaillit la ville dans une débauche de lumière qui couvrait toute l'étendue des terres de la vallée. Missoula était ville de scieries et ville universitaire, pleine d'arbres et de fleurs, de vieilles maisons de brique et de jardins publics pleins d'arbustes, entrecoupée de rivières aux eaux vitreuses sous les lumières des néons couleur de pulpe de bois traitée, avec ses clignements de bars où les motards s'attardaient dans les entrées et la musique rock tonnait jusque dans la rue. Lorsque je montai les marches du motel, Alafair endormie sur mon épaule, je regardai au-delà du glacis nocturne de la rivière, le cirque de montagnes qui encerclait la ville et les pentes boisées jusqu'au sommet des crêtes, et je me demandai s'il me restait la plus petite chance de retrouver un jour une vie normale, redevenir une personne ordinaire qui vivrait dans une ville ordonnée comme celle-ci, quelqu'un qui ne s'éveillerait pas chaque matin avec la masse de ses peurs et de ses craintes installée sur sa poitrine comme une gargouille grimaçante.

***

Tous les ennuis que j'avais aujourd'hui avaient commencé avec Dixie Lee, et j'avais le sentiment que leur solution devrait elle aussi commencer par lui. Mais d'abord, j'avais quelques dispositions à prendre pour notre vie quotidienne, à Alafair et à moi. L'un des avantages d'être catholique est de vous faire entrer comme membre à part entière dans le plus vaste club privé de tout l'hémisphère occidental. Ce n'est pas que tous ses adhérents soient les meilleures gens du monde ou les plus aimables, mais c'est le cas pour nombre d'entre eux. Je louai une petite maison en briques jaunes, avec jardin planté d'érables et de hêtres, dans un quartier ouvrier près de la rivière, à seulement deux blocs de distance d'une église et d'une école primaire catholiques. Le prêtre téléphona au directeur de l'école d'Alafair à New Iberia, demanda qu'on lui adresse son dossier scolaire au presbytère et l'admit en classe de cours préparatoire. Puis il recommanda la sœur de sa gouvernante, une veuve qui habitait la maison voisine du presbytère, comme baby-sitter. Elle était d'origine finlandaise, femme à l'allure bovine et au teint rougeaud, et me dit qu'elle pouvait s'occuper d'Alafair presque tous les après-midi et tous les soirs ; au cas où il me faudrait passer la nuit à l'extérieur, Alafair pourrait rester chez elle.

J'achetai à Alafair une nouvelle gamelle ainsi que de nouveaux crayons, des crayons de couleur et un cahier, et à notre troisième matin dans la ville, je l'accompagnai, le long de la rue bordée d'arbres, jusqu'à la cour de récréation et l'observai qui se mettait en rang avec les autres enfants, tandis qu'une institutrice laïque attendait pour leur faire prononcer le Serment de Fidélité et d'Obéissance. Tout en buvant une tasse de café sur le perron de mon nouveau foyer, je contemplais les hautes eaux brunes de la rivière qui venaient battre d'écume les piles de béton d'un pont de chemin de fer et le soleil percer au-dessus de Hellgate Canyon et inonder la vallée de lumière, illuminant les feuilles des érables au point qu'on les aurait crues enduites de cire. Puis, tout en mâchonnant une allumette, j'étudiai le dos de mes mains. Finalement, lorsqu'il me fut impossible de reculer plus encore, à la manière dont on accepte au bout du compte une opération chirurgicale importante ou que l'on s'embarque pour un long voyage qui exige bien plus d'énergie qu'on en possède, je montai dans mon camion et pris la route de Polson et Flathead Lake et le domicile de Sally Dio.

La Jocko Valley était un pays de ranch d'élevage et de culture de fourrages, marbré de vastes étendues d'ombre et de soleil ; la rivière courait le long de la grand-route, ses eaux couleur de thé sur fond de galets bordées de saules et de peupliers cotonneux. Au lointain, les Montagnes de la Mission s'élevaient, imposantes sur fond de ciel, bleues et chapeautées de neige. Les villes rurales étaient pleines d'Indiens en bleus de travail, chapeau de paille à bords relevés, bottes de cow-boy aux talons usés et camionnettes à plateau, et lorsque je m'arrêtais pour refaire le plein d'essence, ils me transperçaient de leurs regards comme si j'étais fait de verre fumé. Au pied des contreforts montagneux, s'étalaient des lacs entourés de typhas et sur les hauteurs escarpées, apparaissaient les longues coulées des cascades gelées, brillant au soleil comme des dents blanches de géant.

Je passai près d'un camp des Job Corps[1] et d'une vieille mission jésuite et suivis la route jusqu'au sommet d'une colline couverte de pins. Soudain, je vis s'ouvrir devant mes yeux le Lac de Flathead, si bleu, si vaste à miroiter ainsi au soleil qu'il ressemblait à l'océan Pacifique. Des jeunes pins poussaient sur les collines vallonnées qui surplombaient les plages et le rivage oriental de l'étang était couvert de cerisaies. A la surface du lac, on apercevait des îles aux falaises grises où les arbres s'enracinaient au milieu des rochers, et un bateau à voile tirait des bords entre deux îlots au milieu des nuages d'embruns qui jaillissaient de sa proue.

Je m'arrêtai à Polson, qui se situait à l'extrémité sud du lac, et demandai au pompiste d'une station-service le chemin de la maison de Sal Dio. Il ôta le cigare d'entre ses lèvres, me regarda, regarda ma plaque d'immatriculation et hocha la tête en direction de la route, vers les hauteurs.

– C'est à environ trois kilomètres, dit-il.

– Quel côté de la route ?

– Quelqu'un vous le dira bien là-bas.

Je remontai la route entre les cerisaies et le lac, dépassai une petite crique bleue, un restaurant bâti sur

1. Camps de formation professionnelle réservés aux jeunes de 16 à 21 ans. (N.d.T.)

l'eau, une longueur de plage blanche close de pins, jusqu'à ce que j'aperçoive une boîte aux lettres avec, dessus, le nom de Dio et une pancarte qui disait « Chemin Privé ». Je m'engageai sur le chemin de terre et entamai la montée en direction d'une maison de séquoia à deux blocs mitoyens et niveaux décalés bâtie sur un triangle de terre qui surplombait le lac. Mais plus haut se trouvait une grille à commandes électriques pour l'instant verrouillée. Entre la grille et le lac, se dressait une petite maison de séquoia dont la véranda était bâtie sur le vide, en appui sur des poteaux ancrés dans la falaise. Il était visible que les deux maisons, la petite comme la grande, avaient été conçues par le même architecte.

J'arrêtai la camionnette devant la grille, coupai le moteur, et sortis. Je vis une fille à la peau sombre et aux cheveux noirs qui m'observait depuis la véranda de la petite maison ; puis elle disparut à l'intérieur par une porte vitrée coulissante et Clete sortit à son tour, bermuda, bedaine en avant sous le T-shirt, chapeau de pêche rond tout aplati et coupe-vent bleu acier qui ne réussissait pas à masquer revolver et étui d'épaule en nylon.

Il traversa la pelouse et descendit la pente jusqu'à la route.

– Mec, je n'arrive pas à y croire. Est-ce qu'on t'a relâché ?

– Libéré sur caution.

– Libéré sur caution et hors des frontières de l'État ? Ça ne me paraît pas très correct, Belle-Mèche.

Un large sourire barrait son visage éclairé de soleil.

– Je connais le garant.

– Tu veux aller pêcher ?

– J'ai besoin de parler à Dixie Lee.

– Tu es venu au bon endroit. Il est là-haut avec Sally.

– Et j'ai aussi besoin de te parler.

– A t'entendre, on se croirait revenu à notre époque au Premier District.

– C'est comme ça quand ce qui te pend au nez, c'est un séjour à Angola.

– Allez, ça n'arrivera pas. Tu avais été provoqué lorsque t'es allé chercher ces deux mecs. Ensuite, c'est du deux contre un, et finalement c'est ta parole contre celle de Mapes pour le schlass. Ce n'est pas tout : jette un œil sur le casier de Mapes. C'est un malade, cet enfoiré de salaud, si tu veux mon avis. Attends que ton avocat le soumette à un contre-interrogatoire à la barre des témoins. Ce mec est aussi agréable qu'une merde sur une tartine grillée.

– Il y a autre chose qui me turlupine, Cletus : comment tu sais tout ça sur ces mecs ?

– Ce n'est pas un mystère, partenaire, dit-il en sortant un paquet de Lucky Strike de la poche de son coupe-vent.

La forme de son revolver était visible, bleue et dure, dans son étui de nylon.

– Dixie Lee les a amenés ici une ou deux fois. Ça leur plaisait bien de se tirer quelques lignes à l'œil grâce à Sal et traîner leurs guêtres avec tous ces musiciens de rock. Vidrine était un gros tas de lard complètement taré, mais Mapes aurait dû être effacé de la surface de cette planète il y a bien longtemps.

La peau s'était tendue sur le visage de Clete lorsqu'il alluma sa cigarette avant de regarder en direction du lac.

– On dirait un compte personnel à régler, dis-je.

– Il était bourré de coke jusqu'aux yeux un soir et il a commencé à raconter comment il avait fait sauter le caisson à une infirmière viêtcong dans son trou à rats. Puis il a essayé d'emmener Darlene dans la chambre. Ici, au beau milieu du salon, comme si c'était une marie-couche-toi-là et qu'il n'avait qu'à se servir.

– Qui ça ?

– C'est la fille qui vit avec moi. Pour en revenir, Sal m'a dit de le sortir et de le faire marcher jusqu'à ce qu'il dessoule. Lorsque je l'ai fait sortir de la maison, il a essayé de m'allonger d'un swing. Je l'ai aligné à ce moment-là, en plein dans la bouche. Avec un rouleau de monnaie dans le creux de la main. Dixie a été obligé de l'emmener à l'hôpital de Polson.

– Je crois que tu devrais te dépêcher de changer de vie.

– Ouais, tu as toujours été très fort pour les conseils, Dave. Tu vois le 38 que je porte ? J'ai un permis de port d'arme valable dans trois États. Et ça, c'est parce que je travaille pour Sally Dee. Mais je n'ai plus le droit de travailler comme flic nulle part. Et donc les mêmes personnes qui refusent de me laisser travailler, même comme gardien de la paix chargé de la sortie des écoles, me donnent un permis de porter un calibre parce que je travaille pour Sal. Est-ce que ça te dit quelque chose ? De toute manière, ces temps derniers, j'utilise la version raccourcie de ta prière de sérénité aux AA – Rien à foutre.

– Est-ce que j'ai le droit de franchir la grille ?

Il souffla sa fumée de cigarette dans le vent. Il avait plissé ses yeux verts, comme si le soleil les lui brûlait, comme si un morceau de câble d'acier était enterré profond dans les tissus tendres de son cerveau.

– Ouais, monte jusqu'à la maison. Il faut que j'appelle chez Sal, dit-il. Fais connaissance avec Darlene. Déjeune avec nous si tu le désires. Tu le croiras si tu le veux, mais je suis content de te voir.

***

Je ne voulais pas déjeuner avec eux et il est certain que je ne voulais pas rencontrer Sally Dio. Je voulais simplement que Dixie descende jusque chez Clete et qu'il accepte de me parler, et ensuite je partirais. Mais les choses n'allaient pas se dérouler de cette manière.

– Ils se lèvent seulement. Sal a dit de t'amener jusque là-haut dans environ une heure, dit Clete en raccrochant le téléphone du salon. Ils ont fait la fiesta la nuit dernière, un super numéro. As-tu déjà rencontré les habitués de Tahœ ? Je ne sais pas bien pourquoi mais ils me font penser à des gens qui s'enculent les uns les autres.

Sa petite amie, dont le nom complet était Darlene American Horse, nous préparait des sandwiches à la cuisine. Clete s'installa dans un fauteuil avachi à la toile distendue, une vodka Collins à la main, un pied sandalé croisé sur le genou et l'autre posé sur une fourrure d'ours blond. Au-delà des portes vitrées coulissantes, le lac était d'un bleu profond et les pins pliaient sous le vent, sur leur îlot de gros rochers ronds et gris.

– La chose que tu te refuses à oublier, dit-il, le mec qui s'est fait dessouder là-bas en Louisiane – d'accord, le mec que j'ai dessoudé – ce fils de pute complètement psycho de Starkweather, il fallait que je le tue. Ils ont dit qu'ils me donneraient dix bâtons, et j'ai dit, ça colle, mais j'allais l'obliger à se tailler de la ville, empocher leur oseille et leur dire d'aller se faire foutre si jamais ils venaient se plaindre par la suite. Excepté que le mec avait un seau à la main et donnait à manger à ses cochons en me tournant le dos et en me racontant qu'il était pas du genre à se laisser démonter, qu'il pisserait pas sur un flic qui en touchait même en train de cramer, et alors il a mis la main à la poche du jean et j'ai vu quelque chose de brillant luire au soleil et j'ai entendu un déclic, et quand il s'est retourné, je lui ai collé une belle prune en plein milieu du front. C'était son briquet Zippo, mec. Tu peux piger ça ?

L'histoire était peut-être vraie, peut-être pas. Simplement, je n'étais pas intéressé par son explication ou son obsession évidente qui le laissait les yeux dans le vague à chercher la phrase à venir, suspendue là, informe, en l'air, la phrase qui, au bout du compte, viendrait remettre les choses en place et tout expliquer.

– Pourquoi l'appelle-t-on “ le Canard ” ? dis-je.

– Quoi ?

– Pourquoi appelle-t-on Sally Dio “ le Canard ” ?

– Il est coiffé en queue de canard.

Il avala une longue gorgée de son Collins. Sa bouche était dure, les lèvres rouges. Il haussa les épaules comme s'il voulait chasser une pensée personnelle dérangeante.

– On raconte une autre histoire. A propos d'une partie de cartes où il a tiré un deux, ou quelque chose comme ça. Le deux, c'est le canard, non ? Tout ça, c'est des trucs de rital. Ils aiment bien les sobriquets. Habituellement, c'est que des conneries, ces histoires.

– Je vais te dire une chose, Clete, j'apprécierais vraiment beaucoup si tu pouvais tout simplement amener Dixie Lee jusqu'ici. Je n'ai vraiment aucun besoin de rencontrer la troupe au grand complet.

– T'es toujours le même mec, t'as le compteur qui tourne en heures sup, dit-il avant de sourire. Crois-tu que je vais aller rendre visite au mec pour lequel je travaille et lui dire, « Désolé, Sal, mon ancien partenaire ici présent, ça ne le branche pas vraiment, l'idée de se retrouver au domicile d'un métèque. »

Il éclata de rire, écrasant glaçons et cerises confites sous ses mâchoires.

– Mais c'est une idée à creuser, non ? Dave, t'es vraiment quelque chose !

Il continua à me sourire, tandis que la glace craquait sous ses molaires.

– Tu te souviens quand on a refroidi Julio Segura et son garde du corps ? Ce jour-là, elle a giclé, la vinaigrette, ça a fait du bruit dans les chaumières.

– Tout ça, c'est du passé.

– Ouais, c'est bien vrai.

Il regarda un instant d'un œil paresseux le lac au lointain, par-delà les portes coulissantes, puis se claqua le genou et dit :

– Mec, allez, on mange.

Il s'avança derrière sa petite amie dans la cuisine, la ceintura sous la poitrine et la souleva avant de nicher son visage dans ses cheveux. Moitié marchant, moitié portant, il la ramena au salon, les bras toujours verrouillés autour de sa taille. Elle tourna le visage vers lui pour cacher son embarras.

– Ça, c'est ma régulière, le petit papoose en sucre à son papa, dit-il en la mordant dans le cou.

C'est vraiment super, Cletus, songeai-je.

Elle était vêtue d'une jupe en toile bleue, de bas noirs et d'un chandail beige sans manches. A la commissure des lèvres, elle portait trois grains de beauté, et ses yeux étaient vert turquoise, comme ceux d'une Créole. Elle avait de grandes mains au dos entaillé de cicatrices grises et les ongles des doigts étaient rongés jusqu'au vif de la chair. La montre en or qu'elle portait à un poignet et le bracelet de minuscules maillons d'or à l'autre donnaient l'impression d'être déplacés, petits accidents fortuits à côté des mains usées par le labeur.

– C'est la meilleure chose qui me soit arrivée dans l'existence, voilà ce qu'elle est, dit-il, la bouche toujours fourrageant dans ses cheveux. Et c'est à Dixie Lee que je dois ça. Elle l'a sorti par la peau des fesses, complètement soûl, d'un rade à bière sur la réserve indienne et elle l'a ramené jusqu'à Flathead. Si elle ne l'avait pas fait, quelques braves auraient pris son crâne pour une lavette et raclé la cuvette des toilettes. Dixie a vraiment quelque chose de spécial. Il est capable de dire bonjour et la merde se met à voler de tous côtés.

Elle se libéra des mains de Clete qui enserraient sa taille.

– Voulez-vous manger dehors sous la véranda ? dit-elle.

– Non, il fait encore frais. Le printemps a du mal à s'installer par ici, dit-il. Combien fait-il à La Nouvelle-Orléans ? Trente degrés ou à peu près ?

– Ouais, je crois bien.

– Plus chaud que l'enfer. Ça ne me manque pas, dit-il.

Son amie nous installa la table près des baies coulissantes puis retourna à la cuisine chercher le repas. Le vent soufflait à la surface du lac, et à chaque rafale, la surface bleu sombre de l'eau se crénelait d'éclats de lumière.

– Je ne sais pas pourquoi elle s'est mise avec moi, mais pourquoi mettre le destin en doute ? dit-il.

– Elle a l'air gentille.

– Et elle l'est, tu peux m'en croire. Son mari s'est fait tuer en abattant des arbres du côté de Lincoln. Un tracteur à chenilles a fait marche arrière sur lui et l'a écrasé comme une crêpe sur les rochers. Elle a passé cinq ans à ouvrir les huîtres dans un restaurant de Portland. As-tu vu ses mains ?

J'acquiesçai.

– Puis elle a travaillé comme serveuse de salle dans ce rade à bière indien. Tu devrais aller jeter un coup d'œil de près dans un bar de la réserve indienne. Ces mecs feraient de grands pilotes dans l'armée de l'air japonaise.

– On va m'expédier au trou si je ne réussis pas à épingler Mapes.

Il repoussa d'un doigt l'épaisse cicatrice qui lui barrait le sourcil.

– T'en as des sueurs froides, à cette idée, pas vrai ?

– Qu'est-ce que tu crois ?

– Je ne peux pas t'en blâmer. Un ex-flic qui fait de la taule. C'est pas bon du tout, mon gars. Mais j'ai réussi à tirer mon épingle du jeu, comme une fleur, vite fait, bien fait, et sans problème, et si y'a quelqu'un qui aurait dû tomber et aller en taule, c'est bien moi. Dis à ton avocat de t'obtenir un ou deux reports. Les témoins, ça s'en va, les gens oublient ce qu'ils ont vu, l'avocat général n'est plus intéressé par l'affaire. Il y a toujours un moyen de s'en sortir, Belle-Mèche.

Son amie apporta un plateau garni de sandwiches au jambon, de verres de thé glacé, une salade d'oignons et de betteraves, et une tourte aux pommes toute fraîche.

Elle s'installa en notre compagnie et mangea sans mot dire. Les trois grains de beauté à la commissure de ses lèvres avaient la taille des billes sphériques d'un pistolet à plomb.

– Tu crois vraiment que Dixie peut t'aider ? dit Clete.

– Il le faudra bien.

– Bonne chance. Il m'a déclaré un jour que le seul but de son existence, c'est de vivre centenaire et de se faire lyncher pour viol. C'est un mec comme il faut, mais je crois qu'il a de la bouillie de maïs en guise de cervelle.

– Il a dit que Mapes et Vidrine avaient tué deux mecs avant d'enterrer leurs cadavres dans un bois. Est-ce que tu peux relier ça à quelque chose ?

Son gros visage prit un air très vague.

– Non, pas vraiment, dit-il.

Je vis son amie Darlene plonger les yeux dans son assiette, tête baissée, comme si elle voulait masquer l'expression de son visage. Mais je remarquai que la couleur de ses yeux s'était obscurcie.

– Je suis désolé pour ma façon de parler, dis-je. Je crois que nous sommes restés flics trop longtemps, Clete et moi. Parfois, il nous arrive de ne pas réfléchir à ce que nous disons devant les autres.

J'essayai de sourire à Darlene.

– Ça ne me dérange pas, dit-elle.

– Je vous remercie de m'avoir invité à déjeuner. C'est très bon.

– Merci.

– Je suis venu pêcher par ici avec un ami il y a des années de cela, dis-je. C'est agréable de vivre au Montana, non ?

– A certains endroits, oui. Lorsque vous avez du travail. C'est un pays où il est difficile de trouver un emploi, dit-elle.

– Tout dégringole par ici, plus rien ne va, dit Clete. Pétrole, cultures, élevage, mines. Même le bois. Ça revient meilleur marché de faire pousser les arbres plus au sud. Ces connards stupides ont voté pour Reagan, et ils se font avoir jusqu'au trognon.

– Alors pourquoi ton pote se trouve-t-il par ici ? Et tous ses démarcheurs avec lui ?

Ses yeux verts inspectèrent mon visage, puis il sourit.

– Tu n'as jamais su résister à l'envie d'écrabouiller les roubignolles d'un mec pour en faire de la purée, hein ? T'aimes bien remuer le couteau ? dit-il. Ce n'est pas mon pote. Je travaille pour lui. Je m'arrange avec lui. Ce sont des rapports professionnels.

– Très bien, qu'est-ce qu'il fait par ici ?

– C'est un pays libre. Peut-être bien qu'il apprécie la truite.

– J'ai rencontré un gars du SRS qui m'a proposé quelques théories un peu différentes.

– Quand il s'agit des affaires que traite Sal, je me transforme en plante en pot. Je suis aussi très doué pour aller griller un clope dans la cour.

– Raconte ça à d'autres. Tu étais le meilleur enquêteur de tous les flics que j'aie jamais connus.

– A une époque, dit-il avant de m'adresser un clin d'œil.

Puis il tourna son regard vers le lac et les mouettes de terre qui tournoyaient au-dessus du rivage. Il dégagea un morceau d'aliment coincé derrière les dents de la pointe de la langue.

– Tu as lu bien plus de livres que moi. Tu te souviens de Rhett Butler, ce mec dans *Autant en emporte le vent* ? Il force les blocus pour les Confédérés ou quelque chose dans ce goût-là. Il dit à Scarlett que les fortunes se font lorsqu'un pays commence à se bâtir et lorsqu'il s'effondre. Plutôt pas mal, comme réplique. Je crois que Sal a lu ce bouquin à la bibliothèque de Huntsville. Il grenouille et il magouille, mon gars.

Je ne dis rien. Je terminai le reste de mon sandwich et jetai un coup d'œil à ma montre, l'air de rien.

– D'accord, pour l'amour du ciel, dit Clete. Je t'emmènerai là-haut. Mais rends-moi un service. C'est grâce à là-haut que je fais bouillir la marmite. Ne regarde pas ces gens-là comme si c'était des pensionnaires de zoo. En particulier le père de Sal. C'est un vieux dégénéré tout bouffi, mais c'est aussi un sale fils de pute bien vicieux qui n'a jamais pu me sentir pour commencer. Je suis sérieux, Dave. Tu ne sais pas très bien cacher tes sentiments, ça se lit sur ta figure. Tu prends cette expression vitreuse, comme si un éléphant venait de lancer un pet dans la pièce. Okay ? Marché conclu, d'accord, partenaire ?

– Bien sûr, dis-je.

– Oh Seigneur !

***

Sally Dio avait amené avec lui Galveston, Texas, dans ses bagages. Sa véranda-solarium entièrement vitrée donnait sur le lac, pleine de potées de bananiers, magnolias, orangers, et orchidées de Hong-Kong et le centre de la maison était occupé par une piscine couleur citron-vert, aux relents de chlore, noyée de vapeur qui en inondait la surface. Une demi-douzaine de personnes, le teint hâlé, étaient assises au bord de la margelle carrelée ou se laissaient dériver paresseusement sur des matelas pneumatiques. Le salon était lambrissé de pin blanc, la moquette d'un rouge profond, et le piano laqué noir, à l'abattant relevé, luisait sous l'éclairage indirect. Dixie Lee, seulement vêtu d'un short de plage hawaïïen et d'un peignoir ouvert, était assis sur le banc devant le piano et laissait courir ses doigts sur les touches, les épaules voûtées, lorsque soudain, il écarta les bras, un air confiant sur son visage rubicond à l'écoute de sa musique. Il se mit à chanter :

J'étais au coin de la rue
Au coin de Beale et de Main

Quand un gros policier m'a dit
« Mon grand, il va falloir qu'tu m'donnes ton nom. »
J'ai dit, « Vous trouverez mon nom
Sur les pans de ma chemise
J'suis un barbeau du Tennessee
Et j'ai pas b'soin de travailler. » [1]

Sally Dio était installé derrière une batterie à plusieurs caisses avec cymbales, vêtu d'un pantalon gris à revers, le torse nu barré d'une paire de bretelles rouges. L'homme était mince, le corps dur et nerveux, le visage anguleux en plans et arêtes vives comme quelqu'un dont la peau colle à l'os de trop près de sorte que les yeux apparaissent bien trop grands pour la figure. Sous l'œil droit, il portait une cicatrice en boucle qui donnait à son regard plus de fixité encore, et lorsqu'il tourna la tête vers Dixie Lee en faisant vibrer doucement les peignes métalliques sur la timbale, la crête de ses cheveux en queue de canard vint reluire au soleil qui se réfléchissait à la surface du lac.

A l'extérieur sous la véranda de séquoia, j'aperçus le dos d'une chaise roulante dans laquelle un homme était installé. Sally Dio et Dixie finirent leur chanson. Personne ne me proposa de m'asseoir.

– Dixie dit que vous avez été officier de police. A La Nouvelle-Orléans, dit Sally Dio.

La voix était neutre, les yeux ne manifestaient pas d'intérêt particulier pour mon visage.

– C'est exact.

– Que faites-vous aujourd'hui ?

– J'ai une petite entreprise.

– Ça paie probablement mieux, non ?

– Quelquefois.

Il dessina un motif circulaire de ses peignes métalliques à la surface de la timbale.

– Vous aimez la Louisiane ? demanda-t-il.

1. La chanson est née dans Beale Street, à Memphis, d'où la référence au Tennessee. (N.d.T.)

– Oui.
– Alors pourquoi êtes-vous monté jusqu'ici ?
Clete alla jusqu'au bar au bord de la piscine et commença à se préparer un verre.
– Il y a un certain nombre de choses dont je dois m'occuper. Je voulais toucher deux mots à Dixie, dis-je.
– Il dit que vous avez des tas d'ennuis là-bas, chez vous. Qu'est-ce qu'il a à voir avec vos problèmes ?
– Des tas de choses.
Il me regarda droit dans les yeux. Puis il battit des paupières et tapota délicatement ses balais sur la peau tendue de la timbale.
– Dixie n'a jamais fait de mal à personne. Pas intentionnellement, en tous cas, dit-il.
– Je ne lui veux aucun mal, M. Dio.
– J'en suis heureux.
Une fille blonde dégoulinant d'eau, en maillot argent qui lui collait au corps comme une seconde peau, un peignoir éponge sur l'épaule, s'avança vers nous en s'essuyant les cheveux d'une serviette.
– Tu veux que je fasse rentrer Papa Frank, Sal ? dit-elle.
– Demande à Papa Frank.
– Il va attraper froid s'il reste dehors trop longtemps.
– Alors, va lui demander, ma belle.
Elle avança jusqu'aux portes vitrées avant de s'arrêter pour remettre en place la lanière de sa sandale, posant immobile, à contre-jour sur fond de lumière, comme saisie par l'objectif d'un photographe. Sally Dio lui adressa un clin d'œil.
Je regardai Dixie. Il fallait que je lui parle seul à seul, à l'extérieur. Il se refusait à comprendre ce que je lui signifiais par l'expression de mon visage. Quelques instants plus tard, la blonde poussait la chaise roulante et son occupant dans le salon.
L'homme était vêtu d'une casquette de golf à car-

reaux, d'un chandail tricoté sur son ventre distendu, et d'un cache-nez qui cachait presque entièrement le goître violacé de la taille d'un œuf qu'il portait au cou. Il avait la peau grise, les yeux noirs et féroces, le visage mal rasé. Même à plusieurs mètres de distance, ses vêtements sentaient la fumée de cigare et le Vicks VapoRub. Avec ses jambes inutiles et son ventre gonflé, il me fit penser à une grenouille écartelée sanglée dans un fauteuil.

Mais il n'y avait rien de comique chez le personnage en question. Son nom avait connu une célébrité infâme dans les années quarante et cinquante. Il avait dirigé tout le racket des jeux sur l'Ile de Galveston, toute la prostitution et la traite des blanches sur Port Office Street et Church Street. Et je me rappelai aussi une autre histoire, à propos d'une balance à Sugarland Farm qui avait essayé de manger le morceau sur Frank Dio pour une remise de peine. Quelqu'un lui avait mis la main dessus lorsqu'il était seul sous la douche avant de lui déverser le contenu d'une boîte de Drano[1] liquide dans la bouche.

Il fixa un œil glauque et noir sur moi.

– Qui est-ce ? demanda-t-il à son fils.

– Quelqu'un qui connaissait Clete dans le temps, dit Sally Dio.

– Qu'est-ce qu'y veut ?

– Il pense que Dixie Lee peut l'aider à résoudre quelques-uns de ses problèmes, dit Sally Dio.

– Ouais ? Et t'as quoi comme problèmes ? dit le père en s'adressant à moi.

– Il est inculpé de meurtre, Pa. M. Robicheaux a été officier de police, dit Sally Dio.

Il sourit.

– Ouais.

Sa voix monta d'un cran.

– Pourquoi tu nous amènes ça chez nous ?

– Je n'ai rien amené du tout chez vous, dis-je. J'ai

1. Liquide corrosif servant à déboucher les tuyauteries. (N.d.T.)

été invité ici. Par Clete, là-bas. Parce que l'homme auquel je voulais parler n'a tout simplement pas été capable de descendre la colline pour venir bavarder cinq minutes avec moi.

– Moi, j'invite. Sal invite. On ne se fait pas inviter ici par quelqu'un qui travaille pour moi, dit le père. Où est-ce que t'étais flic ?

– La Nouvelle-Orléans.

– Tu connais... ?

Il donna le nom d'un Don de la Mafia de l'époque dans la paroisse de Jefferson.

– Oui, j'ai aidé à le faire tomber au trou pour six ans à Angola. Je me suis laissé dire qu'il s'était beaucoup plaint de la qualité du service.

– T'es un mariole, hein ?

– Vous voulez que je vous prépare un verre, M. Frank ? dit Clete.

Le vieillard balaya Clete et son offre d'une chiquenaude de la main, les yeux toujours fixés sur moi, comme s'il voulait chasser d'un geste un air malsain.

– C'est de mon cousin qu'tu parles, dit-il.

Je ne répondis pas. Je regardai à nouveau Dixie Lee, toujours assis sur le banc, voûté au-dessus de son piano, les mains sur les genoux, qui détournait les yeux loin de nous.

– Dis-lui de foutre le camp d'ici, dit le père. Dis à l'autre aussi qu'y ne nous ramène plus de petits connards fufutes comme ça à la maison.

Il ne se soucia pas plus que la première fois de regarder dans la direction de Clete.

Puis il fit un nouveau geste de la main, et la fille au maillot de bain argent le poussa par une porte du fond jusqu'à sa chambre. Sur le lit, s'empilaient des oreillers roses festonnés de mauve. Je regardai la fille fermer la porte.

– Faut qu'je fasse c'que dit Pa. A plus tard, M. Robicheaux, dit Sally Dio en tapotant d'un de ses balais sa caisse claire.

– Dixie, je veux que tu descendes avec moi jusqu'à ma voiture, dis-je.

– L'heure de la conversation est terminée, M. Robicheaux.

– Il est assez grand pour répondre tout seul, non ? dis-je.

Mais avant même que j'aie terminé ma phrase, Sally Dio avait attaqué un rat-a-tat-tat de ses balais sur la caisse.

– Est-ce que tu viens, Dixie ?

A nouveau, Sally Dio fit claquer les balais rapidement sur la timbale, en me regardant droit dans les yeux, un rictus à la commissure des lèvres.

– Petite note explicative sur votre parent à Angola, dis-je. Non seulement j'ai aidé à le mettre à l'ombre, mais je lui ai collé une giclée de Mace[1] dans la figure après qu'il ait craché sur un huissier.

– Clete, aide donc notre homme à retrouver le chemin de sa voiture, dit-il.

Clete posa le verre qu'il portait aux lèvres. Son visage vira au rouge. Derrière lui, les gens dans la piscine étaient plus ou moins enlacés au milieu des coussins de caoutchouc et des volutes de vapeur.

– Sal, c'est un bon gars. On est tous partis du mauvais pied, ce matin.

– M. Robicheaux est déjà en retard, on l'attend ailleurs, Clete.

A voir Clete, on aurait pu croire qu'il venait d'avaler une punaise.

– Pas de problème. Je m'en vais. T'en fais pas, Clete, dis-je.

– Sal, sans charres, c'est un mec sur qui on peut compter. Il arrive que les choses tournent mal parfois. C'est de la faute à personne, dit Clete.

– Hé, Robicheaux – un petit truc avant de partir, dit Sally Dio. Vous avez débarqué ici sur les basques de quelqu'un d'autre. Ensuite vous avez été grossier

1. Gaz paralysant. (N.d.T.)

envers un vieil homme. Mais vous êtes dans ma maison et vous avez le droit de partir, sans rien devoir à personne. On a été généreux avec vous. Vous méprenez pas là-dessus, y'a pas de confusion à avoir.

Je sortis sous le soleil, le vent qui crénelait de rides l'eau du lac, et les mamelons bleu-vert des collines brumeuses dans le lointain. Les marches en dalles qui conduisaient au domicile de Clete et à ma voiture étaient bordées de massifs de rosiers et de clématites mauves.

– Attends une minute, entendis-je Clete derrière moi.

Il portait enfoncé sur le crâne son chapeau rond tout déformé, et tandis qu'il descendait les marches dallées, ses jambes sous le bermuda avaient l'air malhabiles, la peau des genoux étirée sur l'os, blanchie par les marques de cicatrices.

– Hé, je suis désolé, dit-il.

– N'en parlons plus.

– Non, ç'a été méchant, ce qui s'est passé. J'en suis désolé.

– Tu n'y étais pour rien. Ne t'en fais donc pas.

– Tout le monde a dit ce qu'il ne fallait pas dire, voilà tout.

– Peut-être bien.

– Je ne voulais pas que ça se passe comme ça. Tu le sais.

– Je te crois, Clete.

– Alors pourquoi a-t-il fallu que tu leur chatouilles l'entre-deux comme pour y craquer une allumette.

– J'ai l'impression de m'être comporté de manière tout à fait polie.

– Oh putain, ça oui. Absolument. Dave, avec une demi-douzaine de mecs comme toi, on pourrait mettre le feu à l'État tout entier.

– Qu'est-ce qu'il fricote par ici, Dio ?

Il souffla par le nez.

– Je prends son pognon. Je me fiche pas mal de ce qu'il fait. Fin du sujet, dit-il.

– A plus tard. Merci pour le déjeuner. Dis au revoir à Darlene pour moi.

– Ouais, quand tu veux. C'est toujours le pied avec toi. Comme quand une bagnole prend ton salon pour une autoroute.

Je souris et me dirigeai vers ma camionnette.

– Attends un peu dans ton camion. Dixie va descendre, dit-il en remontant le sentier gravillonné qui menait à sa maison.

– Comment le sais-tu ?

– Parce que, même s'il se conduit comme un trou du cul d'ivrogne, il ne demande qu'à t'aider. Et aussi parce que je lui ai dit que je lui foutrais une branlée s'il ne le faisait pas.

J'attendais depuis dix minutes et j'étais sur le point d'abandonner lorsque je vis Dixie Lee qui s'approchait sur l'allée qui descendait de la maison de Sally Dio. Il avait enfilé un coupe-vent jaune et un pantalon marron, et le vent faisait voler des mèches blondes sur son front. Il ouvrit la portière côté passager et monta.

– Qu'est-ce que tu dirais de descendre au restaurant au bord de l'eau pour une mousse ? dit-il. J'ai le gosier tellement à sec que je me sens presque comme un danger d'incendie.

– Très bien, mais je veux d'abord que tu comprennes bien une chose, Dixie. Je ne veux pas que tu acceptes de me parler à cause de quelque chose que Clete a pu te dire.

– Clete n'a rien dit du tout.

– Tu es sûr ?

– Eh bien, de temps à autre, il lui arrive de perdre son calme. Je n'y prête pas attention. Ça lui plaît pas bien de te voir avec tous ces ennuis.

– Mais en tout cas, voici ce qui va arriver si toi, tu ne me donnes pas les renseignements dont j'ai besoin. Je vais me payer Mapes, d'une manière ou d'une autre. S'il faut pour ça te faire mettre sous les verrous comme témoin matériel, c'est exactement ce qui va arriver. Je ne peux pas promettre que j'y arriverai, mais j'utiliserai tout le piston dont je pourrai disposer pour te coller en cellule, Dixie.

– Oh mec, me raconte pas de trucs comme ça. Pas ce matin, en tout cas. J'ai déjà les nerfs assez cramés comme ça.

– Un autre petit point de détail. Je ne veux plus rien entendre de tes problèmes de boisson, tes soucis théologiques, ou n'importe laquelle des conneries habituelles que tu balances à la louche à la figure des gens quand tu te retrouves coincé. Est-ce que c'est bien clair ?

– Quand tu tombes sur quelqu'un, c'est à pieds joints, fils.

– C'est toi qui m'as collé dans cette panade. Il vaudrait mieux que tu en sois pleinement conscient, collègue.

– Très bien. Alors, est-ce qu'on va se prendre une mousse ou est-ce qu'on reste assis là à me découper en petits morceaux ?

Je démarrai le camion et remontai le chemin de terre au milieu des pins qui rejoignait la route principale, laquelle se bordait à son extrémité la plus éloignée d'une zone étroite de cerisaies devant la face rocheuse abrupte de la montagne. Nous fîmes le tour du lac en direction du restaurant bâti sur pilotis. Dixie Lee avait tourné le visage vers la brise et regardait d'un air rêveur les plages sableuses, les futaies denses des pins, les voiliers qui venaient battre le bleu sombre et brillant des eaux du lac.

– Pourquoi tu ne me laisses pas te trouver une bicoque par ici ? dit-il.

– Pour te dire la vérité, Dixie, j'ai hypothéqué ma maison et mon commerce pour réunir ma caution.

– Oh.

– Pourquoi la famille Dio achète-t-elle des terres dans le coin ?

– L'État est en pleine récession. La valeur des biens

immobiliers a beaucoup baissé. Et les Dio vont se faire un tas de pognon dans l'avenir.

Je me rangeai dans le parc de stationnement du restaurant. Un ponton étroit s'avançait dans l'eau comme une excroissance à l'arrière du bâtiment, barques et voiliers s'y trouvaient amarrés. Un glacis vitreux d'essence et d'huile s'étalait à la surface de l'eau, et les mouettes tournoyaient avant de piquer du bec au-dessus d'un bac à vifs qu'on avait laissé ouvert sur l'un des bateaux. Je coupai le contact.

– Je ne crois pas que tu aies bien écouté ce que je t'ai dit, Dixie, dis-je.

– Quoi ?

– J'en ai plus qu'assez de te voir essayer de tirer les ficelles comme si j'étais une marionnette. Je ne suis pas loin d'être à bout de patience, tu es limite-limite.

– Qu'est-ce que j'ai dit ?

– La pègre ne se fait pas son argent grâce à la spéculation immobilière. Arrête de me mentir.

– Tu me fais de la peine, mec. Je suis peut-être une éponge, mais ça veut pas dire que ch'suis un menteur.

– Alors explique-moi pourquoi ils rachètent les terres.

– Dave, si tu vas en prison, et, Seigneur, j'espère que ça n'arrivera jamais, tu y apprendras deux choses. Un, tu te débrouilles pour ne pas te faire repérer par le grand manitou, et deux, jamais tu n'essaies de savoir ce que cache une arsouille comme Sal. Tu suis le mouvement et tu t'en sors. Quand tu étais flic, est-ce que tu cherchais à savoir absolument tout ce qui se passait dans ton service ? Combien de mecs touchaient des enveloppes ? Combien d'entre eux se mettaient un peu de poudre ou d'herbe dans les fouilles avant de la revendre ? Écoute, dans trois ou quatre semaines, je vais démarrer un nouveau spectacle dans un des établissements de Sal à Tahœ. Ce n'est pas le gros numéro encore : un piano droit, une contrebasse, peut-être une guitare. Mais c'est Tahœ, mec. C'est le rhythm'n blues, je reviens sous les projecteurs. Faut simplement que j'y aille mollo côté picole, faut que je me maîtrise.

– Pourquoi tu ne t'en débarrasses pas une bonne fois pour toutes, nom de Dieu ?

– A chacun sa manière de couper le coton, pas vrai. J'entre me prendre une mousse. Tu veux venir ?

Je le suivis du regard qui remontait une rampe en planchéiage conduisant à la partie bar du restaurant. J'avais gâché presque toute ma matinée et une partie de l'après-midi. Je n'étais arrivé à rien et je me sentis soudain très las, fatigué par Dixie Lee et ma propré situation. Je le suivis à l'intérieur du bar. Il s'était installé à une extrémité du comptoir, près des fenêtres, sa silhouette découpée à contre-jour dans la lumière du lac. Les murs du bar étaient décorés de bouées de sauvetage, de cordages et de filets de pêche. Dixie buvait au goulot d'une bouteille de Great Falls, devant une dose de whisky.

Le barman s'avança vers moi, mais je lui fis signe que ce n'était pas la peine.

– Tu ne veux rien ? dit Dixie.

– Qui Mapes et Vidrine auraient-ils eu des raisons de tuer ? dis-je.

– Pas Vidrine, Mapes.

– D'accord.

Il regarda par la fenêtre.

– Je ne sais pas.

– Certainement quelqu'un qui s'était mis en travers de sa route, quelqu'un qui allait lui faire perdre de l'argent.

– Ouais, c'est bien possible.

– Alors, qui est-ce qui pourrait créer des ennuis à Mapes ?

– Peut-être les foldingues. Les clouteurs de troncs. Star Drilling veut aller s'installer dans une zone sauvage sur le versant oriental. Les clouteurs de troncs veulent chasser tout le monde de là-bas.

– Mais ils ne représentent personne. Tu as dit que

c'étaient des adorateurs givrés, ou quelque chose comme ça.

– Je ne sais pas ce qu'ils sont. Ce sont des putains de sauvages en tout cas.

– Que pourraient-ils faire pour empêcher la Star de s'installer dans une zone sauvage et vierge ?

– Rien, en fait. Les gens par ici ne les aiment pas beaucoup. Les bûcherons leur pèteront la gueule si on leur en donne l'occasion.

– Ça nous laisse qui ?

Il sécha son whisky à petites lampées et le fit descendre avec la bière avant de regarder en direction du lac. Le visage avait repris toute sa maîtrise et ses yeux verts étaient plongés dans le vague, sous quelque réflexion, voire peut-être sous aucune réflexion du tout.

– Allez, partenaire, qui pourrait effectivement faire capoter les projets de Mapes ?

– Les Indiens, dit-il finalement. La Star veut forer sur la Réserve des Pieds Noirs. Ça ne devrait pas poser de problème, parce que les Indiens ont vendu en 1896 leurs droits minéraliers au gouvernement. Mais y'a quelques jeunes gars, des mecs de l'AIM, ils en ont dans le crâne et ils parlent de porter plainte en justice.

– Le Mouvement Indien Américain ?

– Ouais, c'est bien eux. Ils peuvent coincer tout le système en portant l'affaire devant le tribunal, et dire que le traité n'a été qu'une escroquerie qui les a dépouillés ou que la réserve est une terre sacrée pour leur religion ou des conneries du même genre. Ça peut coûter des tas d'argent à tout le monde.

– Tu connais des mecs parmi eux ?

– Non, je me suis toujours tenu à l'écart de ces gens-là. Y'en a qui ont fait des séjours dans des centrales fédérales. T'as déjà connu des taulards qui avaient le cul gonflé d'un beau message politique ? J'ai été en cellule avec un mec comme ça, un Noir. Ce fils de garce savait même pas lire et il te parlait tout le temps de Karl Marx.

– Donne-moi un nom, Dixie.

– Je n'en connais pas. Et je te dis la vérité. Ils n'aiment pas les Blancs, ces gens-là, tout au moins les Blancs du pétrole. Pourquoi se casser le tronc ?

Je le laissai au bar et repris la route de Missoula. Dans la Jocko Valley, j'observai une averse sortir d'entre les deux pics blancs en haut des Montagnes de la Mission, avant de s'étaler au travers du ciel, obscurcir le soleil, et avancer au-dessus des pâturages, des troupeaux d'Angus[1] amassés, des granges rouges, des ranchs bâtis de rondins, des maisons basses aux murs de bardeaux, des alignements de peupliers plantés en coupe-vent, jusqu'à la rivière bordée de saules, pour finalement recouvrir les mamelons arrondis des collines vertes qui s'élevaient en contreforts d'une autre chaîne de montagnes sur le versant opposé de la vallée. Des échardes d'éclairs dansaient sur les crêtes et le ciel au-dessus de la ligne boisée de l'horizon roulait en lambeaux de nuages noirs. Je franchis le sommet du col, laissant la pluie derrière moi, pour pénétrer dans le soleil qui baignait Clark Fork, comme si je venais d'abandonner subrepticement un climat d'un fragment de géographie pour un autre.

Je récupérai Alafair chez la baby-sitter, dans la maison voisine du presbytère, avant de l'emmener dans un salon de dégustation de glaces près de la rivière, où je lui offris un cornet. Derrière l'Université, sur la montagne, on apercevait un grand M blanc vers lequel se dirigeaient des silhouettes qui grimpaient le sentier en zigzag. Ce flanc-là de la montagne était vert, couvert d'herbe fraîche, et au-dessus du M, les pins à bois lourd couvraient la crête vallonnée entre les pics et s'enfonçaient jusque dans la vallée suivante. Alafair ne paraissait pas bien grande à la table au plateau de marbre : elle léchait son cornet, trop petite encore pour que ses pieds touchent le sol. Ses chaussures de tennis rouges et les genoux de ses jeans étaient couverts de taches d'herbe verte.

1. Bœuf à robe noire et sans cornes, d'origine écossaise. (N.d.T.)

– Est-ce qu'ils ont été gentils avec toi à l'école ? dis-je.

– Bien sûr.

Puis elle réfléchit un instant.

– Dave ?

– Oui.

– L'institutrice dit que je parle comme une Cajun. Comment qu'ça se fait qu'elle dit ça ?

– Je ne vois vraiment pas, dis-je.

Nous retournâmes à la maison, et je me servis de mon nouveau téléphone pour appeler Dan Nygurski au SRS de Great Falls. Au départ, il ne savait pas d'où j'appelais, mais j'entendis son attention s'aiguiser soudain lorsque je lui appris que je me trouvais au Montana.

– Qu'est-ce que vous venez fiche par ici, dites-moi ?

– J'ai des ennuis.

– Je suis au courant, pour vos ennuis. Et je ne pense pas que vous allez améliorer votre situation en quoi que ce soit en venant fourrer votre nez par ici, dans le Montana.

– Qu'est-ce que vous voulez dire, vous êtes au courant ?

– J'ai eu des tuyaux de notre bureau à Lafayette. Vidrine et Mapes travaillaient avec Dixie Pugh, et Pugh habite avec Sally Dio. C'est comme essayer de ne pas perdre la trace d'une enfilade de demeurés sans morale. Vous n'auriez pas dû vous mêler de ça, Robicheaux.

Je ne pus résister.

– J'ai été chez Sally Dio aujourd'hui, dis-je.

– Je pense que c'est stupide de votre part, si vous voulez mon avis.

– Vous savez qui est Cletus Purcel ?

– Ouais, c'est votre ancien partenaire de la Criminelle. J'ai entendu dire qu'il avait effacé un témoin. On dirait qu'il a enfin trouvé son vrai niveau, avec des gens de son acabit.

– Il m'a dit que Dio était surnommé “ le Canard ” parce qu'il se coiffe en queue de canard, mais je crois qu'il ne m'a pas tout dit dans l'histoire.

– Je parierais bien qu'il n'a pas tout dit. Dio jouait au poker avec un des mecs de la clique de Mexico, à bord d'un yacht sur le Golfe. Ils jouaient avec les deux comme jokers et le métèque avait déjà soulagé notre ami de six ou sept plaques. Sauf que Dio l'a surpris avec un deux planqué sous la cuisse. Le vieux de Sal était jadis connu sous le sobriquet de Frankie “ la Pince ”. Je ne vous dirai pas pourquoi. Mais je crois que Sal n'a pas voulu être en reste avec la tradition. Il a demandé à un mec de maintenir le gominé au sol, sur le pont, tandis qu'il lui découpait la plus grande partie de l'oreille en morceaux à l'aide d'un coupe-ongles. Puis il a dit au mec, « Va raconter à tout le monde qu'un canard t'a bouffé l'oreille ». C'est lui, le mec auquel vous avez rendu visite aujourd'hui. C'est lui le mec qui prend soin de votre petit copain Dixie Lee.

– Qu'est-ce qu'il en a à faire de Dixie Lee ?

– Il gagne quelque chose dans l'histoire. Sal ne fait jamais rien sans que quelque part, par un moyen ou par un autre, il ne se fasse pas faire une fleur, genre pipe ou petite gâterie.

– Il prospecte, il achète ou il loue des terres en son nom ?

– Peut-être bien. Mais ne vous souciez pas de ça. Retournez en Louisiane.

– Vous savez quelque chose sur la disparition éventuelle de militants de l'AIM de la Réserve Pied Noir ?

– J'en viens vraiment à me demander si vous avez toute votre tête.

– C'est une simple question.

– Si vous cherchez vraiment à mettre le pied dans un paquet de merde, vous avez trouvé la bonne manière d'y arriver.

– Ecoutez, M. Nygurski, je suis tout seul, sans personne pour m'aider. Je vais peut-être me retrouver au pénitencier d'Angola. Ce n'est pas une figure de style exagérée. Financièrement parlant, je suis pratiquement à sec, mon propre témoignage est ma seule défense, et mon histoire personnelle avec ses antécédents serait du genre à faire hausser les épaules au jury. Dites-moi donc ce que vous feriez dans ma situation. C'est vraiment une chose que j'apprécierais.

Il resta un instant silencieux et je l'entendis prendre sa respiration.

– Je n'ai jamais entendu quoi que ce soit sur une disparition de mecs de l'AIM, dit-il. Il faudrait que vous alliez discuter avec le conseil tribal ou les services du shérif. Peut-être même le FBI, bien qu'ils ne portent pas ces mecs-là dans leur cœur. Écoutez, la Réserve, c'est un monde à part, fermé sur lui-même. C'est comme un gros taudis rural. Les mômes se grillent la cervelle à sniffer de la colle, les femmes se lardent à coups de couteau dans les bars. C'est vraiment un peuple foutu, complètement marteau.

– Je passerai peut-être vous voir à Great Falls.

– Pour quelle raison ?

– Parce que je crois que Dio est mêlé à tout ça... Harry Mapes est passé chez lui, et je ne pense pas que ce soit simplement parce qu'il connaît Dixie Lee.

– Dio est mêlé jusqu'aux yeux au trafic de drogue, aux putes et au jeu. Laissez-moi vous dire les choses franchement à propos de ce mec. Ce n'est pas Bugsy Siegel. En comparaison, ce serait plutôt du menu fretin à Vegas et Tahœ. Tout ce qu'il possède, s'il le possède, c'est parce qu'on lui a permis de le posséder. Mais c'est le mec ambitieux qui rêve d'être un jour un grand queutard balèze et frétilleur du gland. Alors il est monté jusqu'ici, dans le pays de Lum'n'Abner[1] pour faire le gros coup et s'en mettre plein les poches. Et c'est tout ce que je vous dirai, Robicheaux. Ne vous approchez pas de lui. Ça ne vous aidera en rien dans votre affaire, et entre temps, vous pourriez y laisser

1. Personnages de B.D., caricatures de paysans. (N.d.T.)

des plumes. Si j'entends quelque chose à propos d'Indiens qui auraient disparu, je vous le ferai savoir.

– Peut-être estimez-vous que vous avez l'exclusivité sur Sally Dio ? Ou est-ce que je me trompe ?

– Ça se pourrait bien, mon ami. J'ai grandi dans l'ouest de la Virginie. Je n'aime pas ce que de petits merdaillons peuvent faire d'un bon pays. Mais je suis aussi agent fédéral. On me paie pour faire certaines choses, et la fonction de centre de renseignements n'est pas comprise dedans. Je pense aussi que j'en ai déjà trop dit et cette conversation a assez duré. A bientôt, M. Robicheaux.

Ce soir-là, j'emmenai Alafair au centre ville au crépuscule ; après un dîner de poulet frit dans un restaurant au bord de la rivière, nous traversâmes le Pont de Higgins Street, où quelques vieux pêchaient par-dessus la rambarde dans les tourbillons sombres du courant. A l'ouest, les montagnes étaient pourpres, leurs contours peu marqués sur fond de soleil rouge, et le vent qui soufflait sur le pont était froid. L'air sentait la fumée de cheminée et la pâte à papier, le fuel et l'huile que laissait dans son sillage un train du Burlington Northern. Nous allâmes jusqu'au jardin public, où un groupe de garçons essayait de hâter la venue de l'été avec une partie de base-ball en nocturne. Mais à la lueur dure des projecteurs, le vent se fit plus froid encore, la poussière se mit à voler, tourbillonnant dans les airs, et finalement, des gouttes de pluie vinrent cliqueter sur le toit en zinc des tribunes. Au-dessus de la vallée, le ciel était d'un noir absolu lorsque nous arrivâmes à la maison.

A l'arrière de la maison, sous le porche, s'entassaient des bûches et je me préparai du petit bois en brisant un cageot à oranges. J'installai les débris de caisse et quelques boulettes de papier dans la cheminée, sous trois bûches de pin placées sur les chenets, et contemplai le cône rouge et brillant des flammes s'élever dans l'âtre de briques. La pluie tombait maintenant avec force à l'extérieur, claquant sur le toit et contre les fenêtres, et à travers le rideau de gouttes, j'apercevais une scierie illuminée sur la rive opposée de la rivière.

Pendant la nuit, au fond de la chambre, le mur s'éclaira des blancheurs vacillantes des éclairs qui venaient dessiner une fenêtre sur la paroi vert tendre. C'est derrière cette fenêtre de plâtre que j'aperçus Annie assise sur un rocher, au bord de l'eau. Des colonnes de roche cylindriques se détachaient derrière elle sur le ciel d'un bleu de cobalt. Ses cheveux et sa chemise de toile étaient mouillés, et je voyais ses seins par transparence au travers du tissu.

Je suis soucieuse, Dave, dit-elle.

Pourquoi ça ?

Tu n'es pas allé aux réunions des AA. Tu ne crois pas que tu es en train de tout faire pour te préparer à repiquer au truc ?

Je n'ai pas eu le temps.

Elle décolla le plastron de sa chemise humide de sa poitrine d'un geste des doigts.

Veux-tu me promettre de consulter les pages jaunes dès aujourd'hui et de te trouver une réunion ?

Je te le promets.

Parce que je crois qu'en ce moment, tu es à tes limites. Tu voles plus que tu marches au bord du gouffre. Peut-être que tu y vois quelque chose de pire encore qu'une simple rechute.

Je ne ferais pas une chose pareille.

Quoi ?

Je suis catholique.

Je te parle d'autre chose, baby love. Tu disjonctes, toutes les barrières sautent et ils te mettront dans un endroit comme Mandeville.

Mais je tiens toujours, entre les fossés. Je suis sobre.

Oui, mais tu n'arrêtes pas de m'appeler. Je suis fatiguée, mon chéri. Il faut que je vienne de loin pour pouvoir te parler.

Je suis désolé.

Elle posa un doigt sur ses lèvres.

Je reviendrai encore. Pendant quelque temps. Mais il faut que tu tiennes ta promesse.

Annie.

Lorsque je me réveillai, j'avais marché dans mon sommeil et mes paumes étaient pressées sur le plâtre vert et froid du mur de la chambre.

6

Au matin, il pleuvait toujours et il faisait encore froid. Les bûches de l'âtre s'étaient consumées en cendres mortes et le ciel était gris. Les arbres du jardin se dessinaient en formes noires et mouillées sous la faible lumière du jour. J'allumai la chaudière, plaçai de nouvelles bûches dans l'âtre, enflammai papier en boule et petit bois et essayai de préparer du pain grillé pour le petit déjeuner, tandis qu'Alafair s'habillait pour l'école. Je crus un instant entendre un bourdonnement de moustiques dans mon cerveau. J'avais enfilé une chemise en flanelle à manches longues et je n'arrêtais pas d'essuyer de l'avant-bras la sueur qui me coulait du front dans les yeux.

– Pourquoi qu'tu trembles, Dave ?

– J'ai la malaria. Ça revient de temps en temps. Mais ce n'est pas grave, t'en fais pas.

– Quoi ?

– J'ai eu ça à l'armée. Aux Philippines. On l'attrape par les piqûres de moustique. Ça ne dure pas bien longtemps.

– Tu dois pas êt' ed'bout quand t'es malade. Je peux me préparer mon petit déjeuner. Je peux te préparer le tien aussi.

– Ne dis pas “ ed’bout ”.

Elle me prit la spatule et le manche de la poêle à frire des mains et retourna les tranches de pain grillé. Elle portait un pantalon de toile tout propre avec un élastique à la taille, et un chandail mauve par-dessus sa chemise blanche. Ses cheveux noirs luisaient à la lumière de la cuisine.

Je me sentis faible, faible dans tout le corps. Je m’assis à la table de la cuisine et m’essuyai le front d’un torchon à vaisselle sec. Je dus déglutir avant de pouvoir dire quelque chose.

– Peux-tu enfiler ton imper toute seule et descendre comme une grande jusqu’à l’école ce matin ? dis-je.

– Bien sûr.

– Et puis, si je ne viens pas te chercher cet aprèsmidi, tu vas chez la baby-sitter. Okay ?

– Okay.

Je la regardai garnir sa gamelle de déjeuner et enfiler son ciré jaune à capuche.

– Attends une minute. Je vais te conduire en voiture, dis-je.

– Je peux me conduire toute seule. T’es malade, ti.

– Alafair, essaie de ne pas parler comme Batist. C’est un brave homme, mais il n’est jamais allé à l’école.

– T’es encore malade, Dave.

Je lui caressai les cheveux et la serrai brièvement contre moi en la prenant par les épaules avant de mettre imper et chapeau. Au-dehors, le vent était froid, chargé des odeurs de pâte à papier de l’usine en aval. Dans l’air humide, on aurait presque pu croire à des relents d’égout. Je conduisis Alafair à l’école et l’abandonnai près de l’entrée de la cour de récréation. Lorsque je rentrai à la maison, je tremblais de la tête aux pieds, la chaleur de la cheminée et des ouïes de chauffage central ne parvenait pas à me pénétrer le corps. J’eus au contraire l’impression d’une maison glacée, chargée d’un froid sec où mes doigts sautaient de décharges d'électricité statique chaque fois que je touchais un bouton de porte métallique. Je fis bouillir une grande marmite d'eau sur le fourneau de la cuisine pour humidifier l'atmosphère avant de m'installer devant la cheminée, une couverture sur les épaules, à claquer des dents en contemplant la résine de pin bouillonner et claquer dans les bûches, tandis que les flammes se tordaient dans l'âtre à chaque explosion.

A mesure que les bûches se réduisaient pour s'affaisser entre les chenets, j'éprouvais la sensation qu'on m'avait expédié quelque part sur terre, dans un espace sombre et sans air, un lieu où la mémoire se faisait sélective et venait battre la peau, comme un fléau à grains, centimètre par centimètre. Je ne peux vous en donner la raison. Jamais je n'ai pu expliquer ces moments-là de ma vie, pas plus que les psychologues. La première fois que la chose s'était produite, j'avais dix ans ; mon père venait d'être mis sous les verrous pour la seconde fois dans la prison de la paroisse pour une bagarre à la salle de billard de Provost. Je me trouvais à la maison, j'étais seul et je regardais un livre religieux illustré dont une gravure représentait les âmes en enfer. Soudain, je sentis l'image m'attirer en elle avant de m'engloutir pour me garder à jamais prisonnier du lac de remords et de désespoir où elles baignaient. Je fus rempli de terreur et de culpabilité, et malgré tous ses efforts pour me rassurer, jamais le prêtre de la paroisse n'était parvenu à m'en soulager.

Lorsque ces moments avaient surgi au cours de ma vie d'adulte, j'avais bu. Et je ne faisais pas les choses à moitié, je buvais plein pot, à la manière dont on se recule d'un feu de feuilles humides qui se consume lentement pour balancer d'un geste dans les flammes un verre rempli d'essence. Je me brûlais de Beam et de Jack Daniels à sec, et à vide, que je faisais passer d'une Jax glacée ; au matin, vodka, pour chasser les araignées, qu'elles s'en retournent dans leur nid ; à midi, dix doigts de Wild Turkey pour verrouiller Frankenstein à double tour dans ses réduits, jusqu'à ce que l'après-midi, et son univers de soleil sur les bois de chênes et les palmiers, sous le vent d'embruns salés qui soufflait sur le lac Ponchartrain, vînt se remettre à sa place convenue de manière prévisible.

Mais aujourd'hui, la matinée que je vivais était pire que tous ces moments sortis de ma mémoire. Peut-être était-ce effectivement la malaria, ou peut-être encore étais-je en train d'entendre mon métabolisme à la psychologie infantile hurler à la boisson, en train de rédiger un scénario tout prêt qui redonnerait une nouvelle fois vie aux possibilités enfouies du passé. Mais en vérité, je crois que c'était autre chose. Peut-être, ainsi que me l'avait dit Annie, avais-je atteint le bord du gouffre.

Cet endroit où vous larguez toutes les amarres qui vous rattachent encore à la terre ferme, à ce que vous êtes et ce que vous avez été, là où vous disparaissez en flammes à la surface des sphères, là où le soleil et la lune disparaissent en éclipses, là où le monde sous vos pieds est aussi mort, aussi éloigné, aussi dénué d'intérêt que s'il était vitré d'un émail de glace froide.

Est-ce ainsi que la chose arrive ? songeai-je. Sans rien de dramatique, sans bringue engnôlée trois jours durant, sans delirium tremens dans la cage à poivrots de la prison, sans camisole pour vous contenir, ou de Thorazine, ou même de psychiatre soucieux pour essayer de vous pénétrer de ses regards inquiets. Simplement vous fixez les flammes jaunes de l'âtre qui se déroulent en écharpe et vous vous effrayez de vos propres pensées, pareil à un enfant au cerveau dérangé. Je fermai les yeux et enveloppai mon visage de la couverture. Je sentais mes favoris frotter contre la laine, la sueur dégouliner sous ma chemise ; j'avais dans les narines l'odeur de ma propre sueur. Le vent battait contre la maison, et une branche humide d'érable venait racler la fenêtre.

Un peu plus tard, j'entendis une voiture s'arrêter

sous la pluie devant la maison et quelqu'un remonta l'allée au pas de course jusqu'au porche d'entrée. On frappa à la porte et j'aperçus un visage de femme à travers les vitres embuées, mais je ne me levai pas de mon fauteuil. La femme portait un chapeau noir de cow-boy à rebords plats et fond pointu, ses cheveux et son visage perlés de gouttes de pluie. Elle frappa plus fort, en faisant des efforts pour voir quelque chose derrière la vitre, puis elle ouvrit la porte et passa la tête dans l'entrebâillement.

– Quelque chose ne va pas ? demanda-t-elle.

– Tout marche au poil. Pardonnez-moi de ne pas me lever.

– Il y a quelque chose qui brûle.

– J'ai allumé le feu. Je l'avais préparé ce matin. Est-ce que Clete est là avec vous ?

– Non. Il y a quelque chose qui brûle dans la maison.

– C'est bien ce que je disais. Quelqu'un a laissé des bûches sous le porche derrière la maison. La chaudière ne marche pas bien ou quelque chose comme ça.

Ses yeux turquoise m'observèrent d'un regard étrange. Elle passa à côté de moi et se dirigea vers la cuisine et j'entendis un raclement de métal sur le fourneau suivi d'un bruit de casserole dans l'évier. Elle ouvrit le robinet, et un bruit de vapeur surchauffée se mit à siffler. Elle revint au salon, les yeux toujours fixés sur moi, la même lueur étrange dans le regard. Elle portait des bottes en caoutchouc, un large ceinturon d'homme dans les passants de ses Levi's, et une vareuse de l'armée avec écusson de la First Cav [1] pardessus sa chemise de flanelle rouge.

– La marmite a brûlé, le fond est percé, dit-elle. Je l'ai mise dans l'évier pour qu'elle n'empuantisse pas toute la maison.

– Merci.

Elle ôta son chapeau et s'assit en face de moi. Les

1. Premier de cavalerie. (N.d.T.)

trois grains de beauté qu'elle avait à la commissure des lèvres paraissaient encore plus sombres à la lueur des flammes.

– Est-ce que vous allez bien ? dit-elle.

– Oui. J'ai la malaria. Ça va, ça vient. Ça vous bourdonne un peu dans les veines pendant un moment. Ce n'est pas si méchant. Ça ne l'est plus aujourd'hui, en tout cas.

– Je crois que vous ne devriez pas rester seul.

– Je ne suis pas tout seul. Une petite fille habite avec moi. Où est-ce que vous avez eu cette veste de la First Cav ?

– Elle appartenait à mon frère.

Elle se pencha en avant et quitta presque son fauteuil pour poser une main sur mon front. Puis elle me prit la main et la tint un instant dans les siennes.

– Je ne peux rien dire. Vous êtes installé trop près du feu. Mais vous devriez être au lit. Levez-vous.

– J'apprécie tout ce que vous faites pour moi, mais ça ne va pas durer, ça va passer.

– Ouais. Je peux vous dire que vous avez l'air d'être au meilleur de votre forme, ça, oui. Vous saviez qu'un gant de cuisine brûlait lui aussi sur le fourneau ?

Elle m'aida à me lever en me soulevant d'un bras et me conduisit dans la chambre. Je m'assis au bord du lit et le corps engourdi, sans énergie, regardai par la fenêtre les arbres mouillés et la pluie sur la rivière. Je fermai les yeux, la tête se mit à me tourner et je vis des larves grises grouiller derrière mes paupières. Elle ôta la couverture de mes épaules et défit ma chemise, repoussa ma tête sur l'oreiller et me couvrit des draps et du couvre-lit. Je l'entendis qui faisait couler de l'eau dans la salle de bains et ouvrait les tiroirs de ma commode ; elle revint s'asseoir sur le bord du matelas et m'essuya le visage, la poitrine et les épaules d'une serviette humide et tiède avant de m'enfiler un T-shirt propre par la tête.

Elle me toucha le front à nouveau et me regarda droit dans les yeux.

– Je ne crois pas que vous preniez bien soin de vous, dit-elle. Je ne pense pas non plus que vous fassiez preuve de beaucoup de sagesse.

– Pourquoi êtes-vous venue jusqu'ici ?

– Laissez Sally Dee et son père tranquilles. Ça ne peut pas vous faire de bien, et ça ne peut pas faire de bien à Clete.

– Clete s'est collé dans les draps de ces gens-là de son propre chef.

Je soufflai, ouvrant et refermant les yeux. Je sentais tournoyer la pièce, de la même manière que dans mon tournis d'ivrogne, lorsque j'essayais de me coucher complètement ivre et qu'il me fallait laisser pendre la tête dans le vide, au bord du matelas ou du canapé, pour que le sang revînt au cerveau.

– Il a fait des choses pas très belles, mais ce n'est pas le mauvais homme, dit-elle. Il vous respecte et vous admire. Il veut que vous restiez son ami.

– Il m'a trahi lorsque j'avais besoin de lui.

– Peut-être qu'il a payé pour ça aussi. Il faut dormir. Je vais rester ici et je vous préparerai le déjeuner à votre réveil.

Elle étendit la couverture sur moi et la tira sous mon menton. Sa main toucha la mienne, et involontairement, je lui pris la paume dans la coupe de mes doigts. Le dos de la main était large, le tranchant calleux, les jointures aussi dures sous la peau que des pièces de monnaie. Je n'avais plus souvenir de la dernière occasion où j'avais touché une main de femme. Je refermai ses doigts dans le creux de ma paume, je sentis la peau au grain grossier sous mon pouce, et laissai nos deux mains se poser sur ma poitrine, comme si l'instant présent venait de m'offrir un droit qui, en réalité, ne m'appartenait pas. Mais elle n'écarta pas ma main. Son visage était plein de gentillesse, et toujours assise au bord du lit, elle essuya la moiteur de mes cheveux à l'aide de la serviette, sous le bruit de la pluie qui balayait la cour et le toit, tandis que je me sentais glisser jusqu'au tréfonds de mon propre vertige, pour pénétrer au sein d'un lieu tout frais, tout propre, un endroit sûr où les feux ne brûlaient pas, où les grisailles du petit matin étaient aussi inoffensives que le contact de mon front contre sa cuisse.

***

Je me réveillai en début d'après-midi, le soleil était de sortie, le ciel bleu, la cour d'un vert encore plus soutenu. Je me sentis faible, de la tête aux pieds, mais quelle qu'ait pu être la chose qui avait envahi mon métabolisme, elle s'en était allée comme un visiteur lassé par l'ennui. J'ouvris la porte de devant, pieds nus ; l'air était frais et plein de soleil, et au sud, les pics déchiquetés des Bitterroot Mountains étaient blancs de neige fraîchement tombée. Au loin sur la rivière, la souche enracinée d'un arbre énorme, humide du clapotis de l'eau, brillait au travers du courant. Je l'entendis dans la cuisine, derrière moi, avant de me rappeler le comportement que j'avais eu plus tôt dans la matinée, à la manière dont une esquille de souvenir d'un rêve d'ivrogne revient à la mémoire.

Elle lut sur mon visage que je me souvenais.

– J'ai appelé Clete. Il sait où je me trouve. Ça ne le dérange pas, dit-elle.

– Je veux vous remercier de votre gentillesse.

Son regard s'adoucit et retraça les contours de son visage. Je me sentis mal à l'aise.

– J'ai des moments étranges dans ma vie. Je ne peux pas les expliquer, dis-je. Alors je dis à tout le monde que j'ai la malaria. C'est peut-être vrai, qui sait, mais je n'en sais rien. C'est peut-être bien autre chose aussi, d'ailleurs. Parfois les gens aux AA appellent ça une biture sèche. Ce n'est pas quelque chose qu'on arbore avec fierté, comme une médaille.

Je sortis une bouteille de lait du frigo et m'installai à la table de cuisine. A travers la moustiquaire de la porte de derrière, je voyais une femme âgée en train de sarcler son potager. Chez le voisin, quelqu'un tondait la pelouse avec une tondeuse à mains. Pas un instant le regard de Darlene n'avait quitté mon visage.

– Clete m'a dit que vous avez perdu votre femme, dit-elle.

– Oui.

– Il a dit qu'elle a été assassinée par deux hommes.

– C'est exact.

– Comment est-ce arrivé ?

Elle coupa le brûleur sous la marmite.

– Je me suis mêlé des affaires de certaines personnes que j'aurais mieux fait de laisser tranquilles.

– Je vois.

Elle sortit deux bols à soupe du placard et les posa sur la table avec deux cuillères.

– Et ça vous tracasse beaucoup ?

– De temps à autre.

– Je me suis sentie responsable quand mon mari a été tué. Je lui avais fermé la porte au nez, et il a dû passer la nuit dehors, la veille du jour où c'est arrivé. J'avais découvert qu'il me trompait avec une Blanche, une fille qui travaillait dans un relais routier. Il a été obligé de passer la nuit dans la voiture, par une température de zéro degré. Au matin, il est parti travailler comme ça, et il s'est fait écraser par un bulldozer qui a fait marche arrière. Il était toujours comme un petit garçon. A se trouver toujours là où il ne fallait pas. Il se faisait toujours attraper. Il a passé un an à Deer Lodge pour avoir volé du gibier dans les congélateurs d'une épicerie. Il a toujours menti à ce sujet en racontant qu'il était allé en prison pour vol à main armée.

– Pourquoi me racontez-vous tout ça ?

– Vous ne devriez pas chercher à vous faire du mal à cause de ce qui est arrivé à votre femme. Vous ne vous rendez pas bien compte de ce que vous avez fait hier. Sally Dee est cinglé.

– Non, c'est faux. Mais ça lui plaît bien que les gens

pensent qu'il l'est. Les mecs de son acabit, on les trouve par wagons.

Elle remplit nos bols et s'assit en face de moi.

– Vous ne connaissez pas Sal. Clete a dit que vous lui aviez fait perdre la face, à Sal, devant tous ses amis. Il est descendu à la maison après votre départ et ils sont sortis tous les deux sous la véranda. J'entendais Sal qui hurlait à travers les vitres. Je ne pensais pas que Clete aurait jamais laissé quelqu'un lui parler de cette manière.

– Ça revient cher de travailler pour un mec comme Sally Dio.

– C'était dégradant pour Clete.

– Écoutez, il y a une expression chez les gars du pétrole, sur les chantiers – « Je cherchais du boulot et v'la c'que j'ai trouvé. » Dites-le donc à Clete.

– Sal a aussi dit autre chose. A votre sujet.

– Quoi ?

– Ne le ramène plus jamais par ici, et ne le laisse pas non plus parler à Dixie. S'il le fait, je te lui coupe la pine.

Je regardai à nouveau par la porte la femme en train de sarcler son potager, de l'autre côté de l'allée. Elle avait le visage rose, les cheveux blancs, et les bras aussi épais que des bras d'homme.

– C'est tout ce qu'il avait à dire, notre bonhomme ?

– Clete et Dixie Lee prétendent qu'il est correct parce qu'ils y sont obligés. Mais il est cruel. Il me fait peur.

– Vous devriez prendre vos distances avec lui et partir d'ici.

Elle posa la cuillère dans sa soupe et baissa les yeux.

– Vous êtes une femme intelligente, dis-je. Vous êtes aussi quelqu'un de bien. Vous ne faites pas partie de ce monde-là, ce n'est pas votre place.

– Je suis avec Clete.

– Clete va finir par tomber, et de haut, avec ce mec. Ou alors il tombera à sa place, l'un ou l'autre. Au fond de lui-même, en plus, il le sait. Jusqu'à ce qu'il se mette complètement à foirer son existence, c'était le meilleur partenaire que j'aie jamais eu. Un jour, il m'a porté et m'a descendu le long d'un escalier d'incendie alors qu'un môme lui avait collé deux pruneaux de 22 dans le dos. Tous les petits affranchis en avaient une trouille bleue. Ils traversaient la rue quand ils le voyaient descendre le trottoir.

– Il a été bon avec moi. C'est un brave homme. Un jour, il le comprendra lui-même.

L'attitude qu'elle manifestait à son égard me frappa tant elle était étrange. Elle me parut plus protectrice que chargée d'affection. Mais c'était peut-être ce genre de femme-là. Ou alors c'était ce que je voulais croire.

– Je me demande si vous pourriez m'aider sur un point, dis-je.

– Lequel ?

– Clete vous a-t-il parlé des ennuis que j'ai eus en Louisiane ?

– Oui.

– Ma porte de sortie, c'est Harry Mapes. Je crois qu'il a tué deux personnes par ici. Il est possible que ce soit des Indiens, des membres de l'AIM.

Elle baissa à nouveau la tête sur son bol, mais j'avais vu ses yeux se rétrécir, la lumière s'aiguiser dans son regard.

– Pourquoi croyez-vous ça ? Je veux dire, à propos des Indiens ? dit-elle.

– Mapes a tué ces personnes parce qu'elles étaient des obstacles à ses contrats pétroliers. Dixie Lee m'a déclaré que ces mecs de l'AIM sont capables de traîner les compagnies pétrolières devant les tribunaux et de faire durer les choses à propos d'un traité du dix-neuvième siècle.

– On se bagarre très sérieusement au sujet du Front des Rocheuses.

– Le quoi ?

– Le versant oriental du Continental Divide. Les

Pieds Noirs l'appellent l'épine dorsale du monde. Les compagnies pétrolières veulent pénétrer dans les territoires près de Glacier Park, une zone sans voie d'accès. C'est une terre Pied Noir. Le gouvernement s'en est emparé ou alors il l'a eue pour rien.

– Avez-vous jamais entendu parler de gens de l'AIM qui auraient disparu ?

– Pourquoi ne montez-vous pas jusqu'à la Réserve pour poser la question ?

– C'est ce que j'ai l'intention de faire. Pourquoi êtes-vous en colère ?

– Cela n'a rien à voir avec vous.

– On le dirait pourtant.

– Vous ne comprenez pas ce que signifie la Réserve.

Elle s'arrêta, regrettant de toute évidence ses manières abruptes. Elle se mouilla les lèvres à plusieurs reprises, mais sa voix resta paisible, chargée d'une tension tranquille, apanage de celui qui a finalement consenti, après mûre réflexion, à accepter une situation personnelle très difficile, malgré ses tracas et ses désagréments.

– Les Blancs ont toujours pris aux Pieds Noirs. Ils les ont massacrés sur la Rivière Marias[1], puis ils les ont laissés mourir de faim avant de leur offrir des taudis ruraux pour y vivre. Aujourd'hui, ils nous ont donné leurs silos à missiles. Le gouvernement reconnaît qu'en cas de guerre, tous ceux qui vivent sur le versant oriental seront tués. Mais ce que les Blancs ne comprennent pas, c'est que les Indiens croient que les esprits habitent la terre. Que tous les traités et toutes les actions qui nous ont pris nos territoires ne signifient rien du tout. Parfois il arrive que les gens entendent des pleurs de femmes et d'enfants portés par le vent qui souffle sur la Marias. Une Indienne vêtue d'une robe de daim toute blanche apparaît sur le site des silos à missiles. Des hommes de l'Armée de l'Air l'ont vue. Vous pouvez aller leur en parler.

1. A l'origine, la rivière de Maria, devenue la Rivière Marias. (N.d.T.)

– Vous croyez à ces esprits ?

– Je suis allée sur la Marias la nuit. Je les ai entendus. Leurs voix sortent du bord de l'eau, à l'endroit même où se trouvait le camp. Cela s'est produit pendant l'hiver de 1870. Un officier de l'armée de terre du nom de Baker a attaqué un groupe de Pieds Noirs innocents dont le chef s'appelait Heavy Runner. Ils ont tué cent trente personnes, puis ils ont brûlé leurs tuniques et leurs wigwams avant d'abandonner les survivants pour qu'ils gèlent sur place, dans la neige. On entend encore les gens qui pleurent.

– Je crois que je ne suis pas très au courant de ces choses-là. Ou de l'histoire de votre peuple.

Elle mangea sans répondre.

– Je crois, cependant, ajoutai-je, que ce n'est peut-être pas très bon de garder ces choses-là en vous et de les entretenir à petit feu.

Elle resta silencieuse, le visage toujours baissé, et je laissai tomber.

– Écoutez, voulez-vous remettre un message à Clete de ma part ? dis-je.

– De quoi s'agit-il ?

– Dites-lui qu'il ne me doit rien, que ce n'est pas la peine qu'il se sente coupable à propos de quoi que ce soit, et que les mecs comme Sally Dio, je ne les encaisse pas. Dites-lui aussi de partir pour La Nouvelle-Orléans en compagnie d'une gentille fille. C'est là que se retrouvent les gens bien après leur mort.

Elle sourit. Je regardai ses yeux, je regardai sa bouche, avant de me reprendre et de détourner la tête.

– Il faut que je m'en aille maintenant, dit-elle. J'espère que vous vous sentez mieux.

– Je me sens mieux. Vous vous êtes conduite comme une véritable amie, Darlene. Clete est un mec qui a de la chance.

– Merci, mais ce n'est pas un mec qui a de la chance. Pas du tout.

Je ne voulais plus parler des problèmes de Clete ou

me retrouver encore à porter une part de son fardeau. Je sortis avec elle jusqu'à la Jeep Toyota et lui ouvris la porte. Les trottoirs séchaient encore au soleil, et les pins sur les montagnes se découpaient verts et pointus sur le ciel.

– Peut-être aimeriez-vous tous deux descendre en ville un soir pour dîner, ou aller faire une balade dans un de ces canyons des Bitterroots et essayer de ramener quelques truites saumonées ? dis-je.

– Peut-être. Je lui poserai la question, dit-elle en retrouvant son sourire.

Je la suivis des yeux qui longeait la cour de récréation de l'école avant de tourner pour emprunter la nationale. C'était l'un de ces moments où je ne me souciais guère de réfléchir à l'honnêteté de mes motivations personnelles ou de savoir ce que je pensais en réalité.

***

Je fis la vaisselle, mis mes chaussures de course, un short et un sweat-shirt et courus trois kilomètres le long de la rivière avant de revenir en demi-cercle par un quartier aux demeures fin de siècle bâties de briques jaunes et orange dont les jardins s'agrémentaient d'arbres : épicéas bleus, sapins, érables, bouleaux et saules pleureurs. Je suais à grosses gouttes dans la fraîcheur de l'air, et il me fallut pousser mon effort afin d'augmenter ma vitesse en traversant un croisement, mais le souffle était bon, les muscles des cuisses et du dos toniques et tendus, l'esprit clair, avec la perspective d'une fin de journée lumineuse et riche de promesses en lieu et place d'une enveloppe de grisaille sinistre pleine de voix désincarnées.

Ah, les voix, songeai-je. Elle, elle y croit. Ce que le premier étudiant en psychologie venu qualifiera de symptôme majeur d'une personnalité à tendances schizophrènes. Mais je n'avais jamais vraiment gobé le jargon psychiatrique pour me convaincre de ses définitions de la singularité ou de l'excentricité des individus. En fait, en passant en revue les amitiés que j'avais nouées au fil des années, j'étais bien obligé d'arriver à la conclusion que celles qui avaient suscité en moi le plus d'intérêt concernaient toujours des individus aux capacités sérieusement diminuées, les fêlés modèle Mœ Howard[1] de cette terre, les ivrognes, les cervelles brûlées à la gnôle de contrebande, ceux qui commençaient leur journée par une dépression nerveuse, des gens qui se raccrochaient aux flancs de la planète avec des ventouses.

En tournant au coin de mon bloc près de la rivière, j'entendis la cloche sonner à l'école primaire et je vis les enfants jaillir des portes avant de se ruer sur les trottoirs. Alafair marchait, sa gamelle de déjeuner à la main, en compagnie de trois ou quatre autres enfants. Je la dépassai en courant à reculons.

– Je te retrouve à la maison, petit mec.

Je me rasai, me douchai et emmenai Alafair avec moi à une réunion des AA à trois blocs de notre maison. Elle prit une boîte de soda et s'installa dans la cafétéria tandis que j'allai m'asseoir parmi les non-fumeurs de la salle et écoutai. Les membres du groupe étaient pour la plupart des travailleurs, ouvriers de scierie, bûcherons à la pièce, Indiens, serveuses, des cols-bleus, encore gamins et déjà petits durs qui parlaient autant de came que d'alcool, et des vieux routards clodos, habitués de la rue de la débine, dont les rides du visage s'étaient marquées une à une à coups de petites doses de gnôle au verre. Lorsque vint mon tour, je donnai mon nom et laissai passer. J'aurais dû parler de mes cauchemars, de mes déprimes irrationnelles capables de me laisser là, éviscéré, engourdi,

1. Moe Howard : membre d'un trio d'acteurs loufoques, The Three Stooges, qui passaient leur temps à se tordre le nez les uns aux autres ou à essayer de se faire mal. Moe Howard est le modèle de l'individu aux réactions imprévisibles. (N.d.T.)

à fixer le vide d'un feu qui se mourait ; mais pour la plupart d'entre eux, le problème le plus immédiat n'était pas d'ordre psychologique, pas plus qu'il ne tenait à la nature de leur dépendance – ils étaient sans emploi, survivaient grâce à des tickets-rations – et il m'était apparu que mon panier de serpents personnels ne méritait pas d'être offert à la discussion.

Je soupai de bonne heure en compagnie d'Alafair, puis nous remontâmes le sentier en zigzag jusqu'au grand M de béton sur la montagne surplombant l'Université. Devant nos yeux, s'étalait le panorama de la vallée tout entière ; la Clark Fork qui déroulait ses hautes eaux en méandres jaunâtres à travers la ville, l'écume blanche qui moussait dans les canyons à l'ouest de Missoula, les panaches de fumée qui s'échappaient de l'usine à bois pour venir s'aplatir à la surface de l'eau, les cyclistes et les amateurs de course à pied, miniatures de silhouettes sur le campus là-bas, au loin, en dessous de nous. Puis lorsque le jour s'obscurcit à la lumière d'un soleil maintenant masqué par les pics, lorsque l'air se fit plus frais et que la vallée se voila d'une brume aux reflets pourpres, la ville se mit à briller de toutes ses lumières, des lampes des maisons aux lampadaires et aux néons des rues et, vers le sud, les derniers reflets du soleil couchant vinrent brasiller sur les zones sombres plantées de pins à bois lourd sur les hauteurs des Bitterroots.

Alafair s'assit à côté de moi sur le M de béton. Elle frotta la terre qui maculait ses genoux ; je la vis qui fronçait les sourcils.

– Dave, à qui c'est le chapeau ? dit-elle.

– Quoi ?

– Dans le fauteuil. Près de la cheminée. Le chapeau noir.

– Oh, dis-je. Je crois que c'est une dame qui a dû le laisser là.

– Je me suis assise dessus. J'ai oublié de te dire.

– Ne t'en fais pas pour ça.

– Elle va pas être furieuse ?

– Non, bien sûr que non. Ne t'en fais donc pas pour des choses comme ça, petit mec.

***

Le lendemain, je pris mes dispositions pour qu'Alafair pût rester chez la baby-sitter si je devais m'absenter de la ville le soir même, et je pris la route de la Réserve Pied Noir, sur l'autre versant du Divide, à l'est de Glacier Park. A la lumière du petit matin, je remontai la Blackfoot River – la Rivière Pied Noir – au milieu de canyons de rocs et de pins roses, d'où s'élevaient les volutes des feux de bois qui ronflaient dans les chalets reculés au fond des pâturages. La rivière était toujours en hautes eaux à cause de la fonte des neiges accumulées sur les sommets montagneux, et le courant bouillonnait autour des amas de rocs entassés en son milieu. Puis le paysage se fit plus vaste, s'ouvrant en vallées larges et en terres d'élevage vallonnées de collines basses et verdoyantes, encadrées de montagnes dans le lointain. La route se mit à monter au milieu de forêts et de bois plus denses, coupés de falaises rocheuses rectilignes et de flancs montagneux abrupts qui descendaient jusqu'au bord de la route ; les canyons et les arbres étaient encore chargés d'ombre et lorsque j'arrivai à Lincoln, ville de bûcherons et de scieries, l'air était glacé et les vitres de la voiture humides de brume. A Roger Pass, sur le Divide, je roulai au milieu des nuages, et j'avais les oreilles qui se bouchaient ; des petites rigoles de neige fondue coulaient des pins à flanc de montagne, couraient à travers la chaussée, et venaient laver l'accotement de terre avant de se changer en un ruisseau blanc qui filait loin dessous. Les pins étaient presque noirs, les aiguilles luisantes d'humidité.

Je ressortis alors en pleine lumière, sous le soleil, sur le versant oriental, pour m'enfoncer dans un pays de blé et de bétail où l'horizon n'existait plus, à l'exception du Front des montagnes Rocheuses dans mon rétroviseur. J'atteignis rapidement Choteau et Dupuyer et peu de temps après, je me trouvai sur la Réserve Pied Noir.

J'avais visité ou traversé plus d'une réserve indienne ; aucune ne m'avait laissé le souvenir d'endroit agréable. Celle-ci ne faisait pas exception. Ernest Hemingway a écrit un jour qu'il n'est de pire destin pour un peuple que de perdre une guerre. S'il s'en trouve d'aucuns parmi ses lecteurs à être en désaccord avec lui, il leur suffirait de visiter un de ces lieux où le gouvernement des États-Unis a placé ses habitants d'origine. Nous leur avons pris tout ce qu'ils possédaient pour leur offrir en retour la variole, le whisky, l'assistanat organisé, les internats fédéraux, et les pénitenciers.

Dans une station-service complètement délabrée, on m'indiqua la route pour rejoindre le bureau du chef du conseil tribal. Je traversai alors plusieurs hameaux de cahutes en bardeaux dont les cours de terre étaient jonchées de morceaux rouillés de vieilles épaves de voitures, avec, sous les vérandas, de vieilles machines à laver, au milieu de poulaillers et de toilettes en plein air, et sur l'arrière, quelques parcelles de potagers dont les pierres qui délimitaient les rangs portaient fichés des sachets de graines.

Le chef du conseil tribal était quelqu'un de gentil ; il portait les cheveux tressés en nattes et des bijoux, il était vêtu d'un gilet western, d'un pantalon à rayures vertes et de bottes de cow-boy jaunes. Au mur de son bureau était accroché un diplôme de premier cycle en sciences humaines d'une université d'État. Il était poli et savait écouter, gardant les yeux fixés avec attention sur mon visage tandis que je parlais ; mais il était tout aussi évident qu'il ne désirait nullement discuter de l'AIM ou d'affaires pétrolières avec un Blanc qu'il ne connaissait pas.

– Connaissez-vous Harry Mapes ? dis-je.

Cette fois, le regard rompit. L'homme regarda par la fenêtre dans la rue, en direction de trois Indiens en train de bavarder devant une salle de billard. L'enseigne au néon au-dessus de la porte disait seulement " Billard ".

– C'est un démarcheur. Il loue ou il achète des terres. Il lui arrive de passer parfois par ici, dit-il. Mais la plupart du temps, il travaille aux limites de la réserve.

– Que savez-vous d'autre à son sujet ?

Il ôta la cellophane d'un cigare bon marché.

– Je n'entretiens pas de relations avec lui. Il faudra que vous demandiez à quelqu'un d'autre.

– Vous pensez qu'il est dangereux ?

– Je ne sais pas ce qu'il est.

Il sourit pour se montrer agréable et alluma son cigare.

– Il a tué son collègue, Dalton Vidrine, là-bas, en Louisiane.

– Je ne suis pas au courant de cela, M. Robicheaux.

– Je pense qu'il a également tué deux de vos compatriotes.

– Je ne sais que vous répondre, monsieur.

– Avez-vous entendu parler de deux gars de l'AIM qui auraient disparu ?

– Pas sur le territoire de la Réserve. Et c'est pour cette raison que j'ai été élu, pour m'occuper de la Réserve.

– Qu'entendez-vous par " pas sur le territoire de la Réserve " ?

– Je n'appartiens pas à l'AIM. Je ne me mêle pas de leurs affaires.

– Mais vous avez entendu parler de quelqu'un qui aurait disparu ?

Il regarda une nouvelle fois par la fenêtre en direction des hommes devant la salle de billard et souffla la fumée de son cigare par la bouche et les narines.

– Au sud d'ici, dans le comté de Teton. Clayton Desmarteau et son cousin, dit-il. Je ne me souviens plus du nom du cousin.

– Qu'est-ce qui s'est passé ?

– J'ai entendu dire qu'ils ne sont pas rentrés chez eux, un soir. Mais peut-être qu'ils sont simplement partis quelque part. Ce sont des choses qui arrivent. Allez discuter avec le bureau du shérif à Teton. Voyez la mère de Clayton. Elle habite juste aux limites de la Réserve. Tenez, je vais vous faire un plan.

Une demi-heure plus tard, je sortais de la Réserve et descendais un chemin de terre étroit et grisâtre longé par un ruisseau. Des peupliers cotonneux poussaient le long des rives puis le relief s'accentuait en pentes chargées de massifs épais de pins à bois lourd. Devant moi, les plaines venaient littéralement butter en cul-de-sac contre les montagnes. Celles-ci se dressaient en falaises abruptes, comme une cassure énorme dans le relief, droites et rectilignes, leurs arêtes acérées découpées sur fond de ciel. Leurs parois rosées se bigarraient de zones d'ombre qui venaient zébrer leur surface, et les pins à bois lourd étaient denses au sommet des cols au point que je doutais qu'un ours pût se frayer un chemin entre leurs troncs serrés.

Je trouvai la maison que le chef de tribu m'avait indiquée sur le plan. Elle était bâtie en rondins mêlés de poutres de tout venant, au sommet d'un tertre, le toit était couvert de bardeaux et la charpente de la galerie s'affaissait. On avait cloué des feuilles de plastique sur les fenêtres pour l'isolation, et des boîtes à café garnies de pétunias s'alignaient sur la rambarde de la galerie et les côtés des marches du perron. La femme qui vivait là paraissait très âgée. Elle avait les cheveux blancs, striés de mèches sombres, et le visage de cuir tanné, creusé de marques profondes, les yeux et la bouche cernés d'un réseau de ridules en toile d'araignée.

Je m'installai avec elle dans son salon pour tenter de

lui expliquer qui j'étais. J'essayai de lui faire comprendre que je cherchais à savoir ce qui était arrivé à son fils, Clayton Desmarteau, et au cousin de ce dernier. Mais le visage restait lointain, incertain, et son regard évitait le mien chaque fois que je la fixais droit dans les yeux. Sur une table près de l'âtre minuscule était posée la photographie sous cadre d'un jeune soldat indien. A l'avant du cliché, on apercevait deux écrins de feutre garnis d'une Purple Heart[1] et d'une Silver Star[2].

– Le chef du conseil de tribu m'a dit que votre fils avait peut-être simplement quitté la région pour quelque temps, dis-je. Il est peut-être parti chercher du travail ailleurs.

Cette fois elle me regarda.

– Clayton, il est pas parti nulle part, dit-elle. Il travaillait dans une station-service en ville. Tous les jours, il rentrait à la maison. On a retrouvé sa voiture dans un fossé, à trois kilomètres d'ici. Il ne serait pas parti en laissant sa voiture dans le fossé. Il lui est arrivé quelque chose, et c'est eux les responsables.

– Qui ça, eux ?

– Les gens qui veulent du mal à son organisation.

– L'AIM ?

– Une fois, il s'est fait tabasser. Ils essayaient toujours de lui faire du mal.

– Qui est-ce qui l'a tabassé ?

– Des gens méchants, des pas bons.

– Mme Desmarteau, je veux vous aider à découvrir ce qui est arrivé à Clayton. A-t-il jamais cité de noms, le nom de quelqu'un qui lui aurait cherché des ennuis ?

– Le FBI. Ils sont venus à la station-service et ils ont appelé des gens au téléphone à son sujet.

– Harry Mapes ou Dalton Vidrine ? Vous rappelez-vous l'avoir entendu citer ces noms-là ?

Elle ne répondit pas. Elle se contenta de regarder

1. Décoration attribuée aux blessés de guerre. (N.d.T.)
2. Décoration attribuée pour bravoure au combat. (N.d.T.)

dans le vide et sortit d'une boîte de Copenhagen[1] une dose de tabac à chiquer qu'elle se plaça entre lèvre et gencive. La poussière tourbillonnait en paillettes à la lumière des fenêtres. Je la remerciai de m'avoir consacré un moment et repris la route en direction du chef-lieu du comté, accompagné des ombres des peupliers cotonneux qui venaient cliqueter sur le pare-brise.

Le shérif était de sortie, et l'adjoint auquel je m'adressai au palais de justice me fit très vite sentir que je n'étais qu'un étranger un peu obtus, plein de bonnes intentions qui comprenait le Montana rural et la vie des réserves à peu près autant qu'un touriste saisonnier.

– Nous avons enquêté sur cette affaire il y a environ quatre mois, dit-il.

L'homme était grand et mince sous son uniforme kaki et il donnait l'impression de se concentrer plus sur la cigarette qu'il fumait que sur la conversation qu'il avait avec moi. Son bureau était encombré de papiers et de chemises de papier kraft.

– Sa mère et sa sœur ont signé une déposition en signalant sa disparition. Nous avons retrouvé sa voiture dans un fossé, elle avait un essieu brisé. Les clés avaient disparu, la roue de secours avait disparu, la montre avait même été arrachée du tableau de bord. Et qu'est-ce que ça vous apprend ?

– Quelqu'un a désossé sa voiture.

– Ouais, et ce quelqu'un, c'est Clayton Desmarteau. Le véhicule était sur le point de lui être repris pour impayés. Lui et son cousin sont allés dans un bar sur la route, à cinq kilomètres de là, ils se sont beurré la figure avant de quitter la route. A notre avis, c'est comme ça que les choses se sont passées.

– Et après ça, tout bêtement, il n'a même pas pris la peine de rentrer chez lui ?

– D'où venez-vous, déjà ?

– New Iberia, en Louisiane.

1. Marque de tabac à priser et à chiquer. (N.d.T.)

Il souffla sa fumée dans un rayon de soleil qui perçait la fenêtre. Il commençait à se dégarnir sur le sommet du crâne.

– Croyez-le ou non, ce n'est pas rare, par ici, dit-il avant que sa voix ne change pour prendre un ton résigné et las.

» Les mecs dont nous parlons appartiennent à l'AIM. L'un d'entre eux, le cousin de Clayton, a fait un séjour en pénitencier dans le Dakota du Sud. Un mandat a également été lancé à son nom pour abandon de famille. Et Clayton a lui aussi connu sa part d'ennuis.

– De quel genre ?

– Des bagarres, port d'arme prohibé, des conneries de ce genre-là.

– Lui est-il jamais arrivé de quitter domicile et emploi auparavant ?

– Écoutez, la situation est la suivante. Sur cette route, il y a un bar. C'est là qu'ils ont passé la soirée jusqu'à minuit. Il y a huit kilomètres du bar à la maison de Clayton. Au bout de cinq kilomètres, sur la route, ils ont planté la voiture. Peut-être qu'ils sont remontés à pied jusqu'au domicile de Clayton sans réveiller la vieille dame et qu'ils sont partis avant son réveil. Peut-être qu'elle ne se souvient pas de ce qu'ils ont fait. Peut-être qu'ils ont fait du stop après avoir désossé la bagnole. Je ne sais pas ce qu'ils ont fait. Vous croyez qu'ils se sont fait manger par un ours ?

– Non, je crois que vous essayez de me dire que Desmarteau était quelqu'un d'irresponsable. Sa mère n'est pas de cet avis. Ce mec avait la Silver Star. Qu'est-ce que vous dites de ça ?

– Je crois pas que le message passe très bien entre nous deux. Ce que vous n'arrivez pas à comprendre, c'est la façon dont vivent certains par ici. Revenez donc un samedi soir et promenez-vous un petit peu. Écoutez, quand un Blanc engage des Indiens pour faire un travail, il en engage six pour être à peu près sûr d'en voir trois se pointer le lendemain matin. Ils se lardent de coups de couteau entre membres de la même famille au cours des mariages, ils se pendent quand on les met en cellule, ils se beurrent la gueule et s'emplafonnent dans les trains qui passent. L'hiver dernier, trois mômes ont grimpé dans un wagon de marchandises avec un cruchon de quatre litres de gros rouge bien chargé et un tube de colle avion. Le train est remonté jusqu'au Canada et s'est arrêté sur une voie de garage à cause du blizzard. Je suis monté jusque-là avec les familles pour ramener les corps. La RCMP[1] a dit qu'ils avaient tous les trois gelé si fort qu'on aurait pu les casser en petits morceaux à coups de marteau.

Je lui demandai de me montrer l'endroit où la voiture de Clayton Desmarteau avait quitté la route. Je l'agaçais mais il y consentit et m'emmena sur le chemin de terre que j'avais emprunté un peu plus tôt. Nous passâmes devant le bar où l'on avait vu Desmarteau et son cousin pour la dernière fois ; le large bâtiment était de plain-pied, toit plat et murs en rondins, avec des enseignes de néon aux fenêtres vantant les bières Grain Belt et Great Falls. Puis nous remontâmes la route en lacet au milieu des champs dénudés au sol croûté, avant de retrouver la crique, les bois de peupliers cotonneux et les versants de pins raides qui remontaient à partir de la rive opposée. L'adjoint arrêta sa voiture sur l'accotement et me désigna l'endroit.

– C'est juste là, dans le fossé, dit-il. Une roue a ripé, elle est passée dans le vide et la voiture est tombée. L'essieu a cassé comme une allumette. Pas de mystère, mon ami. Ainsi va la vie.

***

Il était tard lorsque je retournai à Missoula, mais j'arrivai à temps pour récupérer Alafair chez la baby-

1. Royal Canadian Mounted Police : Police Montée Canadienne. (N.d.T.)

sitter avant qu'elle ne soit couchée. La baby-sitter était sortie faire une course, et une de ses amies, une institutrice de CE2 directrice adjointe de l'école, du nom de Mademoiselle Regan, était venue surveiller Alafair. Elles regardaient toutes deux la télévision en dégustant un saladier de pop-corn sous l'auvent clos latéral. Mlle Regan approchait de la trentaine ; elle était jolie, les cheveux châtains et les yeux verts, et bien qu'elle eût la peau encore toute pâle après ces mois d'hiver, je vis qu'elle portait des taches de son sur les épaules et au bas du cou.

– Viens voir, Dave, dit Alafair. Mademoiselle Regan a fait un dessin de Tex et elle l'a même pon vu.

– Ne dis pas “ pon ”, petit mec, dis-je.

– Regarde, dit Alafair, en levant devant mes yeux une feuille de papier Canson sur laquelle on avait dessiné un Appaloosa.

– C'est très gentil de la part de Mademoiselle Regan, dis-je.

– Je m'appelle Tess, dit-elle avant de sourire.

– Eh bien, merci pour avoir surveillé Alafair. Ça m'a fait plaisir de vous rencontrer.

– C'est une gentille petite. Nous nous sommes bien amusées, dit-elle.

– Habitez-vous dans le quartier ?

– Oui. A seulement deux blocs de l'école.

– Eh bien, j'espère que nous nous reverrons. Merci pour votre aide. Bonne nuit.

– Bonne nuit, dit-elle.

Nous retournâmes à la maison dans l'obscurité. Il faisait doux, les érables se découpaient en formes pleines et noires sur le clair de lune. Les lumières du pont se réfléchissaient sur les eaux brunes et tourbillonnantes de la rivière.

– Tout le monde dit que c'est la meilleure maîtresse de l'école, dit Alafair.

– Je suis sûr que c'est vrai.

– Je lui ait dit de venir nous voir à New Iberia.

– C'est bien.
– Parce qu'elle a pas de mari.
– Ne dis pas “ elle a pas ”.
– Elle n'a pas de mari. Comment que ça se fait, ça, Dave ?
– Je ne sais pas. Il y a des gens qui n'aiment pas l'idée de se marier, tout simplement.
– Comment que ça se fait ?
– Je donne ma langue au chat.

Nous mangeâmes un morceau de tarte avant d'éteindre la lumière et d'aller nous coucher. Nos chambres étaient contiguës, et la porte de communication restait ouverte. De l'autre côté de la rivière, j'entendis le sifflement d'un train de marchandises de la Burlington Northern.

– Dave ?
– Qu'est-ce qu'il y a ?
– Pourquoi n'épouses-tu pas Mademoiselle Regan ?
– Je vais y réfléchir. A demain, petit mec.
– Okay, grand mec.
– Bonne nuit, petit mec.
– Bonne nuit, grand mec.

***

Le lendemain matin, je passai un coup de fil à Batist, au prêteur sur caution et à mon avocat. Batist se débrouillait très bien à la boutique et le prêteur sur caution n'avait pas d'inquiétude quant à mon retour en Louisiane pour la date du procès, mais l'avocat n'avait pas réussi à obtenir d'ajournement et il se faisait du souci.

– Qu'avez-vous réussi à obtenir au Montana ? dit-il.
– Rien de bien précis. Mais je pense que Dixie Lee disait la vérité à propos de Mapes, comme quoi il avait tué deux personnes par ici, peut-être bien des Indiens.
– Je vais vous dire une chose, Dave, cela pourrait bien être votre seule porte de sortie. Si vous réussissez

à le faire mettre sous les verrous dans le Montana, il ne pourra pas venir témoigner contre nous en Louisiane.

– Ce n'est pas encore la dernière course de la réunion, les paris restent encore ouverts.

– C'est bien possible, mais jusqu'à présent, nous n'avons aucune ligne de défense. C'est aussi simple que ça. J'ai engagé un détective privé pour enquêter sur les antécédents de Mapes. A l'âge de dix-sept ans, il a défoncé la gueule d'un autre môme à coups de canne de golf, à Marshall, Texas, mais ce sont les seuls ennuis qu'on lui connaisse. Il est diplômé d'une université du Texas et il a été pilote d'hélicoptère dans l'armée, au Viêt-nam. A part ça, la vie du mec, c'est le grand blanc. Difficile de voir en lui un nouveau Jack l'Éventreur.

– Nous verrons bien, dis-je.

Je ne voulais pas lui concéder cette vérité en paroles, mais je sentis mon cœur flancher.

– Le procureur accepterait un marché, dit-il.

Je restai silencieux et écoutai le bourdonnement de l'appel à longue distance dans l'écouteur. Je voyais par la fenêtre l'érable du jardin dont les feuilles bruissaient sous la brise.

– Dave, nous en arrivons au point où il serait peut-être bon d'écouter ce qu'il a à proposer.

– Quel est le marché ?

– Homicide au second degré. Nous établirons qu'il y a eu provocation, il ne contrera pas notre ligne de défense, vous vous en tirerez avec cinq ans. Vous pouvez être libéré pour bonne conduite dans trois ans, voire moins.

– Pas de marché.

– Il pourrait s'avérer que ce soit là notre seule porte de sortie, la seule qui paie au bout du compte.

– C'est de la connerie.

– Peut-être bien, mais il y a une autre information que je me dois de vous communiquer. Question d'honneur. C'est le Juge Mouton que nous allons affronter. A ma connaissance, il a envoyé six hommes à la chaise électrique. Je ne pense pas qu'il irait jusque-là dans cette affaire-ci. Mais c'est un vieux salopard, loufoque et retors, et on ne sait jamais.

Une fois que j'eus raccroché le téléphone, j'essayai de lire le journal sous le porche en buvant une tasse de café, mais mes yeux ne parvenaient pas à se concentrer sur les mots.

***

Je fis la vaisselle, nettoyai la cuisine, et décidai de changer l'huile de ma camionnette. Je ne voulais pas penser à la conversation que j'avais eue avec mon avocat. Un jour à la fois, vas-y mollo, me dis-je à moi-même. Ne cherche pas à vivre les problèmes du lendemain. Demain n'a pas plus d'existence que hier, mais tu peux toujours maîtriser l'instant présent. Nous vivons une succession d'instants présents. Pense à l'instant présent.

Mais ce sentiment de malaise qui m'enrobait le cœur refusait de me quitter. Je me glissai sous ma camionnette, plaçai une clé plate autour du boulon de vidange et forçai des deux mains sur la clé tandis que des plaques de boue séchée me tombaient dans les yeux. Puis la clé ripa et je m'éraflai les jointures sur le carter. J'entendis sonner le téléphone à l'intérieur de la maison.

Je m'extirpai de dessous le véhicule en rampant, entrai dans la maison et décrochai le combiné. Je n'avais plus de peau sur les jointures des deux doigts.

– Quoi de neuf, Dave ?

– Dixie ?

– Ouais. Alors, quoi de neuf ?

– Rien d'important. Qu'est-ce qu'il y a ?

– Tu rayonnes toujours de bonheur à ce point-là le matin ?

– Qu'est-ce que tu veux, Dixie ?

– Rien. Je me trouve dans le bar-salon du centre commercial de Brooks. Amène-toi.

– Pour quoi faire ?

– Bavarder. Décompresser. Écouter un peu de musique. Il y a un piano dans la salle.

– A t'entendre, on dirait que le bateau a déjà quitté le quai. T'as démarré, à ce que je vois.

– Et alors ?

– Alors ? Il est neuf heures du matin.

– La belle affaire. Il est déjà midi ailleurs. Amène-toi.

– Non, merci.

– Darlene m'a largué ici en attendant qu'elle ait fini sa tournée de magasins. Et je ne veux pas rester ici, assis tout seul dans mon coin. C'est la galère, mec. Amène tes fesses jusqu'ici.

– J'ai quelques autres projets en tête.

– C'est justement de ça que je veux discuter avec toi. Dave, tu crois que t'es le seul mec capable de comprendre tes propres problèmes. Écoute mec, il se passe pas de jour sans que je ramasse le coton dans le même champ que toi.

– Qu'est-ce que tu racontes ?

– Y'a des gens qui naissent différents. On est comme ça, c'est tout, c'est aussi simple que ça. Si tu luttes contre toi-même, si tu vas contre ce que tu es, tout ce que tu vas ramasser, c'est un paquet de chagrin. Comme dit Hank Junior[1], y'a des gens qui sont nés pour la glande et la guinche, fils. Y'a juste qu'y faut qu'y soient prêts à en payer le prix.

– J'apprécie énormément tout ce que tu racontes, mais je vais mettre un terme à cette conversation.

– Oh non, tu feras pas ça. Tu vas m'écouter, pasque j'ai connu ça aussi vrai que je te parle, je me suis trouvé exactement dans la même situation que toi. Quand je suis arrivé à Huntsville directement de la prison du comté, il y avait six semaines que je n'avais pas bu un verre. J'avais l'impression qu'une fourmi-

1. Fils de Hank Williams, également chanteur de country and western. (N.d.T.)

lière tout entière me crapahutait sur la cervelle. Sauf que j'ai appris alors que quand t'es au trou, tu peux te trouver pratiquement tout ce qui se trouve à l'extérieur. Il y avait un gandin de Mexicain qui vendait des carafons de vin de cerises noires pour cinq sacs la bouteille. On mélangeait ça à du sirop, de l'eau et de l'alcool à 90°, et ça te défonçait presque aussi bien que si tu t'étais collé la tête dans un haut fourneau.

» Un jour, on s'est retrouvé avec une cruche pleine de ce merveilleux jus de cerises noires, à l'abri dans une cabane à outils. Tandis que le chef de groupe s'occupait à faire avancer des mecs sur la route pour le boulot, on a placé un mec comme pointeur pendant que le reste d'entre nous allait marquer le coup en beauté dans la cabane en décidant de nous refroidir un petit coup nos cervelles surchauffées. Excepté qu'une heure plus tard, ou à peu près, alors qu'on était embeurrés jusqu'au trognon, le mec de surveillance pousse la porte au pas de course, en hurlant, « Gaffe, Gaffe ».

» Le chef, c'était un costaud de blandin du sud, il venait de Lufkin et il s'appelait Buster Higgins. Il était capable de soulever une balle de foin et de la balancer de l'arrière du camion jusqu'à la cabine. Quand il allait pisser, il s'assurait toujours que tout le monde puisse voir la taille de sa queue. Je déconne pas, mec. Ensuite, la seule chose dont je me souvienne, c'est lui, debout à la porte de la cabane à outils, la sueur lui dégoulinant du chapeau, la tête aussi grosse qu'une citrouille. Sauf que le mec en question avait rien de comique. Il était convaincu que le rock'n'roll, c'était de la musique de négros et d'adorateurs de Satan. Il baisse les yeux sur moi et me dit, « Pugh, est-ce que tes parents n'avaient pas assez d'argent ? »

» Je lui dis, « Qu'est-ce que vous voulez dire, M. Higgins ? »

» Il me répond, « Pour se payer des capotes de meilleure qualité. » Puis il a enlevé son chapeau et il m'a tanné le cuir au fouet pour une branlée de première. Arrêt suivant : un mois en isolement, fils. Et je te parle du trou, avec tous les givrés du citron, les gueulards, les mecs qui puent au point que les matons sont obligés de les laver de la tête aux pieds au tuyau d'arrosage. Et putain, deux jours durant, j'ai eu des crises de delirium tremens. J'avais des bruits étranges qui me claquaient dans la tête, des fusées qui décollaient quand je fermais les yeux, une trique de première et toutes sortes de pensées sexuelles, un vrai malade. Tu sais de quoi je parle, hein, mec. Il devait faire plus de trente degrés dans ce trou, et je tremblais si fort que j'étais incapable de porter une tasse jusqu'à mes lèvres.

» J'ai tenu bon pendant les deux jours en me disant que j'avais fait le plus dur, c'était fini, j'avais réussi. Mais au bout d'une semaine, j'ai recommencé à avoir toute sorte de sentiments de culpabilité. A propos de l'accident du petit garçon de Fort Worth, à propos de mon propre gamin mort dans l'incendie. Je ne pouvais plus supporter ça, mec. Rien que cette petite cellule, isolé de tout et de tous, la lumière qui passait par la fente où on passait la nourriture, et tous ces souvenirs. J'aurais bu de l'essence si quelqu'un m'en avait offert. Alors, tu sais c'que j'ai fait ? Hein ? Je n'ai pas essayé de me chasser toute la culpabilité que j'avais dans la tête. Je m'en suis servi pour remonter la pente et redécoller bien haut. Je me suis rendu tellement malheureux, putain de Dieu, que je me sentais à nouveau ivre. Lorsque je fermais les yeux avant de déglutir, je pouvais même sentir le goût de ce vin de cerises. J'ai compris à ce moment-là que je serais jamais différent, que je pourrais plus changer. J'allais toujours être ivre, que ce soit à sec, au trou, ou en train de picoler, une fois sorti.

» Alors je me suis écrit une chanson là-dessus, dans ma tête. J'entendais toutes les notes de la mélodie, les riffs de guitare, l'accompagnement de la contrebasse. Et j'ai aussi écrit les paroles :

Que tu fumes ou qu'tu têtes, suçotes ou bien picoles,
La piquoûze ou les joints, les pilules ou la gnôle,
Mon gars, faut pas t'en faire, tout ça, ça compte pas,
Pasque jamais, mon gars, jamais y n'te lâchera,
Ton méchant p'tit bourdon, quand tu te lestais l'col,
A la gnôle de c'rises noires, dans cette sal'té d'taule.

Je me frottai le front. Je ne savais plus quoi lui dire.

– T'es toujours là ? dit-il.

– Oui.

– Alors tu vas t'amener ?

– Je te verrai peut-être une autre fois. Merci pour l'invitation.

– Putain, tu l'as dit, ouais, j'suis toujours dans le coin. Désolé de t'avoir fait perdre ton temps.

– Tu ne m'as rien fait perdre du tout. On était bons amis à la fac. Tu te souviens ?

– Tout le monde était ami avec tout le monde à la fac. Tout ça, c'est mort en même temps que Cochran et Holly. Faut que j'me trouve une raison pour changer de bar. Cet endroit me bouffe la tête. Coule-la douce, Dave.

Il raccrocha. Je restai là à fixer le soleil un moment, amorphe, sans énergie, avant de sortir et terminer la vidange de mon camion.

***

Elle arriva au volant de sa Jeep Toyota rouge une demi-heure plus tard. Je crois que je savais qu'elle allait venir, et je savais qu'elle viendrait lorsque Alafair serait à l'école. C'était pareil au sentiment que l'on se surprend à éprouver lorsqu'on plonge dans le regard de quelqu'un et qu'on y découvre un secret et un savoir partagé qui vous rendent tout honteux des pensées qui vous traversent l'esprit. Elle avait revêtu une robe bain de soleil jaune, elle s'était maquillée les lèvres et les paupières et portait des anneaux d'oreilles.

Les sacs pleins de provisions à l'arrière de la Jeep donnaient l'impression d'être là tout à fait par accident.

Le rouge à lèvres était sombre, et elle sourit sur des dents toutes blanches.

– Votre chapeau, dis-je.

– Oh oui. Vous l'avez trouvé ?

– Il est dans le salon. Entrez. J'ai du café de Louisiane sur le feu.

Elle marcha devant moi et je contemplai la masse de ses cheveux noirs posés sur la nuque, la manière dont l'ourlet de sa robe venait battre les mollets. Lorsque j'ouvris la porte-moustiquaire, je sentis le parfum qu'elle s'était mis derrière les oreilles et sur les épaules.

J'allai dans la cuisine tandis qu'elle récupérait son chapeau dans le salon. Je faisais mine de rassembler tasses et soucoupes, cuillères et sucrier en sortant le lait du réfrigérateur, mais j'avais la tête aussi organisée, les pensées aussi ordonnées que les pièces d'un puzzle dont on aurait violemment secoué la boîte qui les contenait.

– J'essaie de faire mes courses à Missoula. C'est meilleur marché qu'à Polson, dit-elle.

– Ouais, c'est vrai, la nourriture n'est vraiment pas chère ici.

– Dixie Lee est venu avec moi. Il est dans un bar en ce moment.

– Il m'a appelé. Il se pourrait bien que vous soyez obligée de le traîner au bout d'une chaîne pour le sortir de là.

– Ce ne sera rien. Il est vraiment mauvais quand Sal le laisse prendre de la cocaïne.

Elle resta un instant silencieuse.

– J'ai pensé que peut-être vous ne seriez pas chez vous.

– J'ai démarré tard aujourd'hui. Un paquet de coups de fil à passer, des trucs comme ça.

Elle tendit la main vers les tasses et les soucoupes sur l'égouttoir, et son bras frôla le mien. Elle me regarda dans les yeux et leva ses lèvres vers moi. Je mis les bras autour de ses épaules et l'embrassai. Elle s'approcha plus près de moi et son ventre vint toucher légèrement mon bassin tandis que les paumes de ses mains glissaient contre mon dos. Elle ouvrait et fermait la bouche en m'embrassant, toujours enlacée, et lorsqu'elle colla sa langue dans ma bouche, je sentis son corps se plaquer contre le mien. Je laissai tomber les mains sur sa croupe et ses cuisses avant de mordre tendrement une épaule pendant qu'elle glissait une jambe en crochet autour de la mienne et venait frotter sa chevelure contre un côté de mon visage.

Nous tirâmes les stores dans la chambre avant de nous déshabiller sans échanger la moindre parole, comme si les mots devaient nous amener à une conscience exacte de la morale et de la trahison que ni l'un ni l'autre ne voulait se soucier d'examiner par le détail, à la chaleur de nos peaux en contact, nos gorges sèches qui avaient du mal à déglutir, nos bouches entrouvertes sur le silence.

Il n'y avait eu qu'une seule femme dans ma vie depuis la mort de ma femme, et j'avais vécu en célibataire pendant presque une année. Elle laissa glisser la main et me prit en elle, étirant les jambes sous moi, les doigts courant au creux de mes reins jusque sur mes cuisses. La brise faisait cliqueter les stores contre les fenêtres, la chambre était sombre et fraîche, mais j'avais le corps raidi et brûlant, la nuque mouillée de transpiration, et je me faisais l'effet de quelque créature simiesque et inerte à me démener au-dessus d'elle. Elle cessa ses mouvements, m'embrassa sur la joue et sourit. Je rivai mes regards en elle, hors d'haleine, surpris comme peut l'être l'homme dont le savoir s'est toujours avéré inadéquat là où une femme se trouvait concernée.

– Il n'y a pas urgence, dit-elle d'un ton paisible, presque un murmure. Tu n'as pas lieu de t'en faire.

Puis elle ajouta :

– Tiens.

Elle me pressa le bras pour que j'abandonne ma position. Elle écarta les cheveux qui lui tombaient dans les yeux, s'assit sur moi, m'embrassa sur la bouche, puis se redressa sur les genoux avant de me faire à nouveau glisser en elle. Elle ouvrit et referma les yeux, resserra les cuisses contre mes flancs, se tendit en appui sur les mains et me regarda doucement, avec tendresse, droit dans les yeux.

Elle jouit avant moi, son visage se fit plus intense, plus petit, sa bouche s'ouvrit, soudain pareille à la corolle d'une fleur. Puis je sentis tous mes rêves érotiques nocturnes, mes craintes, mon célibat douloureux, monter, enfler comme une vague au creux de mes lombes, avant d'éclater à l'extérieur de moi comme le ressac de la mer qui viendrait quitter sans bruit sa grotte au bord des eaux.

Elle resta étendue, collée à moi sous les draps, les doigts plantés dans mes cheveux, derrière la tête. Un saule pleureur de l'arrière-cour dessinait des ombres sur les stores.

– Tu ne te sens pas bien, pas vrai ? dit-elle.

– Si.

– Tu crois que ce que tu as fait était mal, pas vrai ?

Je ne répondis pas.

– Clete est impuissant, Dave, dit-elle.

– Quoi ?

– Il est suivi par un médecin, mais ça n'y change rien.

– Quand est-il devenu impuissant ?

– Je ne sais pas. Avant que je ne le rencontre. Il a dit que c'est à cause d'une mauvaise fièvre qu'il a eue au Guatemala. Il dit que ça s'arrangera avec le temps. Il prétend que ce n'est pas un problème.

Je me redressai sur le coude et la regardai droit dans les yeux.

– Je ne comprends pas, dis-je. Tu vis avec un impuissant ?

– Il n'y est pour rien. Il est bon avec moi, de bien d'autres façons. Il est généreux, et il me respecte. Il m'emmène dans des endroits que les Indiens ne fréquentent pas. Pourquoi prends-tu cet air-là ?

– Je suis désolé. C'est bien malgré moi, dis-je.

– A quoi penses-tu ?

– A rien. Simplement, je ne comprends pas bien.

– Comprendre quoi ?

– Les rapports qui existent entre vous deux. Ça n'a pas de sens.

– Peut-être que ce ne sont pas tes oignons.

– Il a été mon partenaire et je suis au lit avec son amie. Tu ne crois pas que je doive me sentir un peu concerné ?

– Je n'aime pas beaucoup ta façon de me parler.

Je savais que tout ce que je pourrais ajouter tomberait en porte-à-faux. Je m'assis au bord du lit en lui tournant le dos. Le vent faisait voleter les stores devant la fenêtre, balayant la chambre d'éclairs de soleil brillant. Finalement, je la regardai par-dessus l'épaule. Elle avait tiré le drap pour s'en couvrir les seins.

– J'essaie de ne pas juger les autres, dis-je. Je te demande pardon. Mais nous avons été bons amis, lui et moi, par le passé. Tu essayais de me faire comprendre que je n'avais aucune raison de me sentir mal. Il y a quelque chose qui ne cadre pas dans l'équation, pourtant. Ne me dis pas le contraire.

– Regarde de l'autre côté, s'il te plaît, dit-elle avant de s'envelopper dans le drap et de ramasser ses affaires sur la chaise pour se diriger vers la salle de bains. Quelques minutes plus tard, elle ressortit, vêtue de sa robe jaune, en train de replacer le capuchon sur son bâton de rouge tout en se pressant les lèvres l'une contre l'autre.

– Je t'aime bien quand même, dis-je.

– Tu ne sais rien à rien, dit-elle.

Et elle me planta là, moi et mon lit, une tache humide au beau milieu des draps, et un gros point d'interrogation en suspens, à savoir si, de quelque manière que ce soit, j'avais gagné en sagesse ou en prudence, maintenant que j'entamais la cinquantième année de mon existence.

7

J'avais besoin de me rendre à l'est du Divide pour y rencontrer d'autres personnes afin de discuter plus avant de la disparition de Clayton Desmarteau et de son cousin. Mais je m'étais levé trop tard pour démarrer ce jour-là ; je décidai alors de remonter jusqu'à Flathead Lake où je passai deux heures à compulser les registres du cadastre dans le bureau de l'employé du comté. J'étais toujours convaincu qu'il devait y avoir un lien entre Sally Dio, Dixie, Harry Mapes, et la Compagnie de Forage Star. Je n'arrivais pas à avaler l'histoire selon laquelle Sally Dio se gardait Dixie Lee à portée de main pour négocier des marchés immobiliers ou tout simplement parce qu'il aimait les musiciens rockabilly sur le retour. J'en avais connu trop, des mecs comme lui, à La Nouvelle-Orléans. Ils aimaient les femmes mais ne leur accordaient aucune importance ; ils aimaient le pouvoir en étant toujours prêts à le partager en cas de force majeure ; ils se montraient cruels ou violents à l'occasion, mais ils exerçaient leur violence et leur cruauté de manière très pragmatique. Néanmoins, ils aimaient l'argent. C'était la mesure ultime de leurs existences, le seul sujet d'intérêt à occuper leurs conversations. Ils payaient en liquide au restaurant, et non par carte de crédit, et leurs pourboires de grands seigneurs faisaient partie intégrante de leur générosité attendue et prévisible au même titre que leurs Cadillac bleu lavande et leurs costumes tropicaux à huit cents dollars.

Mais tout ce que je trouvai, au palais de justice, qui pût porter les noms de Dixie Lee ou de Sally Dio se réduisit à des contrats ou des baux de lotissements immobiliers, de commerces de quartier, ainsi que deux marinas, rien qui me surprît à vrai dire, rien qui suggérât autre chose que de simples investissements dans l'immobilier de la région.

Je remontai la rive est du lac au milieu des cerisaies, et passai à côté du restaurant bâti sur l'eau, longeant le lagon bleu ourlé de sa plage toute blanche, dont les bords se couvraient d'une forêt dense de pins qui remontait le versant jusqu'à la route. Finalement, j'arrivai à l'entrée du domicile de Sally Dio, son chalet de séquoia à deux niveaux décalés, bâti sur une falaise qui surplombait les reflets moirés du lac éblouissant sous le soleil. Je continuai ma route jusqu'au lacet suivant et garai ma camionnette en retrait de l'accotement, avant de revenir sur mes pas à travers un bosquet de pins qui s'arrêtait brusquement à l'abrupt d'une falaise qui retombait jusqu'au bord du lac. Des rocs moussus transparaissaient en formes indistinctes juste sous la surface des eaux.

Par-delà le lac, je voyais la maison de Dio et le chalet en contrebas où habitaient Clete et Darlene. Je mis un genou à terre au milieu d'un tapis d'aiguilles de pin et appuyai mes jumelles de campagne japonaises datant de la Seconde Guerre mondiale contre un tronc d'arbre. Un drapeau américain claquait sous la brise sur la véranda de Dio. Ses jardinières brillaient de pétunias roses, bleus et carmin, et au bord de sa pelouse, étaient rangées une Mercury de couleur crème ainsi qu'une Porsche noire, toutes deux immatriculées dans le Nevada. Je notai les numéros minéralogiques dans un calepin que je replaçai dans ma pochette de chemise avant d'en boutonner le rabat. Je surveillai alors une grosse camionnette aux vitres munies de bulles, suivie par une Jeep Toyota, qui s'engageaient en direction de la plage. La porte latérale sur laquelle on avait peint un soleil tropical coulissa et un groupe de baigneurs bondit du véhicule pour se mettre à gonfler un énorme radeau jaune à l'aide d'une pompe à pied.

Je fis la mise au point sur les visages. C'était Dio et ce que Clete appelait la clique de Tahœ. Dio arborait une chemise déboutonnée, il était chaussé de mules et seulement vêtu d'un slip violet fluorescent qui lui collait étroitement au bassin et révélait ostensiblement la forme de son phallus. Il était de bonne humeur et jouait au chef de troupe, réglant les détails de la sortie. Il indiqua du doigt un avion bimoteur amphibie d'un blanc laiteux qui approchait au-dessus des collines de l'autre côté du lac, déverrouillant la chaise roulante de son père de la plate-forme mécanique qui sortait par la porte ouverte de la camionnette pour la déposer sur le sable. Clete s'avança depuis la Toyota et poussa le père de Dio jusqu'à un barbecue creusé dans le sol. Il portait toujours son chapeau de pêche rond et difforme et j'apercevais, sous son chandail, l'étui d'épaule en nylon et son revolver.

L'hydravion fit un passage au-dessus de la plage, remit les gaz et remonta dans le ciel sans nuage au-dessus de ma tête avant d'exécuter un large virage pour se présenter au-dessus d'une cerisaie et d'un ponton à voiliers. Il arrondit sa trajectoire et toucha la surface de l'eau du ventre et des flotteurs, au milieu des giclures d'écume et de brouillard blanc chassés sous l'action des hélices.

Tandis que Clete cuisinait en s'occupant du plus âgé des Dio, l'air renfrogné sur sa chaise, enveloppé d'un châle, un verre de vin rouge à la main, le reste du groupe faisait des tours d'avion. J'étais sidéré par l'imprudence du pilote et la foi de ceux qui acceptaient de voler avec lui. Ils décollaient de la surface de l'eau, le nez au vent, avant de dégager au-dessus de la ligne des pins, à peine dix mètres plus bas, et grimper haut dans le ciel, droit sur le soleil, puis un virage serré sur l'aile les ramenait par une trouée dans les collines avant qu'ils ne plongent au-dessus des maisons en bordure du rivage dans un rugissement de moteurs qui décidait les pêcheurs en hors-bord à lever l'ancre pour regagner la rive.

Je les observai deux heures durant. Ils fumaient leur herbe, abrités du vent par la camionnette, buvaient vin et bière en boîte qu'ils sortaient d'une bassine remplie de glace pilée, mangeaient leurs steaks saignants accompagnés de salade à même leurs assiettes en carton, nageaient dans le lac à perdre haleine pour remonter dans leur radeau jaune, au milieu des éclats de rire, le corps ferme et dur, piqué par le froid qui leur donnait la chair de poule. Les filles étaient jolies, bronzées, agréables à regarder. Tout le monde était heureux, à l'exception peut-être de Clete et du vieux Dio. La clique de Tahœ était de ces gens qui savaient qu'ils ne mourraient jamais.

Le soleil était maintenant à l'ouest, dans un ciel bleu immaculé au-dessus des collines vertes. Sa lumière était certainement venue se refléter dans mes jumelles de campagne car je vis Sally Dio lever soudain la tête et plisser les yeux en direction des pins au milieu desquels je m'étais agenouillé. Je me reculai dans l'ombre et refis la mise au point à travers les branches. Dio se tenait près de Clete et de son père et pointait le doigt dans ma direction. Clete s'arrêta de débarrasser les tables de pique-nique de leurs assiettes en carton, jeta un bref coup d'œil vers la falaise et reprit son travail. Mais Sally Dio et son père donnaient l'impression de contempler un chien furieux en train de tirer sur sa chaîne. La bouche du plus âgé s'ouvrit en grand lorsqu'il s'adressa à nouveau à Clete, et Clete balança une poignée de restes de pique-nique dans une poubelle, descendit jusqu'au bord de l'eau, à l'endroit où les nageurs avaient abandonné le radeau, traîna ce dernier sur le sable, et commença à défaire les embouts des orifices de gonflage. Puis il transporta les paniers, la bassine chargée de vin et de bière qui faisait office de glacière et finalement le vieux Dio jusque dans le camion.

J'aurais pu me dégager de là, je présume, sans me faire voir. Mais il arrive parfois que le respect que vous avez de vous-même vous commande d'en lancer une qui flotte en plein champ, au niveau de la taille, une belle, grosse comme un ballon, pour que le batteur s'en débrouille à sa manière. Je retournai à la route au milieu des arbres. Dans la pénombre des bois, l'air était frais et chargé des odeurs d'aiguilles de pins qui jonchaient le sol. Des martins-pêcheurs aux ailes jaunes allaient et venaient dans la lumière fumée du sommet des arbres. Je remontai l'accotement de la route, montai dans ma camionnette, replaçai les jumelles dans leur étui, mis l'étui dans la boîte à gants, et démarrai le moteur à l'instant précis où le camion de Dio et la Jeep de Clete sortaient de l'entrée qui menait à la plage publique pour se diriger vers moi.

Je vis le visage de Sally Dio derrière le vaste pare-brise du fourgon, je vis qu'il m'avait reconnu à mesure que grandissait l'expression de furie sur ses traits, au point qu'il se retourna sur moi en levant le pied de l'accélérateur. En même temps que Clete ralentissait derrière lui.

Dio s'arrêta juste en face de la cabine de ma camionnette et me dévisagea.

– Putain, qu'est-ce que tu crois qu't'es en train de faire, mec ? dit-il.

Derrière les bulles des vitres latérales, je voyais les occupants installés dans leurs sièges pivotants en cuir. Leurs visages vinrent se presser contre la fenêtre, à croire qu'ils nous regardaient depuis l'intérieur d'un aquarium.

– Superbe journée, dis-je.

– Putain, mais qu'est-ce que tu fous dans ce bois ?

– En quoi cela vous regarde ? Vous n'êtes pas du genre timide. Allez Dio. Le petit spectacle aérien de tout à l'heure était de première.

Je vis blanchir le pourtour des narines.

– On t'a dit l'autre jour de ne pas venir traîner dans le coin, dit-il. T'es pas flic. On dirait que tu comprends pas bien ça.

Je coupai mon moteur et pianotai du bout des ongles le montant de la portière. Il coupa son moteur à son tour. Tout était silencieux sur la route, à l'exception du vent qui soufflait dans les pins. Le soleil d'ouest, au-dessus du lac, donnait au fourgon d'un noir brillant des reflets rouges pareils à une aura.

– Je me suis laissé dire que vous aimiez bien couper les morceaux aux gens, dis-je.

– On t'a dit quoi ?

– L'histoire de Sal le Canard. C'est le genre de trucs qu'ils aiment bien au SRS. Ça met un peu de couleur dans le dossier d'un mec.

Il ouvrit la porte en s'apprêtant à descendre. Je vis son père se pencher vers l'avant depuis l'arrière du fourgon en essayant de le retenir par l'épaule. Les lèvres du père étaient violettes et tranchaient sur la peau grisâtre ; son goître s'agitait dans sa gorge et son regard noir brûlait d'intensité lorsqu'il parla. Mais Sally Dio n'écoutait pas les conseils de prudence de son père, et il se laissa glisser du siège jusque sur la chaussée.

Je posai mes lunettes de soleil sur le tableau de bord et sortis du camion. Du coin de l'œil, je vis Clete debout à côté de sa Jeep. Dio avait enfilé une paire de Levi's par-dessus son slip de bain. Sa chemise de toile bleue était ouverte, le ventre plat roulait de muscles. J'entendis la porte s'ouvrir en coulissant de l'autre côté du fourgon ; un garçon et une fille aux cheveux délavés par le soleil firent le tour par l'arrière et restèrent là, sans me quitter des yeux, mais il était visible qu'ils se contenteraient de rester spectateurs. Au travers du rideau des arbres, le soleil miroitait à la surface des vaguelettes brillantes d'un bleu profond qui couraient à la surface du lac.

– T'as un sérieux problème, dit Dio.
– Comment ça ? dis-je dans un sourire.
– T'entends un nom italien, et tu crois tout de suite que tu peux pisser dessus. Un mec fait un séjour à l'ombre, tu crois tout de suite que tout le monde peut le baiser.
– Vous n'êtes guère convaincant comme victime, Dio.
– Alors tu ramènes ta fraise, tu provoques le mec, tu embêtes sa famille, tu embêtes ses amis.
Il me toucha légèrement la poitrine de trois doigts bien raides. A la commissure des lèvres, apparaissaient de petites bulles de salive. Sa chevelure en queue de canard avait la couleur du cuivre recuit sous les rayons du soleil.
– C'est le moment de battre en retraite, collègue, dis-je, en souriant à nouveau.
– Et ça fait rien qu'on t'a averti, hein. Tu viens bouffer l'air des gens, t'as aucun respect pour un vieil homme, t'as aucun respect pour la vie privée des gens. T'es qu'un pedzouille, mec.
Ses trois doigts raidis vinrent me tapoter la poitrine à nouveau, plus fort, cette fois.
– Ça te fait jouir de traîner tes guêtres avec des queutards qui en ont dans le froc, parce que t'as rien de rien qui marche pour toi.
Son visage s'approcha du mien et il me darda à nouveau ses doigts dans la poitrine. La cicatrice en boucle qu'il portait sous l'œil droit ressemblait à un lambeau de ficelle aplatie collée sur sa peau. Je glissai les mains dans les poches arrière de mon pantalon kaki, à la manière d'un entraîneur de base-ball à la troisième base, et tournai le regard vers les rayons du soleil qui clignaient entre les pins.
– Permettez-moi donc de vous faire un petit topo, Sal, dis-je. Vous est-il jamais arrivé de vous demander pour quelle raison vous avez toujours le même genre de clique qui vous traîne aux basques ? Des mecs à

tout faire, des musiciens engnôlés, des dragueurs de plage dont l'état de rut permanent leur tient lieu de cervelle. Pensez-vous que ce soit simplement un accident que tous ceux qui vous entourent ne soient que des frimeurs et des lèche-bottes ? A quand remonte la dernière fois où quelqu'un vous ait dit en face que vous n'étiez qu'une outre pleine de merde ?

J'entendis sa respiration.

– Mec, t'as vraiment envie de mourir. T'as quelque chose qui ne tourne pas rond, dit-il.

– Regardons les choses en face, Sal. Ce n'est pas moi le mec dont l'allée d'entrée est barrée d'une grille à télécommande électrique. Vous croyez que le représentant en brosses Fuller[1] va débarquer pour vous régler votre affaire ?

Il se mouilla une nouvelle fois les lèvres, et soudain, un côté de son visage se crispa et il me lâcha un crochet en visant la tête. J'esquivai latéralement et sentis une bague m'érafler l'oreille et le cuir chevelu. Je répliquai alors, en crochet court et dur, qui toucha entre la bouche et le nez. Sa tête claqua en arrière et ses longs cheveux lui dégringolèrent sur les oreilles. Il se remit à avancer sur moi, en swings féroces et désordonnés, à la manière d'un môme en furie. Avant que j'aie pu le toucher en plein une nouvelle fois, il verrouilla ses bras autour de moi en grognant et soufflant comme un asthmatique dans mon oreille ; je sentais l'odeur de sa lotion capillaire mêlée à son déodorant et à la fumée de marijuana qui imprégnait ses vêtements. Puis il libéra un bras, plia les genoux et lança un nouveau crochet, en me visant au sexe.

Mais si ses intentions étaient bien précises, le coup le fut beaucoup moins. Il me toucha à l'intérieur de la cuisse, et je lui fracassai le nez d'un coup de coude, sentant le cartilage se briser comme un os de poulet. Et je vis le choc et la douleur dans ses yeux juste avant

1. Représentant qui fait du porte-à-porte, synonyme de quelqu'un d'inoffensif. (N.d.T.)

que je ne frappe à nouveau, cette fois en plein dans la bouche. Il rebondit sur la paroi latérale du fourgon, et je le frappai au visage une fois encore. Il essayait de lever les bras devant lui pour se protéger, mais cela ne lui servit à rien. J'entendis le bruit du crâne qui rebondissait une nouvelle fois sur le métal, je vis son regard se charger d'une véritable terreur, je vis son sang gicler et fouetter la bulle de verre de la fenêtre du fourgon, et je sentis mes poings le frapper avec tant de force que son visage en changea de forme, perdant toute rondeur sous les impacts.

Alors Clete surgit entre nous deux, revolver dégainé, un bras tendu dans ma direction, le regard menaçant, les yeux ronds comme des soucoupes.

– Recule, Dave ! Ou je te tire dans le pied ! Je jure devant Dieu que je vais le faire ! dit-il.

A la périphérie de ma vision, je vis des voitures arrêtées sur la route dans les deux directions. Clete respirait par la bouche, ses yeux toujours rivés aux miens. Sally Dio pressait les deux mains contre son visage. Au soleil qui filtrait des arbres, les doigts étaient rouges. Au loin, j'entendis une sirène de police. Je sentis ma poitrine se libérer de toute sa chaleur contenue à la manière d'un corbeau noir, les yeux brûlants, le bec crochu, qui quitterait sa cage à tire-d'aile.

– Bien sûr, dis-je.

– Je suis sérieux, allez, de l'autre côté de la route, dit-il.

Je levai les mains, paumes en avant.

– Pas de problème, dis-je. Mais tu ne préfèrerais pas plutôt que je bouge mon camion ? Nous bloquons toute la circulation.

Je vis le garçon et la fille aux cheveux délavés accompagner Sally Dio de l'autre côté du fourgon. Une voiture du shérif contournait l'embouteillage en empruntant le bord de la route. Cletus remit son revolver en place dans son étui d'épaule en nylon.

– T'es qu'un fils de pute complètement cinglé, dit-il.

La cellule de la prison du comté était petite et blanche, et la porte à barreaux donnait sur un petit bureau où deux adjoints en uniforme kaki remplissaient leurs paperasses. Il n'y avait rien dans la cellule pour s'asseoir ou dormir, à l'exception d'un banc boulonné dans le mur du fond. Il n'y avait pas de tuyaux d'arrivée d'eau, seul un siphon aux traînées jaunâtres occupait le centre du sol en ciment. J'avais déjà utilisé le téléphone pour appeler la baby-sitter à Missoula et lui dire que je ne serais probablement pas de retour à la maison ce soir-là.

L'un des adjoints était un gros Indien dont la pochette de chemise, sous son rabat boutonné, était gonflée d'une galette de tabac à chiquer. Il se pencha au-dessus d'un crachoir posé près de son bureau et cracha son jus de chique. Il était arrivé dans le bureau quelques minutes auparavant.

– On vous a déjà dit que Dio ne portait pas plainte ? demanda-t-il.

– Oui.

– Alors il ne reste que trouble de l'ordre public. Votre caution se monte à cent dollars.

– Je ne les ai pas.

– Alors faites un chèque.

– Je n'en ai pas.

– Vous voulez passer un autre coup de fil ?

– Je ne connais personne que je pourrais appeler.

– Écoutez, la session des flags du tribunal n'est pas avant deux jours.

– Il n'y a rien que je puisse y faire, podna.

– Le juge est déjà rentré chez lui, sinon le shérif pourrait lui demander de vous laisser sortir contre un engagement de votre part à comparaître. Nous verrons ce que nous pourrons faire demain.

– J'apprécie ce que vous faites.

– Vous avez fait tout ce chemin depuis la Louisiane pour tanner le cul de Sally Dio ?

– C'en est arrivé à ça, en quelque sorte.

– Y'a pas à dire, vous vous l'êtes choisi, l'enfoiré, pour passer vos nerfs. Je crois qu'au bout du compte, vous auriez moins de problèmes si vous lui aviez réglé son compte définitivement.

Pour souper, je mangeai une assiette de haricots qui avaient le goût d'eau, un sandwich froid garni de viande en boîte et je bus une boîte de Coca-Cola. A l'extérieur de la fenêtre, il faisait sombre maintenant, et l'autre adjoint repartit chez lui. Je restai dans la pénombre, assis sur le banc de bois, ouvrant et fermant les mains. Je les sentais enflées et raides, les jointures douloureuses. Finalement, l'Indien consulta sa montre.

– J'ai laissé un message au domicile du juge. Il n'a pas rappelé, dit-il. Il faut que je vous emmène au premier.

– Ce n'est pas grave.

Il sortait les clés de la cellule du tiroir de son bureau lorsque le téléphone sonna. Il hocha la tête pendant la conversation, puis il raccrocha.

– Vous l'avez bien choisie, votre petite dame, dit-il.

– Quoi ?

– Vous êtes libre. Et votre caution, c'est en même temps l'amende. Vous avez pas besoin de revenir sauf si vous voulez plaider non coupable.

Il tourna la clé dans la serrure de métal, et je descendis le couloir parqueté en direction de l'entrée éclairée qui donnait sur le parc de stationnement. Elle était là, dehors, sous la lumière, vêtue d'un blue-jean et d'une chemise bordeaux brodée de fleurs d'argent. Ses cheveux noirs luisaient sous l'éclairage, et elle portait un sac en daim, suspendu à l'épaule par une lanière.

– Je te ramène à ton camion, dit-elle.

– Où est Clete ?

– Chez Sal.

– Sait-il où tu te trouves ?

– Je crois. Je ne lui cache rien.

– Rien du tout ? dis-je.

Elle me regarda sans répondre. Nous allâmes jusqu'à sa Jeep garée au parking. Sa chevelure luisait de reflets noirs et violacés, pareille à une aile de corneille. Nous montâmes dans la voiture et elle démarra le moteur.

– Qu'est-ce que c'est que la perle de Chine ? demanda-t-elle.

– De l'héroïne d'Extrême-Orient, d'excellente qualité. Pourquoi ?

– Tu as fait sauter une des dents de Sal. Ils lui ont donné une injection de perle de Chine pour la douleur. Tu devais chercher à le tuer, ce n'est pas possible autrement.

– Non.

– Oh ? J'ai vu son visage. Le tapis du salon était jonché de serviettes ensanglantées.

– Il l'a cherché, Darlene. C'est quelqu'un de violent et un jour, quelqu'un va l'effacer de la surface de la terre.

– C'est lui le violent ? Ça, c'est trop.

– Écoute, en ce moment, tu joues une sorte de numéro étrange d'équilibriste avec ces gens-là. Je ne sais pas de quoi il s'agit, mais je crois que c'est complètement cinglé. Clete a dit qu'il t'a rencontrée le jour où tu as fait tout ce chemin pour ramener Dixie Lee d'un rade à bière depuis la Réserve jusqu'à Flathead. Pourquoi faire une chose pareille pour Dixie Lee ?

– C'est un être humain, pas vrai ?

– C'est aussi un pilier de bistrot, du vrai mobilier de bar qui d'habitude ne se fait pas transporter à travers la montagne par de jolies Indiennes.

Elle s'engagea sur le rivage est du lac sans répondre. Les troncs des trembles et des bouleaux luisaient d'argent sous la lune, les crêtes du cirque de montagnes noires sur fond de ciel. J'essayai une fois encore.

– Que te faut-il pour te faire comprendre que tu n'es pas à ta place ici ? dis-je.

– Où donc est ma place ?

– Je ne sais pas. Peut-être auprès d'un autre mec, et je déglutis en prononçant ces paroles.

Les cicatrices sur le dos de ses mains luisaient fines et blanches aux lueurs de lune et d'étoiles qui passaient la vitre de la voiture.

– Veux-tu tenter le coup et venir vivre avec moi et ma petite fille ? dis-je.

Elle resta un instant silencieuse. Sa bouche m'apparut tendre, colorée de reflets violines lorsqu'elle tourna le visage dans ma direction.

– Les ennuis que j'ai en ce moment ne dureront pas toujours. J'ai déjà connu des moments plus difficiles dans ma vie. Ils ont toujours passé avec le temps, dis-je.

– Combien de temps voudras-tu que je reste ?

– Jusqu'au moment où tu voudras partir.

Ses mains s'ouvrirent avant de se resserrer sur le volant.

– Tu te sens seul aujourd'hui, dit-elle. Une fois ensemble, peut-être que tu sentirais les choses différemment.

– Ça, tu n'en sais rien.

– Je sais ce que les gens éprouvent lorsqu'ils se sentent seuls. C'est un peu comme ce que tu éprouves pour quelqu'un quand vient le soir. A la lumière du jour, ce n'est plus la même chose.

– Qu'aurais-tu à perdre à essayer ?

Elle ralentit la Jeep sur l'accotement gravillonné à quelques mètres de mon camion et coupa le moteur. Il faisait sombre dans l'ombre épaisse des pins. Au loin, au-dessus du lac, le ciel éclatait de constellations d'étoiles.

– Tu es quelqu'un de gentil. Un jour tu trouveras la femme qu'il te faut, dit-elle.

– Ce n'est pas ce que tu ressentais ce matin. Ne me repousse pas, Darlene.

Je mis un bras autour de ses épaules et lui fis tourner la tête vers moi de l'autre main. Elle leva sur moi un regard paisible dans l'obscurité. Je l'embrassai sur la bouche. Elle avait toujours les yeux ouverts lorsque mes lèvres se séparèrent des siennes. Puis je l'embrassai à nouveau et cette fois, elle entrouvrit la bouche, je sentis ses lèvres se mouiller contre les miennes et ses doigts venir crocher mes cheveux. Je lui embrassai les yeux, les grains de beauté au coin de sa bouche, avant de poser une main sur sa poitrine, mes lèvres sur sa gorge, et essayer de dégager sa chemise d'une main maladroite pour lui embrasser le haut des seins.

Puis je la sentis qui reprenait son souffle, arrachant une goulée à l'air ambiant, je la sentis se raidir avant de me repousser et de tourner la tête vers l'obscurité.

– Assez, dit-elle.

– Que...

– C'était une erreur. Ça s'arrêtera là, Dave.

– Les sentiments des gens ne fonctionnent pas comme ça.

– Nous appartenons à des mondes différents. Tu le savais bien, ce matin. C'est moi qui t'ai entraîné là-dedans. C'est ma faute. Mais c'est terminé.

– Vas-tu essayer de me dire que Clete appartient à ton monde ?

– Ça n'a pas d'importance. Ça ne nous mène à rien. Peut-être qu'à un autre moment...

– Je ne veux pas écouter ce genre de truc, c'est aussi simple que ça, Darlene.

– Il faut bien que tu acceptes ce que j'ai à te dire. Je suis désolée pour tout ce qui est arrivé. Je suis désolée de te faire du mal. Je suis désolée pour Clete. Mais il faut que tu rentres chez toi, sinon tu vas te faire tuer.

– Certainement pas par des mecs de l'engeance de Sally Dio, ça, non.

Je passai mon bras autour de ses épaules une nouvelle fois et essayai de faire glisser de la main les cheveux qui masquaient son visage.

– Je suis désolée, dit-elle, calmement, cette fois, les yeux fixés droit devant elle. Puis elle sortit de la Jeep et resta debout dans l'obscurité, bras croisés, le visage tourné vers le lac. La surface de l'eau était noire, semée de taches d'écume sous le vent. J'allai auprès d'elle et posai doucement les doigts sur son cou.

– Ça ne sert à rien, dit-elle à mi-voix.

Je ne pouvais voir son visage dans les ténèbres. Je m'éloignai en direction de mon camion. Le gravier crissait d'un bruit sonore sous mes pas, et le vent qui soufflait entre les pins était froid.

***

Le lendemain était un vendredi. Je me dirigeais vers l'autre versant du Divide lorsque ma pompe à eau rendit l'âme à Bonner, sur la Blackfoot River, à quinze kilomètres à l'est de Missoula. Je fis remorquer ma camionnette en ville et m'entendis dire par le mécanicien que la réparation ne serait pas terminée avant lundi midi. Il me fallait donc rayer deux jours de mon calendrier, deux jours que je pouvais difficilement me permettre de perdre.

L'air était frais, et sentait la fumée de feu de bois lorsque je me réveillai le lundi matin ; le soleil brillait sur les bords de Hellgate Canyon et la vallée était pleine encore d'ombres bleutées. Je nous préparai du cush-cush [1], accompagnai Alafair jusqu'à l'école sous le soleil qui se déployait, puis je m'installai sur le perron de façade en chemise de flanelle à manches longues en buvant une tasse de café et lus le journal. Quelques minutes plus tard, une Landrover, avec un étui de canne à mouche dans le râtelier à fusils, vint s'arrêter devant la maison. Dan Nygurski en sortit, vêtu d'un jean sans ceinturon, un chandail de l'armée et un chapeau ratatiné garni de mouches à truites.

– J'ai une journée de libre. Venez, je vous emmène sur la Blackfoot, dit-il.

– Il faut que j'aille récupérer ma camionnette à l'atelier un peu plus tard dans la matinée.

1. Couche-couche, mot indien, semoule de maïs frite et sucrée. (N.d.T.)

– Je vous y conduirai. Venez. Vous avez une canne à pêche ?

Son visage rugueux, couturé de rides me souriait. Il donnait l'impression de pouvoir soulever cent cinquante kilos au banc ou de casser une batte de baseball en deux sur le genou. Je l'invitai à entrer et lui offris une tasse de café dans la cuisine pendant que je sortais ma canne Fenwick du placard et laçais mes chaussures de tennis.

– Qu'est-ce que vous avez comme mouches ? demanda-t-il.

– Pas grand-chose, rien que des petits leurres.

– J'ai ce qu'il vous faut, mon frère. Un renégat [1] numéro quatorze. Ça les rend complètement cinglées.

– De quoi s'agit-il ?

Sa bouche eut un rictus, et les muscles de la gorge et du côté du visage tressautèrent.

– Je me suis dit que je pourrais obtenir quelques tuyaux sur la manière de traiter Sally Dee, dit-il. Je crois que vous avez fait une grande première. Je ne crois pas que quiconque lui ait jamais éclaté la théière auparavant.

– Comment l'avez-vous appris ?

– Le bureau du shérif nous adresse un rapport chaque fois que Sal se présente dans leur collimateur. Un adjoint m'a raconté que vous aviez essayé de vous servir de la tête de Sal pour repeindre tout un côté de son fourgon. J'ai toujours su qu'il y avait chez lui un potentiel à exploiter.

– Il y a de l'héroïne et de la coke chez lui.

– Comment le savez-vous ?

– Un de mes amis me l'a dit.

– Purcel ?

– Non.

– Ah, l'Indienne.

– Que savez-vous d'elle ?

– Rien. Ce n'est qu'une nana que Purcel s'est levée.

1. Mouche sèche pour la pêche à la truite. (N.d.T.)

Elles vont et viennent, chez Sally Dee. Où voulez-vous en venir avec l'héro et la coke ?

– Obtenez un mandat et passez la maison au crible.

– Quand je mettrai Sal à l'ombre, ce sera pour le restant de sa vie d'inutile, et non pas pour une petite crotte de rien du tout comme une accusation de possession de stupéfiants. De toute manière, c'est l'un de ses dragueurs de plage sans cervelle qui irait au trou à sa place.

– Je suis passé au palais de justice de Flathead et j'ai consulté le cadastre. Pourquoi achète-t-il ou loue-t-il sur bail les terres qui entourent le lac ?

Nygurski reposa sa tasse dans la soucoupe et regarda par la fenêtre en direction de l'arrière-cour. L'herbe était verte et humide sous les ombrages, et le sommet des arbres de l'autre côté de l'allée brillait sous le soleil.

– Il pense qu'on va voter l'autorisation d'ouvrir de nouveaux casinos et de nouvelles salles de jeux, dit-il. Le moment est bien choisi. Les gens sont au chômage, ils sont à court de combines, l'agriculture est passée au trou. Le jeu et les casinos pourraient transformer Flathead Lake en un nouveau Tahœ. Et Sal serait aux premières loges.

– C'est aussi simple que ça ?

– Ouais, plus ou moins. Mais je ne pense pas que cela se produise, cependant. De toute manière, les gens du coin n'aiment pas les étrangers. En particulier les métèques et les Californiens.

– Pourquoi êtes-vous venu jusqu'ici pour me raconter ça ?

– Ne vous tracassez pas là-dessus. Allez, on y va, j'ai rendez-vous avec une arc-en-ciel de cinquante centimètres.

Nous remontâmes par le canyon de la Blackfoot River, encore frais et plongé dans la pénombre, chargé des odeurs de fumée qui remontaient de l'usine à bois de Bonner. Puis nous débouchâmes sur les prairies et les pâturages noyés de soleil avant de quitter l'autoroute et traverser la rivière sur un pont de rondins planchéiés d'où nous commençâmes à remonter par un chemin de terre, au milieu des collines, des pins jaunes et de rejets broussailleux des souches tronçonnées, là où les daims à queue blanche bondissaient en un éclair sous le couvert dense des bois, si vite que l'œil les apercevait à peine. Puis nous retombâmes sur le canyon proprement dit, devant la plus belle étendue de rivière qu'il m'eût été donné de voir. Les falaises de roc étaient rouges et abruptes, elles se dressaient rectilignes sur plus de cent mètres. Leurs crêtes étaient garnies de pins jaunes qui poussaient dru, et l'eau, bleue et verte, tourbillonnait en marmites profondes là où le courant avait érodé la pierre des falaises. Les roches qui s'alignaient sur les rives étaient d'un blanc d'os, marquées des cadavres d'insectes séchés comme autant de gravures, et au-delà des pénombres du canyon, des nuages de vapeur noyaient les énormes rocs du milieu de la rivière, surchauffés par le soleil, et une brume grise de mouches en train d'éclore s'élevait au-dessus des bas-fonds.

J'attachai une mouche renégat à l'émerillon de mon avançon de nylon et suivis Nygurski dans les bas-fonds, là où l'eau était peu profonde. L'eau était tellement froide à l'intérieur de mes chaussures de tennis et de mon pantalon que j'eus l'impression qu'on m'avait martelé les os à l'aide d'un maillet à glace. Je lançai en huit au-dessus de la tête avant de faire atterrir la ligne en amont des bas-fonds, et je surveillai la mouche qui tournoyait au milieu des tourbillons en contournant les énormes blocs pour se diriger vers moi. Je remontai ma ligne, à nouveau un coup pour rien, pour la sécher en faisant siffler la canne à quelques centimètres de mon oreille, et je lançai à nouveau, faisant atterrir la mouche juste derrière un peuplier cotonneux sans écorce, au bois blanchi par le soleil, que les castors avaient fait tomber dans le courant. La cassure de ligne de pente faisait mousser une crête d'écume à une extrémité de la souche, et à l'instant précis où l'avançon venait la contourner pour s'engager en plein courant, au-dessus d'un trou profond, j'aperçus une truite arc-en-ciel monter du fond de la rivière comme une bulle irisée que le lit de vase et de galets aurait soudain relâchée et venir gober mon renégat dans une giclure de lumière argentée.

Je levai haut la hampe de la canne et dévidai du mou de la main gauche en laissant filer. La truite se dirigea en plein courant, dans l'eau profonde, et ma Fenwick se courba en vibrant tout contre ma paume, le nylon de la ligne luisant de gouttelettes d'eau qui tremblotaient à la lumière. Puis ma prise brisa la surface et le soleil vint frapper les rayures rouges, roses et vertes qu'elle portait sur le flanc. Je fus obligé d'avancer dans le courant pour l'accompagner dans l'eau profonde qui m'arrivait maintenant à la poitrine, et dévider mon fil pour empêcher la truite de casser la ligne. Je continuai à descendre vers l'aval pendant qu'elle tirait sur la canne en cherchant à entortiller la ligne autour d'un gros bloc immergé, jusqu'à ce que je me retrouve dans la pénombre des profondeurs du canyon, sous le vent froid qui me soufflait dans le cou, respirant l'air chargé des odeurs de fougère et de pierre mouillée.

J'arrivai alors au contour d'un méandre, à nouveau dans les bas-fonds, le gravier de la rivière bien stable sous la semelle de mes tennis. C'en était fini, pour la truite. Je la travaillai pour l'amener dans un petit lagon, et l'observai qui se débattait, prise au piège, impuissante, au milieu des nuages de sable du fond, la nageoire dorsale émergeant de l'eau ; je mouillai alors la main et m'agenouillai dans l'eau peu profonde pour la soulever en la prenant sous le ventre. L'animal était froid, lourd et épais dans ma main, la gueule et les ouïes béantes, pompant en quête d'oxygène. Je dégageai la mouche du coin de sa gueule et reposai la truite dans l'eau. Elle resta un instant sur place, sur le lit de gravillons, la queue battant doucement l'eau calme pour un meilleur équilibre, avant de basculer au-dessus d'une saillie du fond et de disparaître dans le courant.

Tandis que Nygurski continuait à pêcher plus loin en amont, je rassemblai du bout du pied un tas de bois abandonné par la rivière, démarrai le feu à même les pierres et préparai un pot de café de cow-boy[1] que j'avais pris dans son sac à dos. Il faisait chaud au soleil. Je m'assis sur le tronc mort d'un peuplier cotonneux et bus le café noir dans l'un de ses gobelets de fer blanc en le regardant pêcher. Plus haut en amont se trouvait un ranch et des bœufs Angus curieux avaient abandonné leurs pâturages ouverts, sans clôture, pour venir fouiner au milieu des saules et avancer jusque dans les bas-fonds en faisant claquer les pierres de la berge. Je vis Nygurski casser son avançon sur un obstacle caché avant de se retourner vers moi, un air de frustration sur le visage. Je lui indiquai ma montre du doigt.

Il remonta par la berge, la canne sur l'épaule. Son jean était trempé jusqu'aux cuisses. Il fit glisser son panier d'osier de l'épaule, ouvrit le ventre de trois truites arc-en-ciel, et sortit les viscères qu'il balança dans les saules pleureurs. Puis il se pencha au bord de l'eau et détacha de l'ongle du pouce le sang caillé et les membranes collées à l'arête centrale.

– Je vous ai vu relâcher la grosse, dit-il.

– Ça ne m'arrive plus très souvent de les garder. De toute manière, je n'ai pas de permis pour le Montana.

– Vous chassez ?

– Par le passé. Plus maintenant.

– Vous avez laissé tomber à l'armée ?

– Quelque chose comme ça.

Il se versa une tasse de café, sortit deux côtes de porc en sandwich enveloppées de papier huilé de son sac à

1. Café de cow-boy : le café moulu est versé directement dans l'eau et mis à chauffer. (N.d.T.)

dos et m'en donna une avant de venir s'installer sur le tronc d'arbre à mes côtés. Les veines de son cou épais ressortaient comme un réseau de cordage à chaque mouvement de sa mâchoire.

– Quel genre d'arme avez-vous ? dit-il.

– Un 45, un automatique de l'armée.

– Vous avez un permis de port d'arme ?

– En Louisiane, oui. Pas ici.

– Ils ne sont pas très tatillons pour les ports d'arme au Montana, mais on va vous en procurer un malgré tout.

– Mais qu'est-ce qu'on est en train de discuter, là ?

– Nous avons une écoute sur le téléphone de Sally Dio. Il le sait.

– Et alors ?

– Alors il ne sait pas que nous avons placé un mouchard sur le téléphone public qu'il y a sur la plage près de sa maison. Celui qu'il utilise pour certains de ses coups de fil.

Je ramassai un petit galet plat et gris et le lançai en ricochets sur l'eau.

– Il a appelé un bar à Vegas, dit Nygurski. Il a dit au mec qui a répondu, « Dis à Charlie que j'ai un boulot de courée pour lui par ici ». Vous savez ce que ça signifie ?

– Non, c'est une nouveauté pour moi.

– J'ai entendu un ou deux diplômés de Quentin utiliser l'expression. Quand il s'agit de régler son compte à quelqu'un dans la cour de la prison. La dernière fois que j'ai entendu Sal dire quelque chose du même genre sur une écoute, un témoin à charge qui devait déposer contre lui s'est pris une balle de 22 magnum derrière l'oreille. Mais nous ne savons pas qui est Charlie.

Je balançai une autre pierre en trajectoire légèrement courbe sur l'eau. Elle dessina un cercle, pareille à une truite venant en surface, puis le cercle s'élargit, flottant jusqu'au-delà de la cassure de ligne de pente pour se perdre dans l'écume.

– Ça n'a peut-être rien à voir avec vous, dit-il. Les Dio ont des tas d'ennemis.

Je brossai les gravillons que j'avais dans les paumes et ne dis rien pendant un moment. Le soleil était maintenant brûlant, les mouches naissaient dans les typhas et les truites arc-en-ciel venaient les gober dans un bassin ombragé sous la falaise.

– Qu'est-ce que je dois faire à votre avis ? dis-je finalement.

– C'est peut-être le moment de rentrer à New Iberia.

– Vous croyez qu'il ferait venir un mec sur contrat en risquant de bousiller toute son opération pour une question d'orgueil ?

– Écoutez, il a un peu de crédit chez les truands parce qu'il est le fils de Frank Dio. Mais au fond, Sal, c'est un perdant. Comme musicien, il est minable, il a fait de la prison pour des cartes de crédit volées, sa femme l'a largué après qu'il lui a cassé le nez, ses amis, c'est une troupe d'envapés à la coke et de poivrots qu'il s'est payée et qui ne vaut pas tripette. Vous débarquez là-dessus et vous lui ravalez la façade en offrant l'occasion à tout un chacun d'assister au spectacle. Que croyez-vous qu'un mec comme ça puisse éprouver à votre égard en ce moment précis ?

– Dans ce cas, que je retourne en Louisiane ou pas n'y changera rien.

– Peut-être pas.

Je consultai ma montre. De l'autre côté de la rivière, je vis soudain un faucon fondre sur la prairie et crocheter un mulot entre ses serres.

– Merci pour la partie de pêche. Il faut que j'aille récupérer ma camionnette maintenant, dis-je.

– Je suis désolé d'avoir à vous apprendre ça.

– Ne vous en faites pas.

– Pourquoi, au nom du ciel, pourquoi avez-vous fait ça, Robicheaux ?

***

Je ne dormis pas cette nuit-là. Selon l'expression consacrée chez les AA, le comité exécutif avait choisi ma tête pour sa grande session. Je songeai à renvoyer Alafair en Louisiane où elle pourrait rester avec ma cousine ou bien Batist et sa femme, mais alors, je perdrais tout contrôle sur ce qu'il adviendrait d'elle. Je doutais fort qu'Harry Mapes eût l'intention de tenter quelque chose contre l'un de nous deux tant que mon procès restait en suspens et qu'apparemment tout laissait à penser que c'était moi qui porterais le chapeau pour le meurtre de Dalton Vidrine ; mais c'était sans compter le fait qu'il est impossible de prévoir les réactions d'un psychopathe, et j'étais convaincu que c'était exactement ce qu'il était.

Je n'étais toujours pas convaincu par Dan Nygurski quant au coup de fil de Sally Dio appelant Vegas pour faire venir un tueur à gages. La pègre, ou tout au moins ceux de ses membres que j'avais connus à La Nouvelle-Orléans, ne fonctionnait pas de cette manière-là. Ils zigouillaient les témoins, leurs rivaux colombiens, et se descendaient les uns les autres, mais ils ne s'attaquaient pas à des gens ordinaires à cause d'une rancune personnelle. Leurs propres dirigeants ne le permettaient pas ; c'était le genre d'histoire à attirer trop l'attention sur toutes leurs opérations, qui risquait de compromettre les rapports qu'ils s'étaient ménagés non sans mal avec les politiciens, les grosses têtes de la police et les juges. Sally Dee était un petit connard vicieux, mais son père était intelligent et prudent, lui qui avait survécu à la guerre des gangs et aux luttes d'influence au sein de la Mafia. Je n'arrivais tout simplement pas à croire qu'ils seraient prêts à tout bousiller pour une histoire de dents cassées.

Aussi le comité exécutif resta-t-il en session jusqu'aux premières lueurs de l'aube avant de s'ajourner sans avoir résolu grand-chose. Comme à chaque fois que je me sentais faible et flapi, absolument vidé de toute énergie par toutes mes tentatives avortées de raisonner logiquement au travers des méandres d'un problème, j'abandonnai tout entre les mains de mon Tout-Puissant ; puis je préparai saucisses et œufs pour notre petit déjeuner, accompagnai Alafair jusqu'à l'école, pris mes dispositions pour la faire garder par la babysitter, plaçai le 45 et un chargeur de rechange sous le siège du camion et traversai le Divide en direction de la Réserve Pied Noir.

***

Ma courroie de ventilateur cassa, à quinze kilomètres au sud de la réserve, et je fus pris en stop par un fermier indien jusqu'à une station-service située à une intersection six kilomètres en aval. J'achetai une nouvelle courroie puis repris la route à pied sur l'accotement jusqu'à mon camion. C'était une erreur. Des nuages de pluie descendaient des mamelons verts des collines en direction de l'est, obscurcissant de leurs ombres les champs, les marigots et les massifs de saules et de peupliers cotonneux ; le ciel s'ouvrit soudain dans une explosion et une pluie battante et drue me piqua la peau et détrempa tous mes vêtements en quelques minutes. Je m'abritai sous le surplomb rocheux d'une petite colline que la route traversait, et je restai là à observer l'averse qui avançait au-dessus des terres. Apparut alors un autocar scolaire : délabré, toute trace de peinture disparue, les vitres brisées maintenues en place à l'adhésif, les flancs et le toit chargés de bicyclettes, de tentes roulées, de bêches et de deux canoës, il déboula à toute vitesse à la sortie du virage, pareil à un fantôme des autoroutes des années 60.

Lorsque le conducteur s'arrêta devant moi, j'entendis les boulons mordre les garnitures de frein, le tuyau d'échappement tout tordu cogner contre le châssis, le moteur exploser comme si on avait délibérément inversé tous les fils d'allumage. Le conducteur manœuvra un long levier et ouvrit la porte, et je grimpai à l'intérieur de ce qui aurait pu passer pour une capsule spatiale en voyage dans le temps. Les sièges avaient tous été arrachés et remplacés par des hamacs ; des couchettes de bas-flanc et des sacs de couchage, un réchaud, une baignoire, un amas de cartons bourrés à craquer de vêtements occupaient tout l'espace. Une femme faisait téter un bébé au sein ; un Blanc, les cheveux tressés à l'Indienne, était assis sur le plancher, en train de sculpter un animal dans un pain de savon ; une autre femme changeait les couches d'un enfant sur le siège arrière ; un barbu, les cheveux en queue de cheval, dormait sur le ventre, allongé dans un hamac, de sorte que son corps ressemblait à un cadavre de poisson pris au filet suspendu au plafond. Les odeurs mêlaient le lait aigre, le joint de marijuana et la nourriture brûlée.

Le conducteur avait des yeux bleus dilatés et une barbe rousse en broussaille ; il portait des bracelets de force en cuir et une veste de treillis ouverte sur sa poitrine nue, au hâle profond, dont la peau déroulait des tatouages de prison bleu foncé. Il me dit de m'asseoir dans un fauteuil en bois installé près de lui en tête de couloir. Puis il reclaqua la portière au moyen du levier, fit craquer les pignons en engageant la première, et nous voilà partis sur la route sous la pluie battante. Je lui dis où j'allais, en m'accrochant à une barre métallique pour m'empêcher de retomber sur le fauteuil.

– C'est pas le bon endroit pour attendre le bus, mec, dit-il. Y'a des enfoirés qui sortent de ce virage à cent dix à l'heure, des fils de pute complètement givrés au volant de leurs camions chargés de troncs d'arbres qui croient qu'elle leur appartient, cette putain de route. Tout ce qu'il leur faudrait, c'est que quelqu'un se prenne une brique, un bout de ficelle, quelques tours d'élan, et leur balance le tout dans le pare-brise. Vous habitez dans le coin ?

– Non, je suis juste en visite par ici.

– C't un drôle d'accent qu'z'avez là. J'ai cru un moment qu'vous étiez p't-êt un Canuck [1].

– Non, je viens de Louisiane.

Les yeux étaient curieux, et étudiaient mon visage sous toutes les coutures. Le bus se déporta vers le bas-côté.

– Dites, il y a un café plus loin sur la route. Je crois que je vais descendre là et manger un morceau, dis-je.

– J'ai dit qu'on vous amènerait jusqu'à votre camion. Vous y arriverez, mec. Vous en faites donc pas.

La femme qui allaitait son bébé lui essuya le menton de sa chemise avant de lui replacer la bouche sur le téton, puis elle détourna la tête et regarda par la fenêtre d'un air impassible. Le visage ne portait pas de maquillage, les cheveux bruns étaient longs et ternes, collés en mèches à leur extrémité.

– Vous n'arrêtez pas de regarder derrière vous dans le bus. Y'a quelque chose qui vous tracasse ? dit le chauffeur.

– Pas du tout.

– Vous croyez qu'on est des clouteurs ou quelque chose comme ça ?

– Quoi ?

– Des clouteurs. Vous croyez qu'on fait la tournée à enfoncer des clous de chemin de fer dans les troncs ?

– Non, ce n'est pas ce que je crois.

– Pasqu'on fait pas ça, mec. Un arbre, c'est quelque chose de vivant, et on ne blesse pas ce qui vit. Est-ce que ça a un sens, ce que je vous dis là ?

– Absolument.

– On vit dans la Réserve. On est une grande famille. On mène une vie proche de la nature. On n'embête personne. Tout ce qu'on demande, c'est que personne vienne nous foutre la merde. On demande pas grand-chose, pas vrai ?

1. Canadien français. (N.d.T.)

Je regardai au dehors par les vitres zébrées de la portière pliante. La campagne était verte et mouillée, couverte de brume grise.

– C'est pas vrai ? dit-il.

– Si, si.

– Pasqu'y'a des tas de gens qui refusent de nous laisser tranquilles. Ils sont en guerre avec la terre, mec. C'est ça, leur putain de problème. Vous faites pas les choses à leur manière, et y essaient de vous fourrer un bâton dans le cul à coups de pompe.

Le voyage devenait de plus en plus inconfortable. J'estimais qu'il restait encore cinq kilomètres pour arriver à mon camion.

– Connaissez-vous une fille du nom de Darlene American Horse sur la Réserve ? dis-je.

– Je ne la connais pas.

– C'est de là qu'elle est, pourtant.

– C'est bien possible, mec, mais je ne la connais pas. Voyez ça avec bobonne.

Il fit un signe de tête en direction de la femme qui tenait son bébé au sein.

J'interrogeai cette dernière au sujet de Darlene. Elle portait des lunettes à large monture, et me regardait d'un air paisible, le visage totalement inexpressif.

– Je ne la connais pas, dit-elle.

– Vous vivez ici depuis longtemps ?

– Un an.

– Je vois.

– C'est une Réserve Pied Noir, dit-elle.

Ses paroles avaient cette platitude, cette qualité de quasi-omniscience que l'on retrouve dans le discours des femmes dont les existences ont culminé à un plateau de grisaille qu'elles savent ne plus jamais pouvoir quitter.

– Oui ? dis-je.

– Ils sont tous Pieds Noirs. Les Sioux, eux, vivent dans le Dakota du Sud.

– Je ne comprends pas ce que vous voulez dire.

– American Horse est un nom sioux, dit-elle. Il a combattu avec Sitting Bull et Crazy Horse contre les Blancs.

C'est son nom de mariage, songeai-je.

– Vous savez aussi comment ils ont fini ? dit le chauffeur. En traitant avec le Grand Chef sous la protection du drapeau de trêve. Ils sont entrés dans le fort et se sont fait abattre comme des chiens. C'est ce qui arrive quand on fait confiance à ces enfoirés.

Seigneur, me dis-je, comment ai-je fait pour ne pas comprendre ?

– Hé, vous avez la mine un peu grise d'un seul coup, dit le chauffeur.

– Quoi ?

– Vous voulez manger quelque chose ? On a du rab, dit-il.

– Non. Merci. Est-ce que vous connaissez un mec du nom de Clayton Desmarteau ?

– Y'a aucun doute là-dessus. Même régiment que moi. First Cav.

– Avait-il une sœur ?

– Qu'est-ce que vous voulez dire par " avait " ?

– Il y a un moment que vous ne l'avez pas vu dans le coin, pas vrai ?

Il réfléchit un moment.

– A vrai dire, non, dit-il.

– Savez-vous s'il avait une sœur ?

– Je connais rien de sa famille. Y vit pas sur la Réserve. Avant il y venait pour organiser la lutte au nom de l'AIM contre les compagnies de gaz et de pétrole. Elles vont tout bousiller sur le Front oriental, elles essaient de poser des pipelines et de construire des raffineries et toutes sortes de saloperies.

– De quelle couleur étaient ses yeux ?

– Ses yeux ?

Il tourna la tête et m'offrit un large sourire à travers sa barbe rousse. Les dents du fond manquaient.

– Je suis du genre à me balader en regardant les yeux des mecs ?

– Allez, dites, étaient-ils couleur turquoise ?

– Mais putain, qu'est-ce que j'en sais, moi, d'la couleur des yeux d'un mec ? Vous magouillez dans quoi, mec ?

– C'est un policier, dit la femme à l'enfant.

– Est-ce que c'est vrai ?

– Non.

– Alors, pourquoi vous posez toutes ces questions ? Vous essayez de chercher des emmerdes à la famille de Clayton ?

Les poils de ses avant-bras se hérissaient comme des fils de métal rouge à la périphérie de ses poignets de force.

– Non.

– Pasque les Indiens, y z'ont pas besoin de se faire encore embêter. Ce sont eux les indigènes, mec, je veux dire par là que c'était à eux ces endroits, et ça fait deux cents ans que les Blancs les prennent pour une décharge.

– Je vais descendre ici, dis-je.

– Y'a queq'chose qui vous embête dans ce que j'ai dit ?

– Pas le moins du monde, collègue. La pluie est en train de cesser, et j'ai besoin de marcher. Mon camion est juste sur l'autre versant.

– Pasqu'on cherche des crosses à personne. On pensait vous aider. Y'a des tas de gens qu'y faut tenir à l'œil dans cet État. Je raconte pas de craques, Jack. C'est l'époque qui veut ça, dit-il.

Je restai là, debout sur le bord de la route, dans l'air moite chauffé par le soleil, une prairie verte derrière moi, et je suivis des yeux le bus qui disparut en haut de la montée. Ma camionnette était encore à un kilomètre et demi de là.

***

La vieille femme sarclait un potager rocailleux derrière la maison. Elle portait des bottes lacées, un pantalon d'homme en laine bien trop grand et une chemise kaki, la tête enveloppée d'un châle. Au loin, les terres humides remontaient en pente douce vers le Divide, où les montagnes jaillissaient avec violence sur fond de ciel, leurs parois abruptes couleur violette dans l'ombre. Sur les sommets, il avait neigé, et les pins jaunes étaient blancs sur les crêtes et les cols. La vieille femme me jeta un coup d'œil en coin lorsque j'ouvris le portillon en bois avant de pénétrer dans la cour, puis elle continua à sarcler ses mauvaises herbes dans les rangs comme si je n'étais pas là.

– Darlene American Horse est votre fille, n'est-ce pas ? dis-je.

Elle ne répondit pas. Des mèches de cheveux blancs s'échappaient du châle, et la peau se plissait au coin des yeux jusqu'aux tempes tant elle se concentrait sur son ouvrage.

– Mme Desmarteau, croyez-moi, je suis un ami, dis-je. Je veux découvrir ce qui est arrivé à votre fils. Je veux aider Darlene, si je le peux.

Elle tranchait de sa houe et la terre et les pierres en sectionnant les mauvaises herbes entre les choux même sans jamais toucher une seule feuille.

– Je crois que Darlene vit avec de mauvaises gens. Je veux la sortir de là, dis-je.

Elle tira la porte d'une cabane de toilettes abandonnée, complètement délabrée, rangea sa houe et sortit une bêche. Dans le fond de la cabane, une chatte couvait sa nichée sur un tas de sacs de jute. Mme Desmarteau posa la bêche en travers d'une brouette chargée de fumier qu'elle commença à pousser vers le bord du petit potager. Je lui pris les poignées des mains et traversai toute la cour avant de répartir le fumier en tête de chaque rang. Au sommet des montagnes, les nuages étaient mauves, et le vent faisait voler la neige sur les bords du canyon. Derrière moi, j'entendis les feuilles de plastique, qui servaient de vitres, claquer contre les montants des fenêtres.

– C'est votre fille, n'est-ce pas ? demandai-je à nouveau.

– Est-ce que vous êtes du FBI ? dit-elle.

– Non. Mais j'ai été policier. Je ne le suis plus aujourd'hui. Je suis simplement quelqu'un qui a des ennuis.

Pour la première fois, son regard plongea directement dans le mien.

– Si vous connaissez Darlene, pourquoi me demandez-vous si elle est ma fille ? dit-elle. Pourquoi êtes-vous ici en train de me poser cette question ? Ça n'a pas de sens.

Je me rendis compte que j'avais peut-être sous-estimé cette dame âgée. Et comme la plupart des gens qui se considèrent cultivés parce qu'ils ont fait des études, j'avais peut-être présumé qu'une personne âgée – quelqu'un de langue maternelle étrangère, ou qui n'a pas connu l'école – était incapable de comprendre les complexités de mon existence et de mon intellect.

– Je n'ai pas fait le rapprochement entre son nom et le vôtre, dis-je. Mais j'aurais dû. C'est bien la veste de son frère qu'elle porte, sa veste de régiment du Premier de Cavalerie, n'est-ce pas ? Elle a aussi des yeux turquoise. Votre nom de famille est franco-canadien, pas indien. Le père de Darlene et de Clayton était métis de blanc, n'est-ce pas ?

– Pourquoi dites-vous qu'elle vit avec de mauvaises gens ?

– L'homme avec lequel elle vit n'est pas mauvais, mais ceux pour qui il travaille le sont. Je crois qu'elle devrait revenir à la maison, il ne faut pas qu'elle reste avec ces gens sur le lac.

– Vous êtes allé là-bas ?

– Oui.

– Ce sont des criminels ?

– Certains parmi eux.

Elle fit glisser sa main sur la mienne et me prit la bêche. Sa paume était rugueuse, marquée de cals. Elle resta immobile, la bêche appuyée contre son pantalon de lainage, les yeux fixés sur les crêtes déchiquetées des montagnes qui se détachaient sur le ciel. Les nuages sur les hauts pics donnaient l'impression d'être chargés de neige.

– Est-ce que ce sont eux qui ont tué mon garçon ? dit-elle.

– Ils sont peut-être impliqués dans l'affaire. Je ne sais pas.

– Pourquoi est-elle avec eux ?

– Elle croit pouvoir découvrir ce qui est arrivé à Clayton et à son cousin. Elle a travaillé dans un bar. Où se trouve-t-il ?

– A huit kilomètres sur la route. Vous êtes passé devant en venant ici.

– Connaissez-vous un homme du nom de Dixie Lee Pugh ?

– Non.

– Voyez-vous Darlene ?

– Elle vient une fois par semaine m'apporter des provisions.

– Parlez-lui, Mme Desmarteau. C'est quelqu'un de bien. Entre vous et moi, nous réussirons bien à la faire revenir.

Je la vis respirer par la bouche. Ses lèvres remuèrent sans émettre le moindre son.

– Comment ? dis-je.

– Clayton n'a jamais fait de mal à personne. Ils ont dit qu'il portait une arme. Si c'est vrai, c'est qu'ils l'ont forcé à le faire. Ils ne pouvaient pas le laisser tranquille. Ils avaient peur de lui parce que c'était un brave.

Il commençait à faire froid. Je l'aidai à étendre son fumier dans son potager avant de lui dire au revoir et de rattacher le portillon derrière moi en partant. Le ciel était gris, chargé de nuages. Elle paraissait petite, toute seule avec sa houe, au milieu de sa cour de terre battue, sous le vent qui soufflait sur l'épine dorsale de l'univers.

***

Je repris le chemin de terre et m'arrêtai à l'endroit où Clayton Desmarteau et son cousin étaient sortis de la route dans le fossé. Est-ce que Mapes et Vidrine les avaient kidnappés pour les conduire ailleurs, ou est-ce que tout s'était passé là, à cet endroit ? C'est ce que je me demandais. Je franchis d'un bond le ruisseau qui courait en bordure du chemin, de l'autre côté de la chaussée, et remontai la pente au milieu des pins jaunes. Le sol était tapissé d'aiguilles de pin. Des tamias jouaient dans les rochers, et des écureuils roux se poursuivaient autour des troncs d'arbres. J'avançai de quatre cents mètres à travers les pins avant de couper un reste de route dont quelqu'un s'était servi à un moment donné pour venir déposer ses ordures. La route se terminait en cul-de-sac, amas de ressorts de sommier rouillés, boîtes de conserves, matelas, bouteilles de bière et de vin, et boîtes à lessive en plastique. Je continuai mon chemin sur encore quatre cents mètres ou à peu près au milieu des pins, puis la forêt s'éclaircit et je débouchai sur un ruisseau aux eaux couleur de thé qui courait sur des roches grises. Le ruisseau s'était creusé son lit en bordure d'une colline basse dont la face de rochers s'élevait brutalement au milieu de sureaux, d'églantiers et d'un fouillis de broussailles et d'arbustes. J'arpentai les rives du ruisseau, croisant en chemin les empreintes sculptées d'un daim, les traces délicates qu'avaient laissées dans le sable humide les dindes et les grouses ; je tombai sur les rondins pourris et ramollis d'un ancien chalet, trébuchai sur les restes à moitié enfouis d'un poêle à bois et fis fuir un cerf à queue blanche, dont les bois devaient porter au moins dix cors ; mais je ne vis rien qui sortît de l'ordinaire ou qui aurait pu m'aider à découvrir le destin de Clayton Desmarteau et de son cousin.

Finalement, j'arrivai à une source qui jaillissait du

flanc de la colline sur la rive opposée du ruisseau. L'eau de la source dégouttait sur les rochers, et elle avait érodé la terre en mettant à nu les racines torturées des petits pins qui poussaient à flanc de colline. L'eau s'étalait sur une large zone couverte d'aiguilles de pin et de feuilles mortes détrempées, au sol spongieux semé d'une forêt de champignons et de fougères brunes. Je sentais toutes ces odeurs mêlées, l'eau, la fraîcheur des pierres, l'humus froid suintant d'humidité, les racines d'arbres mises à nu qui laissaient filer leurs radicelles au fil du courant comme des toiles d'araignées. J'y retrouvais la même odeur que celle de la ravine qui traversait ma propriété, là-bas, en Louisiane. Je me demandai quand je serais de retour chez moi, si même je pourrais un jour y revenir. Parce que si je ne parvenais pas à élaborer un meilleur système de défense que celui dont je disposais pour l'instant, j'avais pris la décision de ne pas me présenter au tribunal pour le procès et, cela ne faisait aucun doute, pour un séjour au pénitencier d'Angola.

J'étais fatigué. Après avoir rejoint ma camionnette en stop, je repris la route qui montait sous la lumière grise entre les champs mouillés et jetai un coup d'œil dans le rétroviseur d'aile ; j'y vis une Willys Jeepster noire, reprise du modèle classique fabriqué au lendemain de la Seconde Guerre mondiale. La route était humide, sans trace de poussière et je voyais clairement la haute silhouette du conducteur derrière le volant. Lequel accéléra alors et vint se rapprocher de mon pare-chocs arrière, comme s'il voulait voir mon reflet dans le rétroviseur latéral ou un détail quelconque de ma camionnette – le nom du vendeur, un auto-collant sur le pare-chocs qui disait Mulate's, Breaux Bridge, Louisiane.

Devant nous se dressait la taverne de rondins, large et trapue, où Clayton Desmarteau et son cousin avaient probablement passé la dernière nuit de leur existence, là où Darlene avait travaillé comme serveuse, là où elle avait, selon toute vraisemblance, fait la rencontre de Dixie Lee Pugh, plongé dans un état second, noyé dans les vapeurs d'alcool, en lui épargnant de se faire casser la tête à coups de godillots pour le ramener de l'autre côté de la montagne chez Sally Dio, sur le lac Flathead. La brume commençait à tomber, et une coiffure de chef indien en néon mauve et orange était allumée sur le toit sur fond de grisaille.

Je me rangeai sur le parc de stationnement gravillonné et attendis de voir ce que le conducteur de la Jeepster allait faire. Il ralentit devant moi, ses longues mains posées sur le haut du volant, le regard rivé sur moi derrière la vitre côté passager. Le visage, le front, le cou étaient zébrés de fines croûtes, comme s'il venait de traverser un nid de toiles d'araignées teintées de rouille.

Je voulais le voir arrêter, ouvrir sa porte, je voulais qu'il vienne m'affronter, avec sa colère et ses blessures. Je voulais voir une arme dans sa main et sentir cette décharge d'adrénaline, cette sanction de violence qui illumine et clarifie l'esprit en en résolvant toutes les complexités.

Mais Harry Mapes tenait en main toutes les bonnes cartes. Harry Mapes avait piloté un hélicoptère au Viêt-nam, il savait qu'on ne changeait pas les données de sa situation lorsqu'on tenait ses mitrailleuses Gatling verrouillées sur une cible solitaire en pyjama au milieu d'une rizière aux reflets vitreux.

Il s'engagea dans le parc de stationnement et se rangea près de la porte d'entrée, où trois Indiens en vêtements de travail buvaient de la bière en boîte à côté d'un camion. Il alluma une cigarette au moyen d'un briquet en or avant de sortir de sa Jeepster et de pénétrer dans la taverne sans le moindre regard dans ma direction.

***

Lorsque j'arrivai à Missoula ce soir-là, Alafair avait déjà soupé chez la baby-sitter, mais je l'emmenai manger un dernier petit morceau dans une pizzeria qui s'appelait Red Pies Over Montana. Elle portait son jean en toile de velours avec élastique à la taille, ses chaussures en cuir sur des chaussettes blanches, maintenant toutes grises d'avoir connu la cour de récréation, ainsi que son T-shirt jaune au motif de baleine souriante portant la légende " Baby Orca ". Elle avait les joues maculées de sauce tomate de pizza. Derrière les vitrines du restaurant, je voyais les étoiles au-dessus des montagnes.

– Dave ? dit-elle.

– Qu'est-ce qu'il y a, petit mec ?

– Quand est-ce qu'on rentre à la maison ?

– Tu n'aimes donc pas cet endroit ?

– Je veux voir Tex. Peut-être que Batist a besoin de nous à la boutique. Il ne sait pas lire.

– Tu n'as pas besoin de savoir lire pour vendre des vers et des vifs.

– Y'a rien ici qui est pareil qu'à la maison.

– Il y a pourtant des tas de choses bien par ici, non ?

– Tripod me manque. Clarisse me manque. Il fait froid la nuit.

Je lui caressai ses cheveux noirs et brillants.

– Ça ne sera plus bien long. Tu verras, dis-je.

Mais mon assurance n'était qu'un mensonge d'émotion. Je ne savais pas quand nous pourrions rentrer. Je n'étais même pas sûr de jamais pouvoir. Ce soir-là, dans l'obscurité, à travers la porte ouverte entre nos deux chambres, je l'entendis qui disait ses prières à côté de son lit avant de grimper sous les couvertures.

– Dave ?

– Quoi ?

– Est-ce qu'il y a des gens qui essaient de nous faire du mal ? C'est pour ça qu'on a dû partir ?

Je me levai et allai pieds nus jusqu'à sa chambre où je m'assis au bord de son lit. Elle avait le visage rond et hâlé au clair de lune qui brillait par la fenêtre. Elle avait remonté ses couvertures jusqu'au menton.

– Ne pense pas à des choses pareilles, Alf. Personne ne veut faire de mal à des mecs comme nous. On est de braves mecs, dis-je. Pense à tous les gens qui t'aiment. Batist, Clarisse, tes amis, tes institutrices à l'école. Ils t'aiment tous, Alfie. Et moi, je t'aime encore plus qu'eux.

J'aperçus ses dents blanches largement écartées, et ses yeux qui brillaient lorsqu'elle m'adressa son sourire du fond de son oreiller.

Mais ses pensées n'étaient pas très éloignées des miennes. Cette nuit-là, je rêvai du sud de la Louisiane, je rêvai de hérons bleus debout au milieu des cyprès inondés, de champs de canne à sucre battus de lumière mauve et or à l'automne, de l'odeur d'hickory qui se consumait doucement et de graisse de porc dégouttant sur les cendres de notre fumoir. Je rêvai de vagues de brouillard qui sortaient en rouleaux des marais au petit matin, d'une blancheur, d'une épaisseur telles que le moindre bruit – un bond de perche hors de l'eau, le plongeon d'une grenouille-taureau depuis sa souche d'arbre – vous arrivait comme à l'intérieur d'une bulle mouillée, je rêvai de pélicans planant haut sur fond de soleil au-dessus des vagues au large du golfe, de palmiers verts aux feuilles déchiquetées claquant sous la brise salée, des ragoûts de crabes et d'écrevisses, des fritures de poissons qui étaient notre festin quotidien, comme si les saisons ne connaissaient pas de fin et que la mort n'avait pas d'emprise sur nos vies et je rêvai aussi, finalement, de la chanson qui me brisait toujours le cœur, *La Jolie Blonde*, cette chanson qui, l'espace d'un instant, me transporta en 1945. Notre jardin était fleuri d'hibiscus et d'hortensias bleus et roses épanouis, et les voisins arrivaient à dos de cheval pour le *fais-dodo*[1] qui se tenait sous nos chênes.

1. Nom familier donné par les Cajuns aux bals populaires, à cause de la chambre contiguë à la salle de danse, aménagée pour permettre de coucher les enfants que l'on ne peut garder à la maison. (N.d.T.)

***

Le lendemain matin, je reçus un coup de fil de Tess Regan, institutrice de CE2 et directrice adjointe de l'école d'Alafair. Elle me dit qu'elle avait une coupure d'une heure à onze heures, et me demanda si elle pouvait venir jusqu'à la maison pour me parler.

– Y a-t-il quelque chose qui n'aille pas ? dis-je.

– Ce n'est peut-être rien du tout. Je préfèrerais vous en parler chez vous.

– Bien. Venez, je vous attends.

Quelques minutes plus tard, elle frappait à la porte-moustiquaire. Elle était vêtue d'une robe de coton vert pâle, et avait noué ses cheveux châtains d'un foulard vert. Je vis le talc dont elle s'était poudré les épaules semées de taches de rousseur.

– J'espère que je ne vous dérange pas, dit-elle.

– Non, pas du tout. J'ai du thé glacé tout prêt. La journée est belle. Que diriez-vous si nous le prenions sur le perron ?

– D'accord, dit-elle.

Au coin de ses yeux, la peau se plissa en fines pattes d'oie avec naturel et bonne humeur devant la déférence que je manifestais à une éducatrice laïque dans une école primaire catholique.

J'apportai le thé sur le perron et nous nous installâmes sur deux vieilles chaises de métal. Le soleil brillait avec éclat sur les arbres et la pelouse dont le trèfle bruissait du vol des bourdons.

– Un homme a appelé un peu plus tôt, dit-elle. Il a dit qu'il était un de vos amis de Louisiane. Il voulait savoir où vous habitiez, Alafair et vous.

– Quel était son nom ?

– Il n'a pas voulu le donner.

– Lui avez-vous répondu ?

– Non, bien sûr que non. Nous ne donnons pas les adresses des parents. Je lui ai dit d'appeler les renseignements. Il a dit qu'il avait essayé, mais votre numéro était en liste rouge.

– Ce n'est pas exact, mais mon adresse n'est pas dans l'annuaire, et habituellement, les renseignements ne donnent pas les adresses. Pourquoi ce coup de fil vous a-t-il tracassée à ce point ?

Je me penchai légèrement en avant.

– Il s'est montré grossier. Non, c'était plus que ça. Sa voix était laide.

– Qu'a-t-il dit d'autre ?

– Il n'a pas cessé de répéter qu'il était un de vos vieux amis, qu'il était important qu'il puisse vous parler, que je devais comprendre la situation.

– Je vois.

– Alafair a dit que vous avez été officier de police. Est-ce que ça a quelque chose à voir avec ce qui se passe ?

– Peut-être. Pouvez-vous me dire s'il s'agissait d'un appel inter-urbain ?

– Je n'en ai pas l'impression.

J'essayai de réfléchir. Qui savait qu'Alafair fréquentait une école paroissiale de Missoula ? Darlene, peut-être. Ou bien alors j'en avais parlé en passant à Clete. Ou peut-être que l'individu en question avait appelé New Iberia et obtenu un renseignement de Clarisse ou de Batist. Il aurait également pu téléphoner à toutes les écoles primaires catholiques de la ville jusqu'à ce qu'il gagne le gros lot.

– Quelle est la première chose que ce mec ait dite ? demandai-je.

Sa bouche était rouge et humide lorsque ses lèvres abandonnèrent le verre. Ses yeux verts se tournèrent vers le soleil d'un air songeur.

– Il a dit, « J'appelle de la part de Dave Robicheaux », dit-elle. Je lui ai dit que je ne comprenais pas. Puis il a répété une nouvelle fois, « J'appelle de la part de Dave ». Alors j'ai répondu, « Vous voulez dire que vous avez un message de sa part ? »

– Il a su à ce moment-là qu'il avait trouvé la bonne école.

– Comment ?
– C'est un mec futé.
– Je suis désolée d'avoir si mal manœuvré, dit-elle.
– Ne vous en faites pas. C'est probablement un récupérateur de factures impayées. Ils me suivent à la trace à travers tout le pays.
Je lui souris mais elle n'avala pas l'hameçon.
Elle posa son thé glacé sur la rambarde du porche et s'assit, genoux serrés, mains jointes posées au creux des cuisses. Elle baissa les paupières avant de relever les yeux sur moi.
– Je me mêle probablement de ce qui ne me regarde pas, mais vous avez des ennuis, n'est-ce pas ?
– Oui.
– Qui est cet homme ?
– Je n'en suis pas sûr. S'il rappelle, cependant, je vous serais reconnaissant de me le faire savoir.
– Est-ce un criminel ?
Je regardai ses yeux et son visage. Je me demandai jusqu'à quel point elle serait capable d'encaisser la vérité. Je décidai que je ne voulais pas savoir.
– Peut-être.
Une main vint serrer les doigts de l'autre.
– M. Robicheaux, s'il est une menace pour Alafair, il est nécessaire que nous le sachions, dit-elle. Vous êtes moralement obligé de nous le dire, à mon avis.
– Ce mec n'avait pas un accent du Texas, par hasard ?
– Non. Il n'avait pas d'accent.
– Il y a un ou deux mecs qui ont un compte à régler avec moi. Peut-être travaille-t-il pour l'un d'eux. Mais c'est à moi qu'ils en veulent. Cela n'affectera en rien votre école.
– Je vois, dit-elle, en tournant la tête vers le soleil sur la cour.
– Je suis désolé. Je ne voulais pas être aussi brusque, dis-je.
– Vous n'avez pas été brusque. Je suis désolée d'apprendre que vous avez des ennuis.

Elle se leva pour partir.
– Je crois que vous devriez envisager d'appeler la police. Vous avez une belle petite fille.
– Il n'existe pas de loi qui empêche un mec de demander l'adresse de quelqu'un.
– Il est probable que vous comprenez ces choses-là mieux que moi, dans ce cas. Merci pour le thé.
– Attendez une minute. J'apprécie votre aide. Vraiment, je suis sincère. Alafair vous adore. Mais si je commençais à vous expliquer ma situation, là, maintenant, nous y serions encore demain matin. C'est un véritable embrouillamini et il y a tout un tas de gens peu recommandables qui y sont impliqués. Et je n'ai pas non plus de réponses à vous fournir. Parfois les flics ne servent à rien. C'est pourquoi en vieillissant, je crois de plus en plus dans la prière. Au moins, j'ai l'impression que je traite avec quelqu'un qui possède une autorité réelle.
Je souris à nouveau. Elle accrocha, cette fois.
– Je suis sûre que vous vous débrouillerez très bien, dit-elle en plissant les yeux. Elle me serra la main et descendit les marches jusqu'à l'allée latérale, abandonnant l'ombre du porche pour avancer en plein soleil, des reflets de lumière s'accrochant à ses mollets dans la clarté du jour.

***

J'allai dans la cuisine où je me préparai un bol de fruits et de céréales pour déjeuner. Tout en mangeant, j'observai par la fenêtre le chat orangé du voisin en train d'escalader le toit du garage bâti en bordure de l'allée. Deux colombes se tenaient sur les câbles de téléphone. Qui était l'homme qui avait téléphoné ? songeai-je. Le tueur sur contrat de Vegas engagé par Sally Dio ? Ou peut-être alors quelqu'un qui travaillait avec Harry Mapes. Pourquoi pas ? Ce serait pour Mapes un moyen sûr de me garder sous tension et en déséquilibre. C'était lui qui expédiait par la poste aiguilles hypodermiques et menaces contre une enfant. Un coup de fil à l'école serait tout à fait dans la cohérence de son comportement passé. C'est tout au moins ce qu'en dirait un psychologue de la police.

Sauf que dans le cas présent, c'était moi le défendeur d'un procès pour meurtre imminent dont Mapes était le témoin de l'accusation. L'appareil de la loi était tout entier de son côté ; c'était lui, l'ami de la cour, la victime fouettée à coups de chaîne par un flic alcoolique complètement usé. Mapes n'avait nul besoin de piper les dés de la partie.

Ce qui me ramena à mes spéculations premières, à Dan Nygurski et son avertissement auquel, en toute sincérité, je n'avais aucun désir de me confronter. Un exécuteur de basses-œuvres sans visage dont le seul nom était Charlie.

Appelez la police, m'avait-elle dit. Dieu de souffrance, songeai-je, pourquoi faut-il qu'au milieu de situations à problèmes, quasiment chacun s'en remette à des axiomes et des remèdes qui sont autant de produits de la société dont personne en réalité ne soit convaincu de l'efficacité ? Tess Regan était une brave fille, et, de toute évidence, je me montrais bien trop dur à son égard vu les frustrations que j'avais accumulées, mais posez-vous donc la question : avez-vous jamais rencontré quiconque dont le mariage ait été sauvé par un conseiller conjugal, dont l'alcoolisme se soit trouvé guéri grâce à un psychiatre, dont le fils ait échappé à la maison de redressement grâce à une assistante sociale ? Au beau milieu d'une bagarre d'ivrognes qui tourne à l'aigre, préférez-vous faire couvrir vos arrières par un universitaire libéral ou un balèze du coin, dur et bien affûté ?

J'allai chez Bob Ward's Sporting Goods, magasin d'équipement de montagne et de pêche et armurier dont j'avais entendu parler jusqu'en Louisiane, et grâce à ma MasterCard, achetai un revolver calibre 38, une boîte de munitions et un étui adapté, un fusil de chasse d'occasion calibre 12 et une boîte de chevrotines double-zéro. Une fois revenu à la maison, je transportai la caisse à outils de la camionnette jusque dans la cuisine, dégageai l'étagère supérieure du placard et agrafai dessous l'étui du 38. Je replaçai l'étagère, chargeai le barillet de cinq balles, plaçai le percuteur sur la chambre vide, glissai le revolver dans l'étui et accrochai la lanière de cuir à la base du chien.

Puis je sortis une scie à métaux de la boîte à outils, posai le fusil sur la marche du perron arrière, appuyai fortement du genou sur la crosse et sciai bande ventilée et double canon à vingt-cinq centimètres au-dessus des deux chambres. J'ouvris l'arme en deux, inspectai les deux canons bien propres et leurs cordons de lumière spiralée et huileuse, engageai deux cartouches de double-zéro dans les chambres, refermai le fusil, mis le cran de sûreté et plaçai l'arme chargée sur l'étagère supérieure du placard dans le couloir d'entrée.

Avec le 45 que j'avais dans la chambre, il n'y aurait plus un seul endroit de la maison où je ne pourrais mettre immédiatement la main sur une arme. Ce n'était pas la panacée, mais c'était tout ce que j'avais. J'aurais pu passer mon temps à regretter d'avoir joué à la balle au mur avec la tête de Sally Dio contre la paroi de son fourgon devant tous ses amis. S'il était impliqué dans l'affaire Harry Mapes ou la Compagnie de Forage Star – ce dont j'étais convaincu – ce n'était qu'une question de temps ; j'aurais de toute façon été plongé jusqu'au cou dans les ennuis à cause de la famille Dio.

Je ressentais encore la fatigue de mon voyage de la veille sur l'autre versant du Divide. Non, c'était plus profond que cela. J'étais fatigué de toute cette course dans laquelle je m'étais lancé, cette course qui paraissait sans issue, j'étais fatigué d'arpenter sans but ce qui ressemblait à un cauchemar éveillé, de sentir au fond de moi que je méritais tout ce qui m'arrivait, que je l'avais cherché d'une manière ou d'une autre, qu'il était inévitable que je finisse comme un criminel condamné du dix-septième siècle, à l'arrière d'une charrette qui couinerait sur les pavés de la rue en se frayant un chemin au milieu de la populace pressée autour de l'échafaud où attendait un homme en cagoule, barre de fer à la main à côté de la roue.

J'enfilai mon short, mis mes chaussures de course et un sweat-shirt aux manches coupées, et courus six kilomètres le long de la rivière. Le ciel était sans nuage, d'un bleu dur, et les pins sur les hauteurs des montagnes donnaient l'impression de trembler sous la lumière. Au sud, les Bitterroots se détachaient sur le ciel avec la précision d'une gravure, comme si on les avait découpées au rasoir. Les torrents d'eau de printemps, née de la fonte des neiges, commençaient à s'apaiser et les grands rocs ronds au milieu de la rivière, encore couverts d'eau deux jours auparavant, étaient aujourd'hui exposés en donnant l'impression de brûler sous le soleil, leurs flancs gravés des restes squelettiques de larves soudés à la roche. Je courus jusqu'au quartier de l'Université, traversai la rivière par une passerelle de chemin de fer abandonnée qui gronda sous mes pas et regardai un peu plus bas un pêcheur en train de sortir avec bien du mal une arc-en-ciel de l'eau pour la tirer sur les graviers. Saules et peupliers cotonneux s'alignaient le long des berges, le vent soufflait depuis Hellgate Canyon, plaquant les jeunes pousses sur les branches au point qu'on aurait cru voir les arbres changer en un clin d'œil, passant à un vert très pâle qui tranchait sur les bouillonnements de l'eau brune.

Lorsque je m'engageai dans mon bloc, j'avais le corps dégoulinant de sueur et je sentais la chaleur du soleil dans les profondeurs de ma chair. Sur les marches du perron arrière, je fis cinquante pompes, cinquante abdominaux, cent flexions et vingt-cinq tractions jusqu'au menton sur l'étançon métallique qui tenait la corde à linge, sous l'œil du chat orange du voisin qui m'observait depuis le toit du garage. Puis je m'assis tranquillement sur l'herbe, avant-bras posés sur les genoux, à respirer le parfum sucré du trèfle, le pouls régulier et fort, le cœur un instant aussi sûr de lui que vingt années auparavant.

La lune était cachée ce soir-là, quelque part au-delà des crêtes sombres des Bitterroots, et les éclairs bondissaient en zébrures blanches entre les nuages au-dessus des montagnes. A travers la moustiquaire, je sentais l'électricité de l'air, la pluie qui menaçait et le long de la rue, les arbres sombres battaient sous le vent. A neuf heures, le téléphone sonna.

– Allô, dis-je.

– Peux-tu monter jusqu'ici, Dave ?

La ligne claquait d'électricité statique.

– Clete ?

– J'ai besoin de toi, mec, j'ai besoin de toi ici. Ça urge.

– Qu'est-ce qu'il y a ?

– Darlene... Bordel, mec. Elle est morte.

8

La baby-sitter habituelle n'était pas chez elle. Je trouvai le numéro de Tess Regan dans l'annuaire et je l'appelai avant d'emmener Alafair chez elle.

Une heure et demie plus tard, je remontai le chemin de terre menant à la maisonnette en séquoia de Clete qui surplombait Flathead Lake. Toutes les lumières étaient allumées. Il pleuvait ; le lac était noir en arrière-plan. Je voyais les rafales de pluie à la lumière des fenêtres. Plus haut sur le chemin de terre, au-delà de la grille à commande électronique, la maison des Dio était plongée dans l'obscurité. Je frappai à la porte d'entrée de Clete ; personne ne répondit ; j'entrai.

J'entendis un bruit de chasse d'eau quelque part sur l'arrière de la maison. Je le vis alors sortir de la chambre, une serviette humide collée contre la bouche. Le visage paraissait vidé de son sang, la peau aussi tendue qu'un abat-jour sur son armature. La cravate était dénouée, le plastron de la chemise blanche mouillé jusqu'au pantalon. Il s'assit à la table près de la porte vitrée coulissante et but bruyamment une tasse à café qu'il tenait enveloppée de sa main pour s'empêcher de trembler. Sur la table, étaient posés un carton de lait et une bouteille de Cutty Sark. Il aspira profondément à une Camel et retint la fumée dans les poumons comme s'il tirait une biffe sur un joint. Une quinte de toux lui secoua la poitrine lorsqu'il relâcha la fumée. Au loin sur le lac, un voilier à l'ancre, lumières allumées, plongea sous les ressacs.

Il s'essuya à nouveau la bouche de la serviette avant d'en frotter son cou épais.

– Impossible de garder quelque chose dans l'estomac. Je crois que j'ai un ulcère, dit-il.

– Où est-elle ?

– Dans la grande salle de bains.

Il leva les yeux sur moi, le visage boursouflé, et avala ce qu'il buvait.

– Remets-toi.

– Je suis revenu de Missoula, elle était comme ça. Une vraie saloperie, j'arrive pas à l'encaisser.

Mais je ne l'écoutais pas. Je pris le couloir qui menait à la salle de bains. Lorsque je regardai à l'intérieur, je dus m'accrocher d'une main au chambranle de la porte. Le rasoir gisait sur le carrelage, collé au sol par une épaisse couche de son sang coagulé. Elle était nue et avait glissé dans la baignoire sur le côté, de sorte que seule une moitié de son visage flottait au-dessus de l'eau savonneuse et rouge. L'intérieur des deux avant-bras portait une profonde incision.

Oh Seigneur Dieu , songeai-je, et je dus prendre une profonde inspiration avant de détourner les yeux.

Elle s'était vidée de son sang, au point d'en être blanche. Je m'assis sur le rebord de la baignoire et caressai du bout des doigts sa chevelure douce et humide. J'eus l'impression de toucher des plumes mouillées.

Écrits au rouge à lèvres sur le miroir de la salle de bains étaient les mots :

C.

C'est l'heure de partir.
Bye-bye, love,

D.

Je me passai les doigts dans les cheveux, et la fixai, les sens complètement engourdis. C'est alors que j'aperçus les minuscules griffures et les marques rougeâtres, pareilles à des fraises un peu pâles, pareilles à des morsures amoureuses, sur le cou et l'épaule. J'allai chercher un drap dans la chambre et en couvris son corps avant de retourner au salon.

Clete était à la table en train de se verser un nouveau scotch au lait. La fumée de sa Camel montait en volutes de ses doigts tachés de nicotine. Il plissa les yeux soudainement lorsqu'il vit l'expression de mon visage.

– Hé, tu as la figure des grands jours, mec, dit-il.

– Que faisais-tu à Missoula ? dis-je.

– Je fais le garçon de courses pour le vieux de Sal. Il n'y a qu'une seule boutique à Missoula qui vende sa marque de cigares.

– Pourquoi ce soir ?

– Parce qu'il me l'a dit.

– Pourquoi n'as-tu pas appelé les flics du coin ?

– Ils vont me coffrer pour cette histoire.

– Pour un suicide ?

Je surveillai son visage de près.

– Ça n'a rien d'un suicide. Et tu le sais bien.

– Clete, si c'est toi qui as fait ça...

– T'es devenu cinglé ? J'allais lui demander de m'épouser. Je suis une thérapie en ce moment parce que je foire de partout, mais une fois remis d'aplomb, j'envisageais de repartir avec elle jusqu'à La Nouvelle-Orléans, et de vivre une petite vie pépère, peut-être ouvrir un bar, et larguer tous ces métèques une fois pour toutes.

Je le regardai droit dans les yeux. Lesquels se fixèrent sur moi en retour, durs comme des billes d'agate, comme s'ils étaient dépourvus de paupières. Les points de suture de la cicatrice qui courait depuis l'arête du nez jusqu'au milieu d'un sourcil étaient rouges comme des rustines de chambre à air. Puis son regard rompit le contact, et Clete avala une gorgée de scotch au lait.

– Je me fiche pas mal de ce que tu crois, dit-il. Si tu penses que j'ai été jaloux à cause de ce qu'il y a eu entre elle et toi, tu as raison. Mais je ne lui en ai pas voulu pour ça. Ce qui m'arrive en ce moment, pour l'instant, je n'y peux rien. Le psy me dit que c'est à cause de tous ces trucs qui remontent à l'époque de La Nouvelle-Orléans et parce que je travaille pour des métèques et je prétends que j'aime ça, alors qu'en réalité, des mecs comme ça, je n'userais pas ma salive pour leur cracher dessus. Mais je n'en ai jamais voulu à Darlene. Tu piges ?

– Elle t'a tout raconté ?

– Qu'est-ce qu'il y a à raconter ? Y'a des tas de moyens quand un mec veut savoir. Tire tes fesses de mes affaires personnelles, Belle-Mèche, c'est pas tes oignons.

– Je l'ai recouverte d'un drap. Ne retourne pas dans la pièce avant l'arrivée des flics.

Je décrochai le téléphone. La lune avait percé entre les nuages, au-dessus des montagnes de l'autre côté du lac et j'apercevais l'écume des vagues soufflée par le vent.

– Tu as vu les meurtrissures ? dit Clete.

– Oui.

– Les flics du coin ne sont pas des lumières pour la plupart. Mais lorsque le coroner fera l'autopsie, ils vont se pointer pour m'arrêter.

– Peut-être. Où veux-tu en venir ?

Il but une nouvelle fois de sa tasse avant de tirer une bouffée profonde de sa cigarette. Il avait le souffle rauque et la voix cassée lorsqu'il parla.

– La sympathie, c'est pas vraiment ton fort, ce soir, pas vrai ? dit-il.

– Pour être honnête, je ne sais pas ce que je ressens à ton égard, Clete.

– C'est Sal. Ça peut être que lui. Je vais me retrouver le cul dans la glace et lui va jouer son petit rock'n-'roll avec Dixie Lee et les trou-duc' de Tahœ. Et je vais me l'épingler, cet enfoiré, mec. Toute sa saloperie, je vais la lui foutre en l'air. Et je vais prendre mon temps pour le faire, en plus.

– Quel est son mobile ? dis-je en reposant le combiné en place.

– Il n'a pas besoin de mobile. C'est un psycho.

– Je ne marche pas.

– Elle avait mis le doigt sur quelque chose. Et ça doit être lié au pétrole, à Dixie Lee, peut-être même à la came. Je ne sais pas. Elle croyait aux esprits. Elle était convaincue qu'ils lui racontaient des choses. Et puis hier, elle a vu Sal préparer des lignes pour Dixie Lee et deux des nanas de Tahœ, et elle lui a dit qu'il n'était qu'une saloperie de cancer, qu'un jour les mecs de son espèce allaient finir enfoncés dans des trous au cœur de la terre. Tu peux imaginer ça ? Des trous dans la terre.

– Où sont les Dio en ce moment ?

– Ils ont dit qu'ils montaient à Bigfork pour assister à un spectacle.

– As-tu entendu Sally Dio parler d'un mec du nom de Charlie ?

– Charlie ? Non. Qui est-ce ?

– Un tueur sur contrat de Vegas.

– Attends une minute, ils sont allés récupérer un mec à l'aéroport de Missoula la nuit dernière. J'ai cru que c'était encore un des petits lèche-culs de Sal, et rien d'autre. Je leur ai proposé d'y aller et de le ramener, mais Sal a déclaré que j'avais besoin d'une nuit de repos.

– A quoi ressemble-t-il ?

– Je ne sais pas, je ne l'ai pas vu.

Les nuages étaient couleur d'argent, là où les rayons de lune réussissaient à les percer, au-dessus d'une eau noire vitrée de parcelles de lumière.

– Je vais appeler les flics, dis-je, ensuite je m'en vais. Je ne veux pas voir mon nom là-dedans, d'accord ?

– Comme tu voudras, dit-il avant d'ajouter : dans le genre froid et maître de soi, t'es pas mal. On ne te la fait pas, hein. Et t'as toujours été comme ça. Y'a personne qui lui secoue le cocotier, à ce bon vieux Belle-Mèche. On pourrait te craquer des allumettes sur l'âme, tu ne tiquerais même pas d'un cil.

Je ne lui répondis pas. Je sortis sous la pluie brumeuse et les fragments de lune et repris la route en bordure du lac qui conduisait à Polson. Les cerisiers des vergers dégoulinaient de pluie à la lueur de mes phares. Les collines boisées étaient sombres ; et plus bas, sur la plage, je voyais la ligne blanche d'écume des vagues qui remontait sur le sable. J'avais les vitres remontées dans la cabine et je suais à grosses gouttes. Je passai à côté d'un bar éclairé de néon, un ponton à bateaux et ses guirlandes d'ampoules, une crique à l'abri du vent où les pins poussaient jusqu'au bord de l'eau, une maison basse à bardeaux où les gens célébraient quelque chose tandis que quelqu'un continuait à s'occuper du barbecue dans l'obscurité du porche. Puis je tournai à l'est de Polson, au pied du lac, et pris la direction de Jocko Valley. Je sus que tout irait bien.

Mais soudain, les nuages vinrent se refermer sur la lune, le ciel se fit aussi noir qu'un métal calciné, et un vent violent se leva, soufflant des hauteurs glacées des Missions. Un rideau de pluie battante balaya prairies, pâturages, canaux d'irrigation, mares, peupliers en coupe-vent et rivières bordées de saules. Des éclairs se mirent à bondir des crêtes des Missions jusqu'à la voûte noire du ciel, le tonnerre se mit à rouler au sortir des canyons, et des grêlons de la taille d'œufs de pigeon se mirent à marteler ma camionnette comme des agrafes qu'on serait venu y clouer.

Je me rangeai sur le bas-côté de la route, le visage bouillant de sueur, les vitres du camion chargées de buée. Le véhicule tremblait violemment sous les rafales de vent. Je serrai le volant des deux mains au point d'en avoir les jointures toutes blanches. Je me sentis grincer des dents, je sentis les rivets métalliques du camion geindre et craquer sous la tension, le hayon arrière trembler et vibrer contre la chaîne qui le retenait ; puis un frisson violent me déchira le corps, me laissant bouche béante, mâchoire pendante, comme si l'on venait de me claquer les oreilles des paumes des mains. Lorsque je fermai les yeux, je crus voir un ruisseau aux eaux cuivrées battues par la pluie, où flottait une truite brune à la gueule déchirée, dont le sang s'échappait des ouïes en bouillons furieux.

Le lendemain matin, je me rendis à la vieille église de brique qui jouxtait l'école d'Alafair. Le soleil brillait haut et fort au milieu de la coupe de ciel bleu au-dessus de la vallée. Sur les hauteurs, à flanc d'une des montagnes qui surplombaient Hellgate Canyon, j'aperçus des chevaux qui broutaient l'herbe nouvelle semée de lupins à la limite des zones boisées. Le vert des arbres qui bordaient la rivière était sombre et humide. Le courant paraissait profond et les eaux froides entre les grands rocs ronds cuits de soleil qui ressortaient des flots. Quelqu'un avait aménagé et planté un jardin près de l'entrée latérale de l'église dont les murs de brique rouge s'ornaient de roses jaunes et de menthe poivrée en fleurs. J'entrai, me signai au bénitier et m'agenouillai sur un banc près de l'autel. Comme la plupart des églises catholiques, celle-ci sentait la pierre et l'eau, l'encens et la cire des cierges qui brûlaient. Je suis convaincu que ce n'est pas là un fait accidentel à l'intérieur d'une église catholique. Je crois que peut-être les catacombes, là où les premiers chrétiens célébraient la messe, devaient avoir la même odeur.

Je priai pour Darlene, pour Alafair, mon père, mon frère, et finalement, moi-même. Un prêtre musclé, aux cheveux blonds, pantalon noir, bottes de cow-boy patinées et T-shirt, sortit de la sacristie et commença à enlever les vases de fleurs de l'autel. J'allai jusqu'à la rambarde de l'autel, me présentai et lui demandai s'il accepterait d'écouter ma confession.

– Sortons dans le jardin, dit-il.

Entre l'église et le presbytère, se trouvait un enclos de gazon ensoleillé avec parterres de fleurs, bancs de pierre, mangeoires à oiseaux et petite serre. Je m'installai près du prêtre sur un banc. Je lui parlai de mes rapports avec Darlene et finalement de sa mort. Tout le temps que je m'adressai à lui, il ne cessa de lancer de petites mottes de terre en direction des feuilles d'un arum en pot. Lorsque j'en eus terminé, il resta un moment silencieux avant de me dire :

– Je ne suis pas certain de l'objet de votre confession. Avez-vous le sentiment de vous être servi de cette femme ?

– Je ne sais pas.

– Pensez-vous avoir contribué à sa mort ?

– Je ne pense pas. Mais je n'en suis pas sûr.

– Je crois qu'il y a autre chose qui vous trouble, quelque chose qui n'est pas vraiment le sujet qui nous occupe pour l'instant.

Je lui parlai alors d'Annie, des explosions des fusils de chasse qui avaient jailli dans les ténèbres de notre chambre, les draps détrempés de son sang, la froideur de ses doigts lorsque je les avais mis en bouche. J'entendais le souffle de sa respiration à mes côtés. Lorsque je levai les yeux sur lui, je le vis déglutir.

– Je suis désolé, dit-il.

– Ces images refusent de me quitter, mon père. Je crois qu'elles ne me quitteront jamais.

Il ramassa une autre boulette de terre séchée au milieu de l'herbe et s'apprêtait à la lancer sur la plante lorsqu'il la laissa retomber de sa main.

– Je ne me sens pas à la hauteur pour essayer de vous conseiller, dit-il. Mais je crois que vous êtes quelqu'un de bon et que vous vous faites souffrir inutilement. Vous vous sentiez seul lorsque vous avez rencontré la dame indienne. De toute évidence, elle comptait pour vous. Parfois c'est peut-être vanité que de nous juger nous-mêmes. Avez-vous jamais songé à cela en ces termes ? Vous faites votre déclaration à la face de Dieu, ensuite c'est à Lui de juger de la mesure de bien et de mal dans votre existence. Et je ne crois pas que vous soyez la cause de la mort de votre épouse. Parfois lorsque le mal, un mal comme celui-là pénètre nos existences, nous sommes dans l'incapacité de l'expliquer, aussi en rejetons-nous la faute sur Dieu ou sur nous-mêmes. Nous avons tort, dans un cas comme dans l'autre. Il est peut-être temps de vous libérer de votre prison.

Je ne répondis pas.

– Voulez-vous l'absolution ?

– Oui.

– Pourquoi ?

– Je ne sais pas. Pour mes manques. Mes échecs. Les chagrins et les blessures que j'ai pu apporter à une innocente. Je ne peux pas le dire mieux. Je suis incapable de le décrire.

Il avait croisé les bras sur les cuisses. Il baissa les yeux sur ses bottes, mais je vis la tristesse dans son regard. Il inspira profondément.

– J'aimerais pouvoir vous être d'un meilleur

secours, dit-il. Nous ne sommes pas toujours à la hauteur de la situation. Notre expérience est limitée.

– Vous vous êtes montré plus que gentil.

– Laissez faire le temps, M. Robicheaux, dit-il en souriant, avant d'ajouter : il n'est pas donné à tout le monde d'être aveuglé par un éclair de lumière sur le chemin de Damas.

Lorsque je quittai l'enclos de verdure ensoleillée entre les bâtiments, il s'était agenouillé au milieu d'un parterre de fleurs, en train de dégager à la truelle un trou pour l'arum aux zébrures grises et roses, les yeux tout entiers à son ouvrage, sa journée, de toute évidence, bien ordonnée, sereine et prévisible, à cette manière qui n'avait plus jamais été la mienne, aussi loin que je me souvienne, depuis ce jour où j'étais descendu de l'avion, à la base aérienne de Tan Son Nhut en 1964, pour me plonger dans la fournaise d'un air aux relents de diesel.

***

Je voulais replonger dans hier. Et je ne pense pas que ce soit toujours une mauvaise chose. Parfois il vous suffit de franchir une porte de votre esprit et de perdre trente à quarante ans pour vous souvenir de celui que vous êtes. Je me leurre peut-être moi-même, opium mental dont j'userais pour échapper à mes problèmes, mais cela m'est égal. Nous sommes le produit de tout ce que nous avons fait, des lieux que nous avons traversés, et je crois sincèrement qu'en bien des façons, le monde qui m'a vu grandir était meilleur que celui que nous vivons aujourd'hui. J'ai fourré un exemplaire du livre d'Ernest Gaines, *Of Love and Dust*[1], dans ma poche et je suis descendu à Donner

1. Ernst Gaines : écrivain noir et enseignant à l'université de Louisiane du Sud-Ouest. *Of Love and Dust* est un roman qui conte une histoire d'amour entre un prisonnier noir “ prêté ” au propriétaire d'une plantation et une Blanche cajun. (N.d.T.)

Park où je me suis installé sur un banc à l'ombre d'un érable pour lire : la fontaine et la pataugeoire en béton paraissaient asséchées, blanches sous le soleil, sur fond de montagnes qui tranchaient de leur bleu acide sur les nuages. Le vent qui soufflait des ombrages était frais, mais j'avais déjà plongé au cœur du roman, pour me retrouver sous les chaleurs de Louisiane, dans une plantation de canne à sucre et de patates douces, dans les années 40. Non, ce n'est pas tout à fait exact. J'étais de retour à New Iberia l'été qui avait suivi ma seconde année d'université, lorsque mon frère Jimmy et moi-même avions travaillé sur une plate-forme off shore de détection sismographique avant de nous offrir une décapotable Ford de quarante-six : nous l'avions équipée d'un double pot à silencieux Hollywood, d'une suspension surbaissée et de protections de roues élargies, avant de la peindre en jaune canari, laqué, verni et poli jusqu'à ce que le métal brille de la couleur douce et tendre d'une motte de beurre. Ce fut le meilleur été de ma vie. Pour la première fois, je tombai sérieusement amoureux, d'une fille qui vivait sur Spanish Lake, en dehors de la ville, et ainsi qu'il en est toujours avec un premier amour, je me rappelai le plus petit détail de la saison, comme si jamais encore je n'avais vécu l'expérience d'un été, avec parfois une telle intensité qu'elle m'en brisait presque le cœur. Elle était cajun, tout comme moi, la chevelure brune lavée de mèches blanchies par le soleil qui la faisaient ressembler à un panache de miel sombre lorsque le vent venait y souffler. Nous avons dansé au Voorhies Roof Garden de Lafayette et chez Slick à St Martinville, nous avons bu la Jax à long col, à vingt-cinq cents la bouteille, sous les chênes du drive in de chez Deer à New Iberia ; nous avons pêché la truite blanche sur la grande salée, nous avons soupé de ragoûts de crabes et de poissons frits à Cypremort Point avant de rentrer aux couleurs violines du soir, le long de cette route communale à deux voies à la chaussée goudronnée qui courait entre chênes et cyprès, sous le vent chaud qui soufflait du Golfe, le vert des pousses de canne nouvelle dans les champs, le ciel d'ouest zébré de feu et le vacarme assourdissant des cigales dans les arbres.

C'était une de ces filles qui aiment tout de l'homme qu'elles se sont choisi. Jamais elle ne discutait, jamais elle ne rouspétait, elle était heureuse, partout, en tout lieu, en toute situation, lorsque nous étions ensemble, et il me suffisait de lui toucher la joue de mes doigts pour qu'elle vînt se blottir tout contre moi, se pressant de tout son corps, avant de m'embrasser dans le cou en glissant une main à l'intérieur de ma chemise. Il pleuvait tous les après-midi, et parfois, une fois le ciel éclairci, à l'horizon chargé de nuages roses et beiges, nous descendions la digue en voiture jusqu'au ponton où mon père gardait son bateau, sous les cyprès dégoulinant dans les eaux mortes, et sous la lumière douce, son visage se faisait aussi adorable, paré des mêmes couleurs qu'une fleur nouvellement éclose.

Cet été-là, sur tous les juke-box de Louisiane, on entendait *Just a Dream* – " Ce n'est qu'un Rêve " – de Jimmy Clanton et toutes les radios au drive in étaient toujours branchées sur *Randy's Record Shop* à Memphis sur le coup de minuit, lorsque Randy lâchait toute la sauce avec *Sewannee River Boogie*. Chaque matin à venir était matin d'espoir, de lumière fumée sous les pacaniers devant ma fenêtre de chambre, de désirs innocents, accompagnés du savoir confiant que, dans quelques heures, je serais de nouveau avec elle et que rien, absolument rien au monde ne viendrait jamais nous séparer. Mais il y eut une fin, à cause de quelque motif irraisonné et immature. Je la blessai sans le vouloir, d'une manière que je ne réussis pas à m'expliquer moi-même, moins encore à elle, et mon silence fut pour elle la cause d'une plaie plus profonde encore, une blessure qui, après toutes ces années, en arrive encore à me troubler à l'occasion.

Mais jamais je n'oublierai cet été-là. C'est la cathédrale que je visite encore parfois, lorsque tout le reste a échoué, lorsque le cœur semble pris de poison, la terre frappée et meurtrie, et que les feuilles mortes viennent voler devant les fenêtres de l'âme comme autant de débris de parchemin desséché.

***

L'expérience m'a appris que le chagrin et la perte ne s'acceptent pas nécessairement le temps passant ; de s'y sentir lié et engagé n'a de valeur pour personne, vivants et morts confondus. Le lendemain matin, j'étais de retour au tribunal de Lake Country.

Le shérif donnait l'impression d'être aussi rond et dur qu'une barrique en bois. Son complet bleu foncé était taché de cendre de cigarette qu'il avait tenté de nettoyer au moyen d'une serviette en papier humide ; ses cheveux gris étaient coupés en brosse très courte, le plastron de sa chemise blanche empesé et bien plat de sorte que les poils de sa poitrine en ressortaient comme des nœuds de fils métalliques. Il était de ces représentants de la loi élus, probablement mécanicien diesel ou chauffeur de poids lourds, chargé du transport de grumes, avant que quelqu'un ne soit venu le convaincre de poser sa candidature au poste de shérif. Il était assis au coin de son bureau tandis qu'il parlait, plutôt qu'immédiatement derrière, et il fumait sa cigarette en regardant par la fenêtre en direction du lac, l'air tellement concentré sur ses soucis très personnels que j'avais le sentiment qu'il savait par avance ce qui ressortirait de notre conversation, ne daignant me parler que par simple souci de relations publiques que sa position de représentant élu lui imposait.

– Vous avez été inspecteur à la Criminelle à La Nouvelle-Orléans ? dit-il.

– C'est exact.

– Puis inspecteur aux services du shérif à... comment s'appelle cet endroit ?

– New Iberia. C'est là qu'on fabrique la sauce Tabasco.

Je lui souris, mais son regard contemplait, à travers la fumée de sa cigarette, les reflets bleutés qui miroitaient sur les eaux du lac.

– Vous connaissez un agent des SRS du nom de Dan Nygurski ?

– Ouais.

– Il est passé ici hier. Il a dit que je pouvais compter sur votre visite à mon bureau.

– Je vois.

– Il m'a dit que je devrais vous conseiller de retourner en Louisiane. Qu'en dites-vous ?

– Les conseils ne coûtent pas cher.

– Vous vous posez des questions sur le rapport du coroner ?

Je relâchai ma respiration.

– Oui, monsieur, dis-je.

– Parce que vous pensez qu'elle a été assassinée ?

– C'est exact.

– Pour quelle raison ? Qui pouvait avoir un motif de la tuer ?

– Étudiez de près le casier de Sally Dee. Et renseignez-vous aussi sur un mec du nom de Harry Mapes.

Je sentis au son de ma voix que je me laissais emporter, et je m'arrêtai.

– Je n'exclurais pas non plus Purcel de mes hypothèses.

– De ce que j'ai entendu dire, à un moment ou à un autre, vous avez eu maille à partir avec ces gens-là. Vous croyez être absolument objectif à ce sujet ?

– Les Dio sont des bêtes. Et Mapes également. Purcel a tué un mec pour des givrés, des paramilitaires de La Nouvelle-Orléans. Je ne sous-estimerais pas ce que ces gens-là sont capables de faire, tous autant qu'ils sont.

– Pour quelle raison Purcel serait-il allé jusqu'à la tuer ?

Il me regarda pour la première fois, l'air intéressé. Je contemplai la pointe de mes chaussures. Avant de lui retourner son regard.

– J'ai eu une liaison avec Darlene. Et il l'a appris.

Le shérif hocha la tête sans répondre. Il ouvrit le tiroir de son bureau et en sortit un bloc-agrafe auquel on avait fixé des photocopies de formulaires, du genre de ceux que les légistes du comté utilisent au cours de leurs autopsies.

– Vous aviez raison à propos des meurtrissures, dit-il. Elle en portait au cou et aux épaules.

J'attendis qu'il poursuive.

– Elle portait également une bosse à l'arrière de la tête, dit-il.

– Oui ?

– Mais nous classons l'affaire comme suicide.

– Quoi ?

– Vous avez très bien compris.

– Qu'est-ce qui vous arrive ? Vous refusez de tenir compte de votre propre rapport d'autopsie ?

– Écoutez, Robicheaux. Je n'ai aucune preuve qu'elle ne se soit pas suicidée. D'un autre côté, tout me laisse croire que c'est ce qu'elle a fait. Elle aurait pu se cogner la tête contre le rebord de la baignoire. Elle aurait pu se faire ces marques n'importe où. Ça ne vous fait peut-être pas très plaisir d'entendre ça, mais par ici, les Indiens s'attirent toujours des ennuis. Ils se soûlent, ils se battent dans les bars, ils se tapent sur la gueule à l'intérieur de leur propre famille. Je ne m'en prends pas à eux. Je n'ai rien contre eux. Ils se font traiter comme des chiens et leur situation n'est pas très enviable. Mais c'est comme ça. Écoutez, si je suspectais quelqu'un, ce serait Purcel, inévitablement. Mais je ne crois pas qu'il soit coupable. Le mec a complètement perdu la boule après cette histoire.

– Et Sally Dee, alors ?

– Donnez-moi le mobile, amenez-le-moi et collez-le au trou, et j'établirai le mandat.

– Vous faites une grosse erreur, shérif.

– Dites-moi en quoi. Éclairez donc un peu ma lanterne, s'il vous plaît.

– Vous choisissez la solution de facilité, vous les laissez filer. Si les Dio sentent la moindre faiblesse en vous, ils vont vous dévorer tout cru.

Il ouvrit un profond tiroir au bas de son bureau et en sortit une trique. Les couches de peinture noire étaient écaillées, et la poignée avait été filetée au tour et percée pour y glisser une lanière en cuir. Il laissa tomber brutalement l'objet sur le bureau.

– Ce mec que j'ai remplacé m'a donné ça le jour où j'ai pris mes fonctions, dit-il. Il m'a dit, « Il n'est pas indispensable de mettre tout le monde en cellule. » Et il y a eu des jours où j'ai peut-être été tenté de suivre son conseil. Je vois Dio au supermarché et je me mets à frissonner. C'est une belle et bonne région que nous avons. Il ne fait pas partie des nôtres. Mais je ne casse pas les crânes à coups de matraque, pas plus que je ne laisse mes adjoints le faire. Et si ça ne cadre pas avec les vues de quelqu'un, alors, c'est son problème.

Il écrasa sa cigarette sans m'adresser un regard.

– Je crois que je vais m'en aller, dis-je avant de me lever. Puis, comme une idée me venant après-coup, je dis :

– L'autopsie a-t-elle révélé d'autres détails inhabituels ?

– Pas pour moi ou pour le légiste.

– Quoi d'autre ?

– Je crois que cette discussion est terminée.

– Allez, shérif, je ne suis déjà presque plus là.

Il jeta un nouveau coup d'œil à son bloc.

– Ce qu'elle avait mangé pour souper, et des traces de sperme dans le vagin.

Je pris une profonde inspiration et regardai par la fenêtre en direction du lac aux eaux d'un bleu électrique sous le soleil, des vallonnements de collines vertes et des pins dans le lointain. Puis je pressai les doigts sur mes yeux et me pinçai l'arête du nez avant de remettre mes lunettes de soleil.

– Vous étiez dans le vrai à propos de Cletus, dis-je.

– Qu'est-ce que vous me racontez là ?

– Ce n'est pas lui. Il est impuissant. Elle a été violée avant d'être assassinée.

Il émit un bruit de succion, dents serrées, se sourit à lui-même, secoua un peu la tête et ouvrit son journal à la page des sports.

– Si vous voulez bien m'excuser, dit-il. C'est la seule occasion que j'ai de le lire.

***

Je découvris au bureau du légiste que la famille de Darlene était venue prendre le corps ce matin-là. L'enterrement devait avoir lieu l'après-midi du lendemain sur la Réserve Pied Noir. Le lendemain était un samedi, et Alafair m'accompagna de l'autre côté des montagnes jusqu'à Dupuyer, aux limites sud de la Réserve. J'appris au bureau du journal local que la cérémonie religieuse était prévue à l'église baptiste sur la Marias River à deux heures. Nous déjeunâmes dans un café bâti en bardeaux à côté d'une station-service aux murs de parpaings maculés de taches de graisse. Je n'avais guère d'appétit et ne réussis pas à finir mon assiette, restant là, les yeux fixés sur la route poussiéreuse tandis qu'Alafair mangeait son hamburger. Les bars faisaient de bonnes affaires. Des camionnettes à plateau toutes rouillées, de grosses limousines délabrées de taille démesurée étaient garées à l'oblique contre le trottoir, avec parfois des familles entières qui y gigotaient, attendant que le vieux sorte du troquet. Des individus, l'allure ravagée, l'air complètement fauchés de la nuit qui avait précédé étaient assis au bord du ruisseau, l'attention rivée sur le néant, bouche béante, pareils à des oisillons silencieux juste sortis de l'œuf.

Je vis alors Alafair qui les observait, les yeux plissés, comme si un objectif de caméra venait de s'ouvrir momentanément dans son esprit.

– Qu'est-ce que tu vois, petit mec ? dis-je.

– Est-ce que c'est des Indiens ?

– Bien sûr.

– Ils sont comme moi ?

– Eh bien, pas tout à fait, mais tu es peut-être un peu indienne. Une Indienne cajun de Bayou Teche, dis-je.

– Quelle langue y parlent, Dave ?

– L'anglais, tout comme toi et moi.

– Y connaissent pas de mots espagnols ?

– Je crains bien que non.

Je vis naître un point d'interrogation, puis une expression soucieuse vint masquer son visage.

– Qu'est-ce qui te tracasse, petit mec ? demandai-je.

– Les gens de mon village. Ils restaient assis devant la clinique. Comme les gens d'ici.

Ses yeux s'étaient fixés sur un couple âgé assis au bord du trottoir. La femme était grasse, chaussée de brodequins de l'armée et de chaussettes de sport sales, les genoux écartés au point qu'on voyait la chair sous la robe.

– Dave, y z'ont pas de soldats par ici, hein, pas vrai ?

– Tu te sors ces idées-là de la tête, dis-je. Ici, c'est un bon pays, un endroit sûr. Il faut que tu croies ce que je te dis, Alf. Ce qui est arrivé dans ton village, ça n'arrive pas ici.

Elle posa son hamburger dans l'assiette et baissa les yeux. Les deux plis aux commissures des lèvres s'étaient affaissés. Sa frange dessinait une ligne bien droite sur le front bronzé.

– C'est arrivé à Annie, dit-elle.

Je détournai les yeux de son visage et je me sentis déglutir, la gorge serrée. Le ciel s'était couvert de nuages, le vent s'était levé et soulevait la poussière de la rue, et le soleil ressemblait à une mince gaufrette jaune au sud.

Les obsèques se déroulaient dans une église de bois dont la peinture blanche avait cloqué et s'écaillait par plaques. Tous les fidèles à l'intérieur de l'église étaient indiens, chevelures tressées en nattes, visages ravinés par le labeur, mains qui chargeaient le bois sans gants sous zéro degré, à l'exception de Clete et de Dixie Lee, assis sur un banc sur le devant près du cercueil. Ce dernier était en métal noir, doublé et capitonné de soie blanche, avec des poignées de laiton brillant. Les cheveux noirs de Darlene tranchaient sur la blancheur de la soie, le visage était maquillé, les lèvres aussi rouges que si elle venait de boire un verre d'eau glacée. On l'avait revêtue d'une chemise de daim et d'un collier en grains de chapelet garni d'un oiseau mauve aux ailes déployées qui reposait sur son sein. Seule la partie supérieure du cercueil était ouverte, ses avant-bras n'étaient pas visibles.

La peau du visage de Clete était tendue, luisant sur les pommettes. Il ressemblait à un jambon au torchon à l'intérieur de son complet bleu. Je voyais son paquet de cigarettes distendre la pochette de sa chemise ; ses poignets épais ressortaient des manches de la veste ; le col s'était ouvert sous le nœud de la cravate ; la lanière de son étui d'épaule en nylon lui barrait le dos d'une ligne nette. Les yeux brillaient d'une lumière dure, comme le regard d'un homme qui fixerait la flamme d'une allumette.

Je n'entendis pas, ou plutôt je n'écoutai pas, grand-chose de ce que dit le pasteur. L'homme était nerveux, le visage émacié, et il lisait un extrait du Vieux Testament en offrant ses remarques consolatrices du mieux qu'il le pouvait, probablement, mais la pluie qui se mit à tambouriner sur le toit et les fenêtres, balayant de ses rideaux de gouttes illuminées de soleil la platitude des champs et du bassin de la rivière, exprimait les sentiments qui s'agitaient en moi avec bien plus d'exactitude.

Je fis une prière étrange. C'est une prière qu'il m'arrive parfois de réciter, une prière qui sert mes propres desseins ; mais parce je suis convaincu que Dieu n'est pas limité ainsi que nous le sommes par le temps et par l'espace, il m'arrive parfois de croire qu'Il peut influencer le passé même lorsque les événements ont déjà eu lieu. Aussi à mes moments de solitude, parfois, en particulier le soir, lorsque tout est sombre, lorsque je commence à penser avec une complaisance morbide aux souffrances abominables que certains ont dû endurer avant leur mort, je demande à Dieu de les soulager rétrospectivement de leur douleur, de les assister d'esprit et de corps, d'engourdir leurs sens, de rafraîchir et d'apaiser les flammes qui sont venues leur lécher les yeux à leurs derniers instants. C'est la prière que je récitai pour Darlene. Puis je la récitai une nouvelle fois, pour ma femme Annie.

Le cimetière, carré de terre envahi de mauvaises herbes et balayé par le vent, enclos d'un fil de fer tendu sur des poteaux de ciment, était situé non loin des lits de la rivière. Le bassin de la Marias était un étrange pays ; les escarpements et les canaux creusés progressivement par la rivière donnaient l'impression d'avoir été taillés par une palette à glaise où l'argile et les limons s'étalaient en strates progressives lissées et polies en terrasses graduelles. Même les couleurs y étaient étranges. Les escarpements érodés à l'extrémité la plus éloignée du bassin étaient gris et jaunes, striés d'ocre rouge pareil à des marques de rouille. L'eau du lit principal était haute et brune, emportant sur ses flots les ramures dépouillées de peupliers cotonneux. Le ciel était scellé de nuages gris qui couraient d'un horizon à l'autre ; sous la pluie fine, on aurait pu croire que la campagne tout entière se faisait empoisonner d'infusions de déchets toxiques. C'était là l'endroit dont Darlene m'avait parlé, le site même de ce qui était connu sous le nom de massacre de Baker en 1870. Cette après-midi-là, à l'exception d'un cornouiller solitaire aux floraisons mauves près de la clôture du cimetière, on aurait cru que cette terre n'avait jamais été touchée par le printemps, comme si sa destination de toute éternité était d'exister comme paysage lunaire, monument géographique élevé à ce qu'il y a en nous de plus mauvais.

Je regardai les porteurs descendre le cercueil de Darlene dans le trou fraîchement creusé du cimetière. Le tas de terre gris orangé à côté de la fosse luisait d'eau de pluie. Les tombes environnantes étaient jonchées de pots de confiture et de vases de bazar pleins de fleurs sauvages desséchées. Sur la tombe d'un soldat, un petit drapeau américain était posé à plat, taché de boue. Une photographie de petite fille, âgée de cinq ou six ans tout au plus, enveloppée de plastique, était nouée à une petite plaque de pierre au moyen de câble d'emballage. Sur le versant en pente qui jouxtait un côté du cimetière, une longueur de tuyau en plastique noir descendait jusqu'au bassin de la rivière. Un des joints de la canalisation avait cédé, et un filet d'effluent jaune noirâtre s'en était écoulé et avait creusé son chemin de rigoles jusque dans le cimetière.

J'avançai jusqu'à la camionnette où Alafair dormait sur le siège, portière ouverte ; je m'arrêtai pour contempler les terres humides. Au lointain, je voyais la pluie qui tombait drue sur quelques mamelons de collines gris-verdâtre semées de pins isolés. Au bout d'un moment, j'entendis voitures et fourgons s'éloigner sur le chemin de terre, accompagnés par le bruit des pierres qui rebondissaient contre les pare-chocs ; puis tout redevint tranquille, à l'exception du bruit de bêches des deux fossoyeurs en train de rejeter la terre sur le cercueil de Darlene. Se produisit alors une chose étrange : le vent se leva et se mit à souffler à travers champs, couchant l'herbe, ridant la surface des flaques d'eau du chemin. Il souffla de plus en plus fort, avec une violence tellement inattendue, en fait, que je dus ouvrir la bouche pour me dégager les oreilles et regarder le ciel à la recherche de nouveaux nuages d'orage, voire d'un entonnoir de cyclone. Un nuage dégagea un instant le soleil et un rideau de lumière traversa brutalement les escarpements et les terrasses en gradins du bassin de la rivière. Au même moment, le vent arracha les pétales mauves des cornouillers en fleur près de la clôture du cimetière et les emporta dans une poche d'air pour aller les semer à la surface de la rivière comme des débris d'oiseau déchiqueté.

Puis il n'y eut plus rien. Le ciel redevint gris, le vent tomba, les herbes se redressèrent bien droites dans les champs.

J'entendis une présence. Quelqu'un était là, debout, derrière moi.

– On dirait bien la fin du monde, pas vrai ? dit Dixie Lee.

Il était vêtu d'un complet western gris et d'une chemise bordeaux à boutons-pression nacrés.

– Ou ce à quoi la terre ressemblera le jour où Jésus y mettra fin.

Je vis Clete derrière le volant de la Cadillac décapotable rose de Dixie qui attendait ce dernier.

– Qui a payé le cercueil ? dis-je.

– Clete.

– Qui a fait ça, Dixie ?

– Je ne sais pas.

– Sally Dio ?

– Je ne peux pas croire une chose pareille.

– Ce n'est pas à moi qu'il faut dire ça.

– Putain, mais je ne sais pas.

Il regarda Alafair, qui dormait, derrière en l'air.

– Je suis désolé ... mais je ne sais pas. Je suis plus sûr de rien.

Je continuai à contempler la platitude du fond de vallée, les tourbillons de courant sombre au milieu de la rivière, les escarpements rayés d'orange au-delà.

– Ch'sus bon à rien à rester planté ici et réfléchir sur des trucs comme ça, dit-il. Tu n'as qu'à nous suivre sur le chemin de retour et on s'arrêtera à Lincoln pour manger un morceau.

– J'arrive dans un petit moment.

Je l'entendis allumer une cigarette, refermer son briquet d'un déclic et le remettre dans sa poche. Je sentais l'odeur du nuage de fumée qui venait dériver jusqu'à moi.

– Viens faire quelques pas avec moi. Je ne veux pas réveiller la petite, dit-il.

– Qu'est-ce qu'il y a, Dixie ? dis-je d'un ton agacé.

– Y'a des gens qui disent que la vie est une saloperie et qu'on meurt. Je ne sais pas si c'est vrai. Mais c'est exactement ce que tu commences à penser en ce moment, et ça, c'est pas dans tes façons. T'as intérêt à mettre le plus de kilomètres entre toi et ce genre de réflexions, fils. Écoute, tu as eu une aventure avec elle. Ch'sus pas complètement aveugle. Je sais ce que tu ressens.

– Tu es sobre.

– Et alors, j'ai levé le pied depuis deux jours. Je me fais mon propre programme. Vous, les mecs, la sobriété, c'est un jour à la fois. Moi, je m'enivre un jour à la fois. Reviens avec nous, t'as qu'à nous suivre. Ça permettra à Clete de me lâcher un peu. Ce salopard est en train de me rendre cinglé. J'ai l'impression de me trouver tout à côté d'un ballon qui veut se poser sur le bout d'une cigarette allumée. Je vais te dire, il attrape le mec qui a fait ça, et ça passera même pas par la prison, tu peux y compter.

Je les suivis sur le chemin de retour, en direction du Divide, traversai les plaines verdoyantes avant de m'engager dans la montagne sur l'autoroute noire et luisante, au milieu des massifs serrés de pins jaunes, dans l'ombre bleue des canyons, avec, loin sous mes pieds, l'écume blanche des eaux qui venaient se briser sur les rocs et les longs filaments de nuages accrochés tout humides aux branches des arbres. La ville de Lincoln était noyée de brume ; l'air était frais à la lumière mauve du crépuscule, chargé des odeurs mêlées de rondins fraîchement coupés, de fumées des feux de bois, de parfums de cuisine et de gaz d'échappement des gros camions diesel de dix-huit roues chargés d'arbres qui tournaient au ralenti dans les parcs de stationnement des cafés. Je vis Clete et Dixie quitter la route pour s'arrêter près d'un café en regardant dans ma direction. Je repassai en seconde, accélérai au feu vert et poursuivis ma route vers la ville. Je vis Alafair qui me regardait à la lumière du tableau de bord. Elle avait baissé sa vitre à moitié, son visage hâlé et ses cheveux étaient perlés de gouttes d'eau.

– On va pas s'arrêter ? dit-elle.

– Que dirais-tu si je t'offrais un steak de bison de l'autre côté de la montagne ?

– Ils voulaient que tu t'arrêtes avec eux, pas vrai ?

– Ces mecs veulent toujours des tas de choses. Mais comme quelqu'un m'a dit un jour, c'est simple, je ne veux pas être là quand ils auront trouvé ce qu'ils veulent.

– Il y a des moments, c'que tu dis, ç'a pas de sens, Dave.

– Il faut que j'aie une petite discussion avec ton institutrice, dis-je.

***

Le lundi matin, je m'apprêtais à téléphoner à mon avocat, lorsque je décidai que je n'avais nul besoin d'alourdir mes factures de téléphone ou d'entendre des nouvelles plus déprimantes. S'il avait obtenu un report, il m'aurait appelé, et tout ce qu'il pourrait éventuellement m'apprendre de plus serait tout à fait secondaire. J'accompagnai Alafair à l'école avant de manger un bol de céréales aux noisettes et aux raisins à la table de cuisine, tout en essayant de réfléchir comme je l'avais fait toute la journée de dimanche, à un moyen logique d'acculer Mapes et Sally Dio au mur. Mais j'épuisai bien vite toutes les solutions possibles. Je ne serais jamais capable de retrouver les corps des Indiens morts, encore moins de prouver qu'ils avaient été tués par Harry Mapes et Dalton Vidrine. Je me demandai d'ailleurs par quelle aberration j'avais cru pouvoir résoudre seul les problèmes que j'avais avec la justice. Je n'étais pas flic ; je n'avais aucune autorité, aucun moyen d'accéder aux fichiers de la police, aucun pouvoir pour lancer un mandat, procéder à une arrestation ou interroger quelqu'un. La plupart des films donnent des détectives privés l'image d'individus chevaleresques capables de résoudre des crimes qui mystifient des cohortes de pieds-plats complètement perdus malgré leurs insignes et leur pouvoir très officiels. En réalité, la plupart des détectives privés sont d'anciens militaires, videurs de salles de bar ou flics, chassés de la police ou complètement résignés qui se couperaient les doigts de la main pour récupérer leur grade et leur statut de fonctionnaire. Leur licence leur donne à peu près autant d'autorité sur le plan légal qu'à un facteur.

Je pourrais retourner sur le versant oriental du Divide et me mettre à vérifier les baux pétrolifères au cadastre des palais de justice du comté. Peut-être réussirais-je d'une manière ou d'une autre à relier entre eux les Dio, Harry Mapes, la Compagnie de Forage Star et les Indiens, mais ces liens existeraient-ils encore qu'ils n'aideraient en rien ma défense sur une inculpation de meurtre en Louisiane. Et qui avait tué Darlene et pourquoi ? Mes réflexions se changèrent en chiens furieux prêts à se mordre les uns les autres.

Mon attention fut distraite par un bruit de pas : quelqu'un marchait entre ma maison et celle du voisin. Je me levai de table et regardai par la porte de la chambre à travers la moustiquaire de la fenêtre. J'aperçus à l'ombre des frondaisons, un homme blond, le corps épais, un casque jaune sur la tête et vêtu d'une chemise de toile bleue aux manches coupées, se faufiler au milieu des arbustes vers l'arrière-cour. Un ceinturon porte-outils lui battait les flancs. J'allai vite jusqu'à la porte de derrière et le vis, debout sous le soleil, au milieu de la pelouse, mains aux hanches, tête en arrière, qui étudiait le poteau téléphonique. Les biceps étaient musclés et rougis de soleil.

– Puis-je vous aider ? dis-je.

– Compagnie du Téléphone. Il y a des problèmes sur la ligne.

Je hochai la tête sans répondre. Il reprit sa contemplation du poteau avant de jeter un coup d'œil dans ma direction.

– Vous êtes-vous servi de votre téléphone ce matin ? demanda-t-il.

– Non.

– Est-ce qu'il a sonné juste avant de s'arrêter ?

– Non.

– Bon, ben c'est pas grand-chose. Il faut que je grimpe à votre poteau et ensuite, il se pourrait bien que je sois obligé de me servir un peu de votre téléphone. Mais nous allons arranger ça.

Il m'adressa un large sourire avant de reprendre l'allée et disparaître derrière le garage, là où je ne pouvais plus le voir.

J'allai dans le vestibule, décrochai le téléphone et écoutai la tonalité. Puis j'appelai l'opératrice. Lorsqu'elle répondit, je raccrochai. Je regardai une nouvelle fois par la porte de derrière sans voir de réparateur. Je me rassis à la table de cuisine et continuai à manger mes céréales.

Quelque chose dans le bonhomme me tracassait, mais je n'arrivais pas à trouver ce qui n'allait pas. Peut-être que je suis tout simplement givré, songeai-je. Ou peut-être voulais-je après tout voir les dragons débarquer dans ma propre cour. Non, ce n'était pas cela. Quelque chose ne collait pas dans le tableau, un détail manquait ou n'allait pas avec le reste. J'allai vers l'avant de la maison et sortis sous le porche. Pas le moindre signe de camion des Téléphones garé dans la rue. Quatre maisons plus bas, un homme de petite taille, coiffé d'une casquette, deux sacs de toile en bandoulière aux lanières entrecroisées sur sa poitrine accrochait aux portes des prospectus au moyen d'élastiques. Les sacs étaient pleins et lourds, et son T-shirt était marqué de taches de sueur.

Je retournai à la cuisine et crus une nouvelle fois entendre quelqu'un entre les deux maisons. Je regardai par la moustiquaire, mais l'arrière-cour était vide et on ne voyait nulle trace du réparateur. Deux colombes vinrent à ce moment s'installer sur le fil du téléphone et je levai les yeux pour la première fois vers la tête du poteau. Les premiers clous qui servaient de marches étaient plantés dans le bois à quelque cinq mètres du sol de manière à empêcher les enfants de monter au poteau.

C'est ça, me dis-je. Il n'avait pas de crampons fixés aux chaussures et aux chevilles et il ne portait pas de baudrier. Je retournai dans le vestibule et décrochai le téléphone. La ligne était morte.

Je sortis le 45 du tiroir de la table de nuit près de mon lit. Je sentis le poids du métal froid dans ma main. Je manœuvrai la culasse, glissai une balle à tête creuse dans la chambre et remis le percuteur en position. Tout était tranquille dehors, et les buissons près des fenêtres des chambres dessinaient des ombres profondes sur les moustiquaires. J'allai jusqu'à la porte d'entrée à l'instant précis où le distributeur de prospectus montait les marches du perron. Je glissai le 45 dans ma ceinture, au creux des reins et je sortis.

– Écoutez, allez jusqu'à la petite épicerie au coin de la rue, composez le numéro de l'opératrice et demandez la police, dis-je. Tout ce que vous aurez à dire, c'est “ Agression en cours au 778 Front Street ”. Vous pouvez faire ça pour moi, podna ?

– Quoi ?

Il était entre deux âges, mais les mèches de cheveux raides couleur paille qui sortaient sous la casquette et ses yeux bleu clair lui donnaient une allure enfantine.

– J'ai des ennuis. Et j'ai besoin d'aide. Je vous donnerai cinq dollars une fois que les flics seront ici. Ecoutez, dites simplement à l'opératrice que vous avez besoin des flics et donnez-leur ce numéro.

Je lui indiquai les petits chiffres en fer-blanc sur la porte moustiquaire. Puis je sortis mon canif, détachai la plaque de bois et la lui tendis.

– Lisez simplement le numéro au téléphone – Sept-Soixante-dix-huit Front Street. Puis dites « Urgence ». Okay, podna ?

– Qu'est-ce qui se passe ?

L'indécision et la crainte se lisaient sur son visage.

– Je vous mettrai au courant des détails plus tard.

– Faire simplement le " 0 " ?

Une goutte de sueur tomba de sa casquette.

– C'est ça.

Il s'éloigna du perron, les flancs battus par les deux sacs lourds.

– Laissez vos sacs ici. Okay ? dis-je.

– Ouais, bien sûr. Je reviens tout de suite avec les flics.

Il descendit la rue, le numéro de métal de la maison toujours à la main. Je le vis qui pénétrait dans la petite épicerie de briques jaunes au coin de la rue, puis je fis le tour de la maison, au milieu des arbustes, dans la pénombre, en direction de l'arrière-cour. Je vis la boîte de dérivation du téléphone, en partie obscurcie par la haie sous la fenêtre de salle de bains, certain qu'on en avait sectionné les fils ; mais avant que j'aie eu le temps d'y regarder de plus près, j'aperçus le réparateur traverser la pelouse ensoleillée en se dirigeant vers la porte de derrière.

Je me rapprochai rapidement du coin de la maison, le 45 dans la main droite. Je sentais ma paume toute moite au contact du métal huilé. Le vent était frais entre les deux maisons, l'air sentait la terre humide et la vieille brique. Le réparateur repoussa son casque jaune sur le front, posa la main sur la poche de cuir de sa trousse à outils et frappa à la porte-moustiquaire. C'est l'heure de la surprise, enfoiré, me dis-je, en armant le chien du 45 avant de sortir dans la cour et de pointer sur lui l'arme que je tenais à deux mains.

– On ne bouge plus ! Mains derrière la tête, à genoux ! hurlai-je.

– Quoi ?

Le visage blanchit sous le choc. L'homme fixa l'automatique d'un regard incrédule.

– Exécution ! Tout de suite !

Je vis sa main tressauter sur la poche de cuir.

– Encore un centimètre et c'est l'autre monde, bubba, dis-je.

– D'accord, mec ! Nom de Dieu, qu'est-ce qui se passe ? Très bien, très bien ! Je ne discute pas.

Il s'agenouilla sur les marches de bois et croisa les mains sur la nuque. Son casque lui glissa sur les yeux. Les bras paraissaient épais et rouges à la lumière du soleil, et je vis la blancheur tendue de la poitrine par l'échancrure de la chemise de toile, là où les manches avaient été coupées. Sa respiration était bruyante.

– Vous m'avez pris pour quelqu'un d'autre, dit-il.

– Où est votre camion ?

– Plus bas dans la rue. Dans cette putain d'allée.

– Parce que vous êtes un grand timide qui n'ose pas le garer dans la rue. Avec la main gauche, vous décrochez votre ceinture à outils et vous la laissez tomber, avant de remettre les mains sur la nuque.

– Écoutez, appelez ma compagnie. Vous vous trompez de mec.

– Défaites votre ceinturon.

De la main, il dégrafa la boucle, et la lourde poche tomba en cliquetant sur les marches. J'étalai l'outillage sur la dalle de béton en contrebas du perron – pinces, tournevis à lame plate et cruciforme, pinces coupantes, et un pic à glace avec un petit bouchon de liège sur la pointe. Je levai le pic à glace en coin au niveau de ses yeux.

– Vous voulez m'expliquer ceci ? demandai-je.

– Il arrive que des guêpes bâtissent leur nid dans les boîtes de dérivation. Je m'en sers pour nettoyer les coins de la boîte.

– Laissez tomber votre portefeuille derrière vous.

Il glissa les doigts dans sa poche revolver, sortit le portefeuille et le laissa tomber. Je m'accroupis, le milieu de son dos dans la ligne de mire de mon 45 et ramassai le portefeuille dont je vidai le contenu en le secouant après m'être reculé sur l'herbe. Sa nuque était rouge et donnait l'impression d'être enflammée sous le soleil brillant, sa chemise marquée de taches de sueur. Du bout des doigts, je vérifiai les billets de banque, les pièces d'identité, photographies et morceaux de papier gisant à mes pieds et me sentis de moins en moins à l'aise au fur et à mesure de mon inspection. Il avait un permis de conduire du Montana avec sa photographie, une carte de sécurité sociale qui portait le même nom, une carte de membre du Club des Elans du coin et deux billets pour le bal du personnel de la U.S West Communications.

Je relâchai mon souffle.

– Où avez-vous dit que se trouvait votre camion ? demandai-je.

– Plus bas, dans l'allée.

– Allons jeter un coup d'œil, dis-je en me redressant. Non, ouvrez la marche.

Il resta devant moi, comme je le lui avais dit, mais j'avais déjà rabattu le chien du 45 et laissai pendre l'arme au bout de mon bras. Nous passâmes à côté du garage pour prendre l'allée. Garé à l'extrémité de ladite allée, collé contre une remise à outils à l'ombre d'un érable, se trouvait le camion de la compagnie du Téléphone. Je fourrai l'arme dans ma poche revolver. Le visage du réparateur était livide de colère, il serrait et desserrait les poings.

– Je suis désolé, dis-je.

– Tu es désolé ? Espèce de salopard, c'est à coups de poing que je devrais te faire rentrer tes putains de dents dans la gorge.

– Vous en avez le droit. Il est probable que vous ne comprendrez pas ce que je vais vous dire, mais quelqu'un me veut du mal, beaucoup de mal, à moi et peut-être à une petite fille. J'ai cru que vous étiez ce quelqu'un-là.

– Ah ouais ? Alors dans ce cas, c'est les flics que tu devrais appeler. Je vais te dire, mon pote, j'ai envie de te défoncer la gueule.

– Je ne vous le reproche pas.

– C'est tout ce que t'as à dire ? Tu ne me le reproches pas ?

– Vous voulez frapper ? Allez-y, c'est gratuit.

L'œil s'alluma d'une lueur intense et circonspecte. Avant de disparaître, il pointa un doigt dans ma direction.

– Tu pourras raconter tout ça aux flics. Parce qu'ils vont venir te voir. Je te le garantis, dit-il.

Il retourna alors jusqu'aux marches du perron arrière, remit ses outils dans sa sacoche de cuir et remit en place tous les papiers du portefeuille. Il ne prit pas la peine de me regarder lorsqu'il traversa la pelouse en direction de l'allée et du camion qui y était garé. Mon visage me donna la sensation d'être rond et enflé, la peau tendue sous le vent.

***

Deux flics en uniforme étaient là dix minutes plus tard. Je n'essayai pas d'expliquer les ennuis que j'avais avec Sally Dio ; je leur dis simplement que j'étais ex-officier de police, que le SRS m'avait prévenu qu'on risquerait d'attenter à ma vie, qu'ils pouvaient appeler Dan Nygurski à Great Falls, lequel confirmerait mon récit, et que finalement, j'avais commis une erreur grave pour laquelle je tenais à m'excuser. Ils se montrèrent agacés et même vaguement méprisants, mais l'homme du téléphone n'avait pas déposé de plainte contre moi ; il s'était contenté de faire une déposition par téléphone. Je savais que l'affaire serait sans suites et que tout ce qu'il me restait à faire, c'était éviter de les provoquer.

– Je ne me suis pas conduit de façon très intelligente, dis-je.

– Où est l'arme ? demanda le plus âgé des deux flics, homme grand et fort, tête nue, arborant des lunettes de soleil de pilote.

– Dans la maison.

– Je vous suggère de la laisser là. Je vous suggère également de nous appeler la prochaine fois que vous penserez qu'on vous veut du mal.

– Oui, monsieur, c'est ce que je ferai. En fait, c'est bien ce que j'ai essayé de faire. Est-ce que le distributeur de prospectus ne vous a pas appelés ?

– Le quoi ?

– Un mec qui met des prospectus aux portes. Je l'ai envoyé à l'épicerie pour vous appeler quand j'ai cru que ma ligne était coupée.

Je me rendis compte que je revenais sur mon histoire alors qu'il était bien préférable que j'en reste là.

– Je ne vois pas de quoi vous voulez parler. Croyez-moi, j'espère sincèrement ne plus entendre de dépositions concernant cette adresse. Nous faisons-nous assez bien comprendre sur ce point ?

– Oui, monsieur, c'est tout à fait clair.

Ils partirent et j'essayai de remettre un peu d'ordre dans ma matinée. Lorsque la voiture de brigade était venue se ranger devant la maison, quelques-uns des voisins étaient sortis sur leur perron. Je pris la décision de ne pas rester objet de curiosité à me cacher chez moi, aussi enfilai-je un short et une vieille paire de chaussures de bateau et commençai-je à arracher les mauvaises herbes du parterre de fleurs en façade. Le soleil me chauffait le dos et le trèfle au milieu du ray-grass était plein de petites abeilles. Les saules sur la rivière ployaient sous la brise. Au bout de quelques minutes, l'ombre d'un homme tomba sur mon visage et mes épaules.

– Le téléphone ne marchait pas. Il a fallu que je remonte jusqu'à Broadway , dit l'homme dont les yeux bleu clair se baissaient sur moi sous la casquette.

– Oh ouais, comment va ? dis-je. Ecoutez, je suis désolé de vous avoir expédié jusque là-bas de cette manière. Ç'a été un coup pour rien, si je puis dire.

– J'ai vu partir les flics du coin de la rue. Alors je m'suis payé un soda. Tout s'est arrangé pour le mieux, hein ?

– Ouais, et je vous dois cinq sacs. Exact ?

– Ben, c'est ce que vous aviez dit. Mais pourtant, vous n'êtes pas obligé. J'ai fait trois blocs avant de trouver un téléphone.

– Un marché, c'est un marché, collègue. Venez, entrez. Je vais chercher mon portefeuille.

J'ouvris la porte-moustiquaire et passai devant lui. Il tint la porte du coude plutôt que de la main en entrant dans la maison.

– Pourrais-je avoir un verre d'eau ? demanda-t-il.

– Bien sûr.

Nous allâmes dans la cuisine et tandis que je sortais un verre à moutarde du placard, je le vis glisser les mains dans les poches arrière de son pantalon et sourire. Je remplis le verre au robinet en me disant que son sourire me faisait penser de manière frappante aux lèvres qu'on peignait sur les œufs de Pâques. Il souriait toujours lorsque je me retournai ; il leva sa matraque et l'abattit en plein sur mon front. Elle était noire et plate, alourdie de plomb à une extrémité. Je la sentis cogner l'os, touchant par le travers le nez et un œil et je plongeai en chute libre jusqu'à un endroit rouge-noir, sous les profondeurs du sol de la cave, tandis qu'un verre à moutarde roulait au ralenti à côté de moi.

***

Je me réveillai avec la sensation de monter à la lumière au sortir d'une bulle sombre et humide, sauf que j'avais les bras verrouillés derrière la tête, je n'arrivais plus à respirer ou à crier, j'étais en train de me noyer. L'eau me coula en cascades sur le visage et dans les narines, mouillant le sparadrap qu'on m'avait collé sur la bouche. Je hoquetai et m'étouffai, gorge bloquée, en luttant pour faire entrer l'air dans mes poumons ; je sentis les menottes mordre la chair de mes poignets et la chaîne racler le tuyau de vidange sous l'évier. C'est alors que j'aperçus l'homme aux prospectus accroupi tout à côté de moi, une carafe de thé glacé vide à la main, et sur le visage une expression bizarre, comme s'il se trouvait en train d'étudier de près un animal au zoo. Il avait les yeux bleu ciel, marbrés de minuscules filaments de lumière blanche. Il roula en boule un paquet de serviettes en papier et me sécha le visage en le tapotant avant de m'écarter les paupières en grand à la manière d'un ophtalmologiste. Posé à côté de son pied, il y avait un des sacs de prospectus.

– Tu t'en tires très bien. Repose-toi, tranquille, et je t'explique tout le topo, dit-il.

Il sortit un Instamatic de son sac, mit au point sur mon visage et la moitié supérieure du buste, la bouche tordue par la concentration, prit deux clichés au flash droit dans les yeux. Ma tête palpitait. Il laissa retomber l'appareil photo dans le sac.

– Il faut que j'aille pisser un coup. Je reviens tout de suite, dit-il.

Je l'entendis uriner bruyamment dans la cuvette des toilettes. Il tira la chasse avant de revenir dans la cuisine et s'agenouiller à côté de moi.

– Le mec veut des clichés avant-après, dit-il. Alors je lui donne des clichés avant-après. C'est lui qui paye, pas vrai ? Mais ça veut pas dire que ch'suis obligé de faire tous les autres trucs qu'il veut. C'est mon numéro, quand même. Nom de Dieu, mais c'est notre numéro à tous les deux. Je crois pas que tu sois le gus vraiment mauvais, y'a juste que t'es allé souffler à la figure du mec qu'y fallait pas. Alors je vais te faire ça le plus facile que je peux.

Il me regarda droit dans la figure, sans ciller. Ses yeux n'étaient que vide, aussi clairs et dénués de signification que la lumière elle-même.

– Tu ne comprends pas bien, pas vrai ? demanda-t-il. Écoute, à cause de toi, un mec fait sacrément la gueule, tu le fais passer pour un vrai tas de merde ambulant aux yeux des autres, t'arrêtes pas de l'asticoter, tu le démolis et il ressemble à une vraie fiote en face de toutes ses pétasses, ce qui fait que sa petite bistouriquette les intéresse plus, et qu'il va passer des nuits entières sans pouvoir dormir, à penser à toi.

Les yeux étaient sereins, presque gentils, comme si tout avait été expliqué, soigneusement, par le détail, d'une manière qui devait convenir même aux plus obtus.

– T'es un peu dur à la détente, pas vrai ? dit-il. Écoute, t'es censé craquer et partir en petits morceaux, j'attaque au poumon gauche d'abord et tu finis avec la pine dans la bouche. Et moi je dis, rien à foutre de tout ça. Au moins pas tout le temps que le mec est encore conscient. Personne ne me dit comment je dois faire mon boulot, mec. Hé, ça va peut-être pas t'être d'un grand réconfort, mais ça pourrait être bien pire. Tu peux me croire.

Il posa la paume de la main gauche sur ma poitrine, presque comme s'il essayait de me rassurer, me réconforter ou de chercher le battement de mon cœur ainsi qu'un amant pourrait le faire, avant de tendre la main droite vers le sac de toile posé derrière lui. Le couteau était une imitation étrangère du K-Bar du Corps des Marines : lame d'acier inox, dessus cranté en dents de scie, poignée en aluminium avec une boussole-bulle enfichée à son extrémité. Je me rappelai avoir vu des publicités du modèle dans le supplément du dimanche du *Times-Picayune*, pour un prix de six dollars.

La porte de derrière était fermée, le linoléum jaune luisait sous la lumière du soleil qui arrivait par la fenêtre, l'eau dégoulinait de mes cheveux et de ma chemise trempée comme une colonne de fourmis sur ma peau, et ma respiration ressemblait à de l'air qu'on aurait soufflé de force au travers du sable. Sa main descendit sur le sternum pour couvrir l'estomac avant de poursuivre en direction du bas-ventre, et il changea d'appui, basculant tout son poids sur les genoux, empoigna le couteau en coupe au creux de la main droite, paume vers le haut, et son regard parcourut lentement les détails de mon visage. Je fis claquer la menotte contre le tuyau d'évacuation en essayant de me tordre pour m'éloigner de lui, avant de relever les genoux pour me protéger le ventre à la manière d'un enfant, ma voix s'étranglant au passage de la gorge.

Il ôta la main de mon corps et me regarda patiemment.

– Allez, mec. Fais-moi confiance sur ce coup-ci, dit-il.

Une ombre traversa les vitres de la porte de derrière, puis la poignée pivota et Clete passa la porte comme s'il jaillissait d'une barrique en en faisant éclater toutes les lattes. Il rabattit violemment l'ouvrant contre le mur, renversa un fauteuil sur le linoléum, le 38 en plein dans la ligne de mire du visage du distributeur de prospectus. Il avait une allure ridicule dans sa tenue, vieux short Budweiser rouge et blanc, T-shirt, coupe-vent bleu, chapeau rond difforme, mocassins sans chaussettes, et étui d'épaule en nylon à la sangle tordue à travers un téton.

– Qu'est-ce qui se passe, Charlie ? dit-il, le visage électrisé par l'anticipation. Jette-moi ton schlass ou je te fais sauter ta cervelle de merde sur le papier peint de Belle-Mèche.

Les yeux bleus pleins de vide de l'homme aux prospectus ne changèrent pas une fois d'expression. Les petites veinules de lumière blanche y brillaient comme dans l'attente imminente d'une merveilleuse promesse. Il posa le couteau au sol avant de sourire au néant, un genou confortablement posé au sol, l'avant-bras droit ballant au travers de la cuisse.

– Charlie a failli m'échapper, dit Clete. Sal m'a dit qu'il avait ramené sa voiture de location à Missoula avant de prendre l'avion la nuit dernière. Sauf que Charlie se tirait sa crampette un peu plus haut sur le lac et sa pétasse m'a dit qu'elle était censée le retrouver à l'aéroport ce soir. Je te prenais pour un pro, Charlie. Tu devrais te garder le gourdin au frais dans ton calcif quand tu bosses. Étale-toi sur le ventre et mets les mains sur la nuque.

Clete s'agenouilla derrière lui et le passa à la fouille, tapotant ses poches, glissant les mains à l'intérieur de ses cuisses.

– Où est la clé des menottes ? dit Clete.

L'homme aux prospectus était allongé sur le sol, et le visage collé au lino se pointa dans ma direction. Les yeux brillaient sous la lumière.

– Hé, t'as des problèmes d'audition ? dit Clete, en lui filant un coup de pointe de son mocassin dans la cage thoracique.

L'homme aux prospectus ne dit toujours rien. Il vida ses poumons, respirant bouche ouverte comme un poisson hors de l'eau. Clete se remit à le frapper à coups de pied, puis son regard se posa sur le plateau de la table de cuisine. Il fit glisser le couteau du pied sur le linoléum et ramassa la clé des menottes posée sur la table. Il s'agenouilla à côté de moi et déverrouilla un de mes poignets. Je commençai à me remettre debout, mais avant même que je puisse me redresser, il avait reclaqué la menotte ouverte autour du tuyau d'évacuation.

– Désolé, Belle-Mèche, c'est pas encore pour tout de

suite, dit-il. Enlève l'adhésif que tu as sur les lèvres et reste peinard une minute pendant que nous bavardons un moment avec Charlie.

Il ramassa le sac de toile par le fond et le vida au sol en le secouant. L'Instamatic, un rouleau adhésif, et un revolver calibre 22 se répandirent avec fracas sur le linoléum au milieu des prospectus éparpillés.

– Sal voulait quelques clichés pour son album souvenir, hein ? Et on dirait que nous avons là un Ruger avec un barillet pour magnum. Belle-Mèche, nous avons devant nous un spécimen authentique du psychopathe américain bien de chez nous. J'ai un ami aux services de police de Las Vegas qui m'a sorti le casier de Charlie.

J'étais parvenu à détacher l'adhésif de ma bouche. Je m'assis du mieux que je le pouvais sous le rebord de l'évier et me pinçai la peau autour des lèvres. Elle était raide, comme morte au toucher. Je sentis une crête enflée qui me barrait le cuir chevelu, le long de la raie jusqu'au front.

– Qu'est-ce que tu fais, Clete ? dis-je.

Mes propres paroles me résonnèrent aux oreilles de manière étrange, comme si elles venaient de l'extérieur de moi-même.

– Je te présente Charlie Dodds. Selon Vegas, il a été mêlé à au moins cinq règlements de compte du Syndicat, cinq meurtres dont ils sont au courant, et il a peut-être refroidi un mec dans la cour de Quentin. Son heure de gloire a cependant été l'élimination d'un témoin fédéral. La fille du mec en question, une gamine de quatorze ans, a eu le malheur de se pointer et Charlie l'a bousillée, elle aussi.

– Donne-moi la clé, dis-je.

Il avait repris le 22 dans l'une des grandes poches de son short Budweiser. Il se penchait au-dessus de l'homme au sol lorsque je l'interrompis :

– Appelle les flics du coin, Clete.

Il se redressa et me regarda comme si j'étais devenu fou.

– Tu crois que toi ou moi, on peut faire en sorte de garder ce mec en prison ? Qu'est-ce qui t'arrive ? dit-il. Il serait libéré sous caution dans les trois heures, même si ces péquenots acceptaient d'enregistrer la plainte. D'une manière ou de l'autre, il serait de retour au milieu de toute la troupe de trouduc' à se tirer des lignes de coke avant les infos de cinq heures. Je vais te dire autre chose, Dave. Le gars des pompes funèbres m'a dit qu'une larme était restée figée dans l'œil de Darlene, il n'a pas pu la sortir. Tu sais tout ce qu'elle a dû endurer avant de mourir.

La mâchoire se crispa, la peau de son visage se tendit, la cicatrice qui tranchait sur son sourcil jusqu'à l'arête du nez rougit, et il lança un violent coup de pied dans le rectum de l'homme au sol. Il le frappa à nouveau au même endroit avant de se pencher au-dessus de lui et fouetter l'arrière de son crâne du canon de son 38. Puis il dit « Bordel » comme si la rage insatiable qui l'habitait venait de se donner libre cours, remit son revolver dans l'autre de ses grandes poches, crocha l'homme par la ceinture et le remit debout, comme s'il soulevait une marionnette de chiffons et de baguettes, avant de le projeter avec violence contre le mur et de lui lancer son poing énorme en pleine figure.

Puis il le maintint debout d'une main autour du cou, le frappa à nouveau, encore et encore, jusqu'à ce que son poing se couvre de rouge brillant aux jointures, tandis que le regard de l'homme vacillait, les yeux perdus, et qu'un filament de salive sanguinolente pendouillait de sa bouche.

– Pour l'amour du ciel, arrête ça, Clete ! dis-je. Ce mec, c'est tout ce que nous avons. Sers-toi de ta tête, mec.

– Conneries. Charlie n'a rien d'une fillette. Notre bonhomme, c'est une ordure qui a des tripes.

Ce sur quoi il enveloppa la nuque du bonhomme de sa paluche, lui fit traverser la pièce au pas de charge et lui écrasa la tête sur le côté du fourneau. Je vis la peau céder au-dessus de l'œil ; puis Clete le jeta au sol. On voyait le blanc des yeux de Charlie, et ses cheveux couleur paille étaient collés par la sueur.

Clete me colla son poignet dans la figure.

– Prends mon pouls, dit-il. Je suis calme, tout baigne, putain, mais je contrôle toutes mes émotions. Ça ne me fait pas bander. Je suis d'une sérénité extrême. Je te les ai sauvées, tes putains de miches, ce matin. Que dirais-tu d'un soupçon de reconnaissance pour changer ?

– Libère-moi des menottes, Clete, sinon, je vais régler mes comptes avec toi. Je te le jure.

– Tu ne changeras jamais, Belle-Mèche. Tu n'apprendras jamais rien, impossible.

Clete ramassa au sol le rouleau d'adhésif et le couteau de survie et s'agenouilla à côté de l'homme inconscient. Il arracha vingt-cinq centimètres d'adhésif qu'il détacha à l'aide du couteau et en enveloppa la bouche de Charlie. Puis il lui tira les bras dans le dos, enveloppa chaque poignet individuellement, avant de les nouer d'un huit grossier qu'il détacha au couteau une nouvelle fois. Le couteau était affûté et coupait comme un rasoir. Il enveloppa les chevilles de la même manière que les poignets.

– Je ne sais pas quel est ton plan, mais je crois qu'il est mauvais, dis-je.

– Ce n'est pas moi qui me retrouve inculpé pour meurtre en Louisiane. Ce n'est pas moi le mec menotté au tuyau de vidange. Ce n'est pas moi qui ai une bosse sur la tête. Peut-être qu'il m'arrive une fois de temps en temps de faire quelque chose de bien. Essaie de rajouter un peu d'humilité à la reconnaissance.

Il alla vers le devant de la maison, et je l'entendis qui déplaçait des meubles, en renversant une chaise ou une table au passage. Un moment plus tard, il revint dans la cuisine, traînant derrière lui le tapis de mon salon. Il avait le visage empourpré, et la sueur dégoulinait de son chapeau rond. Il arracha son coupe-vent et s'en servit pour essuyer la sueur de ses yeux. Les manches bleu-gris étaient semées de taches de sang.

– Désolé de foutre le bordel dans ta maison. Vois si tu peux déduire ça de ta déclaration d'impôts au titre de la Surveillance du Quartier, dit-il.

A coups de pied, il raplatit le tapis au sol et commença à rouler Charlie à l'intérieur.

– Clete, on peut faire tomber Dio avec cet homme.

Mais il n'écoutait pas. Il avait le souffle rauque tandis qu'il travaillait, et les yeux brillaient d'un regard de fouine, méchante et vicieuse.

– Tu t'es sorti de cette collante pour meurtre à La Nouvelle-Orléans. Tu veux qu'ils t'en collent une nouvelle ? dis-je.

Une nouvelle fois, il ne répondit pas. Il sortit par la porte de derrière, puis j'entendis la boîte de vitesse de sa Jeep couiner en passant en marche arrière avant qu'il ne traverse la pelouse jusqu'au perron. Clete revint dans la cuisine, défit le crochet qui maintenait la porte moustiquaire, souleva l'homme roulé dans le tapis et traîna le fardeau jusqu'à la Jeep. A son retour dans la maison, le visage était maculé par la poussière du tapis et dégoulinait de sueur, tandis que son poitrail se soulevait en quête d'un peu d'air. Il mit une cigarette entre ses lèvres, l'alluma grâce à une pochette d'allumettes et balança le petit bout de bois consumé d'une pichenette à travers la porte moustiquaire dans la lumière du soleil.

– T'as une scie à métaux ? dit-il.

– Dans ma boîte à outils. Derrière le siège conducteur.

Il ressortit et je l'entendis fourrager dans mon camion. Puis il remonta les marches de bois, la scie à métaux au bout du bras.

– Tu pourras scier la chaîne en une quinzaine de minutes, dit-il. Si à ce moment-là tu veux appeler les flics du coin, demande-toi un peu ce qu'ils croiront dans tout ça. Demande-toi aussi la masse d'ennuis que tu veux te coller sur le dos pour un tas de merde comme ce mec-là.

– Qu'est-ce que tu vas faire de lui ?

– C'est à lui de décider. Est-ce que tu te tracasses vraiment à propos d'un mec capable de tuer une fille de quatorze ans ? Ce mec est un accident génétique.

Il tira une chaise, s'assit, et se pencha vers moi à téter sa cigarette en longues bouffées, en essayant de reprendre son souffle en même temps.

– As-tu jamais réfléchi à ça, Belle-Mèche ? Tu sais comment va le monde, tout comme moi. Mais la moitié du temps, tu agis comme si tu ne le savais pas. Et ça te permet de te sentir meilleur au milieu de mecs comme moi. Comment tes potes des AA appellent-ils ça, déjà ? “ décrocher en douceur ” ?

– Ce n'est pas comme ça que ça marche, Clete.

– Pourquoi as-tu continué à faire équipe avec moi au Premier District, après m'avoir vu casser un ou deux mecs pour qu'ils filent doux ?

Il m'offrit un large sourire.

– Peut-être bien parce que je faisais ce que toi, au fond, tu avais vraiment envie de faire. Peut-être bien, c'est pas sûr. Réfléchis un peu à la question.

– Ne tue pas ce mec.

– Hé, il faut que je prenne la route. Tu veux quelque chose avant que je ne me taille ? Un verre d'eau peut-être, ou quoi ?

Il me mit la scie à métaux dans la main.

– Il n'est jamais trop tard pour changer de cap.

– C'est de l'or en barre, ce que tu me dis là, Dave. Je me demande si ce bon vieux Charlie pense à des choses comme ça pendant qu'il exécute son contrat sur quelqu'un. Mec, ça, c'est de la noblesse, putain. Il faudra que je m'en souvienne.

Il replaça le ressort de rappel de la porte-moustiquaire, le manœuvra en arrière une ou deux fois et me regarda avant de dire :

– Une fois que tu auras sectionné la chaîne, tu trouveras la clé des menottes sur la table. Tu veux faire tomber Sal ou l'autre enflure qui t'a fait porter le chapeau en Louisiane, eh bien ouvre les yeux une bonne fois pour toutes ou alors achète-toi un plumet de mousquetaire pur et dur. Avant une heure, Charlie m'aura raconté toute l'histoire de sa vie. Tu veux être mis au parfum, tu m'appelles au Eastgate Lounge à six heures.

Et il disparut.

9

Je remplis un torchon à vaisselle propre de glaçons que je pilai en pâte humide et fine à l'aide d'un rouleau à pâtisserie sur le rebord de l'évier. J'allai ensuite m'étendre sur le canapé du salon en pressant la serviette contre mon crâne. Pour un ex-flic, je m'étais montré brillant ce matin, songeai-je. Je m'étais débrouillé pour coincer, terrifier et rendre fou furieux un employé des Téléphones parfaitement innocent. J'avais ensuite invité un tueur à gages à pénétrer dans ma maison, immédiatement après le départ des flics, je lui avais tourné le dos, complètement désarmé, alors que j'avais à portée de main un 45, un calibre douze à double canon et un revolver calibre 38 dans son étui cloué sous une étagère de placard, pour me retrouver menotté au tuyau de descente de l'évier après avoir été matraqué. Je ne voulais pas penser à ce qui avait suivi : le contact de sa main moite en train de glisser sur les muscles de mon ventre frissonnant, l'absence totale de morale dans son regard éteint, la brillance immobile, presque opiacée de son visage figé tandis qu'il promenait lentement la lame du couteau au-dessus de la cavité du cœur.

J'avais déjà vu par le passé le résultat de leur travail, aux gens de son espèce, à La Nouvelle-Orléans. Ils vous créaient de toutes pièces des leçons de choses que personne n'oubliait jamais dans la communauté criminelle : un témoin de grand jury garrotté au fil de fer, une racoleuse aspergée d'essence et transformée en torche de flammes, un membre de la pègre qui avait fait un ami cocu émasculé, le phallus fourré dans la bouche. Ces hommes qui faisaient le boulot vous donnaient le frisson. J'ai entendu des tas d'explications sur leur comportement et leur nature perverse. Mon sentiment personnel est qu'ils sont tout simplement l'incarnation du mal. La racoleuse, les tireurs de fouille, les forgeurs de chèques, les fourgues et les passeurs d'argent à blanchir sur les hippodromes, toute cette armée urbaine de désaxés bredouillants au comportement incertain ont souvent une famille, un métier et finalement, le jour vient où ils disparaissent et se fondent dans la normalité de la vie américaine sans jamais laisser sur elle plus qu'une petite égratignure vite oubliée. Les hommes de l'espèce de Charlie Dodds font quant à eux bande à part, une bande très spéciale peut-être. Je ne pense pas qu'il y en ait beaucoup comme lui. Mais ils sont en nombre suffisant, peut-être pour nous faire souvenir que tous les êtres humains ne sont pas récupérables ou leur comportement explicable. Le geôlier qui les garde dans leur cellule de sécurité maximale, à double tour, qui leur enchaîne les chevilles, la taille et les poignets lorsqu'on les déplace ne serait-ce que d'une courte distance dans l'enceinte de la prison, sait, il sait et apprécie d'eux à sa juste valeur ce quelque chose que tout le reste d'entre nous ignore.

J'avais décidé de ne pas appeler les flics à la suite de la visite de Charlie Dodds. Comme me l'avait dit Clete, à quel point seraient-ils prêts à me croire, surtout après que j'ai eu mis à mal l'employé des Téléphones ? J'étais aussi fatigué d'avoir à me justifier aux yeux des flics. Ce n'est parfois pas très bon d'interférer avec les Parques. Peut-être que Clete et Dodds s'étaient quelque part retrouvés.

La glace fondit dans le torchon. Je me levai du canapé, le front engourdi, la peau tendue par le froid et l'enflure, et j'allai nettoyer la cuisine. J'essuyai le sang de Dodds du mur, du fourneau et du linoléum à l'aide de serviettes de papier humides, repassai les mêmes endroits à l'aide de détergent puis d'alcool avant d'entasser les serviettes, son poignard de survie, sa casquette de toile et les menottes sciées dans son sac à prospectus, dont je fis un baluchon que je balançai avec son contenu dans l'escalier du sous-sol.

Puis je pris une douche et piquai un somme dans la chambre à coucher. La brise faisait frémir les buissons devant la fenêtre et je sentais sa fraîcheur lorsqu'elle venait souffler sur mes draps. Dans mon rêve, je vis Annie assise sur la rambarde de la péniche d'habitation, propriété de mon père, dans la lumière brumeuse du petit matin sur les marais de l'Atchafalaya. La péniche était grise, battue par les intempéries, toute trace de peinture disparue, la coque zébrée de marques d'humidité, et des nuages de vapeur venaient rouler au sortir des îlots de saules et de cyprès, collés au ras de la surface des eaux immobiles. Les cheveux d'Annie étaient dorés, sa peau hâlée, sa bouche rouge dans la brume, mais elle refusait de me parler. Elle sortit et regarda en direction de mon père, qui m'attendait dans le hors-bord, et je compris alors que je n'avais que quinze ans et que je devais l'aider à tirer la ligne de fond, dégoulinante de têtes de poissons-chats, que nous avions tendue au travers de la baie la nuit précédente. Tandis que la brûlure du soleil chassait les brumes des eaux pour les repousser vers les ombrages, nous remplîmes le vivier de crabes bleus avant de nous mettre à relever les filets coniques plombés de briques et marqués de bidons plastique fermés de Clorox que nous avions jetés en eaux profondes la veille au matin.

Notre ouvrage nous amena jusqu'après déjeuner, à secouer les énormes poissons-chats de leur vase et les *gaspagoo*, que les Texans appellent poissons-buffles et les Nègres poissons-gélatine, dans le fond du bateau, le dos brûlant, dégoulinant de rigoles de sueur sous le soleil blanc. Mon père avait les cheveux bouclés, en tignasse sauvage, pareille à une pelote de fil de fer noir, les mains aussi grosses que des battoirs, les dents fortes et blanches, le rire sincère et plein du plaisir de vivre, les muscles des épaules et des bras tellement puissants et noueux qu'il était capable de combattre trois hommes à la fois au beau milieu d'une piste de bal à encaisser des coups de toutes parts sans tomber au sol. Sur les chantiers de pose de pipeline ou sur les puits, on l'appelait le Grand Al Robicheaux, avec le genre de respect et d'affection que les travailleurs ont pour celui qui incarne les meilleures de leurs qualités. Je me penchai par-dessus le plat-bord, agrippai un bidon de Clorax, et sortis le bord du filet presque à ras de la surface de l'eau. Mais il était aussi lourd qu'un bloc de béton, les arceaux de bois démolis, le maillage déchiré, et malgré tous mes efforts, je ne réussis pas à sortir le premier arceau au-dessus de l'eau.

Mon père coupa le moteur, monta à la proue de manière à ne pas faire chavirer le bateau, et tira violemment le filet de ses bras massifs, jusqu'à ce qu'il aperçoive la silhouette du lépidostée pris au piège juste sous la surface des eaux jaunâtres.

– *Fils p'tain* , dit-il.

Il y avait trois jours qu'il ne s'était pas rasé, sa barbe et ses cheveux dégoulinaient de sueur.

Le lépidostée devait bien faire un mètre cinquante de long. Ses nageoires, sa queue et sa cuirasse d'écailles, son groin allongé, à la gueule pleine de dents, dégoulinaient de fange et de vase, et il n'y avait aucun moyen de sortir l'animal emmêlé dans les mailles au travers de la série d'arceaux du filet. Mon père remonta les briques qui nous servaient à ancrer le filet sur le fond, les dégagea et les laissa tomber au fond du bateau ; puis nous nous mîmes à haler lentement le filet derrière nous jusqu'à l'îlot de saules où était amarrée, bien à l'ombre, la péniche.

A force de secouer le filet démoli sur le rivage, le lépidostée finit par en sortir. Nous l'observâmes qui rebondissait d'un flanc sur l'autre, gueule ouverte en quête d'un peu d'air, à se couvrir les ouïes de sable. Il avait des dents capables de trancher en deux un black-bass à la manière d'un rasoir. Mon père passa derrière la bête, la frappa une fois à la tête d'un coup de brique, et plongea son couteau à filets dans un défaut de la cuirasse, zone de chair tendre entre la tête et le caparaçon d'écailles, appuyant de ses deux mains jusqu'à ce que la pointe de la lame ressorte au travers de la gorge jusque dans le sable ; le sang jaillit à gros bouillons de la gueule et des ouïes du poisson. Mais le lépidostée continua à battre l'air, à se tordre pour se libérer du couteau et à faire voler le sable dans les airs, jusqu'à ce que, finalement, mon père lui écrase la tête et que les yeux de l'animal perdent toute trace de vie, aussi froids qu'un verre noirci. Puis mon père glissa la lame du couteau le long de l'arête dorsale, et l'armure d'un vert noirâtre craqua pour libérer deux tranches de viande rose, aussi nettement qu'une noix de pacanier en train de s'ouvrir.

La journée n'était pas bonne. Le lépidostée n'était pas un poisson qui se vendait, et nous ne pouvions nous permettre de perdre un filet, mais mon père avait l'art de toujours éclairer la pire situation de sa meilleure lumière.

– On peut point le vend', ça non, dit-il, mais y va ben nous donner queq'bon' boulettes de viande. Te viens chercher des crosses à Aldous et à Dave, te vas te retrouver dans la poêle à frire et te vas te faire bouffer, te peux compter là-dessus, podna.

Après l'avoir détaillé en filets, nous nettoyâmes le poisson dans des bassines d'eau sanglante jusqu'au soir, lorsque les nuages de moustiques commencèrent à bouillonner au sortir des zones d'ombre tandis que les nuages de pluie violacés se rassemblaient sur l'horizon, accompagnés par les explosions d'éclairs au large du Golfe. Nous entassâmes le poisson dans les bacs à glace, le lendemain nous irions en amont le vendre à Morgan City. Je me mis au lit sur ma couchette de bas-flanc sous la fraîcheur du vent qui soufflait de la baie par la fenêtre ouverte, pour me réveiller, baigné d'une odeur qui n'aurait pas dû être là. Une odeur épaisse et grise, aussi fétide qu'une puanteur d'excrément et doucereuse en même temps. Nous avions pourtant jeté tous les déchets, têtes, tripailles de poissons, tas de carcasses de poissons-chats au fil du courant, avant de laver le pont et les marmites. Je me collai l'oreiller sur la tête et essayai de me replonger dans les profondeurs du sommeil, mais je continuai à sentir l'odeur nauséeuse qui me collait au visage comme une haleine de rat.

Aux premières lueurs bleutées de l'aurore, je sortis sur le pont ; Annie était appuyée contre la rambarde au milieu de la brume, vêtue comme une pêcheuse cajun, jean délavé par le soleil, chaussures de tennis sans chaussettes, chemise kaki aux manches coupées. La puanteur était partout. Annie pointa dans la direction de mon père, lequel m'attendait sur le banc de sable, une bêche sur l'épaule.

N'aie pas peur, dit-elle. *Va avec Al.*

Je ne veux pas y aller cette fois-ci.

Ces choses-là ne doivent pas te tracasser. Nous t'aimons tous les deux.

Vous allez bientôt me quitter, n'est-ce pas, très bientôt ?

Le visage était plein de tendresse et son regard passa sur moi, à la manière d'une sœur aînée veillant sur un frère plus jeune.

Je suivis mon père à l'intérieur des marais, au milieu des éclaboussures chaque fois que nos chaussures de tennis venaient patauger dans les mares peu profondes, le visage fouetté par les branches humides des saules. Le soleil matinal était déjà gros dans le ciel et brûlait aux lisières des bois inondés, les cyprès se découpaient en formes noires sur fond de lumière rouge. L'eau stagnait, couverte de lentilles d'eau vertes ; les mocassins à gueule-de-coton se lovaient sur les branches basses des arbres. L'odeur se fit plus forte et je dus tenir la main devant la figure en m'obligeant à respirer par la bouche. Nous sortîmes d'une mare pour arriver sur un banc de sable compact. C'est là que gisait sur le sable, d'énormes lambeaux de chair arrachés du dos par une hélice de bateau, la carcasse pourrissante du plus gros alligator taureau que j'eusse jamais vu. On apercevait la marque de sa queue creusée dans le sable ainsi que les empreintes de ses pattes qui s'éloignaient du banc jusqu'au milieu des arbres. Au-delà s'étendait la pleine eau, là où il avait probablement été touché par un quelconque bateau de commerce, ou le trépan d'une barge de forages sismiques. Il avait regagné le rivage et s'était traîné jusqu'à cet endroit, où il était mort, sur cette crête de sable au-dessus des eaux, où les vautours et les serpents avaient commencé à se nourrir de ses plaies.

– Mais, ça pue, dit mon père en fouettant l'air de sa main devant son visage. Te commences à creuser un trou.

Il me tendit la bêche puis il me sourit, ainsi qu'il le faisait parfois lorsqu'il était sur le point de se moquer de moi en plaisantant.

– Où qu'te vas creuser, dis ?

Je ne comprenais pas ce qu'il voulait. Je commençai à racler le sable sec et dur du tranchant de la bêche.

– Que t'as près faire, cher ? Tu veux travailler comme un nèg ? dit-il en éclatant de rire.

Je poussai à nouveau dans le sol dur, et sentis le fer

de bêche racler et glisser sur le sable compact. Il me prit la bêche des mains, avança jusqu'à un creux du banc de sable où l'eau de deux poches d'eau avait dégagé un petit canal, et enfonça profondément le fer de son outil, sans difficulté, dans le sable humide qu'il balança dans le soleil, le visage barré d'un large sourire.

– Te fais ça là où c'que c'est mou, dit-il. T'as donc ti rin appris d'ton vieux ?

Je m'éveillai aux piaillements des oiseaux dans l'arbre devant ma fenêtre, la tête lourde de mon sommeil d'après-midi. Je m'aspergeai le visage au lavabo de la salle de bains et examinai la crête de peau violacée qui coupait la raie de mes cheveux. Le rêve n'avait à mes yeux aucun sens, mis à part le fait que mon père et Annie me manquaient, que j'avais peur de mourir, et que je bataillais de manière imbécile contre la nature irrévocable du temps passant.

Al, qu'essaies-tu de me dire ? songeai-je, tandis que l'eau coulait en rigoles de mon visage sur le reflet silencieux du miroir.

***

Peu avant trois heures, je descendis jusqu'à l'école et attendis Alafair en bordure du terrain de jeux. Quelques minutes plus tard, les portes du bâtiment s'ouvrirent, et elle sortit avant de traverser au pas de course le terrain de balle douce en forme de losange en compagnie d'un groupe d'enfants, sa gamelle de déjeuner Donald Duck tintant contre sa cuisse. Son jean à ceinture élastique était boueux aux genoux, des colliers de sueur et de saleté cerclaient son cou.

– Qu'est-ce que vous avez donc fichu aujourd'hui à la récré ? Un combat de lutte dans la boue ? dis-je.

– Mlle Regan nous a laissés jouer à la balle au chasseur. C'est marrant. J'ai été touchée au derrière. T'as déjà joué à ça, Dave ?

– Bien sûr.

– Qu'est-ce qui est arrivé à ta tête ?

– Je me suis cogné en travaillant à mon camion. Pas très malin, hein ?

J'eus droit à un regard curieux, puis elle plaça sa main dans la mienne et s'accrocha à mon bras de tout son poids.

– J'ai oublié, dit-elle. Mlle Regan m'a dit de te donner ce mot. Elle a dit que d'toute manière, elle allait t'appeler.

– A quel sujet ?

– Au sujet d'un homme.

– Quel homme ?

– Celui de la cour de récréation.

Je dépliai le morceau de papier qu'Alafair avait sorti de sa mallette. Il y était écrit :

M. Robicheaux, je désire avoir une sérieuse conversation avec vous. Appelez-moi chez moi cet après-midi – Tess Regan.

Elle avait indiqué son numéro de téléphone personnel sous son nom.

– Quel est cet homme dont tu me parles, Alafair ? dis-je.

Un groupe d'enfants nous dépassa au pas de course sur le trottoir. Le soleil au travers des érables dessinait sur leur corps des motifs d'ombres.

– Les autres enfants ont dit qu'il était dans une voiture au coin de la rue. Moi, je ne l'ai pas vu. Ils ont dit qu'il regardait avec des, comment on appelle ces trucs-là, Dave ? T'en as dans le camion.

– Des lunettes d'approche ?

– Ils ont donné un autre nom.

– Des jumelles ?

– Ouais.

Elle m'adressa un grand sourire en ayant retrouvé le mot.

– Qui observait-il, Alafair ?
– Je ne sais pas.
– Pourquoi Mlle Regan veut-elle discuter avec moi à ce sujet ?
– Je ne sais pas.
– Quelle heure était-il quand il se trouvait là ?
– A la récré.
– A quelle heure est la récré ?
– Du CP au CE2, c'est à dix heures et demie.
– Et c'est à ce moment-là qu'on l'a vu ?
– Je ne sais pas, Dave. Pourquoi t'as l'air aussi tracassé ?

Je pris une profonde inspiration, lâchai sa main et lui caressai le sommet de la tête.

– Parfois il y a des hommes bizarres, des hommes qui ne sont pas bons, qui essaient d'embêter les petits enfants autour des écoles ou sur les terrains de jeux. Ils ne sont pas nombreux, ceux qui sont comme ça, mais tu dois te montrer prudente avec eux. Il ne faut pas leur parler, il ne faut rien les laisser te donner, rien te laisser offrir par ces gens-là. Et quoi qu'ils puissent te dire, ne les suis jamais nulle part, ne monte jamais en voiture avec eux. Est-ce que tu comprends ça, petit mec ?
– Bien sûr, Dave.
– Ce genre d'homme viendra te raconter qu'il est un ami de ton père. Que c'est ton père qui l'a envoyé là pour qu'il te récupère à la sortie de l'école, peut-être bien. Mais si c'était un ami, tu le reconnaîtrais, pas vrai ?
– Y font du mal aux enfants ?
– Certains. Certains d'entre eux sont très méchants et très mauvais.

Je vis le doute et la crainte pénétrer son visage comme des ombres. Elle déglutit. Je repris sa main dans la mienne.

– N'aie pas peur, petit mec, dis-je. Ce n'est pas différent de ce que je t'ai déjà dit. Il faut simplement parfois que nous soyons prudents. Mlle Regan le dit bien à tous les enfants, non ? Ce n'est pas si difficile que ça.

Mais ça ne marchait pas. Ses yeux s'étaient verrouillés sur des images de sa mémoire qu'il m'était impossible d'atteindre, encore moins effacer.

– Écoute, quand je te dis de ne pas mettre ta main dans l'aérateur de fenêtre, ça ne veut pas dire que tu doives avoir peur de l'aérateur, non ? dis-je.

– Non.

– Si je te dis de ne pas mettre le doigt dans la gueule de Tripod, ça ne veut pas dire que tu doives avoir peur de Tripod, non ?

– Non.

Elle plissa légèrement les yeux.

– Et si Clarisse ne veut pas que Texas vienne manger à la table du petit déjeuner, ça ne veut pas dire qu'elle ait peur des chevaux, non ?

Elle me sourit cette fois, le visage plissé à la lumière du soleil. Je la fis balancer, accrochée à mon bras, sous l'érable, mais je sentis dans ma poitrine quelque chose qui ressemblait à un morceau de cornière métallique qui s'y serait fiché.

Arrivée à la maison, Alafair se versa un verre de lait et se coupa une part de tarte pour son goûter. Elle lava ensuite sa gamelle et sa Thermos et commença à ranger sa chambre. Je décrochai le téléphone de la salle de bains pour qu'elle ne pût pas entendre ma conversation avec Tess Regan.

– Qu'est-ce que c'est que cette histoire de mec devant la cour de récréation ? dis-je.

– Je vous demande pardon ?

– Vous m'avez fait parvenir un mot. Et ensuite Alafair m'a parlé du mec aux jumelles.

– Je faisais référence au ton de votre voix. Êtes-vous toujours d'aussi mauvaise humeur lorsque vous parlez aux gens au téléphone ?

– La journée a été très inhabituelle. Écoutez, Mlle Regan – Tess - qu'est-ce que c'est que cette histoire ?

– A la récréation, certains des élèves les plus âgés font fonction de moniteurs auprès des plus petits. Jason, l'un des moniteurs, a dit qu'un homme avait rangé sa voiture sous les arbres de l'autre côté de la rue. Il a dit que l'homme s'était approché jusqu'à la clôture et demandé où se trouvait Alafair Robicheaux. Il s'est présenté comme un ami du père de la petite, et il a dit qu'il avait un message pour elle. Nous recommandons à tous les enfants de ne pas adresser la parole aux gens dans la rue et d'adresser tous les visiteurs au bureau de la directrice. Jason lui a dit qu'il devrait voir Sœur Louise à l'intérieur du bâtiment. Puis l'homme a indiqué l'endroit où les petits jouaient à la balle au chasseur et il a dit, « Oh, mais la voilà ». Jason a répondu : « Ouais, mais il faudra que vous voyiez Sœur Louise ». L'homme a répondu qu'il n'avait pas le temps mais qu'il reviendrait plus tard. Lorsqu'il est remonté en voiture, disent les enfants, il a observé la cour à l'aide d'une paire de jumelles.

– Quelle heure était-il à ce moment-là ?

– Il devait être aux environs de neuf heures.

Ce n'était donc pas Charlie Dodds, me dis-je. A ce moment-là, il se trouvait déjà à l'intérieur de ma maison.

– Quel genre de voiture ?

– Les gamins disent qu'elle était jaune.

– A quoi ressemblait ce mec ? Avait-il un accent ?

– Jason a dit qu'il était grand. Je ne lui ai pas demandé s'il avait un accent.

– Ce n'est rien. Avait-il un signe particulier, quelque chose qui sortait de l'ordinaire ? Une cicatrice sur la lèvre ?

– Habituellement, les enfants ne se souviennent pas de ce genre de détail quand il s'agit d'adultes. Dans leur univers, les adultes sont simplement “ des grands ”, qu'ils aiment bien ou qu'ils détestent.

– J'aimerais parler à Jason.

– En ce cas, il vous faudra prendre rendez-vous avec

Sœur Louise, et peut-être qu'elle demandera aux parents d'amener Jason pour que vous lui parliez. Mais j'en doute. A moins que vous n'acceptiez de nous dire de quoi il retourne et d'appeler en même temps la police. Parce que c'est ce que nous allons faire.

– C'est bien. Mais il faut que vous m'écoutiez sans être effrayée par ce que je vais vous dire. Ce mec n'est pas un sadique qui s'attaque aux enfants. Il veut mettre la main sur moi en se servant d'Alafair. Il est possible qu'il ait été engagé par la pègre de Vegas ou de Reno. J'ai eu la visite d'un gars du même genre ce matin chez moi. C'est pour cela que la journée a été un peu particulière. Il se peut aussi que l'homme en question ait des rapports avec une compagnie pétrolière, un mec du nom de Mapes ou quelqu'un qui travaille pour lui. D'une manière comme de l'autre, les flics du coin n'ont guère l'expérience de ces mecs-là.

– La pègre ? dit-elle.

– C'est exact.

– Vous voulez dire, comme dans *Le Parrain* ? La Mafia, la vraie de vrai ?

– Oui, et pas une imitation.

– Et vous ne m'en aviez rien dit ?

– Cela n'aurait rien changé à rien. Si ce n'est peut-être vous alarmer davantage.

– Je crois que ce que j'éprouve en cet instant, c'est une violente colère.

– Écoutez, je ne veux pas vous gâcher la journée. Vous m'avez demandé de vous dire la vérité, je vous l'ai dite. Il n'y a pas de révélation fracassante dans ce que je vous ai raconté, d'ailleurs. Il y a ici même, à Flathead Lake, un groupe de mecs qui ont tous émigré de Reno. La pègre se trouve là où il y a de l'argent à ramasser grâce au jeu ou à n'importe quel type de vice.

Elle ne répondit pas.

– Écoutez, dis-je, si ce mec revient, essayez de noter son numéro d'immatriculation, ensuite appelez les flics et ensuite, appelez-moi. D'accord ?

– Qu'envisagez-vous de faire ? dit-elle.

La voix était sèche, comme de l'air surchauffé qui monte au contact d'une plaque métallique.

– Je vais très sérieusement lui faire perdre le goût de s'intéresser aux gamins des cours de récréation.

– Je vais réfléchir à ce que vous venez de me dire. Entre-temps, il serait peut-être bon que, de votre côté, vous réfléchissiez un peu sur la nécessité de vous montrer un peu plus sincère dans vos rapports avec les autres. Peut-être que ces personnes n'apprécient guère le fait qu'on ne leur fasse pas assez confiance pour leur communiquer tout ce stock de renseignements très privés que vous semblez avoir en votre possession.

Le combiné que je tenais à la main se tut brusquement.

Je ne pouvais guère lui en vouloir. Comment réagirait donc tout un chacun en apprenant soudain qu'un émissaire de la pègre peut tranquillement pénétrer un monde aussi innocent et aussi peu sujet à l'imprévu qu'une cour de récréation pleine d'enfants ? Mais l'homme appartenait-il effectivement à la bande de Sally Dio, comme collègue ou en renfort de Charlie Dodds ? Pour quelle raison Dodds aurait-il eu besoin de renfort ? C'était un contrat tout simple, probablement une élimination à cinq plaques et, pour un mec comme Dodds, du vrai gâteau. A moins que l'orgueil outragé de Dio fût de dimension telle qu'il exigeait la mort d'un enfant aussi bien que la mienne.

Rien ne collait, pourtant, dans cette histoire. Si Dodds avait été payé pour faire aussi du mal à Alafair, il aurait attendu bien après trois heures, pour nous trouver tous les deux à la maison, ou il serait venu nous rendre visite le week-end.

Ne restait donc plus que Harry Mapes. Il conduisait une Jeepster noire lorsque je l'avais vu au sud de la Réserve Pied Noir, mais peut-être que l'homme aux jumelles et à la voiture jaune travaillait avec Mapes ou avait été engagé par lui. Pourquoi donc voudrait-il me passer les poucettes maintenant ? Me croyait-il sur le point de découvrir quelque chose ou de le lui coller sur le dos ? Si c'était le cas, il avait bien plus confiance dans mes talents que je n'en avais moi-même.

J'appelai Sœur Louise, la directrice, à l'école, et je réussis à l'avoir juste avant qu'elle ne quitte son bureau. Elle avait déjà parlé à Tess Regan et à l'issue de la conversation, ne se montra pas plus heureuse que cette dernière. A l'entendre, elle me fit penser à certaines des nonnes que j'avais connues lorsque j'étais enfant, vêtues de longues aubes noires, pareilles à des chaufferettes, sous lesquelles elles devaient cuire, de celles qui vous cinglaient les jointures de leurs règles à section triangulaire, capables de vous toucher en pleine course d'un fouetté de leur rosaire à quinze dizaines. Elle m'annonça qu'elle venait de faire une déposition à la police, que je devrais en faire autant, et qu'une voiture de patrouille serait de garde devant l'école le lendemain matin.

– J'aimerais quand même parler à ce jeune garçon, quel est son nom déjà, Jason ? dis-je.

– Il m'a dit tout ce qu'il savait. C'est un garçon timide. Il n'est pas du genre à examiner les adultes par le détail.

– Se rappelle-t-il si l'homme avait un accent ?

– Il n'a que quatorze ans. Ce n'est pas un linguiste.

– Ma sœur, c'est une bonne chose que vous ayez obtenu une voiture de patrouille devant l'école demain. Mais notre homme ne se montrera pas tant qu'il verra la police aux alentours.

– C'est pourtant là l'essentiel, n'est-ce pas ?

– Mais il se pourrait qu'il revienne lorsqu'ils ne seront plus là. C'est à ce moment-là que nous pourrons mettre la main dessus.

– Il n'y a pas de “ nous ” dans toute cette affaire, M. Robicheaux.

– Je vois.

– J'en suis heureuse. Au revoir.

Pour la seconde fois en dix minutes, je venais de me faire raccrocher au nez.

***

J'emmenai Alafair jouer dans le parc, puis nous rentrâmes à la maison où nous préparâmes le souper. Clete m'avait dit que je pouvais le rappeler à l'Eastgate Lounge à six heures. Je n'étais pas certain d'avoir raison de vouloir le faire. Ce n'était pas bien, tout ce qu'il avait pu faire subir à Charlie Dodds. Mais arrivé à ce stade, mes démêlés avec la justice tout autant que les menaces qui pesaient sur la vie d'Alafair et la mienne étaient tellement imbriqués, complexes et apparemment sans issue que je me demandai bien pourquoi j'allais me faire du souci en m'impliquant par la bande et de façon accessoire dans la destinée d'un personnage psychopathe aussi dépravé que l'était Dodds, dont personne ne se préoccupait à l'exception peut-être de Sally Dio car c'était probablement ce dernier qui lui avait réglé face à face la moitié de sa prime. Il était cinq heures trente, et nous mangions depuis cinq minutes lorsque j'entendis une voiture venir se ranger devant la maison et quelqu'un s'avancer jusqu'au perron.

Avant même de pouvoir distinguer la silhouette devant la moustiquaire, je vis la Cadillac décapotable rose toute cabossée de Dixie Lee garée devant la maison, deux roues mordant sur l'herbe de la pelouse. La capote était relevée, mais je vis que le siège arrière était chargé de valises, de cartons de vêtements et de bottes de cow-boy, ainsi qu'une série de costumes western suspendus à un fil.

Son revers soudain de fortune, les projets qu'il envisageait pour son avenir, son numéro de supplications bien au point, tout était à la fois trop évident et trop prévisible. Je n'ouvris pas la porte. Je me sentis même un peu honteux devant mon absence de sympathie. Mais la journée n'avait pas été brillante, et je n'avais pas vraiment besoin d'y ajouter Dixie Lee. Il se montra cependant très éloquent, acculé qu'il était. Il avait battu le rappel de toutes les énergies brutales que peut manifester un ivrogne lorsqu'il sait qu'il a attaqué les dernières réserves de sa citerne.

– Ça vole en éclats, dans toutes les directions, là-bas, sur le lac, dit-il. Tu avais raison, Sal est une merde. Non, ce n'est pas vrai. C'est un fêlé. Il veut te faire la peau et te griller la couenne à petit feu. Je n'ai pas pu le supporter. Il a fallu que je m'en aille.

– Surveille ton langage. Ma fille est avec moi.

– Je suis désolé. Mais tu ne sais pas ce que Sal est capable de faire quand sa cervelle commence à disjoncter. Il a une expression toute tordue sur le visage. Personne ne peut rien lui dire de peur de se faire couper la tête. Y'a une des nanas, elle était en train de manger son dessert à la table du dîner, et Sal fumait sa cigarette sans cesser de la regarder comme si elle venait de sortir d'un siphon de vidange. Elle n'arrêtait pas de cligner des yeux en essayant de sourire, de se faire jolie et sexy, pour qu'il la lâche un peu, et c'est alors qu'il lui a dit, « Tu manges trop » avant d'éteindre sa cigarette au beau milieu de la nourriture qu'elle avait dans l'assiette.

» Il te hait, Dave. T'as vraiment réussi ton coup. Un mec comme Sally Dee, tu lui grippes ses petits pignons en les faisant craquer un peu trop fort, et c'est de la fumée que tu vois sortir de la boîte. Et je ne veux pas me trouver dans les parages quand ça cassera. Voilà où ça en est. Tu me dis de sortir de ta vie une bonne fois pour toutes, ça, je peux le comprendre. Mais je me suis filé dans le mauvais coton, fils, et je ne sais plus vers qui me tourner. Je serai franc avec toi sur un autre point, en plus. Je suis en dette avec Sal, pour quinze bâtons. Tout ce que je me suis collé dans le blair, c'est ça, la douloureuse. Alors tout ce qui me reste, c'est cette vieille Caddy, là, dehors, trente-sept dollars dans ma poche, et un quart de réservoir. J'essaie de tout garder en sol majeur, mais ce coup-ci, j'ai grillé tous mes amplis.

– Épargne-moi ton baratin de rock'n'roller à la noix, garde ça pour quelqu'un d'autre, dis-je. J'ai eu la visite de Charlie Dodds à la maison ce matin.

– Dodds ? Je croyais qu'il était reparti pour Vegas la nuit dernière. Qu'est-ce qu'il faisait là ?

– Tu ne le sais pas ?

– Tu veux dire que c'est un tueur à gages ? Je ne le savais pas. Je te le jure devant Dieu que je ne savais pas. Je croyais que c'était l'une des mules à came de Sal. Est-ce que c'est comme ça que tu t'es ramassé cette boule violette au sommet du crâne ?

– Quelque chose comme ça.

– Mec, je suis désolé. Je ne me rendais pas compte. Ce mec n'a pas dit trois mots tant qu'il est resté là. J'ai cru qu'il était un peu retardé. Toutes les mules ont ce genre de lueur complètement fondue dans le regard. Ils avalent des ballons entiers de marie-jeanne, ils amènent et ils sortent la marchandise en avion, en volant dans les canyons, ils atterrissent sur les chemins de campagne la nuit. De tous les Blancs que t'as jamais rencontrés, c'est les plus débiles que tu pourras jamais trouver.

– Je crois qu'il a peut-être un mec à lui en couverture toujours à mes trousses. Est-ce qu'il y a de nouveaux visages qui traînent chez Sal ?

– Non.

– Tu es sûr ?

– Ouais.

– De toute façon, je ne peux pas t'aider, Dixie.

Il me regarda sans broncher derrière la porte-moustiquaire. Il déglutit, jeta un coup d'œil vers le haut de la rue comme si quelque chose d'importance était là, à l'attendre, avant de se remettre à parler.

– J'ai trop de problèmes qui m'occupent en ce moment. C'est à peu près tout ce qu'il y a à dire, collègue, dis-je.

– Pas moyen, hein ?

– Je crains bien que non.

Il me souffla son haleine à la figure.

– Je ne t'en blâme pas, dit-il. Y'a juste que le nombre de mes choix est assez limité en ce moment.

– Repars à zéro.

– Ouais, pourquoi pas ? C'est la première fois que je vais faire la plonge en vivant dans une mission des Petites Sœurs des Pauvres. Hé, je veux que tu gardes quand même quelque chose à l'esprit, Dave. Ch'suis pas aussi mauvais que ça. J'ai jamais cherché à faire de mal à personne. C'est arrivé comme ça, c'est tout.

– Quoi que tu fasses, bonne chance, Dixie, dis-je en refermant la porte intérieure sur lui pour retourner à la table de cuisine où Alafair avait déjà attaqué son dessert.

Je consultai ma montre – il était six heures moins le quart – et essayai de terminer mon dîner. La nourriture me parut insipide, et je ne parvenais pas à me concentrer sur ce que disait Alafair à propos du chat de la voisine en train de poursuivre des sauterelles dans le parterre de fleurs.

– Qu'est-ce qui ne va pas ? dit-elle.

– Rien. J'ai un peu mal à la tête. Ça va passer.

– Cet homme t'a rendu furieux ou quoi ?

– Non, c'est simplement le genre de mec qui réussit toujours à coincer son ascenseur entre deux étages.

– Quoi ?

– Rien, petit mec. Ne t'en fais pas pour ça.

Je mâchonnai mon repas et contemplai en silence, par la fenêtre, le spectacle des ombres jouant dans la froide lumière dorée de l'arrière-cour. J'entendis Alafair faire sa vaisselle dans l'évier avant de se diriger vers l'avant de la maison. Un moment plus tard, elle était de retour dans la cuisine.

– Cet homme est toujours là. Simplement assis dans sa voiture. Qu'est-ce qu'il fabrique, Dave ? dit-elle.

– Il est probablement en train de mettre sur pied un

moyen pour revendre les montagnes Rocheuses à des Arabes pour en faire une mine à ciel ouvert.

– Quoi ?

– Ignore-le, c'est tout ce qu'il y a à faire.

Mais je n'y arrivai pas. Ou tout au moins, je n'arrivai pas à ignorer le principe des AA correspondant à la deuxième étape de leur programme, qui exige que nous aidions ceux qui souffrent du même mal que nous. Ou peut-être savais-je que j'avais bien cherché tous les ennuis qui me tombaient dessus, et qu'il n'était pas juste à ce stade de rejeter la faute sur Dixie Lee. Je posai couteau et fourchette sur mon assiette et sortis jusqu'à sa voiture. Il était plongé dans ses réflexions, une cigarette presque consumée entre les doigts, la main posée sur le haut du volant. Son visage eut un sursaut, surpris qu'il était de m'entendre derrière lui.

– Seigneur Dieu, ça te fait plaisir de m'offrir une crise cardiaque, dit-il.

– Tu ne pourras pas boire tout le temps que tu resteras avec nous, dis-je. Si tu bois malgré tout et si tu reviens à la maison, l'haleine chargée, tu es viré. Pas de discussion, pas de seconde chance. Je ne veux pas t'entendre jurer ou blasphémer devant ma fille et tu vas dehors si tu as envie de fumer. Tu fais ta part de cuisine et de ménage, tu te couches à la même heure que nous. Le groupe d'AA en bas de la rue dispose d'offres d'emploi. S'ils te trouvent un travail, tu l'acceptes, quel qu'il soit, et tu paies un tiers de la nourriture et du loyer. Voilà le marché, Dixie. S'il y a dans tout ça des règles qui te rendent la vie impossible, c'est le moment de me le dire.

– Fils, tu dis « Saute » et je te réponds « Jusqu'où ? »

Il commença à décharger la banquette arrière de sa voiture. A voir l'expression de son visage, on aurait dit un homme qui vient d'être récupéré in extremis du toit d'un immeuble en flammes. Tandis qu'il entassait ses cartons, ses valises, ses vêtements sur le trottoir, il ne cessa pas un instant de parler des années 50, Tommy Sands[1], Ruth Brown *, the Big Bopper[2], les Nègres, les taulards de Huntsville, son actrice d'épouse qui avait payé des hommes de main pour le passer à tabac derrière le *Cook's Hœ Down* à Houston. Je consultai ma montre. Il était six heures moins cinq.

***

Il parlait toujours tandis que je cherchais le numéro de l'Eastgate Lounge.

– l'appelait " le hippy-dippy du Mississippi ", si, c'est vrai, Monsieur Jimmy Reed en personne, dit-il. Lorsque ce gus attaquait *Big Boss Man*, on savait qu'il avait fait Parchman Farm[3], fils. Tu peux pas feindre ce que tu ressens si t'as pas connu ça. Tu ne grandis pas plus avec ça quand t'es né à New York City. C'est pas avec des gris-gris ou des amulettes que tu réussis à te sortir un son comme le sien de la guitare, si t'as pas ramassé le coton à vingt centimes la livre en te gavant de platrées de ces satanés bons vieux fayots-beurre. Mon papa, y m'a dit comme ça qu'il a renoncé, c'était plus possible, quelqu'un avait dû me coller en douce dans le berceau, je devais être un négro au fond de moi-même, un négro qu'on aurait retourné comme une paire de gants.

Alafair était assise, aux anges, stupéfaite à l'écoute des histoires marathon qui défilaient dans la bouche de Dixie Lee. Je composai le numéro du Eastgate Lounge, entendis le bourdonnement et le fracas des bruits de fond tandis qu'une femme appelait Clete au téléphone. Je l'entendis qui fit racler le combiné sur une surface dure avant de le porter à son oreille.

1. Tommy Sands et Ruth Brown : célèbres chanteurs de rock'n'roll. (N.d.T.)

2. Big Bopper : surnom d'un chanteur de Beaumont, du nom de Richardson, qui s'est tué dans l'accident d'avion où sont également morts Richie Valens et Buddy Holly. (N.d.T.)

3. Parchman Farm : prison d'État du Mississippi. (N.d.T.)

– Belle-Mèche ?
– Ouais.
– Est-ce que je t'ai surpris, dis-moi ? Tu pensais peut-être que ton vieil équipier avait pris la route direction le beau pays des Tacos Graillons [1], pas vrai ?
– Je n'étais pas sûr.
– J'ai pas les foies, non. En tout cas, pas quand il s'agit de merdaillons.
– Tu ferais peut-être bien de faire attention à ce que tu vas me dire.
– Est-ce que je te donne l'impression d'être mort de trouille en attendant que ça se passe ? Quand vas-tu cesser de prétendre que t'es encore puceau sur la question ?
– Tu commences à me prendre la tête, Clete.
– Ouais, et alors, ça change pas, non ? Tout ce que j'ai fait aujourd'hui, c'est de te sauver la vie.
– Y a-t-il quelque chose que tu veuilles me dire ?
– Ouais. Amène tes fesses jusqu'ici. Tu sais où se trouve le Eastgate ?
– Ouais, mais j'emmène Alafair avec moi. Je te retrouve dans le parc de l'autre côté de la rivière, face au centre commercial. Tu traverses un vieux pont de chemin de fer monté sur chevalets qui a été transformé en passerelle pour piétons.
– Et toi, tu seras en train de déguster des cornets de glace, assis à une table de pique-nique. Mec, comment je fais pour avoir une tranche de la belle vie ? dit-il avant de raccrocher.

Je dis à Dixie Lee qu'il y avait du rôti froid, du pain et de la mayonnaise au frigo et qu'il pouvait se préparer des sandwiches s'il n'avait pas encore dîné. Puis je traversai la ville en compagnie d'Alafair direction le marchand de glace sur la rive nord de la Clark Fork, achetai deux cornets, et nous franchîmes la passerelle jusqu'au parc de la rive opposée. Par le passé, un grave incendie s'était déclaré sur les flancs de Hellgate Canyon, et les pins qui poussaient là jusqu'au sommet

1. Amérique centrale. (N.d.T.)

de la crête s'étaient transformés en cadavres noirs et calcinés ; puis les cendres et les aiguilles brûlées avaient été emportées par les pluies et les fontes de neige de printemps, de sorte que les falaises abruptes aux reflets gris-rose du canyon étaient dénudées bien au-dessus du niveau des eaux. Le vent s'était levé, et les feuilles des peupliers cotonneux qui poussaient sur les berges de la rivière tintaient et miroitaient sous la lumière douce ; parce que le dégel de printemps était terminé, les eaux baissaient chaque jour un peu plus, chaque jour un peu plus blanches et des pierres aux écailles de mousse apparaissaient dans le lit de la rivière dont le bras principal changeait de couleur, passant de ses teintes cuivrées à un vert de plus en plus sombre. Les eaux blanches s'étaient séparées en longs ruisseaux à truites étroits qui venaient s'étaler en mares profondes derrière les gros rochers.

Le parc était plein de mélèzes bleus et d'oliviers de Russie et des mômes de l'Université, laquelle n'était qu'à un bloc de là, faisaient voler leurs Frisbee et jouaient au football avec une balle en chiffons. Nous nous assîmes sur l'herbe tondue, sur les hauteurs de la berge, de manière à voir par-dessus le sommet des saules et à observer deux hommes qui pêchaient au ver à la canne à moulinet en lançant leurs lignes plombées loin au milieu du chenal principal. Je vis Clete qui traversait la passerelle, un sac en papier coincé sous le bras. J'installai Alafair sur l'une des balançoires avant d'aller me rasseoir sur la berge. Les genoux craquaient, le ventre débordait par-dessus la ceinture de son short Budweiser, et il avait le souffle rauque lorqu'il s'assit en grommelant à côté de moi.

– Tu as l'air tout nu, dis-je.

– Oh !

Il se toucha la poitrine et sourit.

– Je ne travaille plus pour Sal. Je n'ai plus besoin de me balader tout le temps enfouraillé. C'est bien agréable, mon[1].

1. Mon : déformation de " man ", homme. (N.d.T.)

Il dévissa la capsule d'une bouteille de Great Falls.

– Dixie Lee dit qu'il ne savait pas que Dodds était un tueur à gages.

– C'est probable. Où as-tu rencontré Dixie Lee ?

– Il habite chez moi.

– Que je sois damné. Il a coupé le cordon ombilical ? Je croyais qu'il n'aurait pas les tripes pour le faire. Sal n'encaisse pas très bien les ruptures.

– Il est possible que Dodds ait eu un équipier, un mec en couverture. Est-ce que Dio a un autre mec à lui en ville ?

– Si c'est le cas, je ne suis pas au courant. J'en connais un paquet de ces mecs, en plus. Au moins ceux qui traînent leurs guêtres avec Sal. Ils débarquent tout droit de New York convaincus que l'essence même du plaisir, c'est de s'éclater en jouant au bridge près de la piscine au milieu d'un tas de pétasses. Hé, écoute un peu ça. Sal en avait fait venir un paquet, ils s'étaient installés à son motel, et le directeur du motel, c'était un petit juif qui avait jadis fait le book pour la pègre dans la petite pizzeria qu'il dirigeait à Fort Lauderdale. Naturellement, le petit juif est toujours aux petits soins des Ritals parce qu'ils lui collent une trouille à chier dans le froc. Mais il a un gamin, un petit futé qui ne se sent plus causer, étudiant à Berkeley. Le môme travaille l'été pour son vieux, il fait le serveur à la piscine pendant les vacances. Un jour, y'a quatre Ritals qui jouent aux cartes sous leur parasol. De gros balèzes, de vrais enfoirés, l'air vicieux et méchant, carreaux miroir sur le nez, du poil noir tout mouillé qui leur couvre le bide, le calibre fourré dans la ceinture du slip, et ils en font baver des vertes et des pas mûres, au gamin – à faire renvoyer leur bouffe à la cuisine, à se plaindre tout le temps que leurs boissons ont un sale goût de désinfectant à chiottes, à le faire cavaler dans tous les sens, pour leurs cigarettes, leurs cerises confites, la crème solaire pour leurs pétasses et tout ce qui leur passe par la tête.

» Y'a un des mecs qui renverse sa vodka sur glace à travers toute la table et il dit au gamin d'essuyer ça et de ramener un nouveau jeu de cartes. Le môme dit, « Hé, j'étudie l'italien à l'école depuis le début de l'année. Qu'est-ce que ça veut dire *Eatta my shitta* ? »

» Le vieux entend ça et claque la figure du gamin devant tout le monde. Puis il se met à suer, à présenter ses excuses aux Ritals qui ne le quittent pas de l'œil derrière leurs carreaux noirs. Finalement l'un d'eux se lève, et d'un doigt en crochet dans la bouche du vieux, balance celui-ci dans un fauteuil métallique. Il lui dit, « Il a pas de manières pasque tu lui as pas appris. Alors tu fermes ton clapet et fais pas semblant de baratiner pour impressionner ton monde. Tu nettoies ça, t'apportes aux hommes ce qu'ils veulent, tu vas t'asseoir là-bas et t'attends qu'on t'dise de bouger ».

» Ils l'ont obligé à aller s'asseoir en plein soleil et il est resté là quatre heures durant, comme un singe de joueur d'orgue de barbarie. Jusqu'à ce que le gamin vienne les supplier de laisser rentrer le vieux.

» C'est bon de dire Ciao, ciao bambino aux têtes d'huile. La prochaine fois que les États-Unis font tomber une bombe A, je crois qu'ils devraient se choisir Palerme.

– Où est Dodds ?

– Tu veux vraiment le savoir ?

– Je veux savoir si je vais le retrouver à mes trousses.

– D'abord, tu me dis pour quelle raison tu n'as pas mangé le morceau à mon sujet.

– On ne joue pas, Clete.

– Parce qu'un mec libéré sous caution sur une inculpation de meurtre, ça n'aime pas beaucoup offrir en spectacle aux flics sa cuisine éclaboussée de sang. Peut-être parce qu'il sait qu'ils pourraient bien choisir la solution de facilité et le traîner au trou par la peau des fesses. On dirait que t'as la foi qui commence à douter, Belle-Mèche.

– Est-ce que ce mec va revenir ?
– En voilà un dont tu n'as plus à te soucier.
– Où est-il ? demandai-je.
– Sois sérieux, tu veux. Tu n'as pas besoin d'en savoir plus, Belle-Mèche. Sauf que notre bonhomme, en fait, n'aimait pas beaucoup l'altitude.
– Quoi ?
– As-tu jamais rencontré un psychopathe qui n'ait pas la trouille de quelque chose ? C'est ce qui les rend si cruels. Charlie n'aimait pas les endroits élevés. Tout au moins pas celui que je lui ai montré.
Je regardai vers la rivière, sans dire un mot. Un Frisbee vola au-dessus de nos têtes.
– Trop sinistre pour toi ? dit Clete.
– Est-ce qu'il a tué Darlene ?
– Non, je suis convaincu que ce meurtre-là, ce n'est pas lui qui l'a commis.
– Dio, dans ce cas ?
– Il n'était pas au courant. C'est sûr et certain.
Je me levai et brossai l'herbe de mon pantalon.
– Tu vas me jouer le coup du pisse-froid, hein, maintenant ? dit-il.
– Il y a école demain. Alafair doit rentrer se coucher.
– Comment se fait-il qu'avec toi, je me sente toujours comme une fistule purulente, Belle-Mèche ?
– Tu as raison sur un point aujourd'hui. Je n'ai pas appelé les poulets parce que je ne voulais pas me retrouver en plein dans une nouvelle enquête criminelle. En particulier quand on m'avait laissé sur les bras le soin d'expliquer par quel moyen mes murs, mon fourneau, mon plancher se trouvaient barbouillés de sang humain. Pour l'instant, je vais me contenter de croire que Charlie Dodds a décollé, en route vers de nouvelles perspectives d'avenir à Mexico. Ça mis à part, je ne compterais sur rien d'autre, Clete.
– Je vais me faire le mec qui l'a descendue. Tu veux rester là à te mordiller les ongles, ça ne me dérange pas.

Je m'éloignai en direction d'un groupe d'enfants avec lesquels Alafair jouait à courir. C'est alors que Clete m'appela, d'une voix qui fit se retourner les gens, les yeux comme des soucoupes.

– Je t'aime quand même, enfoiré.

***

J'avais besoin d'aide. Je n'étais pratiquement arrivé à rien en agissant seul ; je m'étais retrouvé sous les verrous pour avoir étalé Sally Dio pour le compte, je n'avais convaincu personne du bien fondé de mes théories ; bien au contraire, j'étais parvenu à persuader deux flics du coin que j'étais un parano amoureux de la gâchette. Ce soir-là, j'appelai Dan Nygurski chez lui à Great Falls. Une baby-sitter me répondit : Dan était parti au cinéma en compagnie de son épouse, et elle accepta de prendre mon nom et mon numéro de téléphone. Il me rappela juste après dix heures, tandis que je m'assoupissais, cherchant le sommeil, une serviette humide repliée sur la bosse que je portais au front. Je pris le téléphone jusque dans la cuisine et fermai la porte du couloir afin de ne pas réveiller Alafair, ni Dixie Lee qui dormait sur le canapé du salon.

Je lui parlai de Charlie Dodds et de sa visite chez moi. Je lui racontai le coup de matraque sur la tête, les menottes, l'Instamatic, le poignard de survie qu'il était sur le point de m'enfoncer dans le cœur. Puis je lui parlai de Clete, de la dérouillée que s'était ramassée Dodds, du tapis roulé et du voyage en Jeep probablement vers quelque sentier de bûcheron dans la montagne, côté Bitterroot Valley ou Blackfoot Canyon.

– Vous vous rendez compte de ce que vous me dites ? dit Nygurski.

– Je me fous pas mal de Dodds. Ce n'est pas pour ça que j'ai appelé.

– Vous n'avez rien dit aux flics de tout ceci ?

– C'est à vous que je le dis. Faites-en ce que vous

jugez bon. De toute façon, je vous parie que personne ne retrouvera jamais Dodds. Clete a déjà fait ce genre de truc par le passé et il s'en est toujours tiré sans anicroche.

– Vous auriez dû appeler les flics.

– Conneries. Et en ce moment, je serais en train de négocier ma libération sous caution.

– Il faudra que je leur signale tout ceci.

– Allez-y donc. S'il fallait établir une échelle graduée de un à dix, je crois que l'intérêt qu'ils manifesteront pour la chose se situera à moins huit. Écoutez, Nygurski, il y a quelqu'un d'autre qui nous colle aux trousses, à ma fille et à moi. Le mec traînait du côté de l'école de la petite ce matin. Peut-être que c'est Mapes, peut-être que c'est un autre employé de Dio. J'ai besoin d'aide.

– Je pense qu'il faut avoir un sacré culot pour oser demander de l'aide à un agent fédéral après avoir cavalé à travers deux États, armé d'une batte de baseball.

– Nous voulons tous les deux la même chose – faire tomber Sally Dio une bonne fois pour toutes.

– Non, vous n'avez rien compris. Je veux faire mon boulot. Vous, vous voulez rédiger vos propres règles au fur et à mesure des événements.

– Alors donnez-moi une solution. Vous me garantissez la sécurité de ma fille, vous me donnez l'assurance que ma destination, dans trois semaines d'ici, ne sera pas Angola Farm, et je ne serai plus un problème pour vous.

– Quel genre d'aide demandez-vous ?

– Pourriez-vous savoir si Dio dispose oui ou non d'un second homme de main en ville ?

– Si c'est le cas, nous n'en savons rien. Peut-être qu'il a lancé le contrat et qu'il a laissé à Dodds le soin d'engager le mec en couverture. Je vais vous dire une chose, dans ce cas : si ce nouveau venu travaille avec Dodds, il ne va pas essayer des trucs et des machins

“ avant-après ”, pas après le foirage de Dodds. Il cherchera à vous effacer, net et sans bavure, sans que vous le voyiez venir. Je ne veux pas vous faire un dessin, mais vous savez très bien comment ils font ça d'habitude – une derrière la tête, une dans l'oreille, et trois sous le menton.

– Faites une recherche sur Mapes pour moi.

– Qu'est-ce que vous vous attendez à découvrir ?

– Je ne sais pas. Mon avocat m'a dit qu'il n'avait eu des ennuis qu'à une seule occasion, parce qu'il avait tabassé un gamin à coups de club de golf, à l'âge de dix-sept ans. Mais j'ai vu ce mec-là à l'action, et je n'arrive pas à croire qu'il ne se soit cogné aux meubles qu'une seule fois dans son existence.

– D'où est-il originaire ?

– C'est à Marshall, au Texas, qu'il a tabassé le gamin.

– Je vais voir ce que je peux faire.

– Il y a autre chose. Dixie Lee a quitté le domicile de Dio. Il dit qu'il ne veut plus avoir affaire avec lui. Vous pourriez peut-être lui parler, pourquoi pas ?

– A quel sujet ?

– Ça, c'est votre domaine. Que diriez-vous d'un témoignage devant le grand jury ? Ça demande des tripes de laisser tomber quelqu'un comme Dio, en particulier quand on lui doit quinze bâtons.

– Quand donc avez-vous pris la décision de partager tous les petits secrets de Pugh ?

– Il aura probablement besoin d'une protection fédérale à un moment ou à un autre. C'est peut-être un ivrogne, mais sa cervelle absorbe les renseignements comme une éponge et les conversations des gens comme un papier buvard.

– Où est-il ?

– Il habite chez moi.

– Qu'est-ce que vous aviez l'habitude de faire pour le plaisir quand vous étiez môme ? Vous avaliez des punaises ?

– Ce mec est le dos au mur, dis-je.

– D'accord, je retire ma vanne. Vous faites vos coups en douce, Robicheaux, ni vu ni connu, je t'embrouille. Pugh devient témoin fédéral, Pugh habite votre maison... Votre maison ainsi que les gens qui y vivent tombent sous notre parapluie. D'accord ?

– Pas vraiment.

– Je l'espère bien. Parce que c'est nous qui choisissons les quartiers de résidence.

– Les gens intelligents ne se retrouvent pas dans la panade où je me trouve en ce moment, Nygurski.

– Je me risquerais à reconnaître qu'il y a peut-être une vérité profonde dans ce que vous venez de dire. Je vous contacterai. Entre-temps, faites gaffe à vos fesses.

– Quand aurai-je de vos nouvelles au sujet de Mapes ?

– C'est moi qui cours, et je me donne du mal. Alors, mollo sur le batteur, okay ? Ayez un peu confiance. Si jamais vous vous sortez de cette histoire, débrouillez-vous pour reprendre un insigne. Je pense que tout le monde préfèrerait vous avoir à l'intérieur de la tente en train de pisser dehors par l'auvent, que l'inverse. Ça, j'en suis sûr.

***

Dixie Lee se leva tôt le lendemain matin et prit son petit déjeuner avec Alafair et moi à la table de cuisine. C'était l'un de ces ivrognes dont le regard s'éclaircit et la peau retrouve son teint rose et sans rides dès qu'ils arrêtent l'alcool pendant vingt-quatre heures. Ce matin, son visage rasé de près rayonnait : il était vêtu d'un short d'été blanc à plis et d'une chemise de sport blanche avec motif de perroquets verts. J'accompagnai Alafair à l'école, puis j'obligeai Dixie Lee à m'accompagner à une réunion des AA un peu plus loin dans la rue, où je laissai son nom auprès du service d'embauche. Sur le chemin du retour, son humeur était moins amène que plus tôt dans la matinée.

– Fils, ces gens-là, y me rendent nerveux, dit-il. J'ai l'impression d'être un étron qui flotte dans l'assiette de soupe de quelqu'un.

– C'est le seul endroit où les gens peuvent comprendre des mecs comme nous, Dixie.

– Ouais, bon. J'ai déjà été à des réunions de ce genre, et ça a pas pris. Je crois simplement que c'est parce que c'est comme ça avec certains mecs. Jésus s'est contenté de pointer le doigt sur les gens qu'il voulait. Moi, j'ai jamais vu personne pointer son doigt dans ma direction. Hé, tu te souviens des plaisanteries qu'on se racontait dans le temps, dans les années cinquante ? Du genre, qu'est-ce que dit la baignoire à la cuvette des chiottes ? « Je me paie la même dose de cul que toi, mais je suis pas obligée de m'enfiler toute cette merde. »

– Allez, collègue, qu'est-ce qui te tracasse, au fond ?

– Je n'accroche pas avec tous leurs machins sur le quatrième et le cinquième stade. Quand t'en arrives à devoir repasser la revue de tout ce que t'as fait de mal et de l'étaler devant tout le monde, moi, vraiment, c'est pas le truc qui me botte. Nom de Dieu, j'ai assez de culpabilité comme ça sans avoir à la remuer à la baguette.

– Prends chaque stade à son tour, comme il vient. Tu n'es pas obligé de faire ça maintenant. En plus, est-ce que tu n'as pas déjà commencé à lâcher le morceau sur des tas de choses ? Tu m'as dit des trucs plutôt honnêtes et sincères quand tu étais à l'hôpital de Lafayette.

– J'ai des tas de trucs qui me font honte. Sacré nom d'un chien, je le savais que Sal était un bon à rien quand je l'ai rencontré au pénitencier. C'était un taré. Mais il avait du blé, de la came plein les fouilles et y m'aimait bien. Comme ça, ça m'évitait de suer de trouille devant les loups et les queutards, les frimeurs de gland, et les mecs capables de te moucher la chandelle si jamais il leur passait par la tête que tu balançais pour le contremaître. Alors j'ai fait semblant de ne pas voir ce qui se passait dans ma cellule. J'ai complètement fermé les yeux. Y'a des tas de mecs qui deviennent homosexuels quand y sont au trou. Personnellement, ça ne me disait rien, mais je ne jetais pas la pierre aux mecs qui étaient partants. Et donc Sally avait sa fiote – la belle affaire, je me disais en moi-même. C'est ce putain de système qui oblige les mecs à ça. Voilà ce que je me suis dit. Alors j'avais pris l'habitude d'aller me balader quand le môme, un gamin mexicain, venait dans notre cellule. Ce n'était pas mes oignons, pas vrai ? Sauf que ça a déclenché un truc très bizarre.

Nous nous installâmes sur les marches du perron en façade. Les oiseaux volaient sous les ombrages. Il n'y avait pas de vent, et les érables se découpaient de leurs ramures figées, vertes et brillantes, sur le ciel.

– Tu comprends, dans ce genre de relations, quand t'es en taule, je veux dire, une fiote, c'est de la denrée consommable, dit Dixie Lee. Une paire de côtelettes. C'est tout. D'accord, c'est dégueulasse et ça donne envie de vomir, mais c'est comme ça. Mais le môme en question, c'était une vraie maîtresse pour Sal. Il se ramenait dans la cellule avec rouge à lèvres et dessous féminins, il lavait les cheveux de Sal avant de les lui peigner et ensuite, ils accrochaient une couverture à la couchette supérieure et s'envoyaient en l'air. Sauf que le môme est devenu bien plus que la petite fiote de Sal. Sal est vraiment tombé amoureux de lui. Le môme avait toujours des cigarettes, des sucreries, des cachets de tranquillisants, des revues, il avait un petit boulot pépère à l'infirmerie, et des sauf-conduits pour qu'il n'ait pas d'ennuis avec les gros durs. Et puis le môme s'est mis à se comporter en vedette, à se balader, une petite moue vicieuse aux lèvres, à lancer des regards racoleurs à des mecs vachement dangereux sous la douche. Y'a un ou deux mecs qui ont dit à Sal de serrer la vis à sa lopette, mais il n'a pas fallu bien longtemps avant que tout le monde soit au courant comme quoi le gamin était capable de faire tourner Sal en bourrique, chaque fois qu'il en avait envie.

» Le problème, c'était qu'un groupe de Noirs voulait avoir la mainmise sur tout le trafic de came de Sal. Mais il avait trop de mecs qui travaillaient pour lui, et ils savaient aussi que Sal avait de sérieux appuis à l'extérieur, alors ils s'étaient toujours débrouillés pour ne pas l'attaquer de front. Puis le môme a commencé à faire passer Sal pour une lavette, et les mecs ont décidé que le moment était venu de se mettre sérieusement à la distribution de cachets et de pilules à grande échelle. Sal se ramassait quatre à cinq cents sacs par semaine, ce qui représente un gros paquet de fric en taule, et au bout de trois semaines, les Noirs lui avaient diminué ses revenus de moitié. Ses mules à came débarquaient dans sa cellule aussi effrayés qu'un troupeau de souris en lui demandant ce qu'il avait l'intention de faire pour régler le problème, parce que les Noirs arrêtaient pas de leur répéter qu'ils étaient au chomdu pour de bon. Sal a essayé de laisser filer comme si de rien n'était en leur disant que tout tournait comme sur des roulettes parce qu'il se faisait livrer une cargaison de hash afghan qui allait faire péter les joints à tous les prisonniers de la taule.

» Mais tout le monde ricanait derrière son dos. Le môme se comportait à l'égard de Sal comme si c'était Sal la lopette et pas l'inverse. Entre-temps, il s'était mis à traîner ses guêtres avec deux autre fiotes de la taule, deux mecs qui se laissaient sauter par n'importe qui, et tous les trois se baladaient en tortillant du popotin pendant que le môme allait colporter haut et fort ses petites histoires sur Sal comme s'il devait supporter de vivre à la colle avec Dagwood Bumstead, le Dagobert de la B.D.

» Mais quelqu'un avait contacté le vieux de Sal à Galveston, et la merde a commencé à voler. Le vieux s'est pointé en personne à Huntsville, et je ne sais pas ce qu'il a raconté à Sal, mais quoi qu'il en soit, le Sal était mort de trouille après sa visite. Il avait le visage tout pâle quand il est revenu dans la cellule. Il est resté assis sur sa couchette toute la nuit à fumer clope sur clope, et au matin, il a dégueulé tout son petit déjeuner tandis qu'on bossait. Je lui ai demandé ce qui n'allait pas, et il m'a dit « Y faut qu'je fasse quelque chose ». J'ai dit : « Quoi ? ». Il a dit : « Quelque chose que je n'ai pas envie de faire. »

» Alors j'ai dit : « Ne le fais pas. » Et il m'a répondu alors : « Je suis un affranchi. Quand t'es affranchi, tu t'exécutes quand ils te disent de faire quelque chose. »

» Tu comprends, c'est des trucs de Ritals. Y z'ont un genre de rite avec des couteaux, du sang, et leur connerie de magie, et se retrouvent affranchis, ce qui signifie qu'ils ont le droit de fumer le cigare à leur table en bord de piste à Vegas et de prétendre qu'ils ont cessé d'être un tas de marchands de poiscaille complètement ignorants.

» Deux jours plus tard, juste avant le verrouillage général, Sal s'est rendu dans la cellule du môme. Le gamin était en train de lire une bande dessinée sur sa couchette en compagnie d'une autre tante. Sal a dit à l'autre môme de se tailler, puis il a sorti un bout de tuyau de la poche de son pantalon et il a tabassé le jeune Mexicain presque à mort. Il lui a cassé le nez, lui a pété les dents, transformé les oreilles en choux-fleurs, et le môme a tellement dérouillé que même sa mère l'aurait pas reconnu.

» Quand Sal est revenu dans la cellule, il avait la chemise roulée en boule dans le creux de la main pour masquer les taches de sang. Après l'extinction des feux, il l'a déchiquetée en fines lanières qu'il a fait passer dans la cuvette des toilettes. Au matin, il était tout sourires, comme s'il venait d'accomplir son premier saut en parachute ou quoi. Le môme est resté à l'hôpital pendant trois semaines. On lui avait rasé le crâne pour lui coller une centaine de points de suture. Il ressemblait à un gros ballon de basket tout blanc qu'on aurait enveloppé de fil de fer barbelé.

» Alors Sal a fait passer le mot comme quoi le môme pouvait passer à la casserole à qui bon voulait. Tu sais ce que ça veut dire, pour un môme comme ça, en taule ? Fils, y se trouve là-dedans quelques fils de putes cruels et complètement marteaux. Et le môme a passé des moments abominables. Je n'aime pas repenser à ça.

– Pourquoi me racontes-tu tout ça, Dixie ?

– Parce qu'à la réunion, la plupart des gens, c'est rien que des alcoolos. La gnôle ne représente qu'une partie du problème. J'ai vécu aux crochets d'un mec comme Sal. La raison qui m'a poussé à le faire, c'est que c'était facile. Y'a pas mieux, tu peux me croire, que langouste et steak tous les jours dans l'assiette, sans compter toutes les petites jeunettes bien câlines toujours prêtes à quitter la culotte au moindre signe. Même si je n'ai pas fait mon trou dans les affaires de pétrole, la vie, c'était quand même un vrai plaisir autour de la piscine de Sal. C'avait rien à voir avec la gnôle ou la came. La seule raison, c'était un manque de personnalité.

– Ça fait partie de la même maladie. Tu apprendras ça si tu continues à te rendre aux réunions, dis-je.

Il arracha un long brin d'herbe plate qui poussait en bordure de la marche et se mit à le faire rebondir entre ses pieds.

– Tu verras, dis-je.

– Tu veux que j'aille parler aux SRS, pas vrai ?

– Pourquoi crois-tu ça ?

– Je t'ai entendu parler au téléphone hier soir.

– Tu veux y aller ?

– Non.

Il fit rebondir le brin d'herbe sur la pointe de son mocassin avant de ramasser avec l'extrémité une petite bestiole rouge qu'il observa tandis qu'elle remontait en direction de sa main.

– Tu ne te servirais pas de moi, hein, Dave ? dit-il.
– Non, je ne ferais jamais une chose pareille.
– Parce qu'alors, je serais profondément blessé. Je suis sérieux, fils. Je n'ai pas besoin de ça. Pour sûr que j'en ai pas besoin.

Je me remis debout et me brossai le fond du pantalon.
– Je ne sais pas comment tu te débrouilles pour faire ça, dis-je.
– Qu'est-ce que tu racontes ?

Il leva les yeux vers moi, paupières plissées sous le soleil. Ses cheveux dorés ondulaient, brillants de gomina.
– Quel que soit le sujet, chaque fois que je veux te parler de quelque chose, d'une certaine manière, je perds toujours.
– C'est ton imagination. Plus simple que moi, t'auras du mal à trouver.

***

Je me rappelai l'une des dernières occasions où j'avais vu ma mère. C'était en 1945, juste avant la fin de la guerre, et elle était arrivée à la maison que nous avions sur le bayou en compagnie du joueur de cartes avec lequel elle s'était enfuie. J'étais devant la maison, sur le chemin de terre, à essayer d'attraper mon chien qui pourchassait les poulets dans le fossé, lorsque l'homme avait arrêté son coupé, avec banquette arrière et pare-brise inclinable à crémaillère sur lequel on avait collé des timbres de rationnement d'essence, à trente mètres de notre demeure, sur la route. Ma mère avait remonté l'allée à l'ombre de nos chênes et contourné la maison en direction de la cour latérale où mon père était en train de clouer le grillage d'un poulailler. Elle travaillait dans un drive in et une taverne de Morgan City. Son uniforme rose de serveuse était ourlé d'un galon blanc au col et aux manches, et paraissait trop petit sur elle lorsqu'elle marchait car elle avait le corps râblé et musclé. Elle me tournait le dos tout en parlant à mon père, dont le visage restait sombre, tandis que ses yeux s'égaraient en direction de la route où le coupé était garé.

Le joueur avait laissé la portière ouverte pour sentir le souffle de la brise. Il était mince, le visage encadré de favoris, vêtu d'un pantalon zazou marron avec bretelles par-dessus une chemise rayée qui s'ornait au col d'une cravate verte à pois. Sur la lunette arrière, était posé un feutre marron.

Il me demanda en français si le chien m'appartenait. Comme je ne répondais pas, il me dit :

– Tu ne parles pas français, mon garçon ?

– Si, monsieur.

– C'est ton chien ?

– Oui, monsieur.

– Tu sais comment faire pour qu'il arrête de courser les poulets ? Tu lui casses un bâton sur les reins. Y suffit que tu l'fasses une fois, et tu verras.

Je m'éloignai dans la poussière vers la maison et les arbres, sans regarder mon chien. J'entendis mon père qui disait à ma mère :

– Dans cinq minutes, je descends là-bas. Et c'est pas son petit pistolet qui va lui servir à grand-chose, ch'te l'dis.

Elle me prit par la main et me fit avancer d'un pas vif jusqu'aux marches du perron où elle m'installa sur ses genoux. Elle me caressa le visage et les cheveux, elle m'embrassa, elle me tapota les cuisses. Je voyais des gouttelettes de transpiration sur sa nuque et je sentais son parfum, pareil aux senteurs de belles-de-nuit, et la poudre de ses seins.

– T'as été sage à l'école, hein ? T'as été à la messe, hein ? T'as été à confesse et t'as communié ? Aldous t'y a emmené ? Faut que tu réussisses à l'école. Les frères, y vont t'apprendre des tas de choses.

– Pourquoi tu restes avec lui ?

Elle me pressa le visage contre ses seins. Je sentais les formes dures et musclées de son ventre et de ses cuisses.

– Il a tiré sur quelqu'un. Au cours d'une partie de cartes, dis-je.

– C'est pas le mauvais bougre. Il est gentil avec moi. On t'a apporté un cadeau. Tu vas voir.

Elle me souleva dans ses bras et me porta jusqu'au chemin de terre. Je voyais mon père qui nous suivait du regard depuis la cour, le marteau à la main. Elle me reposa au sol près de la porte ouverte du coupé. L'air était humide et chaud sous le soleil, les typhas du fossé étaient gris de poussière.

– Viens voir, dit-elle. Fais-y voir, Mack. Derrière le siège.

Son visage n'exprima rien. Il tendit le bras derrière le siège, les yeux toujours fixés sur la terre jaune du chemin, et il sortit un sac en papier. Il était replié et noué d'une ficelle.

– Tiens, dit-elle, en le déballant pour moi. Sa robe lui collait aux cuisses et ses genoux étaient creusés de fossettes. L'homme sortit de la voiture et s'éloigna sur le chemin où il alluma une cigarette. Il ne regarda pas dans la direction de mon père, mais ils se voyaient l'un l'autre sans problème.

– Ça te plaît, une toupie, hein ? dit ma mère. Tu vois, elle se remonte. Tu appuies dessus plusieurs fois de suite, et après, elle tourne en sifflant.

Ses cheveux noirs étaient mouillés de transpiration. Elle mit la toupie entre mes mains. Le métal était chaud contre mes paumes.

– Est-ce qu'il va sortir ? dit l'homme.

– Non. Il a promis.

– La dernière fois, c'était un coup pour rien. Tu lui as bien dit ?

– Y veut plus d'ennuis, Mack. Y va pas venir nous embêter.

– Moi, j'veux savoir, nom de Dieu.

– Ne parle pas comme ça. Y faut qu'on y aille. Ne regarde pas par là-bas. Tu m'entends, Mack ?

– La prochaine fois, y vont se le garder sous les verrous.

– On y va tout de suite. Monte dans la voiture. Y faut que j'aille au travail. Dave, y'a pas b'soin qu'te restes là planté en plein soleil sur le chemin. C'est pas vrai, ça, Davy ? Mack, tu m'as promis.

Il balança sa cigarette d'une pichenette dans le fossé et s'installa au volant. Il portait des chaussures à deux tons, marron et blanc, et il essuya la poussière qui en ternissait le brillant à l'aide d'un chiffon qu'il sortit de dessous le siège. Je vis mon père reposer le marteau sur l'établi avant de ramasser sa cage à poules et d'en inspecter les angles.

Ma mère se pencha au-dessus de moi et me pressa contre elle. Elle me parla d'une voix basse, qui résonna comme si nous nous trouvions sous une cloche de verre.

– Ch'suis pas une mauvaise, Dave, dit-elle. Si quelqu'un te dit ça, c'est pas vrai. Je viendrai te revoir. On ira quelque part tous les deux, rien que tous les deux. Se manger du poulet frit, peut-être. Tu verras, va.

Mais il se passerait très longtemps avant que je la revoie. Les jardins de la Victoire, les centres de dons publics clôturés de piquets pleins de pneus usagés et de cintres emmêlés, les petits drapeaux de soie à pompons, décorés d'étoiles bleues et dorées, suspendus aux fenêtres des maisons pour signifier au monde le nombre de membres de la famille sous les drapeaux ou tués en service, tout cela allait disparaître en moins d'une année, toute une époque se terminerait, et les compagnies pétrolières texanes débarqueraient. J'apprendrais que ma mère travaillait dans l'arrière-cour d'une blanchisserie au milieu de femmes de couleur à Baton Rouge, que Mack était mort de tuberculose et qu'elle avait épousé un forain. Puis un jour – j'avais seize ans et c'était la première fois que je me rendais au Boundary Club sur la grand-route de Breaux Bridge, un tripot mal fréquenté et tout délabré dont les clients se battaient à coups de couteau et de tessons de bouteilles sur le parking au sol de coquillages écrasés – je la vis tirer la bière à la pression derrière le comptoir. Le corps s'était épaissi, les cheveux plus noirs qu'ils n'auraient dû l'être, et elle portait une jupe noire qui laissait voir une grosse cicatrice au-dessus d'un genou. Elle apporta un plateau chargé de bières à une tablée d'ouvriers du pétrole avant de s'asseoir au milieu d'eux. Ils la connaissaient tous et lui allumaient ses cigarettes, et lorsqu'elle se mit à danser avec l'un d'eux près du juke-box, elle plaqua son ventre contre celui de son partenaire. Je me tenais près du juke-box et je lui fis un signe de la main ; elle me sourit en retour par-dessus l'épaule de l'homme, mais aucun signe de reconnaissance ne se fit jour sur son visage.

J'attendis dans la voiture, dehors, que mes amis sortent du club. Je vis un ivrogne qu'on vira dehors par la porte latérale sur le sol de coquillages écrasés. Je vis un groupe d'adolescents lancer une bouteille de coke en direction d'une voiture pleine de Nègres. Je vis un homme en chemise de cow-boy jaune et blue-jean moulant sans ceinturon gifler une femme et l'envoyer se cogner contre le flanc d'une voiture. Il la frappa avec force, il la fit pleurer avant de la pousser sur la banquette arrière en l'obligeant à rester là toute seule pendant qu'il retournait à l'intérieur du club. Il faisait chaud, rien ne venait troubler le silence du parking, à l'exception des bruits de sanglots de la femme. Les saules étaient immobiles sur les berges de la Vermilion River et le clair de lune se reflétait à la surface de l'eau comme une tache d'huile. La poussière venait voler par la fenêtre de la voiture, et je sentais l'odeur des lépidostées morts dans la vase, tandis que la femme continuait doucement à pleurer dans l'obscurité.

J'ai toujours attaché de l'importance à l'opinion de

certaines personnes. Pour la plupart, c'étaient des nonnes, des prêtres, des frères catholiques, et des professeurs. Lorsque j'étais enfant, ceux parmi eux qui étaient bons me disaient que j'étais bien. Se trouvaient aussi dans ce groupe de personnes des êtres ineptes et malheureux d'être ce qu'ils étaient, des êtres cruels qui prenaient plaisir à inculquer aux enfants des sentiments de culpabilité. Mais les bons me disaient que j'étais bien. Aujourd'hui adulte, je continue à croire que nous devenons ce que nous voyons se refléter dans le regard des autres ; il est par conséquent important que quelqu'un nous dise que nous sommes bien. Cela peut paraître puéril, mais uniquement aux yeux de tous ceux qui n'ont jamais dû payer leur écot au destin et partant, ne s'interrogent pas sur leur identité, parce que leur propre expérience – ou leur absence d'expérience – n'a jamais exigé d'eux qu'ils se définissent en tant qu'individus. On en rencontre, de ces gens-là, aux soirées-cocktails des universités, on en trouve aussi chez les journalistes qui craignent et envient puissance et célébrité, mais aiment par-dessus tout à vivre dans les sphères où elles se manifestent. Ils cachent toujours un rictus méprisant derrière l'éclat de leurs rires. Jamais il ne leur a été donné d'entendre un coup de feu tiré dans un accès de colère, jamais ils n'ont eu à arpenter un quartier bombardé au mortier, jamais ils n'ont vu un gamin de dix-neuf ans, mitrailleur de flanc à la porte de son hélico devenir soudain complètement givré, à tirer sur tout ce qui bouge, dans une zone franche. Ils dorment d'un sommeil sans rêves. Et les inquiétudes dérangeantes de ceux qu'ils sont incapables de comprendre les font bâiller. Personne n'aura jamais besoin de leur dire qu'ils sont bien.

Je crois qu'il est des êtres pour lesquels l'âme a la même forme, la même inconstance que les flammes d'un brasier mouvant, ou d'un fagot de brindilles brûlantes qui se consument, fondant la neige au milieu des sifflements, jusqu'à ce que ne subsiste qu'un vague creux mal défini, zébré de marques de suie, seule trace de la nature de la flamme et de son passage à travers la glace.

Et c'est à ce moment-là que quelqu'un vient vous dire que vous êtes bien.

***

Il fallait que je retourne sur l'autre versant du Divide. Le moment était en outre bien choisi pour sortir Alafair de Missoula. Je descendis jusqu'à l'école et trouvai Tess Regan dans son bureau. Un vase de seringas était posé sur son bureau, et son tableau de liège était un fouillis de tous les dessins aux crayons de couleur qui s'y trouvaient punaisés. Derrière une fenêtre ensoleillée, je voyais les enfants sur le terrain de jeux, un panier de basket solitaire, et le mur de brique de l'église voisine. Tess Regan était vêtue d'une robe de tricot en coton jaune ; elle portait une chaîne en or autour du cou et ses boucles d'oreilles, en or elles aussi, étaient presque cachées par ses cheveux châtains. Elle avait les ongles coupés court, laqués d'un vernis transparent, et elle tint la main posée, doigts écartés, sur le buvard de son sous-main tout le temps qu'elle m'écouta parler. Je l'aimais bien et respectais ses sentiments, et je ne voulais plus la voir en colère contre moi ou se sentir mal à l'aise et gênée du fait de notre conversation de la veille.

– Les gens me raccrochent tout le temps au nez. J'y suis habitué, dis-je. Un agent des Impôts m'a dit un jour qu'au téléphone, j'étais aussi charmeur que Quasimodo.

– Cette bosse violacée que vous avez sur la tête, c'est ce qui vous est arrivé chez vous hier ?

– Je me suis montré imprudent. Elle aura bientôt disparu.

– Vous voulez faire manquer l'école à Alafair aujourd'hui et demain ?

– C'est exact. Elle reviendra jeudi.

– Où allez-vous, si je puis me permettre ?

– J'ai quelques affaires à régler de l'autre côté des montagnes.

– Tout ceci me préoccupe beaucoup. Vous me donnez de mauvais pressentiments. Ces hommes dont vous parlez, ce sont des êtres mauvais et méchants, n'est-ce pas ? Et pourtant, à vous voir, on croirait presque que vous traitez cela avec désinvolture.

– Vous vous trompez, fillette.

– J'aimerais bien que vous n'utilisiez pas ce terme-là.

– Très bien.

– Alafair est une adorable petite fille. Je me fais du souci pour elle. Je me fais du souci quand je vois la manière dont vous vous comportez.

– Elle vous porte aux nues, elle aussi, vous savez. Je ne veux pas me montrer désagréable ou vous bouleverser inutilement, en aucune manière, mais je veux que vous compreniez une chose. Quelqu'un m'a adressé par la poste une seringue hypodermique qui avait déjà servi ainsi qu'une lettre accompagnée d'une photographie. Je ne vous dirai pas ce que représentait la photographie, mais la personne qui a rédigé la lettre m'a précisé que la seringue avait servi dans un film de massacres où quelqu'un se faisait réellement tuer. Sa menace n'était pas dirigée contre moi. Elle était dirigée contre Alafair. Et je suis convaincu qu'il était sérieux.

» D'un autre côté, au cinéma, dans les films, les victimes d'agression ou celles qui sont menacées de mort obtiennent la protection de la police, vingt-quatre heures sur vingt-quatre. Mais les choses ne se passent pas comme ça. Vous devez compter sur vous-même, et personne d'autre. Si vous ne me croyez pas, allez demander ce qu'il en est à ceux qui se sont fait traquer ou harceler par un mec qu'ils avaient aidé à mettre sous les verrous, et qui s'est retrouvé libéré sous caution dès le lendemain matin. C'est fantastique ce qu'ils vous racontent. Il y en a beaucoup qui ont tendance à prendre leur carte à la NRA [1].

Ses yeux verts intelligents ne cillaient pas. C'était un bon soldat et, de toute évidence, elle faisait tout son possible pour dépasser le ton corrosif de mes paroles ; mais j'avais de mon côté franchi des limites en jouant à fond de ses émotions, presque à la manière d'une brute affective, et elle n'était pas à même d'affronter la situation.

– Je vais vous chercher Alafair, dit-elle.

– Mlle Regan... Tess, je suis en ce moment acculé, rien ne va plus dans mon existence. Je vous prie de m'excuser pour ma manière de dire les choses, mais vraiment, je suis le dos au mur et j'essaie de m'en sortir. Ne m'obligez pas à sortir d'ici avec le sentiment de m'être conduit comme une vraie chiure.

Mais cela ne servit à rien. Elle me frôla en passant près de moi, la robe en tricot marquée de plis aux hanches, les yeux mouillés de larmes.

Plus tard dans la journée, je plongeai avec Alafair dans les nuages du Divide. Il pleuvait fort, les arbres ressemblaient à une muraille drue et noire sous la lumière mouillée, et l'eau dégoulinait de la route et dégringolait dans les canyons en contrebas. Il était trop tard pour faire du bon travail au palais de justice du comté de Teton, nous passâmes la nuit dans un motel à Choteau, le chef-lieu du comté.

Le lendemain, je découvris le rapport existant entre Sally Dee et les compagnies pétrolières. Je le découvris étalé à la face du monde sur tout le Front Est, dans les comtés de Teton, Pondera et Glacier. Et je découvris en même temps à quelles fonctions Sally Dee avait bien pu employer Dixie Lee.

1. National Rifle Association, lobby qui défend le droit au port et à la vente libre des armes. (N.d.T.)

10

Ce soir-là, j'appelai Dan Nygurski chez lui à Great Falls.

– Où étiez-vous passé ? Je vous ai appelé trois fois aujourd'hui, dit-il.

– Je ne suis pas très loin, à l'est du Divide.

– Là maintenant ? Où ça ?

– Juste à la sortie de Great Falls.

– Qu'est-ce que vous avez l'intention de faire, là, tout de suite ?

– Rien. Me trouver un motel. Je n'ai pas envie de rouler de nuit pour rentrer.

– On se prépare à manger dehors dans l'arrière-cour dans quelques minutes. Vous voulez venir ?

– J'ai ma petite fille avec moi.

– Amenez-la. On a trois mômes, elle pourra jouer avec eux. J'ai eu des tuyaux sérieux sur Harry Mapes, il faut que je vous mette au courant.

– Le SRS a un dossier sur lui ?

– Le FBI. Il a été mêlé à une affaire d'enlèvement. Vous feriez bien d'arriver.

Il me donna son adresse et l'itinéraire pour aller jusque chez lui. Alafair et moi prîmes la route au crépuscule, au milieu des faubourgs, époque 1950, ranchs à deux niveaux décalés transformés en maisons d'habitations, rues bordées d'érables, arroseurs tournoyants sur les pelouses, parterres pleins de clématites bleues, de roses jaunes et rouges, au sol semé d'écorces d'arbres pour empêcher la poussée des mauvaises herbes. Nous nous installâmes sous la véranda de séquoia bâtie sur l'arrière, derrière les baies vitrées coulissantes, tandis qu'Alafair jouait à la bascule en compagnie de deux des filles de Dan. Les braises du brasero avaient viré au gris, à bonne température, à notre arrivée. Sa femme nous apporta une salade composée et une carafe de thé glacé sur un plateau avant de poser des tranches de venaison et d'élan sur le grill. La graisse se mit à siffler en coulant sur les braises au milieu de nuages de fumée. L'odeur était délicieuse.

Sa femme était très attirante et polie. Elle avait le même accent que lui. Elle s'était maquillée et avait revêtu une robe, mais le regard était timide lorsqu'on l'observait d'un peu trop près. Elle retourna à la cuisine et commença à détailler une miche de pain français en tranches sur la planche à découper.

– Vous vous demandez comment une femme qui a cette allure a pu épouser un mec avec ma figure, dit-il.

– Pas du tout.

– Allez, Robicheaux.

– Les femmes ont le cœur tendre et gentil.

– Ouais, c'est bien vrai, dit-il en se levant de sa chaise pour aller fermer la baie vitrée. Allons marcher un peu dans le jardin, personne ne pourra entendre ce que j'ai à vous dire. En fait, nous ferions peut-être mieux d'attendre d'avoir mangé.

– Allons-y.

Nous allâmes jusque dans le jardin sur le côté de la maison. Il était planté de pommiers et de rosiers rouges grimpants sur treillis en petits parterres circulaires. On apercevait de petites pommes vertes et dures entre les feuilles des arbres. Une clôture séparait son jardin de la piscine du voisin. Le soleil s'était couché, et les reflets de la lumière sous le porche du voisin ressemblaient à un ballon jaune sous la surface de l'eau. Dan prit deux fauteuils métalliques appuyés contre le pignon de la maison et les déplia d'une secousse. Sa bouche eut un rictus nerveux lorsqu'il se mit à parler, et je vis la trame de veines et de muscles se mettre à battre et palpiter sur la gorge.

– Où votre avocat a-t-il obtenu ses renseignements sur Mapes ?

– Il a engagé un privé.

– Dites-lui de vous récupérer votre pognon. Le privé a tout foiré. Je le soupçonne fort d'être passé au bureau du shérif et de la police municipale de la ville où Mapes est né. Il est tombé sur l'arrestation pour agression, l'histoire de la canne de golf, lorsque Mapes avait dix-sept ans, et ensuite, il a adressé à l'avocat une facture d'honoraires pour deux jours de travail, ce qui se monte à peu près à six cents dollars. Entre-temps, il n'a rien été vérifier d'autre.

– De quoi s'agit-il ?

– Écoutez, vous avez été vous-même longtemps flic. Vous savez qu'il arrive de temps à autre de tomber sur un mec, un mec dont tout le monde est convaincu qu'il est normal, voire même un mec qui a fait des études, qui a un bon boulot, des médailles gagnées à l'armée, un mec qui n'attire pas beaucoup l'attention. Tout au moins, il s'arrange pour que les flics ne pensent pas à lui. Mais il y a quelque chose qui ne tourne pas rond chez lui. Il n'a pas de conscience morale, ou alors les sentiments manquent. Mais il est là, dehors, dans les faubourgs, tout comme celui-ci et c'est lui qui commet les crimes que nous ne parvenons jamais à résoudre. Je pense que notre homme, Harry Mapes, est comme ça. En 1965, un soldat de dix-huit ans en permission, stationné à Fort Polk, est allé chercher sa petite amie à Tyler, Texas, pour l'emmener dans un drive in. Ensuite, il semblerait qu'ils soient allés dans une petite ruelle où ils se sont garés derrière une vieille serre où quelqu'un avait jadis fait pousser des roses. Tout au moins c'est là que les services du shérif ont retrouvé la robe et les sous-vêtements de la fille. Ils ont découvert la voiture à huit kilomètres de là au fond d'une crique. Quelqu'un avait arraché le tuyau d'arrivée d'essence et mis le feu au véhicule. Les deux mômes se trouvaient dans le coffre. Le légiste a déclaré qu'ils étaient vivants quand l'incendie s'est déclenché.

Je me penchai en avant, assis sur un fauteuil pliant, et arrachai une feuille d'un rosier. J'avais la gorge serrée. J'entendais les enfants jouer à la bascule dans l'arrière-cour.

– Mapes était impliqué dans l'histoire ? dis-je.

– C'est la grande question. On a retrouvé sur la voiture les empreintes d'un autre môme de Marshall, mais pas celles de Mapes. Mais la chose peut s'expliquer, si on considère que Mapes conduisait une des deux voitures et l'autre môme était au volant du véhicule des victimes pour l'emmener à l'endroit où ils l'ont brûlé. Un peu plus tôt dans la soirée, ce jour-là, on les avait vus ensemble, et il était indispensable d'être deux pour tout exécuter, à moins que le môme qu'ils avaient arrêté n'ait été à pinces, ce qui est improbable, vu qu'il possédait une voiture dans laquelle il s'était baladé en compagnie de Mapes un peu plus tôt.

– L'autre môme n'a pas impliqué Mapes dans l'affaire ?

– Il a tout nié en bloc. Il avait la réputation, et tout le monde le savait à Marshall, d'être complètement marteau. Acide, amphet, et toutes les conneries du même genre. Dans sa cellule, il s'est enveloppé de papier hygiénique qu'il a détrempé d'essence à briquet et il y a mis le feu. Ça ressemblait à une belle scène de comédie. Mais par la suite, il a montré à tout le monde à quel point il était sincère. Il a déroulé un morceau de fil de fer pris sur un balai et il s'est pendu.

Pendant ce temps, le père de Mapes qui était propriétaire d'une petite scierie là-bas a engagé un cabinet d'avocats, lesquels se sont trouvés une prostituée mexicaine pour jurer que Mapes et l'un de ses amis mettaient leur petite baguette magique à l'épreuve ce soir-là. L'ami en question a corroboré le témoignage de la fille. Mais apparemment, par la suite, il se pourrait bien qu'il ait éprouvé des remords de conscience.

– Et c'était lui que Mapes a travaillé au corps à coups de club de golf.

– Vous avez tout compris, mon frère. Affaire classée. Pour couronner le tout, le môme s'est fait allumer au Viêt-nam deux ans plus tard.

Je m'essuyai les mains sur les cuisses du pantalon.

– Il faut que je l'épingle, Dan. J'ai épuisé toutes les pistes possibles, et à chaque fois, je reviens avec une brassée de vent.

– Allons manger un morceau.

– Je ne crois pas que je serai capable d'avaler quoi que ce soit. Il me reste moins d'une semaine et demie avant le procès. Je vais être franc avec vous. Je n'ai aucune intention de faire de la prison.

– Vous êtes un gars bien, et tout va s'arranger, dit-il avant de poser sa grosse paluche sur la pointe de mon épaule.

Sa main en coupe était dure, pareille à une étoile de mer tordue qui aurait séché sur le sable chaud.

***

Le moment était venu de revenir à Sally Dee, et de lui planter quelques idées ténébreuses dans le crâne quant à sa propre vulnérabilité, de manière à ce que je puisse me concentrer tout entier sur Harry Mapes. Je savais que Charlie Dodds avait probablement terminé sa carrière au fin fond d'un canyon comme pâtée pour les ours, mais Sally Dee, lui, n'était au courant de rien. Cependant il avait pleine conscience de ce qu'un Charlie Dodds était capable de faire, et j'étais sûr qu'il n'apprécierait guère de se trouver face à lui en position d'adversaire. Les chiens qui mordent n'aiment pas voir leurs colliers attachés à la même chaîne.

Après notre retour à Missoula, je me rendis à la bibliothèque de l'Université de Montana où je louai une machine à écrire pour une heure afin d'y composer la lettre suivante. Je travaillai dur à son élaboration. Chaucer et Dickens ont créé des personnages de gredins étonnants. Je me demandai ce qu'ils auraient bien pu penser de ma tentative à les imiter. Mais plus je relisais ma version finale, plus j'étais certain qu'ils n'auraient pas refusé de me saluer d'un clin d'œil approbateur.

Cher Sal,

Les fleurs qui accompagnent ce petit mot, tu peux te les carrer dans l'oigne. Quand tu as appelé Vegas, tu as dit qu'il ne s'agissait que d'un petit nettoyage de cour banal. Tu n'as pas parlé de photos ou de conneries sur avant-après. Cette petite cascade a presque failli me tuer. En fait, j'en arrive à penser que tu m'avais peut-être monté le coup. Tu te trimbales de droite à gauche à raconter à tout le monde que tu es un affranchi. Mais les affranchis, ça ne se fait pas éclabousser le blair par un ex-flic dont tout le monde se fout. Je crois non seulement que tu n'es qu'un merdaillon de Rital et un profiteur, mais aussi un sale con de trouillard. J'ai entendu parler de toi par des mecs qui ont séjourné à Huntsville. Ils disent qu'à cause de ta lopette, toute la taule ricanait dans ton dos. La seule raison qui t'a poussé à remarcher droit et abandonner les fiotes, c'est que tu avais plus la trouille de ton vieux que de ta lopette. Mais cette fois-ci, tu ne t'en tireras pas comme ça. Tu me dois le reste du pognon, et tu sais où faire la livraison. Je n'ai pas mon fric, et ça veut dire tout de suite, je viens te chercher. Personne à Vegas d'ailleurs n'ira en faire tout un plat. Ils sont tous convaincus que tu n'es qu'un petit connard dont il aurait fallu couper le bout de la queue il y a bien longtemps.

C.D.

J'allai jusqu'à Polson où je trouvai un fleuriste que j'appelai d'une cabine de l'autre côté de la rue ; on me donna le prix d'une petite livraison de fleurs au domicile de Sally Dio. Puis je me rendis à l'agence de l'État pour l'emploi où je me rangeai près du trottoir. J'observai les allées et venues de ceux qui en franchissaient l'entrée ou la troupe d'hommes assis contre le mur à l'ombre, en train de tirer sur leur cigarette et de se repasser une bouteille dans son sac en papier d'emballage. Finalement, un homme entre deux âges, en vêtements de travail, les cheveux blonds ternes qui n'avaient pas connu le coiffeur depuis un moment, sortit par la porte de l'agence et s'assit sur le trottoir au milieu de ses amis.

Je sortis de mon camion et avançai jusqu'à lui.

– Dites, je vous paierai cinq dollars si vous allez chez le fleuriste passer une commande à ma place, dis-je. Je fais une petite farce à un mec, et je ne veux pas qu'il apprenne d'où viennent les fleurs. Qu'en dites-vous ?

Il ôta la roulée qu'il avait aux lèvres et me regarda d'un air narquois. Il haussa les épaules.

– Je m'en branle complètement, dit-il.

Je le ramenai jusqu'à la rue où se trouvait la boutique du fleuriste, me garai trois magasins plus loin, et lui donnai l'argent pour la commande, accompagné d'une enveloppe cachetée qui contenait la lettre. Je ne connaissais pas l'adresse de Dio, mais j'avais écrit son nom en capitales sur l'enveloppe et dessiné l'emplacement approximatif de sa maison de Flathead Lake.

– Ne leur dites pas que vous faites ça pour quelqu'un, dis-je. Contentez-vous de leur donner l'argent, la commande et l'enveloppe. Okay ?

– Vous ne pouvez pas monter jusqu'à dix sacs ? Si je leur offre pas une bière ou un coup à boire aux autres mecs, s'ils trouvent du boulot, ils pourraient bien me passer à l'as.

Il entra dans la boutique et était de retour cinq minutes plus tard. Je le ramenai à l'agence pour l'emploi.

– Vous ne leur avez rien dit, n'est-ce pas ? demandai-je.

– Qu'est-ce qu'il y a à dire chez un fleuriste ? Je leur ai donné l'argent, je leur ai donné l'enveloppe. Vous avez d'autres boulots du même genre ?

***

Ce soir-là, Dixie Lee et moi, nous emmenâmes Alafair au cinéma. Avant de me coucher, je réussis à obtenir de Dixie qu'il me donne le numéro de téléphone de Sally Dee, placé en liste rouge.

– Pour quoi faire ? Tu ne veux pas aller te colleter encore avec cet homme-là, dit-il.

Il était assis à la table de la cuisine, en maillot de corps, caleçon à rayures multicolores et chaussures noires, en train de manger une part de tarte.

– Ne t'en fais pas pour ça.

– Tu plaisantes ? Ce mec souffre de maladies mentales auxquelles on n'a pas encore réussi à trouver de nom. Je te fais marcher, fils. Il en bande tellement pour toi que tu pourrais pas lui casser sa trique à coups de marteau.

– Ne parle pas comme ça dans cette maison.

– Désolé, c'est un défaut d'élocution ou quelque chose comme ça. Sa tête me fait penser à un pot de fleurs qu'on aurait laissé tomber sur le béton. Elle est pleine de fêlures et y'a la terre qui commence à se vider par les fissures, mais il le sait pas encore. Écoute bien, ça va te plaire. Sal a fait construire dans son club une estrade-ascenseur pour le piano, l'un de ces trucs qui se lèvent sous les projecteurs pendant que le mec est en train de jouer. Sauf qu'après la fermeture du club, y'a le videur, un mastard de cent trente kilos, qui grimpe sur le piano avec une danseuse aux seins nus pour un peu de vrai rumba-boogie, et on ne sait pas comment, la machinerie s'est coincée et l'ascenseur est monté droit jusqu'au plafond en écrabouillant nos deux danseurs contre une poutre. Le mec a eu le cou brisé, et la nana est restée coincée là-haut avec lui toute la nuit. Alors Sal a dit que c'était une vraie tragédie, c'est lui qui organise les funérailles le dimanche après-midi au club, avec le cercueil couvert de fleurs au beau milieu de la piste de danse. Mais l'entrepreneur de pompes funèbres bousille complètement le travail : le cou du mec est tout tordu, la tête un peu aplatie, comme si une roue de bagnole était passée dessus, et les Ritals qui chialent et gémissent à qui mieux mieux dans tous les coins pendant que Sal chante au micro, tout habillé de blanc comme s'il se prenait pour Tony Bennett. C'était tellement dégueulasse que les serveurs sont allés se plaindre au syndicat en menaçant de tout plaquer. Plus tard, y'a Sal qui me dit : « C'était classe, comme enterrement, tu ne trouves pas ? Jo-Jo aurait apprécié. » Sauf que j'ai découvert par la suite qu'il s'était contenté de louer le cercueil, et qu'il avait expédié Jo-Jo dans une boîte à savon couverte de toile à sac dans un cimetière du désert en dehors de la ville, un endroit que même les lézards refusent de fréquenter.

– Bonne nuit, Dixie.

Il secoua la tête et piqua un morceau de tarte de sa fourchette avant de la porter à la bouche.

– Tu te préoccupes de mon vocabulaire peu châtié, et toi, tu t'apprêtes à lui écraser les balloches au Sal. Fils, c'est une vraie merveille que de te voir à l'œuvre.

Je fixai l'alarme à deux heures du matin sur ma montre Seiko avant de m'endormir. Il bruinait légèrement lorsque je me réveillai au tintement minuscule de la sonnerie à mon poignet. Je composai le numéro de Sal avant de raccrocher lorsqu'une voix d'homme ensommeillé répondit à l'autre bout. J'attendis quinze minutes, avant de raccrocher une nouvelle fois aussitôt que la même voix eut dit « Allô » d'un ton agacé dans l'appareil. Je bus un verre de lait et regardai tomber la pluie sur le jardin et couler sur les vitres. Puis à deux heures et demie, j'appelai une nouvelle fois. Je plaçai un crayon en travers de la bouche et couvris le micro du combiné de mon mouchoir.

– Putain, mais c'est qui ? dit le même homme.

– Où est Sal ?

Je m'obligeai à garder la voix au fond de la gorge, la relâchant à mesure avec des accents rauques.

– Endormi. Qui est à l'appareil ?

– Va le réveiller.

– Vous êtes cinglé ? Il est deux heures et demie du matin. Qu'est-ce qui vous prend, mec ?

– Écoute, va me sortir ce Rital sans tripes de son pieu.

– Mec, je crois que t'es blindé, vaudrait mieux que t'arrêtes de faire joujou avec le téléphone. Oublie que t'as appelé ce numéro.

– Tu ne reconnais pas ma voix, hein ? Peut-être parce qu'un mec m'a collé un coup de clé anglaise sur la glotte, un mec à qui ton empaffé de trouillard m'avait envoyé rendre une petite visite. Je n'ai pas non plus pris l'avion de retour pour Vegas. Je suis à une heure de chez vous. Et y vaudrait mieux que j'apprenne pas que vous vous tapez ma nana, en plus.

Il resta silencieux un moment, puis il dit :

– Charlie ?

Je ne répondis pas.

– Charlie ? dit-il. Hé, mec ...

– Quoi ?

– Je ne savais pas. Hé, mec, je suis désolé. T'aurais dû me le dire. Il est tard, et je dormais. Je savais pas que c'était toi.

– Amène-le au téléphone.

– Mec, il est plus là. Je veux dire, que lui et Sandy, y z'ont dû se fumer une boîte à chaussures entière de shit avant de s'écrouler. Qu'est-ce que tu dirais qu'y t'appelle dans la matinée ?

– T'as de la peau qui te pousse sur les oreilles, ou quoi ?

– Écoute, mec, je rentre là-dedans, et il m'arrache les couilles. De toute manière, il a passé sa journée à grimper aux murs. Écoute, je sais pas ce qu'il y a entre vous deux, les mecs, mais j'ai pas envie d'être pris au milieu. Okay ? Je te raconte pas de craques, mec, il peut pas te parler. Il s'est enfumé la cervelle cette nuit.

J'attendis cinq secondes et écoutai son souffle à l'autre bout du fil.

– Dis-lui que j'arrive, dis-je, et je raccrochai.

***

Je dormis trop longtemps le lendemain matin. Je fus réveillé par le bruit d'Alafair en train de préparer le petit déjeuner dans la cuisine. Elle était trop petite pour être à la hauteur du fourneau, et elle faisait claquer les casseroles en les posant sur les brûleurs.

– Je peux y aller toute seule aujourd'hui, Dave, dit-elle.

– Non, c'est exclu. On fait tout, tous les deux ensemble, petit mec. On forme une équipe, pas vrai ?

Elle se tenait devant le fourneau, le visage paisible, le sommet de la tête au ras des brûleurs, et surveillait le poêlon plein de tartines à griller.

– Ça me fait drôle devant les autres enfants, dit-elle.

– Alors, je t'emmène en voiture. Comme si je te déposais en allant au travail. Ça ira comme ça, non ?

– Clarisse, elle sait pas comment y faut faire pour s'occuper de Tripod. Elle est toujours en rage après lui.

J'éteignis le brûleur, empoignai le poêlon à l'aide d'un torchon et le posai dans l'évier pour qu'il refroidisse. Les tartines avaient les bords calcinés.

– Il va falloir accepter un certain nombre de choses à présent. C'est comme ça, Alf, dis-je.

Elle prépara sa gamelle en silence et ne mangea que la moitié de sa tartine grillée. Elle sortit et m'attendit sur le perron de façade. Le vent soufflait depuis la rivière et les rayons du soleil qui filtraient au travers de l'érable dessinaient des motifs de feuilles mouvantes sur son visage.

Plus tard, je me rendis en compagnie de Dixie à une réunion matinale des AA, à l'issue de laquelle un des membres de l'association qui travaillait au service des embauches dit à Dixie qu'il lui avait trouvé un emploi à temps partiel : conducteur de chariot élévateur à la papeterie sur la rivière. Nous rentrâmes à la maison. Il était visible que Dixie n'était pas très heureux de cette nouvelle. Il traîna dans la maison à bouder, avant de sortir sa guitare aux couleurs en dégradé et aller s'installer sur le perron arrière. Il se mit à jouer, un médiator au pouce, et à chanter, une chanson que je n'avais encore entendue qu'une seule fois auparavant, il y avait de cela de nombreuses années. Les paroles accompagnaient l'air de *Plus Près de Toi mon Dieu.*

C'est pas mal, un p'tit bout de pain saucé,
C't'un régal, le sandwich aux navets,
Mais mes gamins y piaillent tout le temps,
Pour un rab de fayots, les bons fayots d'antan.

Rien qu'un p'tit bout d'jambon d'montagne
D'la confiture et du beurre de campagne,
Et les biscuits, si t'as le temps,
Et du rab de fayots, les bons fayots d'antan.

Tu vois cette femme, cette femme là-bas,
Les bras en l'air, celle qui prend l'vent,
L'est pas enceinte, pas c'que tu crois,
Elle est plein' de fayots, les bons fayots d'antan.

J'ouvris la porte-moustiquaire et m'assis sur les marches à côté de lui. Il faisait doux, les trèfles de la pelouse tremblaient sous le poids des abeilles.

– Tu es censé te présenter à l'usine à midi, non ? dis-je.

– C'est ce qu'il a dit.

– Tu vas y aller en pantalon de ville et chemise hawaïenne ?

– Écoute, c'est pas exactement le genre de boulot qu'j'avais en tête.

– Oh ?

– C'est-y pas une usine qui fabrique du papier toilette ou quelque chose du même genre ? En plus, j'ai aucune expérience de la conduite des gros engins.

– Un chariot élévateur, ce n'est pas un gros engin. Et je croyais t'avoir entendu dire que tu en avais conduit un à Huntsville.

– Pendant à peu près deux jours, jusqu'à ce que je fasse tomber les fourches sur le pied d'un mec.

– On a passé un marché, podna. Les termes ne sont pas négociables.

Il plaqua un accord de blues en haut du manche de la guitare, qu'il fit glisser ensuite jusqu'à la caisse.

– J'ai appris ça de Sam Hopkins, dit-il. Je suis allé chez lui, dans le Quartier Cinq, à Houston. Les gens disaient, les Négros, y vont te saigner et te laisser crever dans la rue, tu seras bon pour les éboueurs. Ils m'ont traité comme si j'étais une altesse royale, mec.

– J'ai passé un moment mercredi dans plusieurs palais de justice à l'est du Divide.

Son visage se ferma.

– J'ai retrouvé quelques-uns des contrats que tu avais placés dans le coin.

Il continua à regarder la pelouse, les abeilles qui voletaient sur les trèfles.

– Je ne suis pas expert dans le domaine des affaires pétrolières, mais j'ai vu des trucs plutôt bizarres dans les dossiers en question.

– Ils sont ouverts au public. N'importe qui peut aller les consulter autant qu'il le désire.

Il commença à farfouiller dans sa pochette à la recherche d'une cigarette.

– Chaque fois que tu prenais en bail un gros morceau de terrain pour la Star, il y manquait toujours une ou deux parcelles.

Il alluma sa cigarette et la fuma, le coude appuyé sur le ventre de sa guitare.

– Ces parcelles étaient louées ou rachetées par l'une des entreprises de Sal à Vegas, dis-je. Le nom de la même compagnie figure dans certains des contrats que tu as passés en son nom autour de Flathead Lake.

– Je n'en suis pas fier.

– Il veut donc bien avoir sa part de gâteau du gaz et du pétrole.

– Il veut couvrir ses activités de toutes les manières possibles. Il vise le gros paquet côté jeu, casinos et promotion immobilière autour du lac, et il veut être dans la partie pour ce qui est des réserves de gaz sur le Front Est. Dans l'industrie du forage, peu importe s'ils exploitent à partir de ton terrain ou non. Du moment que tu fais partie du lot, que ton terrain fait partie de la zone où il y a les réserves de gaz, tu touches des dividendes. Et c'est pas tout, y z'ont d'autres choses en tête, en plus. Si on découvre que les réserves sont vraiment importantes dans le coin, ça pourrait être un coup aussi important que l'Alaska avec pipeline et tout. Tous ces fils de putes se sentent plus, et ils ont plein de fric en plus pour la came. Les écologistes gueulent à tout va parce que le gaz est plein de sulfure d'hydrogène, ça pue les œufs pourris, mais ils devraient entendre ce que Sal envisage de faire de l'endroit.

– Alors comme ça tu as déblayé le terrain pour Sal ?

– C'est à peu près ça.

– Et tu as aidé Sal à démarrer à zéro une toute nouvelle entreprise ?

– Tu veux quoi ? Me crucifier ? Ch't'ai dit qu'j-'l'avais fait. J'ai pas menti là-dessus.

– Mais ça ne s'arrête pas là.

– Quoi ?

– Il fallait bien que Dalton Vidrine et Harry Mapes soient au courant de ce que tu faisais.

– Au départ, ils ne savaient rien, mais Vidrine en a entendu parler de la bouche d'un mec qui bossait sur les mêmes communes et dans le même domaine que moi. Il l'a raconté à Mapes, et ils m'ont collé toute l'histoire dans la figure un soir au motel. J'ai cru qu'ils allaient me cafter à la direction de la compagnie, mais tout ce qu'ils voulaient, c'était une partie du gâteau.

Sal a dit pas de problème. Ça lui a coûté un peu de coke. Tout le monde était content.

– Il faut que tu me donnes quelque chose que je puisse utiliser contre Mapes.

– J'ai rien à offrir. Je t'ai tout raconté. Ils sont comme des piranhas dans un aquarium. Tu colles le doigt dans l'eau et t'en ressors les phalanges nettoyées nickel.

Je le laissai qui pinçait du pouce la corde de basse de la guitare, les yeux rivés sur la pelouse, comme si les ombres vertes et bleues qui miroitaient dans l'herbe détenaient quelque secret à lui seul destiné. Quelques minutes plus tard, il revint dans la maison pour se changer, vieille chemise, pantalon rose déchiré et délavé, avant de repartir en voiture en direction des cheminées fumantes de la papeterie à l'ouest de la ville.

***

Après son départ, je restai seul dans le silence de la maison avec la conscience aiguë qu'il n'y avait rien que je puisse faire pour aider mon affaire. J'ignorais tout autant ce que je pourrais faire le lendemain ou le jour suivant. J'avais épuisé toutes les voies qui s'ouvraient à moi. Le temps était venu, songeai-je, de penser non plus en termes de ce qu'il me fallait faire, mais plutôt des endroits où je pouvais aller. Une cellule de commissariat, une prison ne sont pas des lieux convenables. Quiconque pense le contraire n'en a jamais connu. Angola est pire que la plupart. L'homme qui accepterait de son propre vouloir de se soumettre à l'idée de passer du temps derrière les barreaux dans un lieu comme celui-là prendrait plaisir à sa propre crucifixion, me dis-je. Le pays était vaste, et il existait des tas d'endroits où un homme pouvait se perdre sans qu'on retrouve sa trace.

Mais l'idée de devenir un évadé permanent en fuite

perpétuelle devant la loi m'était tellement étrange, tellement éloignée de tous les concepts que j'avais pu me forger quant à ma destinée sur cette terre, que le simple fait d'y penser me laissait le cerveau tout engourdi, à fixer mes fantasmes dans l'espace.

Annie, songeai-je.

Mais elle ne venait à moi que dans l'obscurité, et ses visites s'étaient faites de plus en plus rares, sa voix de plus en plus faible au-delà des eaux sous le martèlement des gouttes de pluie. Il ne me fallait plus compter que sur moi-même, et sur mon Tout-Puissant et le programme des AA que je suivais. Ainsi que je l'avais dit à Dixie Lee à l'hôpital, peut-être le temps était-il venu de considérer tout ce que j'avais en propre plutôt que les problèmes qui s'évertuaient à m'assaillir sans que j'en trouve la solution. J'étais sobre ; même si j'avais voulu, plus que tout au monde, rejoindre Annie dans son univers d'eau, je m'étais soumis à une thérapie plutôt que de laisser venir à moi ce matin où je m'éveillerais à la lumière gris-bleuté pour m'asseoir paisiblement sur le bord du lit et placer soigneusement la mire métallique de mon 45 contre le voile de mon palais. Et finalement, il me restait Alafair, qui m'avait été donnée, à l'intérieur d'une bulle d'air verte sortie des profondeurs des eaux du Golfe.

Peut-être est-ce comme le septième tour de batte au cours d'une partie, après qu'ils vous ont renvoyé votre balle rapide en boulet de canon sifflant à vos oreilles ou fait exploser votre incurvée à effet à travers les planchages. Les ombres de l'après-midi s'allongent sur le terrain, vos bras vous font mal, les mouvements, les bruits de vos supporters ne sont plus qu'un bourdonnement incertain dans les tribunes. C'est alors que se lève une petite brise qui vient vous sécher la sueur du cou et du visage, vous vous essuyez les yeux de la manche, vous raclez la balle contre votre cuisse, les doigts serrés en fourche contre les coutures, et vous réalisez soudain que le score n'a plus aucune espèce d'importance. Votre échec est total, au point qu'après tout, ce n'était pas si mal que ça parce que, maintenant, au moins, vous êtes libre, vous êtes seul, d'une liberté, d'une solitude si particulières qu'elles vous ont permis d'être au-delà des exigences de la victoire et de la défaite. Le batteur s'attend à ce que vous lui en couliez une flottante, grosse comme un ballon, à niveau de la poitrine, et au lieu de cela, après un tour d'élan complet du bras, le visage maintenant sec et frais sous la brise, un bras qui ne pèse plus rien, vous lancez la jambe et le derrière pour accompagner le lancer, votre bras claque comme un serpent, et la balle lui passe en sifflant à ses oreilles comme une tache blanche indistincte. Et vous continuez à lancer de la même manière tout le restant de la partie, sous les ombres qui s'allongent de plus en plus, dans la poussière qui vole des pistes de bases, accompagné par le bruit du drapeau qui vient claquer sur un poteau métallique au milieu du ciel bleu ; et tout le temps que cela dure, les nombres ont déserté votre esprit, depuis le début du changement de tour, au départ du troisième jusqu'au fin fond du neuvième.

Et je n'allais pas non plus laisser Tess Regan avoir le dernier mot. On ne laisse pas quelqu'un en plan en lui tournant le dos pour quitter la pièce, des larmes aux yeux, comme si c'était un ogre, à moins de vouloir délibérément faire du dégât. Je déjeunai, puis je lui téléphonai en lui disant exactement cela. Je l'invitai ensuite à dîner au restaurant ce soir-là en compagnie d'Alafair et de moi-même.

– Je ne sais quoi dire. Je ne veux pas me montrer cruelle avec vous. C'est simplement que je ne vous comprends pas, dit-elle.

– Arrêtez de vous cacher derrière vos trucs d'instit.

– Cessez de me parler de cette manière.

– Ne me traitez pas non plus de votre côté comme si j'étais un trou dans notre dimension.

– Vous êtes quelqu'un d'incroyable. Vous ne pouvez

pas dire tout ce qui vous passe par la tête à quelqu'un, puis inviter cette même personne à dîner.

– J'ai été franc avec vous, Tess. Je vous suis reconnaissant de vous être si bien occupée d'Alafair. Je vous respecte et je vous aime beaucoup. Je veux que ce soit bien clair dans votre esprit. C'est tout ce que j'avais à vous dire. Nous en resterons là.

Elle resta un instant silencieuse puis s'éclaircit la gorge en s'écartant du récepteur.

– J'ai un buffet de la PTA [1] à dix-sept heures trente. Nous pourrions aller prendre le dessert quelque part un peu plus tard, si vous êtes d'accord.

Ce soir-là, je cirai mes mocassins, enfilai un pantalon en crépon de coton, une chemise bleue et une cravate à rayures noires et rouges. A sept heures trente, je passai la prendre au volant de ma camionnette en compagnie d'Alafair. Elle habitait au rez-de-chaussée d'un vieil immeuble aux briques orangées, avec porche en bois et poutres de soutien épaisses et un énorme bouleau à l'écorce blanche dans le jardin de façade. Elle portait des sandales beiges et une robe imprimée à motifs de petites fleurs bleues et roses. Nous allâmes jusqu'à un café avec terrasse au bord de la rivière pour y déguster une crème glacée et une Forêt Noire. Je réglai l'addition avec ma MasterCard en espérant qu'on ne me l'avait pas encore annulée. Il plut un bref moment ; et le ciel se prit à ressembler après l'averse à un lavis d'encre au-dessus des montagnes, où l'on apercevait les éclairs éclater dru sur une crête dans le lointain.

Alafair débordait de joie à la pensée de me voir en compagnie de Tess Regan. Mais ce n'était pas de ma part une avance romanesque à cette dernière. C'était tout au moins ce que je m'étais dit, bien que ce fût un plaisir de la voir en face de soi. Je crois qu'elle me faisait penser à l'une de ces filles dont on disait aux gar-

1. Parents-Teachers Association : association de parents susceptibles de remplacer éventuellement des professeurs qui manquent. (N.d.T.)

çons catholiques, à l'époque de mon adolescence, qu'elle serait une épouse rêvée. Je doutais qu'une telle personne pût exister même si nous y croyions malgré tout. Avant de rencontrer Darlene, trois femmes avaient vraiment compté dans ma vie d'adulte. Ma première épouse était originaire de la Martinique, descendante de huguenots français, ou plus vraisemblablement, d'iconoclastes qui aimaient à détruire les statues des cathédrales. Elle s'était vite fatiguée de vivre en compagnie d'un ivrogne, ce dont je ne peux guère la blâmer, mais elle s'était aussi fatiguée de vivre sur un salaire de policier en prenant goût à la vie aisée des habitués des club-houses. Elle avait épousé un géologue, et la dernière fois que j'avais eu de ses nouvelles, j'avais entendu dire qu'elle vivait à River Oaks et participait à des courses de chevaux.

Annie n'était pas seulement la meilleure femme à avoir partagé mon existence ; c'était aussi le meilleur des êtres. Je l'appelai ma fille Mennonite, dont l'enfance s'était tissée de bleuets et de lupins. Ses défauts étaient les défauts de l'excès – en amour, en pardon, en souci d'autrui, en foi et en conviction que le bien prévaudrait toujours sur le mal. Il arrivait rarement, pour ne pas dire jamais, qu'elle se montrât critique des autres, et lorsque leurs vues ne coïncidaient pas avec sa propre vision du monde, sa vision excentrique de fille de Kansas, elle ne voyait en eux que des victimes de ce qu'elle qualifiait de bizarrerie, condition qu'elle en était venue à reconnaître pratiquement partout.

J'avais eu une liaison avec Robin Gaddis après la mort d'Annie. Elle était strip-teaseuse, et racoleuse à l'occasion sur Bourbon Street, mais elle était courageuse à sa manière et gentille et donnait toujours plus qu'elle ne recevait. Il en est certains qui se refuseront toujours à comprendre qu'il faut bien du courage pour grandir dans un lotissement de l'Assistance sociale tel que celui qui existe près du vieux Cimetière Saint-Louis à La Nouvelle-Orléans. Demandez donc à un touriste qui a visité le cimetière en question, en groupe conséquent comme il se doit, même en plein jour. Sinon, lorsqu'on se sent d'humeur suicidaire avec le désir de vivre une expérience pleinement existentielle, on peut toujours essayer de traverser Louis Armstrong Park, situé tout à côté du lotissement social, la nuit. Le corps de Robin avait connu nombre d'outrages bien avant qu'elle se mît à ôter ses vêtements devant un public d'hommes pour de l'argent. Je ne sais pas où elle se trouve aujourd'hui. Et je le regrette. J'ai reçu deux fois la Purple Heart. Je suis persuadé qu'elles reviennent de droit à Annie, Robin et Darlene bien plus qu'à moi.

Le vent se mit à souffler et sous la lumière faiblissante du crépuscule, je vis la fumée de l'usine à papier s'étaler en nappes dans la vallée à l'ouest de la ville et répandre ses odeurs aux relents d'égout dans l'air humide. Nous ramenâmes Tess Regan jusqu'à son immeuble, et je la raccompagnai à sa porte. La lumière du porche était allumée, ses cheveux châtains brillaient de ses reflets, et la peau des épaules tranchait par sa pâleur sur la robe à fleurs bleues et roses.

– Merci pour cette soirée, dit-elle en posant doucement les doigts sur mon bras pour les y laisser peut-être l'espace de trois secondes. Ses yeux verts étaient pleins de chaleur, le regard vrai et sincère, et je me demandai si elle avait répété longtemps pour devenir cette jeune catholique dont les frères et les nonnes nous parlaient tant.

***

Nous passâmes sous les ombres obscures des arbres en direction de la maison. Les lueurs des lampadaires ressemblaient à de longues nappes de lumière qu'on aurait forgées pour les souder à la surface humide de la chaussée. Je virai au coin de la rue pour m'engager en direction de notre bloc tandis qu'Alafair ne cessait d'observer par la fenêtre passager la paire de phares qui brillaient derrière nous.

– C'est la même voiture qui s'est arrêtée pas loin de chez Mademoiselle Regan, dit-elle.

– Quoi ?

– C'est la voiture qui s'est arrêtée derrière nous pendant que tu parlais à Mademoiselle Regan sous le porche.

Je me garai devant la maison. La rue était sombre, et les filaments de lumière de l'usine à papier sur l'autre rive de la rivière brillaient à la surface des eaux.

– Ne sors pas du camion, dis-je en glissant la main sous le siège pour récupérer le 45. Le véhicule qui me suivait se rangea contre le trottoir et le conducteur coupa ses phares à l'instant précis où je sortais de la cabine du camion, l'automatique collé derrière ma cuisse.

Clete passa la tête par la portière de sa Jeep Toyota, le visage barré d'un grand sourire, une casquette à visière blanche inclinée sur l'œil.

– Hé, vous pouvez me dire où je peux rattraper le train de St Charles ? dit-il. Qu'est-ce que tu tiens caché derrière ton dos, noble chevalier ? Est-ce que la merde va voler par ici ?

– Qu'est-ce qu'il te prend de me suivre ?

– J'étais en chemin pour venir chez toi et je suis tombé sur toi par hasard, je t'ai vu de l'autre côté de la rue. Ralentis un peu ta chamade, Belle-Mèche.

Il sortit de la Toyota et s'étira en bâillant. Il avait revêtu un maillot de football de LSU, mauve et or, orné sur la poitrine d'une grosse tête de tigre. Ses poignées d'amour débordaient de la taille du blue-jean. Il tendit la main par la vitre baissée de la portière et sortit une bouteille de whisky emballée, dévissa le bouchon et s'en avala une bonne gorgée.

– Qui c'était la nana ? dit-il.

Je ne répondis pas. Je fis entrer Alafair dans la maison, allumai toutes les lumières, inspectai chacune des pièces et retournai à l'extérieur. Il était assis sur les marches en train de fumer une cigarette, la bouteille posée à côté du genou.

– C'est qui, la nouvelle nana ? dit-il.

– Le mot est mal choisi.

– Très bien, qui est la dame ?

– Rien qu'une amie, l'une des institutrices de l'école. Il lui arrive de garder Alafair de temps à autre.

– Je me demande pourquoi elle n'est pas plus accueillante. C'est probablement qu'une coïncidence.

– Où veux-tu en venir, Clete ?

– A rien. Peut-être que je veux juste bavarder une minute. T'as bien une minute, non ?

Je m'assis à côté de lui sur les marches. Se découpant sur l'éclairage de l'usine à papier, j'aperçus les contours d'une série de valises et de deux sacs de couchage roulés à l'arrière de la Jeep. Il sortit son portefeuille de sa poche revolver et commença à décompter une épaisse liasse de billets de vingt qui s'y trouvaient rangés.

– Comment ça tourne, question pognon ? dit-il.

– Pas mal.

– A d'autres.

– J'ai toujours mes cartes de crédit.

– Tu te souviens de la fois où j'ai paumé deux plaques à Jefferson Downs ? Tu m'as prêté l'argent pour que Loïs ne s'en aperçoive pas.

– Tu m'as remboursé. Quand on est partis pour cette partie de pêche à Gulfort.

– Pas tout à fait. Je n'ai pas payé le mec.

Je le regardai.

– C'était un foireux. Ils nous a plantés dans un banc de sable, il n'avait pas amené suffisamment d'appâts, et son équipier, c'était un petit con. Et tu crois que je vais refiler quatre cents dollars à un mec comme ça ? dit-il.

– Merci, Clete. Mais je n'en ai pas besoin pour l'instant.

– Prends-le et arrête de m'agacer.
– On dirait que t'es plein aux as.
– On ne sait jamais.
– Qu'est-ce que tu fabriques, collègue ?
– Je crois que là où je me défends le mieux, c'est pour tout ce qui touche au contrôle de la surpopulation et aux voyages. A qui as-tu parlé de Charlie Dodds ?
– Au SRS.
– Je le savais.
– L'agent m'a dit qu'il allait le signaler aux flics du coin.
– La belle affaire. Mais je savais que tu le ferais, Belle-Mèche. Tu seras toujours un flic régulier.
– Il y a pire.
– Qu'est-ce que tu veux dire ?
– Rien. Je parle tout seul. Il faut que je rentre. Tu veux venir ?
– Non, merci. Je crois que je vais aller faire un tour, peut-être bien me manger un bon steak.
– Jusqu'ici, tu as eu de la chance, Clete. Ne tente pas le diable.
– Tu devrais m'accompagner jusqu'à Alberton, à la Nine Mile House. Ils ont des steaks, tu les coupes à la petite cuillère. Fais gaffe à cette institutrice. Elle est du genre à vouloir t'épouser.

Je le suivis des yeux qui s'éloignait dans l'obscurité. J'allai dans la cuisine et sortis la liasse de billets pliés de ma poche pour la poser sur la table. Puis je regardai une nouvelle fois le paquet d'argent et le recomptai. Il y avait des billets de cinquante, pas seulement de vingt. Il m'avait donné plus de six cents dollars.

***

Plus tard, ce soir-là, Dixie revint à la maison avec un poste de télévision noir et blanc qui lui avait coûté dix dollars. Il regardait le programme de nuit allongé sur le canapé en caleçon et maillot de corps lorsque le téléphone sonna. Je me relevai, l'air ensommeillé, en m'asseyant au bord du lit et regardai dans sa direction tandis qu'il répondait dans le couloir d'entrée éclairé. Son ventre poilu débordait de la ceinture élastique de son caleçon multicolore. Il posa la main sur le micro du combiné.

– C'est le Polack du SRS de Great Falls, dit-il. Tu veux que je lui dises que t'en écrases ?

– Ça va bien, dis-je en lui prenant le téléphone avant d'aller dans la salle de bains et de fermer la porte.

– Qu'est-ce qu'il y a, Dan ? dis-je.

– Je suis heureux de vous trouver à la maison.

– Moi aussi, je suis heureux d'être à la maison. Et ma montre m'indique qu'il est une heure du matin.

– Il y a une heure de ça, quelqu'un a tiré sur Sally Dee. Nom de Dieu, ils ont même failli l'avoir, en plus. Le shérif du coin va vous placer en tête de liste.

– Passez-lui un coup de fil, vous voulez bien, et dites-lui l'heure à laquelle vous m'avez téléphoné. Je ne veux plus avoir affaire avec ce mec-là.

– Bien sûr. Hé, l'adjoint qui m'a téléphoné m'a dit que Sal était vraiment secoué. Le tireur est monté sur la petite butte qu'il y a au-dessus de la maison et il a collé du gros calibre en plein dans la fenêtre de cuisine alors que Sal était en train de se manger des gâteaux en buvant un verre de lait à la table. La balle a fait voler le verre en éclats et a touché un pot de fleurs qui se trouvait au-dessus de lui. Devinez un peu qui demande maintenant la protection de la police ?

– Qu'est-ce qu'ils ont trouvé pour l'instant ?

– Pas grand-chose. Ils savent d'où le coup est parti. C'est à peu près tout.

– Pas de témoins ?

– Pas pour l'instant. Vous avez une idée ?

– Posons le problème en ces termes. Combien y a-t-il de gens qui n'aimeraient pas le voir refroidi ?

– Non, non, montrez-vous un peu plus franc sur la question.

– Mes hypothèses n'ont guère d'importance par les temps qui courent.

– C'est de Purcel que nous sommes en train de parler.

– Il est passé par ici, un peu plus tôt dans la soirée.

– Il y a combien de temps ?

– Trois heures de ça.

– Ça lui aurait donné le temps d'aller jusque là-bas, pas vrai ?

– Ouais, absolument.

– Vous croyez que c'est lui, n'est-ce pas ?

– Peut-être bien.

– Eh bien, c'est au bon vieux Sal de se retrouver maintenant dans le collimateur. Je me demande comment il va prendre ça.

– Il va faire venir quelques merdaillons supplémentaires. Je suis vraiment fatigué, Dan. Y a-t-il autre chose ?

– Restez loin de Purcel.

– Vous feriez bien de dire ça à la famille Dio. Ça ne me plairait pas de savoir Clete à mes trousses.

– Je ne pense pas que ces mecs-là recherchent les conseils du SRS. De toute manière, ce n'est pas une situation fédérale. Parfois on peut se contenter de s'installer tranquillement et d'admirer le spectacle.

Je retournai au lit et dormis jusqu'à ce que le soleil vienne briller dans mes yeux, en me réveillant au bruit du samedi matin, celui des enfants qui faisaient du patin à roulettes sur le trottoir.

***

Le temps d'une matinée, je me refusai à penser à tous mes ennuis. Aussi, lorsque la voisine m'offrit un rôti de venaison, je préparai mon sac à dos en compagnie d'Alafair pour un pique-nique. Dixie Lee nous accompagna et je descendis jusque dans la Bitterroot Valley vers Kootenai Creek Canyon. Le ciel était sans nuage, d'un bleu dur de céramique, depuis les Sapphire Mountains au-dessus de la vallée jusqu'aux crêtes déchiquetées aux pointes enneigées des Bitterroots. Nous remontâmes sur trois kilomètres un sentier des Eaux et Forêts qui longeait le lit de la rivière dont les eaux blanches bouillonnaient par-dessus les rochers. Le fond du canyon était couvert de peupliers cotonneux et de pins jaunes, et les murailles de rochers en strates remontaient jusqu'à des plats garnis de pins et des pics aussi effilés que des échardes de métal. L'air était frais, tellement chargé des odeurs de brume qui montaient des rochers, des fougères humides, des aiguilles de pin, des lits de feuilles mortes de peupliers, des rondins qui avaient pourri pour se changer en humus, qu'on avait l'impression de respirer de l'opium.

Nous descendîmes la pente jusqu'au lit de la rivière où nous préparâmes un feu au milieu d'un cercle de cailloux. La rivière était plus plate à cet endroit, et le courant glissait sans à-coups au-dessus de quelques rochers massifs avant de s'étaler en mare paisible près de la rive, où nous plaçâmes à rafraîchir quelques boîtes de limonade. J'avais emporté une vieille grille de réfrigérateur, et je la posai sur les cailloux au-dessus du foyer, découpai le rôti de venaison en tranches que je plaçai sur le gril, accompagnées de pommes de terre enveloppées de papier d'aluminium et détaillai finalement en tartines une miche de pain français. La graisse de la venaison se mit à dégoutter dans les flammes, sifflant et fumant sous le vent, et les tranches de viande étaient si maigres qu'elles brunirent rapidement en se repliant sur elles-mêmes au point que je fus obligé de les repousser sur les bords de la grille.

Le repas terminé, Dixie Lee et Alafair découvrirent un empilement de rochers plein de tamias, et tandis qu'ils faisaient tomber des miettes dans les crevasses, je descendis en amont pour m'installer près d'une mare dont la surface était couverte d'un tourbillon d'écume blanche et de feuilles pailletées de soleil. Sur l'autre rive, au travers des peupliers cotonneux, je voyais les murs des falaises abruptes zébrées de mousse s'élever jusqu'au ciel.

Se produisit alors une chose étrange : jamais encore elle ne m'était apparue à la clarté du jour. Mais je vis son visage dans l'eau, je vis les rais de soleil tournoyer dans ses cheveux.

N'abandonne pas, beau marin , dit-elle.

Quoi ?

Tu as connu pire. Et tu t'en es toujours sorti.

Quand ça ?

Et le Viêt-nam, alors ?

J'avais l'armée américaine avec moi.

Ecoute les voix qui te viennent de l'eau et tout ira très bien. Je te le promets. Au revoir, baby-love.

Ne peux-tu pas rester encore un peu ?

Mais le vent se mit à souffler dans les peupliers et la lumière abandonna les eaux. La mare se fit ombre sur fond de sable semé de galets.

– Ne reste pas là à parler tout seul, fils, dit Dixie Lee dans mon dos. Tu vas m'obliger à me faire de la bile.

***

Il ne me fallut pas attendre bien longtemps pour apprendre la manière dont Sally allait essayer de prendre la situation en mains. Ce soir-là, il m'appela chez moi.

– Je veux un rancard, dit-il.

– Pour quoi faire ?

– Y'a des trucs qu'on a à discuter.

– Je n'ai rien à vous dire.

– Écoute, mec, tout ça, ça va se régler, une bonne fois pour toutes. D'une manière ou d'une autre. Et tout de suite.

– Qu'est-ce que j'ai donc qui vous intéresse tant ?

– Y'a rien que t'aies qui m'intéresse. Qu'est-ce qu'y t'arrive ? T'as de la merde compacte à la place de la cervelle ou quoi ?

– Je suis pris ce soir. Qui plus est, je ne pense pas avoir envie de vous revoir, Sal.

J'entendis presque son exaspération et sa colère dans le silence qui suivit.

– Écoute bien, je fais un gros effort, dit-il. C'est moi qui fais le premier pas. Je ne suis pas obligé de faire ça. Y'a d'autres manières de régler l'affaire. Mais je te traite en mec raisonnable.

J'attendis délibérément cinq bonnes secondes.

– Où ? dis-je.

– Il y a un restaurant-bar à Missoula, le Pink Zebra – le Zèbre Rose – juste à côté de Higgins, au bord de la rivière. C'est dans une allée, mais c'est un endroit classe. Neuf heures.

– Je vais y réfléchir.

– Écoute, mec...

Je lui raccrochai au nez.

Plus tard, je mis le 45 sous le siège de la camionnette et déposai Alafair chez la baby-sitter avant de prendre la route du Pink Zebra au centre ville. Le restaurant se trouvait dans une allée pavée de briques que l'on avait aménagée en voie piétonne encadrée de petits cafés, boutiques et bars qui offraient aux clients leurs décors élégants de philodendrons et de laiton poli plus souvent que l'alcool.

J'entrai, longeant les machines à expresso et une rangée de box portant chacun, fixé à demeure à son entrée, un seau à champagne en cuivre. Les murs de brique et les plafonds étaient garnis de suspensions, bouilloires étincelantes et potées de lierre et de fougères, tandis que l'arrière-salle était occupée par une petite salle à manger privée, où j'aperçus Sally Dio installé à une table en compagnie de deux hommes que je n'avais jamais vus auparavant. Mais ils sortaient tous deux du même moule que ceux que j'avais connus à La Nouvelle-Orléans. Ils avaient la trentaine, plus lourds qu'ils n'auraient dû l'être à cet âge, la chemise tropicale flottant au-dessus de la ceinture de leurs pantalons gris, le cou cerclé de chaînes en or et de médailles pieuses, les chaussures pointues cirées au point qu'on les aurait prises pour du cuir authentique, les yeux aussi morts, aussi fixes, aussi vides de toute trace d'émotion qu'un regard rivé sur un fond de placard vide.

Je m'arrêtai à la porte et l'un d'eux se leva pour s'approcher de moi.

– Si vous voulez entrer dans cette pièce, M. Robicheaux, je dois m'assurer que vous ne portez rien sur vous d'indésirable, dit-il.

– Je ne pense pas que c'est ce que nous allons faire, dis-je.

– C'est un geste de courtoisie que nous sollicitons de nos visiteurs. Il n'est pas destiné à vous insulter, dit-il.

– Pas ce soir, podna.

– Parce qu'on veut que tout le monde se sente à son aise, dit-il. Comme ça, vous prenez un verre, vous bavardez, vous êtes invité ; y'a pas de tension dans l'air.

– Qu'est-ce que ce sera, Sal ? dis-je.

Il secoua la tête en signe de négation à l'adresse de l'homme à mes côtés, et l'homme recula vivement comme s'il avait le corps attaché à une laisse.

Sal était vêtu d'un complet de couleur crème, bretelles noires et chemise de sport mauve à col ouvert à motif pied-de-poule blanc. Il portait la queue de canard coiffée en arrière, tombant sur la nuque, et fumait une cigarette sans ôter la main des lèvres. Il me regarda droit dans les yeux, le visage taillé en lame de couteau, les yeux tellement fixes que la peau sous l'œil droit trembla d'un tic nerveux.

– Va me chercher le garçon, dit-il à l'homme qui était debout.

– Que prendrez-vous, M. Robicheaux ? dit l'homme.
– Rien.
Il fit néanmoins signe au serveur d'approcher.
– Apporte une bonne bouteille pour l'invité de M. Dio, dit-il. Apporte un autre Manhattan à M. Dio. Tu veux autre chose, Sal ?
Sal secoua la tête à nouveau avant de faire signe aux deux hommes de quitter la pièce. Je m'installai à la table, en face de lui. Le cendrier contenait une demi-douzaine de mégots, et des cendres s'étaient éparpillées sur la nappe en lin. Je sentis son haleine chargée de nicotine. La cicatrice en croissant qu'il portait sous l'œil droit était tendue sur la peau.
– Qu'est-ce qui se passe, bordel de merde ? dit-il.
– Que voulez-vous dire ?
– Avec Charlie Dodds.
– Je ne sais rien de ce monsieur.
– Arrête tes conneries. Il a essayé de me dessouder la nuit dernière.
– En quoi cela me concerne-t-il ?
Il souffla par le nez et se mouilla les lèvres.
– Je veux savoir ce qui se passe, dit-il.
– Je donne ma langue au chat, Sal. Je ne sais de quoi vous voulez parler.
– Toi et Dodds, vous avez passé une sorte de marché.
– Je pense quant à moi que vous avez la tête qui a disjoncté, des cellules ont dû griller.
– Écoute, arrête de me faire chier avec ma tête. Toi et lui, vous avez monté un truc, tous les deux. Tu l'as payé ou quoi, et tu lui as fait retourner sa veste. Je ne sais pas quel genre de truc t'as derrière le crâne, mais crois-moi, mec, ça en vaut pas la peine.
– Est-ce pour cela que vous avez tenu à cette rencontre ? Belle perte de temps.
– Qu'est-ce que tu veux ?
– Rien.

– Je suis sérieux, arrête de me faire marcher. On parle affaires. On règle cette histoire une fois pour toutes, là, tout de suite. Si on le fait pas, c'est mon vieux qui le fera. Tu peux comprendre ça ? Toi et Charlie Dodds, vous n'allez pas foutre la merde dans des affaires qui concernent les gens du coin et qui portent sur des millions de dollars.

– Vous vous en prenez au mauvais mec, Sal.

Le serveur apporta un Manhattan et une bouteille de vin vert sombre dans un seau à glace en argent. Il déboucha le vin et commença à le verser dans un verre pour me laisser goûter.

– Sors d'ici, dit Sal.

Une fois le serveur parti, Sal alluma une nouvelle cigarette et aspira la fumée au plus profond de ses poumons.

– Écoute, dit-il, il n'y a rien entre nous deux.

– En ce cas, vous ne devriez peut-être pas m'envoyer vos apaches chez moi.

– C'était un compte personnel que j'avais à régler. C'est fini. Personne n'a souffert dans l'histoire. C'est terminé, point final. Il y a des fortunes qui vont se faire par ici. Tu peux avoir ta part du gâteau.

Je consultai ma montre.

– Il faut que je parte, je suis attendu, dis-je.

– Putain, mais qu'est-ce qui te prend ? Je suis en train de te parler d'un coup comme t'oserais pas en rêver. Je te parle de trois, quatre plaques par semaine. Des nanas, un super appart à Tahœ, putain, tout ce que tu veux, tu l'as. Et tu vas refuser tout ça parce que t'as un compte personnel à régler ?

– On se reverra, Sal. N'envoyez plus personne du côté de chez moi. Ça ne résoudra en rien vos problèmes avec Charlie Dodds.

Je m'apprêtai à me lever. Il posa la main sur mon avant-bras.

– Je connais un truc que tu veux, mec, un truc dont t'as besoin. Et c'est moi le loulou qui peux te l'offrir sur un plateau, dit-il.

– Et c’est quoi ?

– Ce mec, Mapes. Dixie m’a dit qu’il pouvait te faire tomber et t’envoyer au trou. Qu’est-ce que tu dirais si Mapes n’était plus là pour te causer des ennuis ?

Il avala une gorgée de son Manhattan. Ses yeux ne cillaient pas, attentifs à ma réaction par-dessus le rebord de son verre.

– Je ne sais même pas où il se trouve, dis-je.

– T’as qu’un mot à dire, tu mets un terme aux conneries qu’y a entre nous, tu me livres cet enculé de Charlie Dodds, et Mapes, c’est de la viande froide. T’auras des Polaroïd, tu pourras les brûler ensuite. Tu n’auras rien à voir dans toute l’affaire. Aucun lien possible. Personne ne le reverra plus, ce mec. Ce sera comme s’il avait jamais existé.

– J’y réfléchirai.

– Tu y réfléchiras.

– C’est bien ce que j’ai dit. Appelez-moi demain après-midi.

Je sortis du restaurant pour me plonger dans la fraîcheur de la nuit. Les rues étaient pleines d’étudiants, et je sentais l’odeur des bûches de pin qui fumaient dans les cheminées, mêlée aux senteurs froides et entêtantes de rivière.

Lorsque je revins à la maison, Dixie me montra la carte qu’un inspecteur de la ville de Missoula avait laissée dans la boîte aux lettres. L’inspecteur avait ajouté, au crayon, un petit mot au dos de la carte : il me demandait de le rappeler car il m’avait déjà raté à deux occasions à mon domicile. Je soupçonnais fort sa requête de n’être pas étrangère à l’appel que Dan Nygurski avait dû passer à la police locale à propos de la visite que m’avait faite Charlie Dodds. Je posai la carte sur le dessus du frigo, mis Alafair au lit et regardai le spectacle de variétés à la télé en compagnie de Dixie Lee.

Je dormis comme une souche jusqu’au matin, d’un

sommeil sans rêve, sans même me lever une seule fois. A mon réveil, je sortis sur le perron, une tasse de café à la main ; les eaux de la rivière étaient vertes et le courant rapide à l'ombre du pont, tourbillonnant au-dessus des rocs à fond de lit ; la lumière du soleil à travers les érables du jardin ressemblait à du verre filé.

11

C'était le dimanche matin. J'emmenai Alafair à la messe de neuf heures, puis je nous préparai du *cush-cush* et nous prîmes le petit déjeuner en compagnie de Dixie Lee. Il s'était rasé, avait repassé son pantalon et enfilé une chemise blanche.

– Où vas-tu ? dis-je.

– Un groupe de Holy Rollers [1] m'a demandé de jouer du piano dans leur église. J'espère simplement que leurs plâtres vont pas dégringoler du plafond quand je ferai mon entrée.

– C'est bien.

Il baissa les yeux sur sa tasse de café avant de se mettre à jouer du diamant artificiel qu'il portait au doigt.

– Il y a quelque chose qui me tracasse, dit-il.

– Qu'est-ce que c'est ?

Il regarda Alafair.

– Alafair, pourquoi ne commencerais-tu pas la vaisselle pendant que Dixie Lee m'aide à faire quelque chose à l'extérieur ? dis-je.

Nous allâmes jusqu'au camion où je sortis la petite époussette de derrière le siège avant de me mettre à balayer le plancher.

1. Secte protestante dont le culte s'accompagne de manifestations frénétiques. (N.d.T.)

– J'ai peur de me remettre à boire. Je me suis réveillé ce matin et j'avais la trouille de ça.

– Contente-toi d'un jour à la fois. Fais-le cinq minutes à la fois s'il le faut.

– Mais putain, mec, pourquoi est-ce que j'ai la trouille ?

– Parce que c'est la peur qui nous fait boire.

– Je ne comprends pas. Ça n'a pas de sens. Hier, je me suis senti vraiment bien. Aujourd'hui, je tremble à l'intérieur de moi-même. Regarde un peu mes mains. J'ai l'impression de revenir de bringue.

– Dixie, je ne suis pas psychologue, mais aujourd'hui, tu vas pénétrer dans une église qui ressemble à celle qui t'a vu grandir. Peut-être que c'est une question de mémoire et de souvenirs qui te rappellent des moments difficiles. Qui sait ? Contente-toi de laisser aller, collègue. Tu es sobre ce matin. C'est tout ce qui compte.

– Peut-être qu'y a des gens qui sont pas destinés à tenir le coup.

– Tu n'es pas l'un de ceux-là.

– Tu me virerais dehors si je recommençais à picoler ?

– Ouais.

– Je sais pas comment ça se fait, c'est comme un vent glacé qui vient de me souffler sur le crâne.

– Tu réussis à franchir les étapes et je te promets que toutes tes peurs, tous ces rouages bizarres que tu as dans la tête disparaîtront.

– Quels rouages ?

– Des pensées et des images étranges, des choses qui n'ont aucun sens, des trucs dont tu refuserais de parler à quiconque. Si tu suis toutes les étapes du programme, toutes ces choses vont petit à petit disparaître.

La matinée était fraîche, la brise soufflait de la rivière, mais son front et ses sourcils étaient perlés de gouttes de transpiration.

– Dave, je me sens malade à cœur, malade, tu peux pas savoir. J'arrive pas à l'expliquer.

– Ça va passer, dis-je. Simplement, ne bois pas aujourd'hui.

Mais il avait les yeux pleins de désespoir, et je comprenais bien l'alchimie particulière du malheur dont il faisait l'expérience en cet instant ; je savais aussi que mes paroles de l'instant ne prendraient tout leur sens pour lui que beaucoup plus tard.

– Puisque nous sommes là, dehors, laisse-moi te dire une chose, dis-je. Cet après-midi, je vais recevoir un coup de téléphone. Je ne veux pas que tu y répondes.

– Très bien.

– Ce sera Sally Dee. Je ne veux pas qu'il sache que tu habites ici avec moi.

– Tu me fais marcher ou quoi ?

Je continuai à balayer le plancher à l'aide de mon époussette.

– Dave, c'est pas vrai, hein ?

– C'est compliqué.

– La merde aussi. Mais c'est un cauchemar, c'est pas possible. Qu'est-ce que tu fabriques, mec ?

– Contente-toi simplement de ne pas répondre au téléphone.

– Ce fils de pute, je ne le toucherais pas du bout du fusil.

Une heure plus tard, le téléphone sonna. Mais c'était Tess Regan, et non Sally Dio.

– Jason, le garçon dont je vous ai parlé, celui qui est en quatrième et qui a parlé à l'homme dans la voiture jaune, il vient de passer me voir en bicyclette, dit-elle. Hier soir, il est allé dîner à l'*Heidelhaus* avec des membres de sa famille. Il a vu la voiture jaune garée derrière le restaurant. Il est sûr que c'était la même. Il s'est souvenu que le verre de la lunette arrière était fêlé et qu'il y avait un autocollant de l'Université du Wyoming.

– Quel genre de voiture ?
– Une Mercury.
– A-t-il relevé le numéro d'immatriculation ?
– Non, c'est ce que je lui ai demandé. Il m'a dit qu'il n'avait ni papier, ni crayon. Il arrive que les gamins n'arrivent pas toujours à tout mener à bien, Dave.
– C'est très bien, ce qu'il a fait, dis-je. C'était au moment du dîner, avez-vous dit ?
– Oui. Il a dit que la Mercury se trouvait là quand il est entré dans le restaurant et elle s'y trouvait toujours lorsqu'il est parti. Il a essayé d'en parler à son oncle, mais c'était un repas d'anniversaire et les adultes ont parfois tendance à ne pas entendre ce que disent les enfants.
– Merci beaucoup, Tess. Dites à Jason que je lui suis reconnaissant de ce qu'il a fait.

Alafair m'accompagna jusqu'à l'*Heidelhaus*, un vaste restaurant de style bavarois dans les quartiers sud de la ville. La foule du déjeuner avait déjà commencé à arriver, et le parc de stationnement était à moitié rempli de voitures. Il n'y avait pas de Mercury jaune parmi elles. Je fis le tour du bâtiment, mais je n'eus pas plus de chance sur les côtés ni sur l'arrière. J'offris un cornet de glace à Alafair, revins une demi-heure plus tard pour me retrouver toujours bredouille.

Lorsque nous rentrâmes à la maison, Dixie Lee lisait le journal sur les marches du perron de façade.
– Ç'a pas sonné. Au moins pas tout le temps que j'ai été là, dit-il.
– Comment ça s'est passé à l'église ?
– Ça s'est passé sans problème. Ils m'ont demandé de revenir jouer mercredi soir. C'est pas les méchants bougres pour des gens qui ont probablement dû laisser leur toast au four trop longtemps. [1]

Alafair entra dans la maison juste au moment où le téléphone se mit à sonner.

1. Les Holly Rollers sont souvent considérés de façon méprisante, vu la manière trépidante et endiablée dont se déroulent leurs offices. (N.d.T.)

– Nom de Dieu, ça y est, dit Dixie Lee. Vas-y mollo, garçon. Laisse-nous encore un moment côté soleil, si tu veux bien.

Alafair avait décroché le combiné, mais je le lui pris des mains avant qu'elle ait pu prononcer une parole. J'allai dans la salle de bains et refermai la porte sur le fil.

– Tu as eu le temps de réfléchir, Robicheaux ? dit Sally Dee.

– Je continue à croire que vous vous trompez.

– Tes opinions ne m'intéressent pas. Tu veux faire des affaires, ou tu veux continuer à emmerder le monde ?

– Vous inversez l'ordre des choses, Sal. Vous avez engagé Charlie Dodds pour qu'il m'élimine.

– C'est de l'histoire passée. T'es monté au lac sans y être invité, t'as provoqué mon père, t'as commencé à chercher la bagarre au bord de la route. J'efface tout, on est à égalité. C'est comme ça que je vois les choses.

– Quelle est votre proposition ?

– Qu'est-ce que tu veux dire, ma proposition ? Je te l'ai expliquée en détail hier.

– Non, c'est faux. Vous avez parlé de trois ou quatre bâtons par semaine. Avez-vous l'intention de payer tout cet argent pour votre sécurité ?

– On va te monter ta propre petite affaire. Gérant de boîte à Vegas. Tout ce que tu auras à faire, c'est de compter les additions. Tu sais à combien se monte le pourcentage sur une demi-douzaine de machines à sous ?

– Je suis sur le point de passer en jugement.

– Tu me pompes le dard.

– Non, je crois que vous essayez de me monter le bourrichon, Sal. Vous allez me raconter des tas de conneries sur la super affaire qui m'attend à Vegas, me faire croire que je n'ai plus de soucis à me faire à propos d'Harry Mapes, puis le temps va passer et je vais me retrouver en Louisiane, les menottes aux poignets.

– Tu crois que je vais m'amuser à des petits jeux pendant que cet enfoiré de cinglé fait des cartons sur moi ?

– C'est votre problème. Mon gros souci, c'est la prison. Ça et vos merdaillons qui viennent traîner autour de chez moi.

– Je te l'ai dit, y'a plus personne qui te cherche. Comment ça se fait que j'arrive pas bien à me faire comprendre ? Le marché est tout simple. Tu te fais du pognon, je me fais du pognon, Mapes se fait dessouder. T'es arrivé, t'as plus à t'en faire, et t'es libre. Je te le garantis. Les gens nous échappent pas comme ça. T'as été flic. Tu le sais.

– Je ne pense pas vouloir faire affaire avec vous, Sal.

– Quoi ?

– Je pense que vous êtes sur le point de retomber une nouvelle fois.

– Qu'est-ce que c'est que ça ? Putain, mais tu veux en venir où, mec ?

– Ne m'appelez plus ici. Je sors de votre existence. Ce n'est même plus la peine de penser à moi.

– Espèce d'enfoiré de bouffeur de merde, tu me montes le coup... Ça marchera pas, enculé... C'est de l'incitation au meurtre... Tu diras ça à Nygurski... J'ai des avocats qui lui colleront ça dans le cul.

Je reposai doucement le combiné sur son berceau et sortis m'asseoir sur les marches à côté de Dixie Lee en train de lire la bande dessinée du journal. Il tourna la page et redressa le papier d'une secousse, bien tendu entre les mains.

– N'essaie même pas de m'en parler. Je suis déjà en assez piteux état comme ça. Je préférerais à la limite me boire une dose de lames de rasoir, dit-il.

J'appelai Dan Nygurski chez lui quelques minutes plus tard. Il n'était pas là, aussi emmenai-je Alafair avec moi dans la camionnette direction *l'Heidelhaus*. Cette fois, la Mercury jaune à la lunette arrière fêlée avec son autocollant de l'Université du Wyoming était rangée à l'ombre du bâtiment derrière la benne à gravats.

***

Je me garai dans le parking principal, à l'écart de la Mercury, emmenai Alafair à l'intérieur et lui offris un Coca en l'installant près de l'âtre en pierre à présent occupé par un énorme aquarium tropical.

J'allai voir le caissier installé au comptoir.

– J'ai accroché une Mercury jaune en reculant, sur le côté du restaurant, dis-je. Je pense qu'elle appartient peut-être à quelqu'un qui travaille ici. Je crois qu'il n'y a qu'une éraflure, mais j'aimerais faire les choses dans les règles.

– Tout près du bâtiment ? Juste là ? demanda-t-il, en indiquant du geste le côté du restaurant où se trouvait la benne à ordures.

– Ouais, c'est ça.

– On dirait celle de Betty. C'est elle, là-bas, à l'autre bout du comptoir.

Elle avait une trentaine d'années, blonde, la taille épaisse, trop maquillée, trop âgée pour le costume de serveuse bavaroise qu'elle portait.

– Est-ce que c'est à vous, la Mercury garée sur le côté du bâtiment, celle qui a un autocollant du Wyoming ? dis-je.

– Oui, c'est la mienne.

Elle arrêta de laver ses verres et me sourit. De petites rides s'étiraient en pattes d'oie au coin des yeux.

– Je crains de l'avoir accrochée en reculant. Je ne pense pas lui avoir fait beaucoup de dégâts, mais vous pourriez peut-être aller y jeter un coup d'œil pour être sûre.

– Impossible de faire de dégâts à cette chose. Elle a douze ans et cent trente mille kilomètres au compteur.

– C'est que je ne voulais pas m'en aller sans rien dire à personne.

– Rien qu'une minute.

Elle sortit plusieurs grands verres à bière de l'évier en inox, les posa à l'envers sur un torchon replié et alla dire quelque chose au caissier.

– Il faut que je me dépêche. Il y a beaucoup de monde à cette heure-ci.

Je dis à Alafair que je revenais tout de suite et je sortis avec la serveuse jusqu'à la voiture. Je passai la main sur quelques éraflures près des feux arrière.

– C'est à peu près là que je l'ai touchée, dis-je. Je serais incapable de dire si ces éraflures sont anciennes ou non. Je n'ai peut-être touché que le pare-chocs.

– Oubliez ça. Ça n'en vaut pas la peine. De toute manière, je vais m'en débarrasser.

– N'êtes-vous pas une amie de Harry ? dis-je.

– Quel Harry ?

– Mapes.

– Si, si. Comment le savez-vous ?

– Je crois que je vous ai vus ensemble.

– Comment connaissez-vous Harry ?

– Je l'ai connu dans le pétrole. Je croyais qu'il faisait le démarcheur, à trouver des terres à bail à l'est du Divide.

– C'est bien ça. C'est là qu'il se trouve en ce moment.

– Bon, désolé de vous avoir arrachée à votre travail.

– Ce n'est pas grave. C'est gentil de votre part de vous soucier d'une chose pareille. Ils ne sont pas nombreux, ceux qui feraient ça.

Elle était gentille et il me déplaisait de la tromper délibérément. Je me demandai comment elle avait pu se retrouver avec Harry Mapes. Peut-être parce que c'était une ville ouvrière, où seuls les hommes comptaient, me dis-je, une ville où les possibilités qui s'ouvraient à une femme étaient limitées. Quoi qu'il en soit, je me sentis désolé pour elle.

Je ramenai Alafair à la maison, appelai la babysitter, puis Tess Regan. Ni l'une ni l'autre n'était chez elle.

– Il y a un double film au Roxy, un dollar l'entrée. Que dirais-tu si je l'y emmenais ? me dit Dixie Lee.

Avant même que j'aie pu la masquer, il vit mon hésitation sur mon visage.

– Tu crois que je vais me soûler, tu crois que je vais me tailler et la laisser toute seule ? dit-il.

– Non.

– Ou peut-être alors que ch'suis pas encore arrivé au stade où tu peux m'accorder la même confiance qu'à la vieille dame de l'église.

– C'est simplement que je ne savais pas ce que tu avais prévu de faire aujourd'hui.

– Tu veux que je m'occupe d'elle ou pas ?

– Ça me ferait très plaisir si tu pouvais le faire, Dixie.

– Ouais, je vois ça. Mais ça va bien. Je me vexe pas facilement. Tout ça, ça glisse et ça me rebondit dessus.

– Je serai probablement de retour à la maison tard ce soir, dis-je. Peux-tu lui préparer son souper ?

– Fais-moi un peu confiance, fils. Je t'en serais reconnaissant.

Je traversai à nouveau la ville et me garai dans une petite ruelle derrière *l'Heidelhaus*, de manière à pouvoir surveiller la Mercury jaune. L'attente fut longue, mais à huit heures, la femme sortit du restaurant, alla jusqu'à sa voiture, le sac sous le bras, démarra et prit la direction du sud vers Bitterroot Valley.

Je la suivis le long de la rivière sur quarante kilomètres. Il faisait encore relativement clair dans la vallée, et je voyais sa voiture sans problème à plusieurs centaines de mètres de distance, même s'il se trouvait plusieurs véhicules entre nous ; c'est alors qu'elle tourna sur un chemin de terre au milieu de pâturages qui menait au pied des montagnes. Je me rangeai sur l'accotement de la grand-route, sortis de la voiture, jumelles à la main, et observai les panaches de poussière se faire tout petits dans le lointain avant de complètement disparaître.

Je m'engageai sur le chemin au cœur des ombres violacées qui s'étalaient depuis les rebords montagneux, traversai une large crique bordée de peupliers cotonneux, passai à côté d'un chalet en rondins au toit effondré et au bois pourri avant de remonter jusqu'à un plateau bordant un profond canyon qui s'enfonçait dans la montagne. La poussière de sa Mercury flottait encore sur l'enclos de pierre qui délimitait la propriété où elle s'était engagée. La maison était neuve, bâtie de troncs écorcés et vernis aux reflets jaunes et vitreux, avec véranda, rambarde, toit pointu de shingles et fenêtres garnies de potées de pétunias et de géraniums. Mais sa voiture était le seul véhicule visible.

Je dépassai la maison et roulai jusqu'au canyon où se trouvait une aire de stationnement des Eaux et Forêts. Je restai là une demi-heure à observer la maison à la jumelle. La jeune femme donna à manger à un Labrador noir sur le perron arrière, décrocha du linge qui séchait, transporta un carton de cruches en grès de la remise jusque dans la maison, mais il n'y eut aucun signe de Harry Mapes.

Je rentrai à la maison où je découvris Alafair endormie et Dixie en train de remettre un nouveau jeu de corde sur sa Martin aux couleurs dégradées.

***

Je n'eus pas besoin de rappeler Dan Nygurski. Il m'appela à huit heures cinq le lendemain matin.

– Vous m'avez battu sur le fil, dis-je. J'ai essayé de vous avoir chez vous hier.

– A propos de Sally Dio.

– C'est exact.

– A propos de la conversation téléphonique que vous avez eue avec lui.

– C'est exact. Ainsi il a bien utilisé la cabine qu'il y a en bas de chez lui dans la rue ?

– Ouais, c'est effectivement ça. En fait, il l'utilisait

plusieurs fois par jour. Des appels à Vegas, Tahœ, L.A., Galveston. Remarquez que j'utilise l'imparfait.

Je fermai les paupières et plissai les yeux en me pressant les tempes entre l'index et le pouce.

– J'ai sympathisé avec vous, j'ai essayé de vous aider, dit-il. Je vous ai mis dans la confidence et je vous faisais confiance. Je viens d'avoir une petite conférence par téléphone avec deux agents fédéraux absolument furieux. Les explications que je leur ai données n'ont pas paru arranger les choses.

– Dan...

– Non, vous avez eu votre mot à dire hier. Aujourd'hui, c'est mon tour. Vous avez fait foirer une écoute fédérale. Vous voulez savoir combien de temps il nous a fallu pour arranger cela ?

– Écoutez ce que vous avez sur la bande. Incitation au meurtre. Il a mis le pied dans sa propre merde.

– Vous vous rappelez, je vous avais dit que Sal n'était pas Bugsy Siegel ? J'étais sérieux. Il est allé sous les verrous pour des cartes de crédit volées. Ce n'est pas de la très grosse bière. Mais il est en rapport avec des mecs importants au Nevada. Des mecs qui ont de la cervelle, pas lui. Il commet des erreurs qu'eux ne commettent pas. Le jour où il tombera, c'est toute une cargaison de mecs que nous voulons coller au trou en même temps que lui. Est-ce que vous commencez à saisir le tableau sur toute la ligne ?

– Très bien, j'ai tout fait foirer.

– Ce n'est pas tant ça qui me tracasse que le fait que je croyais vous connaître un peu mieux.

– Il l'a cherché tout seul. Je n'ai rien fait pour l'arrêter. Je suis désolé si cela vous crée des problèmes.

– Non, vous avez voulu faire en sorte délibérément qu'il se doute qu'il se trouvait sur écoute. De cette manière, vous étiez au moins certain qu'il n'essaierait plus de vous faire descendre.

– Qu'auriez-vous fait à ma place ?

– Je serais resté loin de lui, pour commencer.

– C'est une réponse malhonnête. Que feriez-vous si un mec comme Dio essayait de vous rayer de la carte, vous et peut-être même votre fille ?

J'entendis le bourdonnement de l'appel interurbain dans le combiné.

– Est-ce que l'inspecteur de Missoula a réussi à vous joindre ? demanda-t-il.

– Il est venu jusque chez moi et m'a laissé sa carte.

– J'espère qu'il pourra vous aider d'une manière ou d'une autre si vous avez de nouveaux ennuis.

– Écoutez, Dan ...

– J'ai un autre appel sur ma ligne. On se reverra, dit-il.

J'allai dans la cuisine me préparer un bol de céréales et je renversai le contenu de la boîte par terre. Je ramassai les céréales à l'aide d'une serviette en papier mouillée et jetai le tout à la poubelle.

– Je vais au boulot, dit Dixie Lee.

– D'accord.

– Qui c'était ?

– Personne.

– Ouais... bon, qu'est-ce que tu veux faire après mercredi ?

– Quoi ?

– Au sujet d'Alafair. Mon boulot, y m'prend qu'quatre heures par jour. Et je peux placer ça quand je veux dans la journée.

– De quoi parles-tu ?

– L'école ferme pour les vacances d'été, pas vrai ? Je peux t'aider en m'occupant d'elle. A quelle heure faut-il que je sois rentré ?

– Je ne sais pas, Dixie. Je suis incapable de réfléchir à ça pour l'instant.

Je le sentis qui regardait tranquillement mon profil avant qu'il ne fît demi-tour pour se diriger vers son automobile. Je consultai ma montre. Il était huit heures trente. Je verrouillai la maison, plaçai le 45 sous le siège de la camionnette et pris une nouvelle fois la route de Bitterroot Valley.

***

Cette fois, la Jeepster noire se trouvait garée tout à côté de la Mercury et lorsque je me rangeai dans la cour avant de sortir du camion, je vis un panache de fumée aux odeurs de bois s'échapper de la cheminée de pierre. Par la fenêtre de façade, je vis la femme qui s'appelait Betty en train de boire du café en compagnie d'un homme, à la table du salon.

La rambarde de la galerie et les troncs jaunes et vernis des murs étaient humides de rosée. Je montai les marches du perron, frappai à la porte, et lorsque la femme l'ouvrit, je vis Harry Mapes me dévisager, bouche béante au-dessus de sa tasse de café. Puis il se leva et sortit de ma ligne de vision en entrant dans une pièce latérale.

– Salut, dit-elle, avant de sourire en me reconnaissant. Vous êtes...

– Je ne vous ai pas dit mon nom hier. C'est Dave Robicheaux. J'aimerais parler à Harry.

– Bien sûr. Il est ici. Mais comment saviez-vous où j'habitais ?

– Je suis désolé de vous déranger, mais je vous serais reconnaissant si vous pouviez lui demander de sortir jusqu'ici.

– Je ne comprends rien à tout ceci, dit-elle avant de faire demi-tour et de voir Mapes debout derrière elle.

– Harry, c'est lui le mec dont je t'ai parlé.

– Je me disais bien que c'était vous, me dit-il.

Il portait un jean et une chemise en flanelle, et un automatique noir pendait au bout de son bras gauche. Les cicatrices des coups de chaîne sur le visage avaient presque totalement disparu.

– Harry, qu'est-ce que tu fais ? dit-elle.

– C'est le mec qui m'a attaqué en Louisiane, dit-il.

– Oh ! dit-elle, avant de répéter une fois encore, oh !

– Sortez, Mapes, dis-je.

– Vous ne savez pas à quel moment il faut laisser

tomber, pas vrai ? dit-il. Mon avocat m'a bien dit que vous pourriez tenter quelque chose de ce genre-là. Il m'a dit également ce qu'il me faudrait faire alors.

– Qu'est-ce que ça veut dire ?

– Vous essayez d'intimider un témoin et tout ce que vous y gagnerez, ce sera des ennuis supplémentaires. Essayez de comprendre ça.

– Ainsi donc vous avez toutes les cartes en main. Écoutez, je n'ai pas d'arme. Pourquoi ne sortez-vous pas ? Personne ne va vous manger.

Ses doigts étaient effilés sur les côtés de l'automatique. Je n'en avais vu qu'un ou deux de ce genre-là depuis que j'avais quitté le Viêt-nam. C'était un Tokarev russe, calibre 7.62 millimètres, une arme de poing qui avait souvent la faveur des officiers de l'Armée Nord-Vietnamienne.

Je vis Mapes mouiller de sa langue la cicatrice triangulaire qu'il portait à la lèvre, bouche serrée, yeux rétrécis comme s'il était en train de mordiller délicatement un brin de ficelle. Physiquement, il n'était pas laid. Il avait toujours la musculature d'un joueur de basket ou d'un homme capable de courir ses huit kilomètres matinaux quotidiens. Personne ne lui prêterait d'attention particulière dans une file de supermarché. A l'exception de ses yeux. Il était de ces hommes qui sont toujours en train de faire votre inventaire, à partir du moment où vous représentez ou possédez quelque chose qui les intéresse ; et parfois, lorsque vous étudiez de près le regard des gens de son espèce, vous y découvrez une pensée cachée qui vous fait vite détourner les yeux.

– Vous avez raison, dit-il en posant le pistolet sur l'accoudoir du canapé près de la porte. Parce que vous n'êtes que du vent. Le genre de mec qui passe sa vie à donner des coups d'épée dans l'eau. Une vraie calamité incapable de s'occuper de ses propres oignons.

Il ouvrit la porte-moustiquaire et sortit sous la véranda.

– Vous croyez peut-être que ça va changer quelque chose à l'issue de votre procès ? dit-il. Vous croyez qu'à force de me suivre à travers le Montana, ça va faire disparaître toutes les preuves qu'il y a contre vous ?

– Vous vous trompez complètement, Harry. J'ai abandonné l'idée d'essayer de vous épingler. Vous êtes trop rusé, comme mec. Toute votre vie, vous avez trompé les gens. Vous avez fait brûler deux personnes jusqu'à ce que mort s'ensuive lorsque vous aviez dix-sept ans, vous avez assassiné les Indiens, la serveuse en Louisiane, votre collègue, et je crois que c'est vous qui avez assassiné Darlene après l'avoir violée. Et vous vous en êtes sorti blanc comme neige.

Je vis le visage de la femme derrière la moustiquaire se vider de son sang. La poitrine de Mapes se soulevait au rythme de sa respiration.

– Écoute, espèce de trou-du-cul... dit-il.

– Mais ce n'est pas la raison de ma présence ici. Tu es passé devant la cour de récréation de l'école, au volant de cette Mercury, tu as surveillé ma fille à la jumelle, tu as posé des questions à son sujet. Alors écoute bien. Mon message aujourd'hui est tout simple. Si tu reviens tourner autour d'elle, je te tuerai. Crois-le bien. Je n'ai plus rien à perdre, arrivé où j'en suis. Je vais m'avancer jusqu'à toi, où que tu te trouves, et je te fais sauter ta putain de cervelle.

J'abandonnai la véranda pour m'éloigner vers la cour.

– Oh non, tu ne le feras pas, dit-il. Toi aussi, Betty. Viens dehors et écoute bien ça. Mon avocat s'est renseigné sur ce mec. C'est un ivrogne, un malade mental, il a une obsession parce que sa femme s'est fait tuer par des trafiquants de drogue. Et ensuite, il y a quelqu'un qui a menacé sa fille, et il nous a accusés, mon collègue et moi. Le fait que ce soit un ex-flic et qu'il y ait des dizaines de personnes qui voudraient régler leurs comptes avec lui ne semble même pas lui traverser la tête. Laisse-moi te dire quelque chose, Robicheaux. Le fils de Betty fréquente une école catholique de Missoula. Elle et son mari se partagent la garde de l'enfant. Il m'arrive parfois d'aller chercher le gamin ou de le déposer à l'école à la place de Betty. Si c'est la même école que celle de ta fille, c'est une coïncidence, et c'est tout ce qu'il y a à dire.

– Tu as entendu ce que j'ai dit. Pas de signal d'avertissement la prochaine fois, dis-je.

Je montai dans mon camion et refermai la portière.

– Non, Harry, fais-le revenir, dit la femme. Qui est Darlene ? Qu'est-ce qu'il raconte à propos d'un viol ? Harry ?

– Il s'en va. Ferme la porte, lui dit-il.

– Harry, je vais appeler le shérif. Il ne peut pas s'en tirer comme ça après ce qu'il a dit.

– Il s'en va. Il ne reviendra pas.

Puis il s'avança jusqu'à la portière de ma camionnette au moment où je mettais le moteur en marche.

– Tu vas en prison, dit-il. Et il n'y a rien qui changera ce fait-là. Tu peux mettre l'embrouille entre moi et ma nana, tu peux raconter des trucs comme quoi tu vas me faire sauter le caisson si ça te fait plaisir, mais dans quelques semaines, tu vas te retrouver en train de sarcler les patates douces à Angola.

Je passai en marche arrière et commençai à reculer en demi-cercle. Le vent fit voler ses cheveux, sa peau granulée sous le soleil donnait une impression de bonne santé. Mais ses yeux ne quittèrent pas un instant mon visage. Mes jointures ressortaient comme des crêtes sur la main qui serrait le pommeau du levier de vitesse, mes cuisses tremblaient tandis que j'appuyais sur les pédales.

Tout cela n'avait servi à rien.

Mais il était encore temps, le moment ne s'était pas encore enfui. Dégager le 45 de dessous le siège, le lui coller brutalement à la figure, un coup de poing fort pour le faire tomber à genoux, enfoncer méchamment le canon de l'arme dans son cou et relever le chien, en lui laissant faire l'expérience de la terreur de ses victimes en train de griffer à coups d'ongles l'intérieur du coffre d'une voiture tandis que les flammes chauffaient le métal et gagnaient le réservoir d'essence. Je sentais déjà le 45 qui rebondissait au creux de ma main comme s'il était animé d'une vie autonome.

Je coupai le contact et descendis du camion. J'avais le visage frais dans l'air lumineux. La maison aux rondins jaunes, les pins jaunes, les mélèzes bleus à flanc de colline étincelaient de lumière, éblouissants sous le soleil. Ses yeux vinrent se poser sur mes mains. Je levai les paumes.

– As-tu jamais fait le poteau à Saïgon ? dis-je.

– Quoi ?

– Des hommes de l'Armée Régulière du Sud et des rats de Blancs les faisaient sortir au pas jusqu'au poteau, et ils les attachaient au poteau en question avant de leur mettre une balle derrière l'oreille. C'est tout au moins ce qu'on m'a raconté. Je n'y ai jamais assisté.

– Je crois que ta cervelle en a pris un coup quand tu étais là-bas. Tu as trente secondes pour quitter la propriété de Betty, ensuite nous appelons le shérif.

– Tu ferais bien de te concentrer sur mes paroles, Harry. L'exécuteur, ça devait être un mec un peu spécial. Il était capable de tuer quelqu'un, de rentrer à la maison et de déjeuner. C'est quelqu'un que tu peux comprendre. Dans un groupe, vous vous reconnaîtriez l'un l'autre. Mais tu sais que je ne suis pas comme toi, et c'est pour cette raison que tu n'as pas peur de moi. Je peux venir ici et te raconter que je vais te refroidir, mais tu sais que je ne le ferai pas. Mais si c'était Sally Dio ?

– Dio ? T'as dû complètement perdre la boule. Sors-toi d'ici, mec.

– Il parlait de t'éliminer. C'est pas des conneries. Il a quelques nouveaux mecs avec lui au lac. C'est des vrais de vrais, des tueurs à gages du Syndicat, l'article d'origine. Tu peux appeler Dan Nygurski au SRS de Great Falls et lui poser la question. Ou, mieux encore, demande-lui de prétendre le contraire. Et si ça ne te suffit pas, je peux te donner le numéro personnel de Sal – tu ne le trouveras pas dans l'annuaire – et tu pourras en discuter avec lui. Si tu crois que je te fais seulement marcher, tu peux régler la question en quelques minutes.

– Qu'est-ce qu'il en a à faire de moi, Dio ? Ce mec, je l'ai rencontré deux fois, c'est tout.

– Pose-lui la question. Peut-être que tu n'aurais pas dû te mêler de ses histoires de contrats de bail avec Dixie Lee. Il est probablement psycho sur les bords. Je doute qu'il soit capable de réfléchir correctement.

Son regard donnait l'impression d'être rivé sur une pensée à vingt-cinq centimètres devant son visage. Puis ses yeux revinrent sur moi.

– Où est-ce que tu as entendu ça ? demanda-t-il.

– Ne t'approche pas de ma fille. Ne t'approche pas de cette école. Je me fiche que le fils de ton amie y aille ou non comme élève, dis-je avant de remonter dans ma camionnette et de reprendre le chemin de terre.

Dans le rétroviseur, je le vis debout au milieu de la cour qui ne me quittait pas des yeux, tandis que la femme retenait la porte-moustiquaire grande ouverte derrière lui.

***

Je retournai à la maison, descendis jusqu'à la réunion de midi des AA, fis les courses pour le repas du soir et allai finalement m'installer à l'ombre sur les marches du perron arrière, en essayant de me mettre à la place du cerveau de Harry Mapes. Il était intelligent. Il avait tué nombre de personnes au fil des années – la première à dix-sept ans, et Dieu seul sait combien d'autres au Viêt-nam – et il n'avait jamais passé ne fût-ce qu'un seul jour en prison pour ses crimes. Ce n'était pas plus fort que lui ; il était au contraire calculateur, et il se servait de la peur et de la violence pour arriver à ses fins, immédiates et pratiques. Comme tous les sociopathes, ses émotions étaient simples et ne relevaient que de ses désirs, sa volonté de survie et la destruction de ses ennemis. Il restait passif, fonctionnel et inoffensif en apparence jusqu'à ce qu'il se sente menacé. C'est alors qu'il se dressait pour saluer l'occasion qui venait s'offrir à lui.

Lorsqu'il m'avait vu à l'est du Divide, sur le chemin de terre entre le rade à bière indien et le domicile de la mère de Clayton Desmarteau, je lui avais fait peur d'une manière ou d'une autre. Il était allé jusqu'à l'école pour détourner mon attention sur autre chose, ou peut-être, pour me provoquer afin que je l'attaque une nouvelle fois. D'une certaine façon, il était également arrivé à la conclusion que c'était Darlene qui m'avait envoyé à l'est du Divide, que c'était elle qui m'avait placé sur ce chemin de terre au sud de la Réserve Pied Noir, et il craignait que, quelque part au beau milieu de ce pays aride au sol dur et compact, je ne découvre ce qui était arrivé à Clayton Desmarteau et son cousin.

Au cours de ces deux derniers jours, j'étais parvenu à replacer à la fois Dio et Mapes sur la sellette, en faisant un peu de fumée, en utilisant leurs propres cadres de référence contre eux, de sorte que, selon toute vraisemblance, ils ne viendraient plus tourner à nouveau autour d'Alafair et de moi. Mais ma situation sur le plan légal restait identique à ce qu'elle était lorsque j'avais quitté la Louisiane. Ma victoire s'était changée en simple restauration du statu quo initial. Je m'allongeai sur le canapé du salon, complètement cané, un bras sur les yeux, et je m'endormis.

L'image de mon rêve fut brève, pareille à des échardes de lumière au milieu d'une brume d'après-midi. Darlene agenouillée près de l'eau, des daims à queue blanche en train de filer en martelant le sol humide au milieu des peupliers cotonneux.

Je sentis une caresse de plume sur l'avant-bras et la joue. J'ouvris un œil et vis le visage souriant d'Alafair. L'autre jour, elle avait retrouvé un vieux plumeau dans la maison.

– Comment vas-tu, petit mec tout mignon ?

– Comment vas-tu, petit Dave tout mignon ? dit-elle.

Elle était vêtue de son jean et de son T-shirt Baby Orca.

Je me relevai et m'assis sur le canapé.

– Comment es-tu rentrée ? dis-je.

– Dixie est passé me prendre. T'étais endormi, Dave ?

– Quoi ?

Je me frottai le visage et essayai de reprendre la juste perspective de cet après-midi.

– On n'a plus que deux jours d'école. On rentre à la maison après ?

– Peut-être bien, petit mec.

– On ferait bien d'appeler Batist et d'lui dire.

– Alafair, quand nous rentrerons à la maison, il se pourrait que ce ne soit que pour quelques jours seulement. Il se pourrait que je sois obligé de vendre quelques trucs et de rassembler un peu d'argent pour qu'on puisse refaire un nouveau voyage.

– Un voyage ?

– Un endroit différent, pendant un moment. Près de l'océan, peut-être.

– On va plus vivre à la maison, plus jamais ?

– Je ne sais pas, Alf.

Je vis la confusion qui se lisait sur son visage.

– Il faut prendre les choses comme elles viennent, dis-je. Je ne veux pas que tu sois déçue par la suite si nous devons nous installer ailleurs pour un moment.

J'entendis la sonnerie du téléphone dans le couloir. Alafair prit sa gamelle sur la table basse et se dirigea vers la cuisine.

– Mlle Regan a demandé si on mange des perches rouges, dit-elle. Pourquoi qu'elle demande ça ? Qu'est-ce qu'elle en a à faire des perches rouges ? On m'a poussée dans la cour et je suis tombée par terre. J'ai lancé une motte de terre au garçon qui m'avait fait ça.

Je la laissai partir et n'ajoutai rien.

– Dave, vaudrait mieux que tu prennes, dit Dixie Lee dans l'embrasure de la porte, le combiné à la main.

– Qu'est-ce que c'est ?

– L'Hôpital St Pat. Clete s'y trouve.

***

Nous allâmes jusqu'à l'hôpital sur Broadway. Alafair resta dans la salle d'attente du premier avec un illustré, tandis que nous prenions le couloir jusqu'à la chambre de Clete. Un flic en civil, l'insigne à la ceinture, en sortait au même moment. Il avait une moustache blonde, et était vêtu d'une chemise blanche avec cravate en tricot. Il remettait un petit calepin dans sa pochette de chemise.

– Qu'est-il arrivé ? dis-je.

– Qui êtes-vous ? dit-il.

– Un ami de Cletus Purcel.

– Comment vous appelez-vous ?

– Dave Robicheaux.

Il hocha lentement la tête, et je vis que le nom ne lui signifiait rien.

– Votre ami s'est fait passer à tabac, dit-il. Il dit qu'il ne connaissait pas les deux mecs qui ont fait ça. Mais le barman nous a déclaré que les deux mecs l'avaient appelé par son nom. Dites à votre ami que c'est stupide de protéger des gens capables d'écraser les doigts de quelqu'un dans une portière de voiture.

Il passa tout à côté de moi et se dirigea vers l'ascenseur. J'entrai dans la chambre accompagné de Dixie Lee, chambre que Clete partageait avec un homme âgé au bras décharné duquel on avait fixé une perfusion. Le lit de Clete se trouvait à l'extrémité de sa moitié de chambre, surélevé à la tête, de sorte qu'il pouvait regarder le poste de télévision allumé, son coupé. Il avait un œil enflé et violacé de la taille d'un œuf, et son cuir chevelu était rasé à trois endroits, là où on lui avait posé des agrafes. Sa main droite était plâtrée ; l'extrémité de ses doigts était décolorée, comme s'il souffrait de gangrène.

– Je t'ai entendu parler à l'inspecteur, dit-il.

– Il ne paraît pas convaincu par ton histoire, dis-je.

– Il a probablement des ennuis conjugaux. C'est ce qui rend les hommes cyniques. Que se passe-t-il, Dixie ?

– Oh mec, qui est-ce qui t'a fait ça ? dit Dixie Lee.

– Deux des enviandés de Sal.

– Qui ? dit Dixie Lee.

– Carl et Foo-Foo. J'ai collé à Foo-Foo un coup dans les joyeuses quand même. Il ne va pas pouvoir déballer son service trois-pièces avant un moment.

– Que s'est-il passé ? dis-je.

– Je me suis assis à un bar, non loin de Ninety. Ils ont dû repérer la Jeep dans le parc de stationnement. Ils me sont tombés dessus à coups de trique comme je sortais par la porte latérale. Je pensais qu'ils en avaient fini, et ils m'ont alors traîné jusqu'à une voiture et écrasé la main dans la portière. Si le barman n'était pas sorti, ils m'auraient fait la même chose à l'autre main.

– Dis-le aux flics, dit Dixie Lee. Pourquoi cherches-tu à protéger Carl et Foo-Foo ?

– Un jour, ça passe, le lendemain, ça revient, dit Clete. J'ai pas les jetons, moi.

– T'avais l'habitude de dire, « Tu les coinces ou tu les crames ». Laisse les flics les coincer, dis-je.

– Peut-être bien qu'y a une petite surprise qui les attend, comme un diable au sortir de sa boîte, dit Clete avant de regarder mon visage. T'as toutes les lampes allumées dans ta petite radio, Belle-Mèche. A quoi penses-tu ?

– Pourquoi ont-ils fait ça ?

– Sal a les foies. Il a plus personne que son vieux et les Ritals qu'il a engagés. Même ses petits enculés l'ont largué comme une vieille chaussette.

– Ce n'est pas ça, dis-je.

– Comment puis-je savoir ce qui se passe dans sa tête ?

– Allez, Clete, dis-je.

– Quand je suis parti, il me devait quinze cents sacs de salaire en retard. En plus, je lui avais déjà réglé mon loyer d'avance. Alors je suis allé dans sa maison et j'ai pris deux cendriers en or.

– T'es cinglé, mon salaud, dit Dixie Lee.

– Alors ce n'est pas lui qui a tué Darlene, hein ?

– Je ne sais pas, dit Clete.

– Si, tu le sais. Quelqu'un lui a tiré dessus. Il croit que c'est Charlie Dodds. Si c'était lui qui avait tué Darlene, tu serais la première personne dont il aurait peur. Et ces deux mecs ne se seraient pas simplement contentés de te briser la main, en ce cas. Ils t'auraient doublé sur la route et descendu au fusil de chasse.

– Peut-être, dit-il.

– Y'a pas de peut-être qui tienne, Cletus, dis-je. C'était Mapes. Il a cru que c'était elle qui m'avait envoyé là, aux abords de la Réserve où il a tué les deux Indiens. Il l'a trouvée seule, il l'a violée et il l'a tuée. T'as une ardoise avec le mauvais mec, et tu le sais.

– J'ai une ardoise avec le Sal pour toutes sortes de raisons, dit-il. Mais ce n'est pas un problème. Notre mec va se tirer une crampette sablée.

– Quoi ? dis-je.

– Une petite plaisanterie des années cinquante. Du sable dans la vaseline, dit-il. Oublie ça. Hé, rends-moi un service. Ma Jeep est restée au bar. C'est un truc en rondins, exactement là où Broadway rejoint Ninety. Emmène-la jusque chez toi, tu veux bien ? Les clés sont sur la table. Je n'ai pas envie que des petits loubards du coin me la nettoient pièce par pièce.

– D'accord.

– Où est Mapes ? dit-il.

– Il va falloir que tu te le trouves tout seul, collègue.

– Ce qui veut dire que tu sais où il est.

– Veux-tu que nous t'apportions quelque chose ?

– Allez, tu crois que je vais me sortir du lit pour aller lui brouiller ses œufs, au Mapes ? Tu me fais trop d'honneur.

– Tu trouveras bien un moyen, Clete.

Il se mouilla les lèvres et sourit.

– Dixie, tu peux me laisser une minute avec Belle-Mèche ? dit-il.

– Bien sûr.

– C'est simplement un truc qui remonte à notre époque du Premier District, dit Clete.

– Ça ne me dérange pas, dit Dixie Lee.

– Alors reviens me voir un peu plus tard, dit-il.

– N'essaie pas de me convaincre. Ça me vexe, dit Dixie Lee. J'viendrai te voir demain.

Il sortit de la chambre.

– Il ne cuve pas sa gnôle, dit Clete.

– Qu'est-ce que tu veux, Cletus ?

– J'ai merdé des tas de trucs là-bas dans le temps, à La Nouvelle-Orléans. J'ai foiré mon mariage, j'me suis mis à picoler, j'ai foutu une fille en cloque, je me suis collé entre les pattes des usuriers. Et après, j'ai refroidi ce merdaillon dans sa porcherie. Mais j'ai payé pour ça. Plus que mon compte. J'aimerais bien changer tout ça mais je ne peux pas. Je crois que c'est ça qu'on appelle le remords. Mais le gros truc qui me taraude les tripes depuis tout ce temps, c'est que ce mec, j'aurais pu le ramener, les bracelets aux poignets et le coller au trou, et je t'aurais blanchi par la même occasion. Pour dix bâtons, je les ai aidés à faire de toi du papier à chiottes.

– Les raclures ont quand même fini par tomber d'une façon ou de l'autre.

– Ouais, et tes quatorze années dans le service sont passées à la chasse en même temps.

– C'était mon choix, Clete.

– Tu veux jouer ton grand numéro de mec à la coule, réglo sous toutes les coutures ? D'accord, y'a pas de pétard. Mais moi, je marche pas. Je t'ai entubé dans les grandes largeurs. C'est la pire des choses que j'aie jamais faite de ma vie. Je suis en train de te dire que je suis désolé. Je ne demande pas de répondre quoi que ce soit. Je te dis simplement ce que j'éprouve. Et je ne remettrai plus jamais ça sur le tapis. Tu étais mon meilleur ami. C'est moi qui t'ai fourré là-dedans.

– Ce n'est pas grave. Peut-être faisais-tu au mieux à ce moment-là ?

Le seul œil qu'il avait d'ouvert se fixa sur moi. On aurait dit un éclat de verre couleur émeraude au milieu de son visage meurtri.

– Il est temps de tirer un trait, collègue, dis-je.

– Sans charres ?

– Qui se soucie des résultats de base-ball de l'année dernière ?

Il déglutit. Son œil était humide à son bord inférieur.

– Putain, mec, dit-il.

– Il faut que je parte. Alafair est dans la salle d'attente.

– Il faut que je te dise quelque chose, dit-il.

– Quoi ?

– Il faut que je te le dise à l'oreille. Approche-toi.

– Qu'est-ce que c'est, Clete ?

– Non, plus près.

Je me penchai au-dessus de lui et sa main valide jaillit, m'agrippant la nuque comme dans un étau avant de m'attirer le visage contre le sien. Il m'embrassa, un baiser violent sur la bouche, et je sentis son haleine chargée de cigarettes, les pommades et le Mercurochrome dont on avait enduit les agrafes et son crâne rasé.

Nous allâmes à l'ouest de la ville jusqu'au bar où

Clete s'était fait tabasser par les tueurs de Sal. Sa Toyota était toujours dans le parc de stationnement. Dixie Lee la conduisit sur le chemin de retour jusqu'à la maison, la gara sur l'arrière et verrouilla les portières. Quelques minutes plus tard, Tess Regan appelait.

– Pouvez-vous venir ? dit-elle.

– Quand ?

– Ce soir. Il y aura de la perche rouge au menu. Alafair ne vous a donc rien dit ?

– Ce n'était pas très clair dans sa bouche.

– Je vous ai appelé plus tôt dans la soirée, mais il n'y avait personne. Ce n'est rien d'extraordinaire, vous savez. Nous pourrions reporter ça à un autre soir.

– Ce soir, c'est parfait, dis-je.

Et ce fut parfait. La soirée était fraîche, chargée d'odeurs de fleurs et de jardins arrosés. Elle fit griller le poisson dans l'arrière-cour et le servit dans sa petite salle à manger, toute rougeoyante des reflets du soleil au travers des fenêtres début de siècle. Elle portait un blue-jean moulant et des talons plats, un chemisier à manches courtes au motif de roses minuscules, des anneaux d'oreilles en or, mais son intérieur la trahissait. Les planchers et les moulures d'acajou des portes rutilaient ; la cuisine était immaculée ; les photographies accrochées aux murs, celles qui garnissaient le manteau en marbre de la cheminée, représentaient toutes des membres de sa famille. Le papier peint était neuf, mais les motifs et la couleur ne parvenaient en rien à faire sortir l'appartement d'une époque révolue. Un calendrier religieux catholique, avec dessus, une publicité d'entreprise de pompes funèbres, était fixé à la porte du réfrigérateur au moyen de petits aimants. Elle avait croisé deux branchettes de buis en X derrière le crucifix sur le mur de la salle à manger.

Le souper terminé, nous fîmes la vaisselle, tandis qu'Alafair regardait la télévision. Lorsque sa jambe venait à se cogner contre moi, elle souriait d'un air gauche comme si le hasard d'une bousculade à l'intérieur d'un bus nous avait précipités l'un contre l'autre ; puis ses yeux se fixaient sur mon visage, lourds d'espoir, d'attente et peut-être même d'un instant de crainte. Je la soupçonnais d'être de celles dont le cœur se meurtrit facilement, pour lesquelles une expression d'affection toute banale s'interprète probablement comme un engagement personnel profond et conséquent. La lune était maintenant levée. La fenêtre était ouverte et je sentais la menthe humide contre le mur de brique, l'odeur épaisse et fraîche d'une pelouse détrempée au tuyau d'arrosage. C'était là de ces moments tendres vers lesquels on se laisse glisser aussi aisément que l'on veut se croire effectivement capable de retrouver l'innocence de la jeunesse.

Aussi lui serrai-je la main et dis bonne nuit, et je vis un éclair fugace de déception dans son regard avant qu'elle se reprît à sourire, en revenant avec moi dans le salon. Mais elle était de ces femmes avec lesquelles on traite à la lumière du matin, à moins d'être prêt à se plier en toute confiance aux bruissements nocturnes du cœur qui vous bat la poitrine.

***

Elle me revint en rêve cette nuit-là, un rêve d'une clarté de détail telle qu'on aurait dit soudain que tous les éclats brisés de verre mauve et jaune d'un kaléidoscope venaient de se figer en une image parfaite. Darlene portait les cheveux en tresses qui lui tombaient sur les épaules et elle était vêtue de la robe de daim dans laquelle on l'avait ensevelie avec, posé sur le sein, l'oiseau mauve en verre. Je la vis d'abord qui me contemplait depuis le surplomb de la falaise avant qu'elle ne s'accroupît, mocassins aux pieds, près d'une source qui jaillissait des rocs pour rejoindre un ruisseau aux eaux couleur de thé. Elle mit les mains dans les filaments moussus du courant, dans la vase, l'humus et la boue humides, avant de s'en barbouiller le visage. Elle me regarda à nouveau, l'air paisible, la bouche froide et humide, les joues barrées de traces boueuses ; puis elle disparut, et je vis un énorme daim au pelage doré se frayer sa piste au milieu des sous-bois et des peupliers cotonneux.

Je me relevai dans le lit, le souffle rauque et court, les mains tremblantes. Je consultai ma montre. Il était deux heures du matin. Je secouai Dixie Lee, allongé sur son canapé, afin de le réveiller.

– Il faut que je parte à l'est du Divide. Il va falloir que tu t'occupes d'Alafair jusqu'à mon retour, dis-je.

– Quoi ?

– Tu m'as entendu. Tu peux faire ça ? Lui préparer son petit déjeuner, l'accompagner jusqu'à l'école, la récupérer dans l'après-midi.

– Qu'est-ce qui se passe ? dit-il, le visage bouffi et ensommeillé.

– Il faut que je me repose sur toi, Dixie. Je serai de retour demain soir. Mais il faudra que tu prennes bien soin d'elle. Fais-toi porter pâle au boulot s'il le faut.

– Très bien, dit-il, agacé. Mais qu'est-ce que tu vas faire ?

– Je crois que je vais réussir à épingler Mapes. Je crois que je vais y arriver.

Il s'assit sur le bord du canapé, en sous-vêtements, les bras pris entre les cuisses. Il écarquilla les yeux et se frotta le visage.

– Je déteste te dire ça, fils, mais tu continues à te comporter comme un poivrot, dit-il.

Quinze minutes plus tard, je m'arrêtai à un café ouvert la nuit, en bordure de la ville, achetai une Thermos de café noir, avant de reprendre, pied au plancher, la grand-route qui longeait la Blackfoot River, avec, en ligne de mire, les crêtes couvertes d'arbres des montagnes qui tranchaient en silhouettes noires sur le ciel étoilé, la rivière, ses peupliers et ses saules le long des berges illuminées par les reflets de la lune naissante.

***

L'aube se levait lorsque j'empruntai le chemin de terre où Clayton Desmarteau avait viré dans un fossé. Les champs stériles et dénudés étaient humides de rosée, et les longs rayons du soleil levant venaient frapper les épaisses frondaisons vertes des cols sur les hauteurs des montagnes qui constituaient le Divide. Je sortis une bêche pliante de l'armée de l'arrière de la camionnette, enjambai d'un bond le ruisseau qui courait au nord du chemin de terre et remontai à flanc de montagne au milieu des pins jaunes. Il faisait frais, le vent soufflait, mais je suais sous ma chemise, la main serrée autour du manche en bois de mon outil. Des flaques de brume s'accrochaient aux branches basses des arbres, et je vis une biche et son faon en train de brouter l'herbe. Je franchis ensuite les traces d'une ancienne route qui avait servi d'accès à un dépôt d'ordures, et continuai mon avancée au milieu des aiguilles de pin jusqu'à ce que j'arrive au ruisseau qui coulait sous une marquise épaisse d'arbres feuillus au pied d'une colline à paroi rocheuse. Je suivis le ruisseau traversant les restes de bois tendre et pourri d'une cabane en rondins, avec son poêle à bois mangé de rouille, à moitié enterré dans la terre humide, et des tapis de champignons dont les tiges craquaient sous mes semelles. Finalement, j'aperçus la source qui sortait du flanc de la colline, miroitant au milieu des rocs et de la mousse noirs avant de s'étaler en mare de feuilles noircies et rigoles de vase en bordure du ruisseau.

Annie et mon père avaient tenté de me le dire dans le rêve, mais je n'avais pas compris. Vidrine et Mapes avaient assassiné Clayton Desmarteau et son cousin en plein hiver. Et en hiver, le sol devait être tellement durci par le gel qu'une foreuse aurait pu seulement l'égratigner. J'avais le cœur battant en dévissant l'anneau métallique sous le fer de la bêche ; je repliai le fer pour en faire une houe et resserrai l'anneau. Je raclai les épaisseurs de feuilles, râtissai de longues coulées de vase et de gravier, dégageant ainsi un arceau grand comme une demi-roue de charrette, qui courait depuis le bord du ruisseau jusqu'à la naissance de la source. J'avais le pantalon trempé jusqu'aux genoux, mes chaussures chuintaient à chaque pas de toute l'eau accumulée. Je replaçai le fer de bêche en position normale et me mis à creuser une fosse nivelée, enfonçant la bêche à quinze centimètres de profondeur avant de déposer soigneusement la boue en tas sur la rive. Je travaillai une demi-heure, jusqu'à en avoir la chemise détrempée, les bras et le visage zébrés de giclures de boue. Je commençai à penser que Dixie Lee avait peut-être raison : je me comportais tout simplement comme si j'étais ivre sans avoir rien bu.

C'est alors que ma bêche toucha la pointe d'une botte de travail ; je dégageai sable et boue des bords de la semelle et des lacets congelés, remontai le long de la tige grisâtre du tibia qui ressortait de la chaussette pourrie. Je découvris l'autre jambe, puis les genoux repliés et la cuisse aux chairs effondrées, toute plate et bien trop petite pour le tissu qui la couvrait encore de quelques lambeaux. Le deuxième homme était enterré à côté du premier, roulé sur lui-même dans la position du fœtus, et la petite boule grise et resserrée du visage qui ne voyait plus rien ressortait toute tordue à travers la terre.

Je reculai de la fosse jusqu'au milieu du ruisseau, nettoyai le fer de bêche dans les graviers, puis je m'agenouillai sur la rive opposée pour me laver les bras et le visage dans le courant. Mais je tremblais de la tête aux pieds et je n'arrêtais pas de transpirer. Je m'assis sur la rive, les genoux remontés contre la poitrine, et essayai de mettre un terme à mon hyperventilation, afin de pouvoir réfléchir de manière logique et ordonnée au restant de la matinée. Je n'avais pas touché le couplé dans l'ordre dans la neuvième, mais ce n'était pas loin, si je réussissais simplement à manœuvrer correctement. Puis, tandis que j'essuyais du pouce la sueur de mes yeux en regardant de l'autre côté du ruisseau le miroitement de terre et de vase empilées que j'avais dégagées des corps, les nids d'asticots grouillants que j'avais exposés à la lumière, j'aperçus une douille verte et oxydée éjectée d'un automatique. Elle avait la même forme, en col de bouteille, que les munitions de 7.62 millimètres tirées par un Tokarev russe.

***

Il me fallut parcourir cinq kilomètres sur le chemin de terre avant de trouver une cabine téléphonique à l'extérieur d'une station-service fermée. La pluie avait commencé à tomber au-dessus des montagnes, mais le ciel à l'est était toujours rose et bleu et l'air parfumé des odeurs de pin et de menthe. Lorsque j'eus Dan Nygurski au bout du fil à son bureau, je lui racontai toute l'histoire, ou ce que je croyais être toute l'histoire, car mes paroles sortirent de ma bouche en flot précipité, mon cœur battait toujours la chamade, et j'avais l'impression de me trouver au poteau d'arrivée, sur la ligne droite du champ de course, les doigts serrés sur mon ticket de couplé, essayant encore, aux toutes dernières secondes de la course en train de finir dans un grondement de tonnerre, d'obliger, par la seule force de ma volonté, les chevaux de ma combinaison à passer en tête sous le fil.

– Passez un peu au ralenti, votre moulin tourne trop vite, dit-il. Comment les avez-vous trouvés ?

– On les a virés dans le fossé entre le rade à bière et la maison de Clayton Desmarteau. Je crois que Mapes et Vidrine les ont fait sortir de la camionnette au bout du fusil, avant de les conduire dans les bois. Un ancien chemin part de la route principale pour aboutir à un dépôt d'ordures. Mais le sol devait probablement être gelé et couvert de neige. Je vous parierais qu'on y casserait sa pioche en plein hiver. Puis ils ont franchi une source d'eau chaude, autour de laquelle le sol restait mou et humide pendant toute l'année, et c'est là qu'ils ont abattu Desmarteau et son cousin.

– Parlez-moi de cette douille. Encore une fois.

– Elle est sortie au milieu d'une pelletée de boue. Je ne l'avais même pas vue pendant que je creusais. Elle est en col de bouteille, comme une cartouche de 7.62. Mapes possède un Tokarev. Il l'avait à la main chez sa petite amie, dans la maison qu'elle possède au fin fond des Bitterroots. Et je pense qu'il avait également l'arme avec lui à Lafayette. Il essayait d'arriver à sa valise ouverte lorsque je l'ai frappé avec la chaîne. Écoutez, cela suffit pour un mandat de perquisition. Mais il faut que ce soit fait dans les règles. Vous pouvez faire entrer le FBI dans l'affaire et les laisser coordonner toute l'enquête.

– Oh ?

– Ils peuvent l'inculper de kidnapping et de passage de frontière d'État, ou de non-respect des droits civiques d'un membre de minorité ethnique qui a conduit au meurtre de ce dernier. La police du coin pourrait tout faire foirer. Si jamais Mapes sent le vent venir avant qu'ils ne lui présentent le mandat, il va se débarrasser du Tokarev.

– Il a fallu que je me fasse sérieusement sonner les cloches à cause de cette écoute téléphonique.

– Je suis désolé.

– Et les cloches n'ont pas encore fini de sonner.

– Je suis coincé, au pied du mur. Je ne sais plus quoi ajouter. Vous voulez que je raccroche et que j'appelle les services du shérif ?

Il attendit un moment.

– Non, ne faites pas ça, dit-il finalement. Je pense que nous avons un droit de regard sur l'affaire. Toute cette histoire d'Indiens a débuté avec Pugh, et Pugh a été longuement mêlé aux entreprises de Sally Dee. Redonnez-moi l'itinéraire.

Je le lui donnai une nouvelle fois, en détail. L'averse s'était déplacée vers l'est au-dessus des champs, et la pluie cliquetait maintenant sur le toit de la cabine téléphonique. Un jeune Indien sur une vieille bicyclette à gros pneus passa à côté de moi avec fracas sur le chemin, la tête dans les épaules pour s'abriter de la pluie.

– J'appellerai le FBI et le bureau du shérif de Teton, dit Nygurski. Ensuite j'irai, en personne. Mais je veux que vous me fassiez une promesse.

– Laquelle ?

– A partir de cet instant, d'autres personnes vont s'occuper de l'affaire. Vous n'êtes plus dans la partie. Sans aucune ambiguïté.

– Très bien.

– Je veux votre parole. Vous ne vous approchez pas de Mapes.

– Vous l'avez, mais il faut que vous le preniez avec son Tokarev.

– Je pense que vous avez été suffisamment clair à ce sujet. Mais êtes-vous sûr que c'est bien l'arme que vous avez vue dans sa main ? Je me demande pourquoi il ne s'en est pas débarrassé.

– C'étaient des trophées recherchés, souvenirs du Viêt-nam. Qui plus est, il s'en est toujours tiré sans être inquiété, malgré tout ce qu'il a fait.

– Où vous trouverez-vous ?

– Sur la route, là où leur voiture a versé dans le fossé. A partir de là, nous pourrons avancer à pied et retrouver le chemin d'accès qui conduit au dépôt d'ordures.

– Avez-vous eu d'autres nouvelles de Dio ?

– Rien. Sauf que deux de ses gros bras ont brisé la main de Purcel. Purcel a dit qu'il a piqué deux cendriers en or dans la maison de Dio.

– C'est pas le mec à se faire voler, c'est un mauvais. Purcel n'a pas dû déposer de plainte, sinon nous en aurions entendu parler.

– Il a dit une chose bizarre lorsque je suis allé le voir

à l'hôpital hier. Il a dit, « Notre mec va se tirer une crampette sablée. » Ou peut-être que j'ai mal compris. Je crois que la petite amie de Dio s'appelle Sandy.[1] De toute manière, ça n'a aucun sens pour moi.

– Où est-il ?

– A St Pat à Missoula.

– Il serait peut-être temps que nous ayons une petite conversation avec lui. Je vous reverrai plus tard dans la matinée. Et d'ici là, félicitations. Vous êtes un bon flic, Robicheaux. Reprenez votre insigne.

– Vous aussi, Dan, vous avez été très bon. Comme ami.

– Et, dernière chose, débrouillez-vous pour que votre nom ne revienne pas dans mes paperasses avant un moment.

Je repris la route sous la pluie et me garai près du ruisseau, là où j'étais entré dans les bois à l'aube. Les nuages se déplacèrent alors vers l'est et la pluie s'éloigna, au-dessus des terres derrière moi. Au loin, les falaises abruptes et rouges des montagnes se dressaient vers le ciel jusqu'aux plateaux en à-pic chargés de pins jaunes. Lorsque je fermai les yeux et appuyai la tête contre le siège, j'entendis chanter les merles dans un peuplier solitaire au bord du ruisseau.

***

Le lendemain matin, je bus presque deux cafetières pleines en attendant que le téléphone sonne. J'avais passé pratiquement toute la journée de la veille sur les lieux du meurtre, dans les services du shérif de Teton et le bureau du coroner. J'avais assisté à la fin de l'exhumation ; trois adjoints qui avaient vivement placé les corps dans des sacs de plastique noir, j'avais parlé au médecin légiste après qu'il eut ouvert les boîtes crâniennes des deux Indiens à la scie électrique et récupéré les balles de 7.62 qu'on leur avait logées à

1. " Sandy " signifie aussi sableux. (N.d.T.)

bout portant à l'arrière de la tête. J'avais demandé à ce que l'on contacte le bureau du shérif – Paroisse de St Martin – au sujet de la déposition de Dixie Lee où ce dernier prétendait avoir surpris Vidrine et Mapes en train de discuter du meurtre des Indiens. Je leur avais dit où trouver Mapes dans la Bitterroot Valley, où sa petite amie travaillait à Missoula, le genre de voiture qu'il conduisait ; je n'avais pas cessé de parler, jusqu'à ce que les gens commencent à s'éloigner de moi et me laissent tranquille. Nygurski m'avait fait un clin d'œil en me disant qu'il me paierait un hamburger, je pouvais reprendre la route de Missoula.

Je buvais donc mon café sur les marches du perron arrière, attendant que quelqu'un veuille bien m'appeler. Dixie Lee partit travailler et revint en début d'après-midi. Personne n'avait téléphoné.

– Lâche un peu la vapeur, mon garçon. Laisse ces gens-là s'en occuper, dit-il.

Nous étions dans la cuisine, et j'étais en train de faire reluire mes chaussures au-dessus de vieux journaux que j'avais étalés au sol.

– C'est exactement ce que je suis en train de faire, dis-je.

– Tu me fais penser à un mec qui viendrait de dépenser son dernier centime pour s'acheter un laxatif en oubliant qu'il faut mettre un franc dans la porte des toilettes.

– Lâche-moi un peu avec ta scatologie.

– La quoi ?

– Ce n'est pas le moment de faire de l'humour, Dixie.

– Va à une réunion. Arrête de penser à ça. Ils lui ont collé les fesses au pilori, ça fait pas un pli. Tu t'en es sorti, mon garçon.

– Ça ne fera plus un pli une fois qu'ils seront au trou, avec la porte soudée à demeure.

Finalement, j'appelai le bureau de Nygurski. Ce dernier était absent, il n'avait pas laissé de message pour moi, et lorsque je téléphonai aux services du shérif de Teton, l'adjoint présent refusa de me parler. J'étais devenu spectateur.

Je m'assis à la table de cuisine et me remis à astiquer mes mocassins.

– Pendant que t'étais parti hier, j'ai mis toutes les affaires de Clete au sous-sol, dit Dixie Lee. Est-ce que j'ai bien fait ?

– Bien sûr.

– Il va probablement sortir dans un jour ou deux. Il a une côte méchamment cassée, cependant. Le toubib dit aussi qu'il a des ulcères.

– Peut-être bien qu'il va retourner à La Nouvelle-Orléans et repartir à zéro.

– Il avait un truc bizarre dans sa Jeep.

– C'était quoi ? dis-je, mais je n'écoutais pas vraiment.

– Une taie d'oreiller. Avec du sable à l'intérieur.

– Huh.

– Pourquoi irait-il mettre du sable dans une taie d'oreiller ?

– Je ne sais pas.

– Il devait avoir ses raisons. Clete ne fait jamais rien sans raison.

– Comme je te le disais, je ne sais pas.

– Mais c'est bizarre de faire un truc pareil. Qu'est-ce que t'en dis ?

– Je m'en fiche, pour l'amour du ciel. Dixie, tu veux bien me lâcher un peu, si ce n'est pas trop te demander.

– Désolé.

– Ce n'est pas grave.

– Je pensais juste que je réussirais à te faire un peu penser à autre chose.

– Okay.

– Je veux te voir un peu moins crispé, je veux te voir sourire un petit coup, et te remettre à penser à la Louisiane, et laisser tous ces mecs s'occuper de ça.

– C'est ce que je vais faire, je te le promets, dis-je, avant de me rendre dans la salle de bains et me laver la figure. J'allai ensuite attendre sur le perron de façade jusqu'à ce qu'il soit l'heure d'aller rechercher Alafair à l'école.

Mais il avait raison. J'étais à cran, remonté à bloc, et je me comportais, en pensées et en actes, de manière stupide. En retrouvant les corps des deux Indiens, j'avais réussi bien au-delà de toutes mes espérances. Même si le FBI ou la police locale ne mettaient pas la main sur le Tokarev, Mapes resterait malgré tout le premier suspect pour les deux meurtres à cause du mobile et du témoignage de Dixie Lee, et il pourrait ainsi être discrédité comme témoin à charge contre moi en Louisiane. Quelle que puisse être l'issue finale, il était temps pour nous de faire nos bagages pour New Iberia.

Et c'est ce que je commençais à faire. Juste lorsque le téléphone sonna.

– M. Robicheaux ? dit une femme.

– Oui.

– Je suis la secrétaire du SRS de Great Falls. L'Agent Spécial Nygurski a appelé de sa voiture et m'a demandé de vous transmettre un message.

– Oui ?

– Il a dit, « Ils ont trouvé l'arme. Mapes est en détention préventive. Appelez dans deux jours si vous voulez connaître les résultats des tests balistiques. Mais il ne s'en tirera pas ce coup-ci. Bon voyage pour le retour en Louisiane. » Avez-vous tout saisi, Monsieur ?

– Oui.

– Vouliez-vous laisser un message ?

– Dites-lui que la revue *Playgirl* le demande pour sa page centrale.

Elle éclata d'un rire sonore.

– Je vous demande pardon ? dit-elle.

– Dites-lui que je le remercie.

Cinq minutes plus tard, Alafair faisait son entrée, avec sa gamelle de déjeuner à la main.

– Qu'est-ce que tu dirais de rentrer à la maison après-demain ? dis-je.

Elle eut un sourire immense.

***

Ce soir-là, nous fîmes la cuisine dans l'arrière-cour. Tess Regan était présente. Puis je grimpai en compagnie d'Alafair le long du sentier en zigzag jusqu'au M en béton à flanc de montagne derrière l'Université. La vallée tout entière baignait d'une lumière douce aux reflets rougeâtres. A cette altitude, le vent était froid, malgré nos corps en sueur sous nos vêtements, la pluie et la poussière soufflaient en rafales dans la Bitterroot Valley. Puis le vent se mit à souffler plus fort à travers le Hellgate, couchant les lupins et faisant voler la poussière dont les grains nous picotaient la peau. Au-dessus de nos têtes, un bombardier à eau du Service des Eaux et Forêts passa à basse altitude, survolant les montagnes, avant de virer en direction du centre de formation anti-incendie à l'ouest de la ville, ses quatre hélices tournoyant d'éclairs de lumière argentée dans les derniers rougoiements du soleil.

La pensée qui n'avait cessé de me tarauder toute l'après-midi, celle que j'avais essayé de repousser dans un recoin fermé au fin fond de mon esprit, refit surface comme un bouffon hilare bien décidé à ce que la partie se continue jusqu'aux prolongations.

Une fois rentré, je déverrouillai la Jeep de Clete et ramassai la taie d'oreiller salie qui traînait par terre. Je la retournai complètement et sentis des restes de sable prisonniers des coutures. J'appelai alors Sally Dio au lac. La ligne avait été coupée. Je m'étais réservé la journée du lendemain pour faire les bagages, couper eau, gaz et électricité, huiler la camionnette, préparer les sandwiches pour le trajet de retour, et avoir une petite conversation avec Tess Regan quant à l'éventualité d'un possible changement de résidence géographique. Mais il était dit que Sally Dio avait encore un dernier mot à dire dans mon existence.

***

– A quelle heure vas-tu travailler ? dis-je à Dixie Lee au petit déjeuner du lendemain matin.

– J'y vais pas. L'patron, il a dit qu'il avait pas besoin de moi aujourd'hui. C'est quelque chose dont il faut que je te parle, Dave. Maintenant que tu te casses d'ici, je vois pas vraiment quel genre d'avenir j'ai dans le coin. La conduite à mi-temps d'un chariot élévateur, c'est pas vraiment ce qu'on pourrait appeler une grande décision de carrière.

– Veux-tu t'occuper d'Alafair pendant que je monte jusqu'au lac ?

– Pourquoi tu vas là-bas ?

– J'ai besoin de parler à Dio. S'il n'est pas là, je lui laisserai un message. Ensuite, je reviens.

– Tu vas faire quoi, exactement ?

Il reposa sa tasse de café sur la table et fixa son regard sur moi.

J'allai à Polson puis me dirigeai vers le côté oriental du lac au milieu des cerisaies. J'aurais pu appeler Dan Nygurski ou le bureau du shérif, mais mon geste m'aurait obligé à dénoncer Cletus, et je me disais qu'un homme avec des ulcères, une côte brisée, une main en bouillie et des points de suture sur le crâne avait déjà suffisamment donné.

L'air était froid et lumineux sur le lac. Le vent venait rider la surface d'un bleu électrique, et les vagues se fracassaient avec violence contre les rocs du rivage. Je me rangeai devant chez Dio et sa maison de séquoia bâtie sur la falaise, ôtai mon coupe-vent que je laissai dans le camion afin de bien leur montrer que je ne portais pas d'arme, et frappai en laissant retomber le marteau de laiton. Il n'y eut aucune réponse. Je fis le tour par le côté de la maison, longeai la véranda vitrée pleine de plantes tropicales et vis l'aîné des Dio dans son fauteuil roulant, le corps et la tête enveloppés d'une robe de chambre rayée à capuche. Il tenait à la main un cigare au bout évasé, et sous la capuche, j'aperçus le goître de la gorge, les lèvres violacées, les yeux vitreux à l'expression chargée de venin. Il me dit quelque chose, mais ses paroles se perdirent dans le vent, parce que je regardais à ce moment-là les gradins en bois de séquoia qui conduisaient aux rochers en contrebas et au petit ponton où Sally Dio et ses deux truands venaient d'apporter une cargaison de valises et de boîtes en carton. Jusqu'aux caisses de la batterie de Sal qui se trouvaient empilées sur l'embarcadère.

Ils m'observèrent tous les trois en silence tandis que je descendais les marches en me dirigeant vers eux. Puis Sal s'agenouilla près d'une grosse boîte en carton et commença à en renforcer un coin à l'aide d'adhésif, comme si je n'étais pas là. Il avait revêtu une combinaison de couleur jaune, au col remonté sur la nuque, et le vent lui avait balayé ses longs cheveux cuivrés dans la figure.

– Qu'est-ce que tu veux qu'on fasse, Sal ? dit l'un des deux hommes.

Sally Dee se remit debout, prit un verre de café glacé posé sur la rambarde du ponton, but une gorgée et tourna les yeux dans ma direction, une expression presque amusée dans le regard.

– Rien, dit-il. C'est rien qu'un de ces mecs qui vous collent à la semelle comme un bout de chewing-gum.

– Je ne prendrai qu'une minute de votre temps, Sal, dis-je. Je pense que quelqu'un a foutu la merde dans votre avion.

– Ouais ?

– Ouais.

– Mon avion, hein ?

– C'est exact.

– Comment ont-ils fait pour foutre la merde dans mon avion ?

– Je pense, enfin, il est possible que quelqu'un ait mis du sable dans le réservoir d'essence.

– Qui c'est ce quelqu'un dont tu me causes ?

– C'est tout ce que vous obtiendrez de moi. A vous d'utiliser l'information ou bien d'oublier mon passage.

– Ouais ? Sans déconner ? Foutre la merde dans mon avion ?

– Si j'étais vous, je le ferais inspecter.

– Tu vois mon avion dans le coin ?

– Bon, je vous ai dit ce que j'avais à vous dire, Sal. Je m'en vais maintenant.

– Pourquoi qu'tu me rends tous ces services ? dit-il, avec un large sourire à l'adresse des deux hommes, appuyés contre la rambarde du ponton.

– Parce que je n'ai pas envie d'avoir un mec comme vous sur la conscience.

Il fit un clin d'œil aux deux hommes, dont les regards s'abritaient derrière des lunettes noires.

– Continue à regarder par là-bas, entre ces deux îles, me dit-il, joignant le geste à la parole. C'est ça, juste là, c'est ça. Continue à bien regarder. T'entends ce bruit ? C'est un avion. Tu sais à qui il est, cet avion ? Tu le vois maintenant, il longe le bois de pins. A l'entendre, tu crois vraiment qu'il a du sable dans le réservoir ? Est-ce qu'on dirait qu'il va s'écraser ?

L'hydravion couleur blanc de lait sortit à basse altitude entre les îles et se posa sur les eaux bleu foncé du lac au milieu d'un nuage d'embruns chassés par le souffle des hélices.

– Premièrement, j'ai des verrous sur les réservoirs, dit Sal. Deuxièmement, j'ai un pilote qui est en même temps mécanicien, et il contrôle tout systématiquement chaque fois que nous allons quelque part.

Puis il regarda une nouvelle fois les deux hommes et éclata de rire.

– Hé, mec, laisse-moi te poser une question, honnêtement. Je ressemble vraiment au cannibale qui vient de débarquer, un os dans le nez et la lance à la main ? Allez, je fais pas la gueule. Il ne t'arrivera rien. Réponds-moi honnêtement.

Je fis demi-tour, prêt à partir.

– Hé, hé, mec, te sauve pas, pas tout de suite. Putain, mais t'es trop.

La bouche était étirée en un large ricanement.

– Dis-moi, pour de bon. Tu crois vraiment qu'on est tous aussi tarés que ça ? Qu'on allait pas réussir à piger ce qui se tramait dans la partie ? Je veux dire, j'ai l'air aussi taré que ça ?

– Qu'essayez-vous de me faire comprendre ?

– C'était une belle arnaque. Mais il faut savoir quitter la table quand on est gagnant. Foo-Foo a promis cent sacs au fleuriste s'il retrouvait le mec qui avait envoyé les fleurs et le petit mot. Il est venu nous voir hier pour nous dire qu'il avait vu le mec en question. On est allés trouver le mec, et le mec nous a raconté toute l'histoire. On n'a pas vu l'ombre d'un Charlie Doods dans le coin.

– On dirait vraiment que vous êtes le maître du jeu. Je suis désolé de vous avoir fait perdre votre temps.

Il essaya de garder son large sourire, mais je vis le ricanement disparaître, je vis aussi la lueur dure qui brillait dans les yeux marron, comme un reflet de lumière prisonnier d'un tesson de bouteille de bière.

– Je vais te dire ce qui va t'arriver en chemin un de ces quatre, dit-il. Je vais être en train de jouer aux cartes avec des mecs au Nevada. Pas Carl ou Foo-Foo ici présents. Des mecs que t'as jamais vus, dont t'as jamais entendu parler. Je dirai simplement ton nom et le nom du trou à merde d'où tu débarques. Je donnerai aussi le nom de Purcel. Et peut-être bien que je rajouterai celui de Dixie, en prime, tu sais, comme les extras[1] de Lucky Strike. C'est tout. Je ne dirai rien

1. Référence à un vieux programme de radio télévision sponsorisé par les cigarettes Lucky Strike. La " Lucky Strike extra " était la chanson supplémentaire offerte au public en fin de programme. (N.d.T.)

d'autre. Et alors, un jour, un mec arrivera à ta porte. Ou bien il sera à côté de ton camion quand tu sortiras de chez le barbier. Ou peut-être qu'il voudra te louer un bateau. Ça va être un grand jour dans ta vie. Et quand ça t'arrivera, je voudrais que tu te souviennes de moi.

Ses deux hommes ricanaient derrière leurs hublots. La lumière du soleil brillait, froide et violente sur le lac, et le vent soufflait, aussi implacable qu'une migraine.

12

L'accident fit la une du *Missoulian* le lendemain matin. L'hydravion était tombé sur la Réserve Indienne Salish, immédiatement au sud du lac. Deux Indiens qui l'avaient vu s'écraser déclarèrent avoir entendu les moteurs tousser et avoir des ratés lorsque l'appareil était passé au-dessus d'eux, puis les hélices donnèrent l'impression de caler toutes ensemble et l'appareil changea de cap, virant sur l'aile entre deux collines avant de labourer une tranchée au milieu d'un bosquet de pins et exploser. Un fermier avait retrouvé un fauteuil roulant écrasé, pendu à un arbre à deux cents mètres de là.

Je me demandai ce qu'avait bien pu penser Sal à ses derniers moments, tandis que le pilote secouait impuissant le manche à balai et que les hommes de main de Sal se débattaient dans leur siège, le visage tendu d'une grimace d'incrédulité, attendant de lui qu'il fît quelque chose, devant l'horizon qui prenait soudain une incidence violente pendant que les arbres et les falaises se précipitaient droit sur lui comme un poing serré. Je me demandai s'il avait songé à son père, à son amant du pénitencier de Huntsville ou encore au joueur mexicain dont il avait mutilé l'oreille à bord du yacht. Je me demandai si l'idée lui avait traversé l'esprit qu'il entrait dans l'histoire aux côtés de Richie Valens, le Big Bopper, et Buddy Holly.

Mais je doutai qu'il eût songé à quoi que ce soit. Je soupçonnais fortement Sal, à ses derniers instants, d'avoir songé à Sal.

Je repliai le journal et le jetai dans le sac poubelle de la cuisine. Alafair était en train de placer notre glacière en polystyrène, avec sandwiches et boissons fraîches, sur le siège avant de la camionnette.

– Comment Clete a-t-il fait pour pénétrer dans la maison de Sally Dee et lui voler ses cendriers ? demandai-je à Dixie Lee.

– Il est probablement entré par la porte. Sal n'était pas au courant, mais Clete avait fait un double de toutes ses clés. Il pouvait accéder à tout ce que possédait Sal – sa maison, son bateau, ses voitures, son avion, sa réserve et son garde-manger. Clete, c'est pas la moitié d'un imbécile, fils. Ainsi que le disait le Wolfman [1], « T'as peut-être les courbes, petite, mais c'est moi qui tiens la ligne droite. » J'ai vu son trousseau dans une boîte quand j'ai descendu son fourbi au sous-sol.

– Tu voudrais aller me les chercher ? dis-je.

Dixie descendit l'escalier du sous-sol et revint avec une poignée de clés nouées au moyen d'une longueur de câble d'emballage.

Je sortis sur le perron de façade, traversai la pelouse, la rue et descendis jusqu'au bord de la rivière. Le soleil matinal était encore caché par les montagnes, les truites étaient en chasse au milieu du courant, autour des étançons du pont de chemin de fer métallique ; la scierie sur l'autre rive était vide et tranquille. Je défis l'anneau de câble d'emballage et balançai les clés dans l'eau comme une pluie de pièces d'or et d'argent.

1. Surnom d'un disc-jockey de rock'n'roll très célèbre. (N.d.T.)

Dixie Lee était debout sur le trottoir à m'observer lorsque je remontai la berge.

– C'est-y pas une destruction de pièces à conviction ou queq'chose comme ça ? dit-il.

– Tout ça, c'est comme le bon vieux rock'n'roll, ça n'a pas grande importance, dis-je.

– Comment qu'ça s'fait que Dixie y dit toujours " c'est-y pas " ? demanda Alafair.

– Essaie de ne pas dire " Comment qu'ça s'fait ", petit mec.

– Bonté divine, mais fiche-lui donc la paix avec ta grammaire à cette petite, dit Dixie.

– Je pense que tu as peut-être raison, dis-je.

– Tu peux être sûr qu'j'ai raison, garçon, dit-il avant de prendre une profonde inspiration et de contempler le cirque de montagnes bleues qui entouraient la vallée comme s'il avait sur elles un titre de propriété.

– C'est-y pas vrai que ce monde, c'est un vrai plaisir ? dit-il.

EPILOGUE

Harry Mapes a été condamné à deux peines de prison à perpétuité, dans le pénitencier d'état du Montana, à Deer Lodge. L'inculpation qui pesait sur moi en Louisiane a été abandonnée. Je suis dans les dettes jusqu'au cou, mais c'est maintenant la fin de l'automne, la chaleur a délaissé les jours, le ciel s'est chargé d'un bleu dur et immaculé, ainsi qu'il est fréquent, dans le sud de la Louisiane, lorsque l'été s'est finalement épuisé en une ultime série d'aurores rouges et d'après-midi brûlants. L'eau est fraîche maintenant, immobile dans les baies et les criques, et les pêcheurs qui démarrent de mon ponton ramènent leur glacière chargée de sac-à-lait au dos aussi épais que ma main.

J'ai invité Tess Regan à venir nous rendre visite et pris mes dispositions pour qu'elle habite en ville chez ma cousine, mais lorsque l'échéance s'est faite proche pour qu'elle prît son avion, j'ai su qu'elle ne viendrait pas. Elle m'a dit qu'un de ses grands-parents était souffrant à Bozeman. Mais l'un comme l'autre, nous avions compris, et c'est très bien ainsi. Je crois que tout homme au milieu de sa vie se rappelle la jeune fille dont il croit qu'il aurait dû l'épouser. Elle réapparaît à sa mémoire à ses moments de solitude, ou bien encore la retrouve-t-il dans le visage d'une jeune fille dans le jardin public, en train de s'offrir un sorbet sous le chêne près du losange du terrain de base-ball. Mais elle appartient à sa mémoire, là-bas, bien loin, elle appartient à quelqu'un d'autre, et cette pensée lui déchire parfois le cœur d'une manière qu'il ne partagera plus jamais avec quiconque.

Clete est revenu à La Nouvelle-Orléans et il a ouvert un bar juste à côté du Golden Star de Jœ Burda, sur Decatur. Je ne sais pas où il a trouvé le capital. Peut-être est-il ressorti de la maison de Sally Dee avec un peu plus que deux cendriers en or. Dixie Lee a travaillé avec moi à la boutique à appâts pendant un mois, jouant le week-end dans une boîte de nuit nègre de St Martinville, avant de partir pour La Nouvelle-Orléans où il a monté un trio. Ils jouent régulièrement dans le bar de Clete et l'une des boîtes de mon frère. Un soir que j'étais de sortie sur Decatur, je suis passé devant chez Clete et la porte du bar était ouverte. J'ai vu Dixie au piano, au fond de la salle près de la piste de danse, sa veste de sport en strass et sa chemise rose éclairées par les projecteurs de la piste. Je l'ai entendu chanter :

Quand on m'couchera pour mon sommeil dernier,
C'est une rose que je veux sur ma poitrine posée,
Des chênes verts et qui durent, j'en veux pas tant,
Tout c'que j'veux, c'est un bol des vieux fayots d'antan.

Il y a trois semaines de cela, je me trouvais dans les profondeurs des marais au point du jour. C'est le moment de la journée où l'on entend, où l'on voit des choses étranges dans les marais : un alligator taureau qui appelle sa compagne, une grenouille qui plonge d'un genou de cyprès, le cri d'un ragondin pareil à un hurlement de femme hystérique. Le brouillard s'accroche d'une telle épaisseur aux eaux mortes, entre les troncs des arbres, qu'on pourrait y perdre la main. Mais je sais ce que j'ai vu ce matin-là, et je sais aussi ce qui est arrivé, et je n'éprouve aucun besoin d'aller en faire le récit à un psychologue. Je ramassais la ligne de fond que j'avais tendue entre les arbres la nuit précédente, et à l'instant précis où la pluie s'est mise à tomber au travers de la marquise de feuillage au-dessus de ma tête, Annie et mon père ont traversé la brume avant de s'arrêter sur un banc de sable juste à côté de la proue de ma pirogue.

Annie était pieds nus, vêtue d'une chemise de nuit blanche ; elle s'était tressée un collier de belles-de-nuit mauves autour du cou.

– *C'est au revoir pour de bon, cette fois, Dave. Ç'a été spécial,* dit-elle avant d'avancer au milieu des eaux, sa chemise gonflée en corolle autour d'elle. Elle m'embrassa sur les yeux et la bouche ainsi que l'aurait peut-être fait ma mère.

Le casque métallique de mon père était de guingois sur son crâne. Mon père me sourit, une allumette coincée au coin des lèvres, et leva le pouce en l'air en m'adressant un clin d'œil. Puis tous deux s'enfoncèrent dans les profondeurs du marais, et le brouillard se fit si blanc, si épais, si froid soudain que je dus tâtonner au jugé à l'aide de ma pagaie et cogner le bois dur d'un cyprès avant de savoir où j'étais.

Ni le sommeil, ni les éclairs d'orages secs des milieux de nuits ne les ramènent aujourd'hui. Et chaque jour, je me lève sous le soleil qui perce les pacaniers de mon avant-cour. Mais parfois, il arrive, au crépuscule, lorsque les fermiers brûlent les chaumes de canne à sucre dans les champs, lorsque les cendres et la fumée se lèvent pour se déposer sur le bayou, lorsque les feuilles rousses passent en paquets devant mon ponton et que l'air est froid et doux-amer des odeurs de sucre brûlé, je pense aux Indiens et au “ peuple de l'eau ”, je pense aux “ voix qui parlent sous la pluie ” et nous mettent au défi de replonger dans hier. C'est à ces moments-là que je cours ramasser Alafair comme à la volée pour la poser sur mes épaules et nous descendons le chemin au galop au travers des chênes, pareils au cavalier et sa monture, en direction de la maison, où Batist est en train de griller le *gaspagoo* au barbecue sous la galerie, où des masques de papier découpé sont collés aux fenêtres, et les dragons se changent en jouets de peluche, de ceux que l'on ignore et que l'on abandonne, pareils aux ombres obscures du cœur qui, par un beau matin, ont disparu, emportées par la saison.

Rivages / noir
Dernières parutions

Petits Romans noirs irlandais (nº 505)
Sherlock Holmes dans tous ses états (nº 664)

Eric Ambler	*Au loin le danger* (nº 622)
	Je ne suis pas un héros (nº 661)
	Le Masque de Dimitrios (nº 680)
	Sale histoire (nº 721)
Claude Amoz	*Bois-Brûlé* (nº 423)
	Étoiles cannibales (nº 487)
	Racines amères (nº 629)
Raul Argemi	*Les morts perdent toujours leurs chaussures* (nº 640)
Olivier Arnaud	*L'Homme qui voulait parler au monde* (nº 547)
Ace Atkins	*Blues Bar* (nº 690)
Cesare Battisti	*Terres brûlées* (nº 477)
	Avenida Revolución (nº 522)
William Bayer	*Tarot* (nº 534)
	Le Rêve des chevaux brisés (nº 619)
	Pèlerin (nº 659)
	La Ville des couteaux (nº 702)
Marc Behm/Paco Ignacio Taibo II	*Hurler à la lune* (nº 457)
A.-H. Benotman	*Les Forcenés* (nº 362)
	Les Poteaux de torture (nº 615)
	Marche de nuit sans lune (nº 676)
	Éboueur sur échafaud (nº 729)
Joseph Bialot	*La Ménagerie* (nº 635)
James C. Blake	*Les Amis de Pancho Villa* (nº 569)
	Crépuscule sanglant (nº 637)
	Un Monde de voleurs (nº 743)
Lawrence Block	*Moisson noire* (nº 581)
Michel Boujut	*La Vie de Marie-Thérèse qui bifurqua quand sa passion pour le jazz prit une forme excessive* (nº 678)

Marc Boulet	*L'Exequatur* (nº 614)
Frederic Brown	*La Nuit du Jabberwock* (nº 634)
	La Fille de nulle part (nº 703)
Edward Bunker	*L'Éducation d'un malfrat* (nº 549)
Declan Burke	*Eight Ball Boogie* (nº 607)
James Lee Burke	*Sunset Limited* (nº 551)
	Heartwood (nº 573)
	Le Boogie des rêves perdus (nº 593)
	Purple Cane Road (nº 638)
	Jolie Blon's Bounce (nº 739)
James Cain	*Au bout de l'arc-en-ciel* (nº 550)
G. Carofiglio	*Témoin involontaire* (nº 658)
Daniel Chavarría	*Le Rouge sur la plume du perroquet* (nº 561)
George Chesbro	*Chant funèbre en rouge majeur* (nº 439)
	Pêche macabre en mer de sang (nº 480)
	Hémorragie dans l'œil du cyclone mental (nº 514)
	Loups solitaires (nº 538)
	Le Rêve d'un aigle foudroyé (nº 565)
	Le Seigneur des glaces et de la solitude (nº 604)
Andrew Coburn	*Des voix dans les ténèbres* (nº 585)
	La Baby-sitter (nº 712)
Piero Colaprico	*La Dent du narval* (nº 665)
	Derniers coups de feu dans le Ticinese (nº 722)
Michael Connelly	*Moisson noire* (nº 625)
Christopher Cook	*Voleurs* (nº 501)
Robin Cook	*Quelque Chose de pourri au royaume d'Angleterre* (nº 574)
Peter Craig	*Hot Plastic* (nº 618)
David Cray	*Avocat criminel* (nº 504)
	Little Girl Blue (nº 610)
Jay Cronley	*Le Casse du siècle* (nº 468)
A. De Angelis	*Le Banquier assassiné* (nº 643)
J.-P. Demure	*La Culotte de la mort* (nº 682)
J.-C. Derey	*L'Alpha et l'Oméga* (nº 469)
Pascal Dessaint	*Les Paupières de Lou* (nº 493)
	Mourir n'est peut-être pas la pire des choses (nº 540)
	Les hommes sont courageux (nº 597)
	Loin des humains (nº 639)
Peter Dickinson	*L'Oracle empoisonné* (nº 519)
	Quelques Morts avant de mourir (nº 537)

Tim Dorsey	*Triggerfish Twist* (nº 705)
	Stingray Shuffle (nº 706)
L.L. Drumond	*Tout ce que vous direz pourra être retenu contre vous* (nº 717)
James Ellroy	*Le Dahlia noir* (nº 100)
	L.A. Confidential (nº 120)
	Crimes en série (nº 388)
	American Death Trip (nº 489)
	Destination morgue (nº 595)
	Revue POLAR spécial Ellroy (nº 662)
	Moisson noire (nº 668)
	Tijuana mon amour (nº 750)
V. Evangelisti	*Anthracite* (nº 671)
Howard Fast	*Un homme brisé* (nº 523)
	Mémoires d'un rouge (nº 543)
François Forestier	*Rue des rats* (nº 624)
Kinky Friedman	*Passé imparfait* (nº 644)
	Une fessée pour Watson (nº 720)
B. Garlaschelli	*Alice dans l'ombre* (nº 532)
	Deux Sœurs (nº 633)
Doris Gercke	*Aubergiste, tu seras pendu* (nº 525)
Barry Gifford	*L'Imagination du cœur* (nº 731)
A. Gimenez Bartlett	*Meurtres sur papier* (nº 541)
	Des serpents au paradis (nº 636)
	Un bateau plein de riz (nº 719)
David Goodis	*Nightfall* (nº 741)
Joe Gores	*Privé* (nº 667)
James Grady	*Comme une flamme blanche* (nº 445)
	La Ville des ombres (nº 553)
	Les Six Jours du condor (nº 641)
Davis Grubb	*Personne ne regarde* (nº 627)
Wolf Haas	*Silentium !* (nº 509)
	Quitter Zell (nº 645)
P. Hamilton	*Hangover Square* (nº 732)
Josephine Hammett	*Dashiell Hammett, mon père* (nº 736)
Joseph Hansen	*Le Poids du monde* (nº 611)
	À fleur de peau (nº 631)
	Promesses non tenues (nº 681)
	Gravedigger (nº 757)
Cyril Hare	*Meurtre à l'anglaise* (nº 544)
	Le Clarinettiste manquant (nº 686)
John Harvey	*Couleur franche* (nº 511)
	Now's the Time (nº 526)
	Derniers Sacrements (nº 527)
	Bleu noir (nº 570)

	De chair et de sang (nº 652)
	De cendre et d'os (nº 689)
M. Haskell Smith	*À bras raccourci* (nº 508)
Tony Hillerman	*Blaireau se cache* (nº 442)
	Le Peuple des ténèbres (nº 506)
	Le Vent qui gémit (nº 600)
	Rares furent les déceptions (nº 605)
	Le Cochon sinistre (nº 651)
	L'Homme squelette (nº 679)
	Le Chagrin entre les fils (nº 713)
Mike Hodges	*Quand tout se fait la malle* (nº 734)
Craig Holden	*Les Quatre Coins de la nuit* (nº 447)
	La Rivière du Chagrin (nº 685)
Rupert Holmes	*La Vérité du mensonge* (nº 699)
Philippe Huet	*L'Inconnue d'Antoine* (nº 577)
	L'Ivresse des falaises (nº 751)
Fergus Hume	*Le Mystère du Hansom Cab* (nº 594)
Eugene Izzi	*Le Criminaliste* (nº 456)
Bill James	*Protection* (nº 517)
	Franc-Jeu (nº 583)
	Sans états d'âme (nº 655)
	Mal à la tête (nº 684)
	Club (nº 708)
	En son absence (nº 747)
Hervé Jaouen	*Les Moulins de Yalikavak* (nº 617)
Stuart Kaminsky	*Biscotti à Sarasotta* (nº 642)
	Soleil post-mortem (nº 733)
Thomas Kelly	*Le Ventre de New York* (nº 396)
Claude Klotz	*Darakan* (nº 730)
Helen Knode	*Terminus Hollywood* (nº 576)
Jake Lamar	*Le Caméléon noir* (nº 460)
	Nous avions un rêve (nº 748)
Michael Larsen	*Le Serpent de Sydney* (nº 455)
	Le Cinquième Soleil (nº 565)
Hervé Le Corre	*L'Homme aux lèvres de saphir* (nº 531)
Alexis Lecaye	*Einstein et Sherlock Holmes* (nº 529)
Cornelius Lehane	*Prends garde au buveur solitaire* (nº 431)
	Qui sème le vent (nº 656)
Dennis Lehane	*Un dernier verre avant la guerre* (nº 380)
	Ténèbres, prenez-moi la main (nº 424)
	Sacré (nº 466)
	Mystic River (nº 515)
	Gone, Baby, Gone (nº 557)
	Shutter Island (nº 587)
	Prières pour la pluie (nº 612)
	Coronado (nº 646)

Christian Lehmann	*Une question de confiance* (n° 446)
	La Tribu (n° 463)
Robert Leininger	*Il faut tuer Suki Flood* (n° 528)
Elmore Leonard	*La Brava* (n° 591)
	Killshot (n° 598)
	Les Fantômes de Detroit (n° 609)
	La Loi de la cité (n° 632)
	Bandits (n° 674)
	Médecine apache (n° 675)
	Glitz (n° 695)
	3 heures 10 pour Yuma (n° 701)
	Dieu reconnaîtra les siens (n° 725)
	Quand les femmes sortent pour danser (n° 726)
	L'Homme au bras de fer (n° 752)
Bob Leuci	*L'Indic* (n° 485)
Ted Lewis	*Billy Rags* (n° 426)
Chuck Logan	*Presque veuve* (n° 696)
Steve Lopez	*Le Club des Macaronis* (n° 533)
Ernesto Mallo	*L'Aiguille dans une botte de foin* (n° 745)
J.-P. Manchette	*Chroniques* (n° 488)
	Cache ta joie (n° 606)
D. Manotti	*Nos fantastiques années fric* (n° 483)
	Lorraine connection (n° 683)
Thierry Marignac	*À quai* (n° 590)
Ed McBain	*Le Paradis des ratés* (n° 677)
	Alice en danger (n° 711)
Stéphane Michaka	*La Fille de Carnegie* (n° 700)
Bill Moody	*Sur les traces de Chet Baker* (n° 497)
R. H. Morrieson	*L'Épouvantail* (n° 616)
Tobie Nathan	*613* (n° 524)
	Serial eater (n° 718)
Jim Nisbet	*Comment j'ai trouvé un boulot* (n° 710)
	Le Codex de Syracuse (n° 753)
Jean-Paul Nozière	*Le Silence des morts* (n° 596)
	Je vais tuer mon papa (n° 660)
	Cocktail Molotov (n° 746)
Jack O'Connell	*Et le verbe s'est fait chair* (n° 454)
	Ondes de choc (n° 558)
Renato Olivieri	*Ils mourront donc* (n° 513)
	L'Enquête interrompue (n° 620)
J.-H. Oppel	*Chaton : trilogie* (n° 418)
	Au Saut de la Louve (n° 530)
	French Tabloïds (n° 704)
Samuel Ornitz	*Monsieur Gros-Bidon* (n° 716)

Abigail Padgett	*Poupées brisées* (nº 435)
	Petite Tortue (nº 621)
Hugues Pagan	*Tarif de groupe* (nº 401)
	Je suis un soir d'été (nº 453)
Robert B. Parker	*Une ombre qui passe* (nº 648)
David Peace	*1974* (nº 510)
	1977 (nº 552)
	1980 (nº 603)
	1983 (nº 672)
	GB 84 (nº 735)
Pierre Pelot	*Les Chiens qui traversent la nuit* (nº 459)
	Pauvres Zhéros (nº 693)
Anne Perry	*Un plat qui se mange froid* (nº 425)
Andrea G. Pinketts	*La Madone assassine* (nº 564)
Gianni Pirozzi	*Hôtel Europa* (nº 498)
	Le Quartier de la Fabrique (nº 756)
Philip Pullman	*Le Papillon tatoué* (nº 548)
Michel Quint	*À l'encre rouge* (nº 427)
Rob Reuland	*Point mort* (nº 589)
John Ridley	*Ici commence l'enfer* (nº 405)
Christian Roux	*Les Ombres mortes* (nº 575)
	Kadogos (nº 749)
Marc Ruscart	*L'Homme qui a vu l'homme qui a vu l'ours* (nº 657)
D. Salisbury-Davis	*L'Assassin affable* (nº 512)
James Sallis	*Drive* (nº 613)
Louis Sanders	*Passe-Temps pour les âmes ignobles* (nº 449)
G. Scerbanenco	*Le sable ne se souvient pas* (nº 464)
	Les Amants du bord de mer (nº 559)
	Mort sur la lagune (nº 654)
John Shannon	*Le Rideau orange* (nº 602)
Roger Simon	*Final Cut* (nº 592)
Pierre Siniac	*Carton blême* (nº 467)
	La Course du hanneton dans la ville détruite (nº 586)
Maj Sjöwall/Per Wahlöö	
	Roseanna (nº 687)
	L'Homme qui partit en fumée (nº 688)
	L'Homme au balcon (nº 714)
	Le Policier qui rit (nº 715)
	La Voiture de pompiers disparue (nº 723)
	Meurtre au Savoy (nº 724)
	L'Abominable Homme de Säffle (nº 754)
	La Chambre close (nº 755)
Jerry Stahl	*À poil en civil* (nº 647)